日本の仏教と文学

白土わか講義集

大蔵出版

目　次

I　経典と日本文学

「法華経」と日本文学

只今、ご紹介に預かりました白土でございます。〈「法華経」と日本文学〉という題は、実は申し上げなければならないことがたいへん膨大でございまして、一晩や二晩で言えることでもございませんし、実は大変困りました。と言っても、困った最大の理由は不勉強なんですが……。

膨大だと申しますのは、「法華経」という経典がインドに興ったわけですけれど、それが中央アジアにチベット、また中国に朝鮮半島、そして日本に、というふうに、「法華経」という経典は非常に流布しました。中国では、この経典を「経王」、経の王様だというふうに、ずっと古くから、何世紀頃かはっきり分かりませんが、恐らくは六世紀くらいからでしょうが、そのように言われる。

なぜこんなに「法華経」が流布したのか、考えてみるのでございますが、学者によりましては、「法華経」という経典は内容が割と平易に説かれていて、そこには、いろいろと皆さんもご存知のように、説話・譬喩《ひゆ》ですね、そういうものも有って、一般の人にも受け入れられ易かったとか、このように言う学者が多いようでございます。

中国で用いられた翻訳はいろいろ有りますけれど、(1)羅什《らじゅう》という人の翻訳が一番用いられました。羅什という人は、中央アジアのシルクロードの国、クチャ（亀茲《きじ》）の人でクマーラジーヴァ（Kumārajīva, 鳩摩《くま》羅什《らじゅう》）という人ですが、普通、(2)羅什と申します。この羅什の翻訳というのは、大変に名翻訳とされていますね。この羅什の翻訳が(3)「妙法蓮華経《みょうほうれんげきょう》」です。元もとのサンスクリット名は、サッダルマプンダリーカ-スートラ（*Saddharmapuṇḍarīka-sūtra*）というのに対しまして、こういう字を宛てたんです。

羅什の他にも、中国では実は「法華経」は六回も訳されているんです。六回も訳されておりますが、残っておりますのは三つだけです。羅什よりも先に既に(4)竺法護《じくほうご》という人によって訳されておりまして、これは現在残っております(5)「正法華経《しょうほけきょう》」です。もう一つありますが、(6)他のものは全部散逸して見ることが出来ない。しかし「正法華経」もそんなに一般に流布しないのに、「法華経」といえば「妙法蓮華経」のことだと思うほどにこの経典が中国で流布いたしましたのには、羅什という人の翻訳が非常に良かったことがあると言われております。

この人は中央アジアの人でございますけれども、大変な学者であり、才子であって、子供の頃から西北インドに勉強に行って、インドの言葉に通じ、もちろん中央アジアの言葉に通じ、そして若くして中国の辺境の所にいて中国の言葉にも通じていた人です。この人は「法華経」の他にもたくさんの翻訳をしております。

この羅什訳の「法華経」が非常に良かったので流布したという、そういうふうに一般に言われておりますが、しかしわたし、考えてみるんですけれども、経典が流布するということは、経典はただの文学ではなく、宗教の書であり、信仰の書でございますから、「法華経」に対する熱烈な信仰というものが、インドもそうですが、中国に非常に強く興って来ているということを考えなくちゃならない。日本の仏教と申します時には、仏教は元もとはインドであり、それから中国といろんなところを経て日本の仏教へと来たっているということを考えてみなければならないわけですが、日本に於ても、

註——

(1) 六朝時代の翻訳僧。[生]三四四—[没]四一三？（没年は、実は「高僧伝」の時点ですでに三説ある。弟子の僧《そう》肇《じょう》は四〇九年死去を記録しているがそれを疑う学者も多い）。前半生、波乱に富んだ生涯を送るが、姚秦《ようしん》の国王姚《よう》興《こう》に長安に迎えられて後、彪大な仏典を翻訳したのみならず、仏教思想の普及につとめた。中国でのその後の仏教思想の展開に多大なる影響を与えた人物。本書中各所で言及されるが、それに止まらず、読者諸兄姉は是非とも詳しい書物なり事典なりに当たられたい。

(2) 中国では、人の名前を省略する際に後半を用いるのが普通で、例えば、「張生」は「生」に、「玄奘」は「奘」に省略する。インド人の名前の写音であっても同じルールを適用するので、インドの言葉の本来の句切りは無視されて、このようになる（クマーラジーヴァは、クマーラ（少年）とジーヴァ（生活）を繋いだもので「童寿」と訳されることもあるが、ともあれ羅什と省略するのは原語から見ると奇妙に響く）。更に省略する場合は「什」となる。このルールは人の名前だけでなく、様ざまな簡約語を作る際にも適用されることが多い。

(3) 『大正新脩大蔵経』第九巻（これを以下では『大正』九のように略記する）一頁以下。

(4) 中国、西晋時代の訳経僧。三—四世紀の人。月氏国の出身。中国へ来てから四十年間、主に般若思想関連の仏典を翻訳し、中国仏教初期の教義の確立に貢献した。

(5) 『大正』九、六三頁以下。

(6) 闍那《じやな》崛多《くった》と笈多《ぎった》の共訳した「添品《てんぽん》妙法蓮華経」（『大正』九、一三四頁以下）。闍那崛多と笈多は隋の時代の訳経僧。インド出身の那蓮提黎耶舎・達磨笈多と、カシュミール出身の闍那崛多の三人を中心に、長安近郊の大興善寺に入って（五八二）、インドから持参した典籍の翻訳事業に従事した。

なぜこんなに「法華経」が流布し、力があったのか。やはりそれは元もとの発生に於て、「法華経」というものがインドに於て発生した時に、「法華経」を唱え出した人びとというものは、仏教というものに対し非常にパッショネイトであった。いわゆる本当の仏教とはこういうものである、というパッション。釈尊《しやくそん》以来いろいろな仏教がインドに興りました。特に学問仏教というものが全盛になって来るわけでございます。諸もろのインドの教団に於て、学派仏教・学問仏教が派生してくる。その時に、自分達こそが釈尊の真意を知る者であり、これこそが真の仏教であるという自信に満ちて、自信とパッションに満ちていたのであろうと思います。それが経典の中に既にインドにおける発生に於て盛られている。それは漢訳になりましても、元もとのパッショネイトなものが、「法華経」というものを中国に於て、また日本に於ても強く流布せしめる所以であったろうと思う。

それゆえ、その流布の仕方というものは、この「法華経」という経典は、わたしは中国以降しかよう言いませんが、非常に大衆的であった。民衆の中に根強く信仰として入っている。それが一つ。もう一つは、民衆だけではなく、いわゆる仏教学者が、特にインドよりも中国の方が、と思いますが、この経典に真っ向から取り組んだ。これは学問として「法華経」に取り組んだ、現代の言葉を使って申しますならば仏教学であります。その二面を持っているようにわたしは思うのでございます。

「法華経」をコメントした書物といたしまして残っておりますものは、インドのものでは、四世紀の瑜伽唯識《ゆがゆいしき》学派の世親《せしん》(7)、ヴァスバンドゥ（Vasubandhu）の「法華経論」(8)（略して「法華論」）しか現在は残っておりません。その他にも、もちろんあったと言いますし、中国の書物に伝えるところによると、四十数巻あったと言われるけれども、残っておりますのは世親のもののみでございます。

中国に参りましては、六世紀初め、光宅寺《こうたくじ》法雲《ほううん》[9]の「法華義記《ほっけぎき》」[10]、これが学問的に発生した最初のものです。日本ではご存知のように聖徳太子（五七四—六二二）が「三経義疏《さんぎょうぎしょ》」[11]をお書きになりまして、その中に「法華義疏《ほっけぎしょ》」[12]がございます。「法華義疏」という書物は、日本人が作った一番最初の仏教学の研究書なのであります。ところが、この「法華義疏」を見てみますと、やはり手本として依る所がございまして、それが光宅寺法雲の「法華義記」なのであります。

ともかく中国では「法華義記」が最初です。[13]天台大師[14]智顗《ちぎ》、この人は「法華経」に関する膨大な書物を残しました。と言いましても自分で書いたのではなくて、講義した所を弟子がノートしたもの、

註——

（7）四、五世紀頃の北西インドの学僧。天親《てんじん》とも訳される。唯識学派三大論師の一。唯識のみならず、アビダルマから浄土教まで多岐にわたる著作があり（そのため世親二人説を唱える学者もいるほどである）、その後の中国・日本の仏教思想の展開に大きな影響を与えた。

（8）詳しくは「妙法蓮華経優波《うば》提舎《だいしゃ》」（一巻）という。『大正』二六、一頁以下。

（9）中国、梁の僧。[生]四六七—[没]五二九。三十歳の時「法華経」「維摩経」を講じて名を挙げ、梁の三大法師の一人とされる。五〇八年に武帝の命で光宅寺に住したので光宅寺法雲と呼ばれる。詳しくは〈「涅槃経」と日本文学〉（四八頁）を参照されたい。

（10）七巻。『大正』三三、五七二頁以下。

（11）「法華経」と「維摩経」と「勝鬘経」の三経に対する註釈書の総称。確かに日本仏教の原点的意義を持つものであるが、しかし、「維摩経義疏」には太子の年代以後に成立したものが引用されていたり、「勝鬘経義疏」は敦煌文書の中にほぼ同文のものがあるなど、近年の研究から、聖徳太子自撰説に疑義が提出されている。

（12）『大正』五六、六四頁以下。

それが残っているんです。この智顗の研究、あるいは(15)吉蔵《きちぞう》とか、たくさんの研究書が残っております。

確かに「法華経」という経典は、表《おもて》は一見易しく見えます。書いてあることは。しかし、例えば、(16)「般若経《はんにやきよう》」なら空《くう》の哲学、(17)「涅槃経《ねはんぎよう》」なら仏性論《ぶつしようろん》というように、皆そういうふうに一つの中心テーマがある。「法華経」という経典はどこにテーマがあるのか分からないみたいにいろんなことが書いてある。「法華経」という経典は、いろんなバラエティに富んでおりまして、思うほど易しい経典では決してない。言葉は易しいかも知れない。しかし「法華経」という経典は、全部を通じて内容というものをはっきり把握しようとすれば、本当は難しい経典なんだろうなと思うんです。ですから今申しましたように、光宅寺法雲初め、智顗とか、あるいは三論宗の吉蔵とか、いろんな人達が研究したのであろうと思うのです。

さて、文学の話に入らなければなりませんが、文学の世界に於ても、「法華経」が広く一般に流布したことがそのまま反映しております。今回のお話を日本文学に限定させていただきましたが、文学の中に現れている仏教を見る時に、過半を「法華経」が占めている。なぜでしょう。文学の中にもそれが影を落としているのでございます。それは、どんなふうに影を落としているのかということにつきましては、さっき申しましたように、「法華経」という経典が、種々のいろんなバラエティを持っている。それが、それぞれに影を落としております。

「法華経」は非常に膨大に、恐らくは平安の初期から（現代まではとても言いきれませんから、今日は中世の初めまでで話を止めさせていただきますが）、いろんな所にいろんな形で姿を現しております。「法華経」

と日本文学というようなことは、本当は十日位かかって一つずつやるべきことだとは思うんですが、ただそういうふうに膨大にいろいろ広がっておりながら、どこか押さえるべき押さえ所があるように思えるのでございます。

日本に「法華経」が入ります。それで、先ほど申し上げたように、聖徳太子が「法華義疏」という

註——

(13) 実は鳩摩羅什の直弟子達の間で既に法華経研究は始まっていた。中でも道生は「妙法蓮花経疏」を著して、注釈に止まらないレヴェルの解釈を施しているし、その後、劉虬は佚文しか残っていないが「注法華経」を書くなど、法雲が「法華義記」を作る下準備は着々と為されていたのである。〈「涅槃経」と日本文学〉註（18）を参照されたし。

(14) 天台宗の第三祖。[生]五三八—[没]五九七。実質的には天台宗の開祖と言うべき人物であり、中国仏教思想界の巨人である。「法華経」の教説とナーガールジュナ（Nāgārjuna, 龍樹《りゅうじゅ》）の教学とを結びつけ、独自の思想を展開した。智顗の創始した思想は多岐に亙るが、法華経に基づく懺法《せんぼう》はとりわけ重要で、日本天台でも極めて重視され、「朝題目・夕念仏」という修行法として定着している。

…………

(15) 中国、隋の僧。[生]五四九—[没]六二三。鳩摩羅什系統の学問を継承し、三論宗を大成した。「三論玄義」など多数の著作がある。

(16) 「般若経」は一般に般若波羅蜜《はらみつ》を説いた経典の総称。「大品般若経」「小品般若経」「金剛般若経」など多数存在する。中でも「般若心経」は日本では各宗で使用され、広く流布している。

(17) 〈「涅槃経」と日本文学〉を参照されたし。書誌的な説明は〈「涅槃経」と日本文学〉註（1）を参照。但し、「涅槃経」を「仏性論」だけで括れるかどうかは意見の分かれる所ではある。

ものを作った。奈良時代になりますと、国分寺というものが天皇によって造られますね。東大寺はそのいわゆる総国分寺でありますが、その時、各国に造られました国分寺では[18]「金光明最勝王経《こんこうみょうさいしょうおうきょう》」という経典を中心にする。なぜこの経典を国分寺に於て用いるかと申しますと、この中にはいわゆる[19]四天王《してんのう》というものが出てまいります。一所懸命「金光明経」を信仰するならば、そこに四天王が現れて、国を守り人びとの難儀を救うであろうと説かれているのですね。護国の思想が説かれていると日本人は考えた。

　ところが、そこに国分尼寺《こくぶんにじ》が造られます。今の奈良の法華寺ですけれども、法華滅罪《ほっけめつざい》の寺と申します。これは女性のための寺。東大寺の「金光明経」に対しまして、「法華経」なのでございます。なぜ「法華経」が滅罪なのか。そんな問題に立ち入ってまいりますと、女性論をやらなくちゃなりませんので、今はまことに簡単にしておきますが、女性の罪は深いと言われた。仏教といえども、時代の産物でございます。時代の影響無しに、どんなものも興りようがない。だから、仏教経典の中だから総《すべ》てが何もかも正しいというんじゃないですよ。時代でございます。でも、これは法華滅罪の寺と言う時に、「法華経」の中には別に女性の滅罪のことなんて書いてないんですよ。ただ、「法華経」の中には「提婆《だいば》達多《だつた》品《ほん》」というのがございまして、そこで女の人が成仏出来る話が書いてあります[20]。

　それから滅罪ということは、中国では、天台大師智顗《ちぎ》は「法華経」を考えます時、「妙法蓮華経」を真ん中に置きまして、[21]「無量義経《むりょうぎきょう》」と[22]「観普賢経《かんふげんぎょう》」を前後に配します。これを法華三部経と言う。この「観普賢経」という経典はすなわち滅罪の経典なのでございます。これは別に女性に限らない。皆すなわち罪障消滅。人間は皆、罪穢《けが》れを持っている。わたしは、法華滅罪の寺という時には、「提婆達多品」とこの「観普賢経」とのことがあるのだろうと思うのでございます。

さて、では日本に仏教がこのようにいろんな形で入りましたけれども、この「法華経」の信仰というものを如実にわたしたちに考えさせてくれるものとして[23]「日本霊異記《にほんりょういき》」という書物があります。もっと詳しく申しますならば、「日本国現報善悪霊異記《にほんこくげんぽうぜんあくりょういき》」なんですが、因果応報の説話を集めたもの。奈良の薬師寺に[24]景戒《けいかい》という僧侶がいて、その人が民間に伝わっている因果応報の話を集めたのです。因果応報の話をする理由は、善い事をしなさい、悪い事をしてはいけないということを言わんがため、それだけです。この因果応報の説話が平安初期に集められた。この書物には、日本の古い時代、飛鳥

註――

（18）十巻。『大正』一六、四〇三頁以下。

（19）四方の守護神で、「四大王」「四大天王」とも言われ、また世界を守護するところから「護世《ごせ》」とも呼ばれる。ヒンドゥー教の護世神が仏教に取り入れられて護法神となったもの。天界の最下層に位置し、須弥山《しゅみせん》の中腹の四方それぞれに居住して世界と仏法を守護する。東に持国《じこく》天王、南に増長《ぞうじょう》天王、西に広目《こうもく》天王、北に多聞《たもん》天王、即ち毘《び》沙門天《しゃもんてん》が居を構える。一般に武人の姿で造像作画され、法隆寺金堂や東大寺戒壇院の四天王像がよく知られている。

（20）〈仏典に現れた女性達〉「大乗仏教と女性成仏　①妙法蓮華経」を参照されたい。

（21）この経典を智顗は「法華経」の開経と位置づけた。『大正』九、三八三頁中段以下。

（22）詳しくは『仏説観普賢菩薩行法経《かんふげんぼさつぎょうほうきょう》』（『大正』九、三八九頁中段以下）と言う。普賢菩薩を瞑想の対象とする方法、六根の罪を懺悔する方法、それ等の功徳を説いた経典。この経典を智顗は「法華経」の結経と位置づけた。

（23）「にほんれいいき」とも。

（24）「きょうかい」とも。平安初期の僧。生没年不詳。

時代から奈良時代、平安の初期までの話がずっとたくさん集められているのですが、この中に、いわゆる法華信仰の話が幾つも出てまいります。実にヴィヴィッドと言うか、こんなことを考えていたんだなぁという話がいくつもあります。

その一つをご紹介いたします。「日本霊異記」下巻の十三番目の話です。「法華経を写さむとして願を建てたる人日を断つ暗き穴に願の力を頼みて命を全くすること得る縁」という題が付いています。[25]この話を見ますと、[26]美作国《みまさかのくに》に鉄の鉱山があった。それは「宮《おおやけ》」の鉱山であったのですが、奈良時代、[27]孝《こう》兼《けん》天皇の時代、十人程の作業する人（役夫《えきふ》）が、そこに入って仕事をしていたところ、落盤になり入り口の穴が塞がれてしまった。十人の内、九人まではやっと救い出されたが、一人の人が中に閉じこめられてしまった。その時、その役夫の奥さんや家族が、大変に泣き騒ぎ悲しんだ。その時この奥さんがやったことは、観音様の図像を描いてもらって、そしてお経を写したと書いてある。

何の経とは詳しく書いてないんですが、恐らく「観音経」であろうと思われます。「観音経」と言いましたが、正しくは「法華経」の中の第二十五品「観世音菩薩普門品《かんぜおんぼさつふもんぼん》」のことです。[28]広く言ったら、観音信仰は法華経信仰なんです。ともかくお経を写して観音の像を掛け一所懸命拝むことによって、その福力を自分の主人に手向《たむ》けようと思って、一所懸命やったと書いてある。奈良時代、孝兼天皇の頃に、既にこのようないわゆる観音信仰が普通の庶民一般の信仰の中に有ることが分かる。

この閉じこめられた役夫は死ななかったわけですが、この人は穴の中で死んでしまっては大変だと思った。というのも、自分は「法華経」を写し奉らんという願を立てていながら、未だにそのことを果たしていないので、何とか再び自分が命を永らえるこが出来たならば「法華経」を写し供養しますからと、ひたすらに願った。そういたしましたならば、岩盤の隙間からほのかに光が見えてきて、光が見えたら一人の男の人がそこから入ってきて、食べ物やら何やらを与えて、これはお前の妻が自分に、すなわち観音様に捧げた物だと言ったという。さらにその役夫が一所懸命祈っていると、自分の頭の上に何尺かの空間が出来て、その上を何やら山へ行く何人かの人が通るようである。そこで懸命に叫ぶと、彼等が役夫の閉じ込められているのに気付き、葛を編んでそれを籠《こ》にして、四隅に縄を付けて中に入れ、それで助けたと書いてある。

以上のようなことが「日本霊異記」に書いてあります。それは「法華経」の神力《じんりき》、法華の優れた力であり、それから観音の助けである。この話は、何げなしに読み過ごせばそれまでですけれども、奈良時代に民衆の中に法華経信仰というものが、このような形で根強く動いていたということが、この

註――

(25)『新日本古典文学大系』30「日本霊異記」（岩波書店）一四六頁以下。

(26) 山陽道八カ国の一。作州《さくしゅう》という。現在の岡山県北部。

(27) 聖武天皇の第二皇女。［生］七一八―［没］七七〇、［在位］七四九―七五二、七六四―七七〇。初め藤原仲麻呂《ふじわらのなかまろ》を重用したが、淳仁《じゅんにん》天皇に譲位した後、道鏡《どうきょう》を寵愛したため恵美押勝《えみのおしかつ》の乱を招く。乱を治めた後、淳仁天皇を退位させて天皇を重祚し、称徳《しょうとく》天皇と称した。

(28)「法華経」の第二十五品を独立させたものであるが、鳩摩羅什が訳した散文と、闍那崛多《じゃなくった》の訳した韻文とを合わせて一巻としたものが、中国・日本で広く流布している。人びとの苦難に応じて、観世音菩薩が神通力によって種種に変身して人びとを救済することを説き、観世音菩薩を信仰することを勧めている。『大正』九、一九八頁に、「妙法蓮華経観世音菩薩普門品経」という経題と序文とが収められている。

話からも分かるのでございます。

観音信仰ということを申しましたけれど、本当は観音信仰まで行ったら止処《とめど》もないんです。「法華経」全二十八品中の第二十五品「観世音菩薩普門品」だけを取り出して別にして「観音経」と言うのでございます。観音に関する経典は他にも有りますが、これが一番の中心です。法華の神力、観音の助けという時には一応別にこれを独立させて考えているわけです。

「日本霊異記」の中には、この他たくさんの話がございますが、とにかくもう一つ二つ申しましょう。こんな話があるんですね。

わたし、亡くなられた禅宗の妙心寺の山田無文《むもん》老師(29)の話を聞きに行ったことがあります。その時、老師があいう口調で、「それでな、経典を説くというと、その舌がこういうふうに死んでも我は死なず、と動いているんじゃ」と。おかしな話をするなと思いましたけど、実はこれは、「日本霊異記」の下巻第一の大変有名な話なんです(30)。紀伊の熊野に永興《えいこう》禅師という人が居た。この人は、海辺の人に仏法を説いて人びとを教化していた。ところが、永興禅師の所に一人の禅師がやって来た。この人は常に法華大乗を誦持《じゆじ》する、すなわち「法華経」を唱える人であった。この人は永興禅師の所に居たけれど、一年余りして、ここから伊勢国へ行くと言って、水瓶を持ってそこを出て行った。そこで永興禅師は、お供の者を途中まで送らせようと二人つけ、お米を炊いたものを粉にして二斗程与えて送らせた。ところが、この禅師は途中まで行った所で、二人のお供に、もうここから帰ってよろしい、せっかく貰った米も、お前に上げるからと渡して、一人で伊勢国へ向かったとある。

それから二年程経って、熊野の村の人が山の中に入っていった。船を造る木を切るために入っていった。熊野川の辺りでしょうか、船を造る人ですから。ところが、どこからかお経を読むような声が聞こえる。探したけれども見つからない。不思議なこともあるものだと帰ってきた。また暫くして、船を造るための木を取りに村人が山に入ると、あからさまに「法華経」を誦《じゅ》する声が聞こえるので行ってみたところ、河の巌の所に、足はちゃんと縛って、その巌に寄りかかって人が死んでいた。その脇には水瓶があったから、ああ、これはあの禅師であるとわかった。自ら身を投げたんですね。ところが「髑髏《ひとがしら》」、いわゆるしゃれこうべになっているのに、全部白骨になっているのに、その舌だけは朽ちずに活き活きとして経を誦していたという。

こういう話はあちらこちらにございまして、例えば「金の峰」と申しまして、奈良は吉野の金峰《きんぶ》神《じん》社《じゃ》、あの神社の辺りにもこういう話があるのでございます。これは何を意味するかと申しますと、全部これらのことは、「法華経」の中に書いてあることなんです。こういう話が日本人の中に定着しているわけです。定着すると申しましたのは、わたしは二つしか申しませんでしたが、その他にも諸もろの話がございましてね。平安時代になりますと、平安時代中期、十世紀の最後、(31)源 為憲《みなもとのためのり》とい

註――

(29) 臨済宗の僧。[生]一九〇〇―[没]一九八八。花園大学学長、禅文化研究所所長、臨済宗妙心寺派管長などを歴任する。わかり易い法話で親しまれた。

(30)「法花経を憶持《たも》てる者の舌曝れる髑髏の中に著きて朽ちざる縁」『新日本古典文学大系』30、一二九頁以下。

(31) 平安中期の学者、漢詩人。[生]九四一?―[没]一〇一一。教育者として優れ、子弟のための書物を何部も書いているが、また慶滋保胤《よししげのやすたね》らの参加した比叡山の勧学会《かんがくえ》に参加し、「空也《くうや》誄《るい》」や「勧学会記」、今は佚するが「法華経賦《ふ》」などを残し、仏教への造詣も深かったことが知られる。

う人が冷泉《れいぜい》[32]天皇の皇女、尊子《そんし》[33]内親王の出家生活の手引きとして書いた「三宝絵詞《さんぼうえことば》」[34]というものがあります。今は絵が残っておりませんで詞しかありませんので、今なら「三宝絵詞」ですが、この「三宝絵詞」の中にも、皇女にいろいろ出家生活の心得を述べる中に「日本霊異記」の中の説話が幾つも入っている。それから、平安終り近くなりますと、有名な「今昔《こんじゃく》[35]物語集」。その巻十二、十三。特に巻十三の四十四の話が全部「法華経」の話でございます。巻十二、十三、十四に亙《わた》りまして全部、今申しましたのと似たような話が記せられています。また鎮源《ちんげん》という人の書いた「法華験記《ほっけげんき》」[36]がございます。

このように日本人の民衆の中に法華経信仰というものが確実に定着している。ところが「日本霊異記」等のこれらのものは、日本に於てこれが興ったわけではないのであります。「日本霊異記」の中に語られる話、先ほどの鉱山の中に人が生き埋めになる話にしましても、それに類似したものは、実は中国にあるのでございます。

例えば、「日本霊異記」に最も大きく影響を及ぼしておりますのは、中国の「冥報記《みょうほうき》」[37]という書物です。この書物は、唐の時代の唐臨《とうりん》という人、この人はお坊さんではなくて、官吏、俗人です。それは注目すべきことでございますが、やはり「冥報記」といいますように、この書物も因果応報の話でございます。「日本霊異記」はこれを受け継ぐわけであります。この「冥報記」の中に「法華経」に関する話がたくさん出てまいります。この書物が出来ましたのは、西暦に致しますと、六五〇年から六五五年、七世紀中頃であると言われます。この「冥報記」の先駆となる説話がある。やはり唐の時代の「法華伝記」[38]。あるいは宋の時代の「法華験記《ほっけげんき》」[39]。「冥報記」だけでなく、このような書物が成るのは、いずれも「法華経」の力、先に言った威神力《いじんりき》、「法華経」そのものに力があるんだろうとわたしは思います。こういう書物の中に民衆の法華信仰が盛られているのでございます。書物だけではない。実際に語り継がれるところの、いうなれば庶民の根強い信仰のようなものは、ずっと繋がっている。これは学者の仏教ではない。難しい教理を教理だけで言うのは難しいから、易しい話にするとい

註——

(32)　平安中期の天皇。［生］九五〇―［没］一〇一一、［在位］九六七―九六九。幼少よりいろいろと奇矯な振る舞いで知られていた人物であるが、十八歳で即位しても関白藤原実頼が実質的に政治を行い、わずか二年余で譲位して、四十年余を余生として人生を送った。

(33)　冷泉天皇の第二皇女。［生］九六六―［没］九八五。九六八年、賀茂斎院となるが、九七五年、母懐子が没したため退下。のち叔父円融天皇の勧めで入内するが、叔父藤原光昭の死去により内裏を退出して落飾し、九八五年四月に受戒して間もなく同年五月に没する。慶滋保胤《よししげのやすたね》が四十九日供養の願文を自らしたためて、若くして出家・他界した尊子内親王の慎ましい人柄を偲んでいる。享年二十の若さであった。（慶滋保胤については〈「阿弥陀経」と日本文学〉註（16）を参照されたし。）

(34)　九八四年成立。三巻から成り、上巻は「昔の仏の行ひたまへる事」十三条、中巻は「中ごろ法のここにひろまる事」十八条、下巻は「今の僧を以て勤むる事」三十一条である。中巻の十八条の内、十四条が「霊異記」に拠っている。

(35)　成立年、編者共に未詳であるが、平安後期には成立している。千話に余る説話を集成した日本最大の説話集。天竺（インド）、震旦（中国）、本朝（日本）の三部、三十一巻（三巻欠巻がある）から成る。本朝部は、仏法と世俗の二編に分かれる。天竺・震旦部は、概ね仏典や漢籍からの翻案であり、本朝仏法部は、「日本霊異記」等の先行する説話集から採取して改作している。各話が「今ハ昔」で始まり、「トナム語リ伝ヘタルトヤ」で閉じている。後の説話文学への影響のみならず、近代文学への影響も見逃せない書物である。

うのであれば、その話は第二次的なものであるという意味では真実ではないんじゃないか、そう思われません？

　わたしは中国のことだけを申しましたが、人間の心の問題をただ論理や学問によってのみ置き換えるのではなくて、血の通った具体的なお話として受け止めるという受け方が既にインドにありました。比喩とか喩え話、インドの言葉でアヴァダーナ[40]（avadāna）やニダーナ[41]（nidāna）と言って、難しい教理を具体的な話によって訴えていきます。そういう民衆のための経典というものがずっとあって、それが中国に流れまして、中国に於て「冥報記」とかの説話として展開する。その流れが日本にも入ってくる。これが日本に影響を与えます。影響を与えると言いましたけれど、お考えくださいませ。単に書物があって、東シナ海を船で渡って日本に持って来て、その書物を読んで影響を受けたなんて、そんな生易しいものではない。そして、日本人の中に受け継がれ定着して、それが「日本霊異記」や「今昔物語集」などで本当に強く表に出てくるわけでございます。

　なぜこんなに「法華経」の功徳ということが言われるのか。「法華経」の「法師品《ほっしぼん》」の中に、「法華経」を受持し、読み、誦《じゅ》し、解説《げせつ》し、書写する、この功徳を限りなく強調するのでございます。[42]「法師品」だけではございませんで「法師功徳品《ほっしくどくほん》」にもございます。「法師功徳品」にも、この「法華経」を受持し、若《も》しくは読み、若しくは誦し、若しくは解説し、若しくは書写し、とあって、その次にいろんなふうな功徳が書いてあります。[43]これを後の中国の学者は、すなわち「五種行《ごしゅぎょう》」と申しまして（こんなことは「法華経」には書いてございませんよ）、このことに励む人を「五種法師」と申したりいたします。この功徳というものが何度も「法師品」そして後の「法師功徳品」の中に強調されて来る。

「法華経」の全部でなくても、一偈《いちげ》一句《いっく》でもよろしい。そうするならば、無量の功徳によって、未来世に於て必ず仏と成る。

ですから、先ほど来申しておりますような、仏教説話の中に「法華経」の功徳を言う時には、これ

註——

(36) 詳しくは「大日本国法華経験記」という。著者の鎮源という人物に関しては未詳。『日本思想大系』7「往生伝　法華験記」（岩波書店）に収録されている。

(37) 唐の唐臨《とうりん》が撰した仏教説話集。彼が見聞した実例二十四話を収めている。三巻。『大正』五一、七八七頁以下。

(38) 十巻。僧詳《そうしょう》撰。『大正』五一、四八頁以下。

(39) 宋の新羅僧義寂《ぎじゃく》が撰した仏教説話集。詳しくは「法華経集験記」という。これに倣って比叡山の僧鎮源《ちんげん》が日本版の「法華験記」を撰した。

…………

(40) パーリ語はアパダーナ（apadāna）。譬喩《ひゆ》、出曜《しゅつよう》などと訳される。仏弟子や敬虔な信者の物語によって、教理、特に業因業果の必然性を説明するもの。

(41) 因縁、縁起などと訳される。経や律の説かれた由来を具体例によって説明するもの。

(42) 「法華経」を受持・読誦することの功徳は様ざまに説かれるが、例えば「若復有人。受持読誦解説書写妙法華経乃至一偈。於此経巻敬視如仏。種種供養華香瓔珞末香塗香焼香繒蓋幢幡衣服伎楽。乃至合掌恭敬。薬王当知。是諸人等。已曾供養十万億仏。於諸仏所成就大願。愍衆生故生此人間」（『大正』九、三〇頁下段）などとある。

(43) ここでも様ざまに説かれるが、「法師功徳品」の冒頭には「若善男子善女人。受持是法華経。若読若誦若解説若書写。是人当得八百眼功徳。千二百耳功徳。八百鼻功徳。千二百舌功徳。八百身功徳。千二百意功徳。以是功徳荘厳六根皆令清浄。是善男子善女人。父母所生清浄肉眼。見於三千大千世界。内外所有山林河海。下至阿鼻地獄上至有頂。亦見其中一切衆生。及業因縁果報生処。悉見悉知」（『大正』九、四七頁下段）とある。

らの経文が根本に有るということです。鉱山の落盤事故に遭った人が、やがて自分は「法華経」を書写しようと願《がん》を立てたという、この功徳によって助かったことになっておりましたね。それからもう一つ、「法師功徳品」では、「法華経」を受持・読誦する功徳によって六根《ろっこん》が清浄《しょうじょう》になる、と書かれております。六根といいますと、根《こん》とはいわゆる感覚器官、働きが強いものという意味なんですが、眼《げん》・耳《に》・鼻《び》・舌《ぜつ》・身《しん》・意《い》の六つを申します。[44]「法華経」を保つ者は、この六根が清浄になると書いてある。これらのことを、「法華経」が流布していった所では、人びとは文字どおり信じた。ですから、死んでも、髑髏《しゃれこうべ》だけになっても舌だけが生きていたというのは、これでございます。舌根《ぜっこん》、これなんだなとわたしは思うんでございます。

　ところで、中国に豈《あ》にはからんや、[45]道宣《どうせん》という人が出た。戒律学者で大変偉いお坊さんです。この道宣が書いた[46]「続高僧伝」の中に、この舌の話は既に出ているんです。[47]これが後に中国で唐の道世《どうせ》の撰した[48]「法苑珠林《ほうおんじゅりん》」、仏教百科事典のようなものですが、などの書物の中に引かれたり、それから、やがてそれが日本に入って来るのでございます。皆それは、「法華経」の功徳というものを、ヴィヴイッドに受け入れたものでございます。

　説話の話だけを申し上げたのですが、もちろん日本の文学でございますならば、和歌にも「法華経」というものはたくさん出てまいります。今日はちょっと省略させて頂きますが、平安時代中期の[49]「拾遺和歌集《しゅういわかしゅう》」などをご覧下さい。あるいは選子内親王という人。[50]村上天皇の皇女ですが、この人は賀茂の社に仕える[51]斎院《さいいん》、やがて大斎院と呼ばれたこの人は神に仕える身でございますから、仏教のこ

長者はわが子の愛《かな》しさに　白牛《びやくご》の車ぞ与《あた》ふなる(56)
（幼い子どもは、かわいらしいものだ。いとけない子どもだから、それぞれ別に三種の車を頂戴と言うから、長者はわが子の愛しさに等しく白牛の車を与えた）

何でもないことでしょうか。もちろん、経典そのままですが、日本人の受け止め方の一つでしょう。民衆が節を付けて歌った歌でございます。

それでは「法師品《ほつしぼん》」。

註――

(53) 後白河《ごしらかわ》法皇（一一二七―一一九二）が編纂した平安末期の歌謡集。もと二十巻あったと伝えられるが、現存するのは巻一の断簡と巻二、口伝集の巻一の断簡と巻十のみである。当時の庶民感覚が生き生きと伝えられる、極めて貴重な史料である。

(54) 平安末期の天皇。[生]一一二七―[没]一一九二、[在位]一一五五―一一五八。保元の乱の後、譲位して五代三十四年間にわたって院政を敷いた。一一六九年法皇となり、多くの仏寺を造った。

(55) 燃えさかる家の中に取り残された子供達は、火が迫ってくることも知らずに遊んでいる。呼んでも出てこない子供たちを救うために、父親は門外から子供達の好きな羊車、鹿車、牛車があると言って誘い出し、無事に出てきた子供達に立派な白牛の車を与えた、という物語。迷妄のこの世から逃れるための仏の教えを車（乗）に喩えたものであるが、三乗真実・一乗方便と見るのか、三乗方便・一乗真実と見るのか、それぞれの立場によって喩え話の理解の仕方が異なり、三車家、四車家などと称して議論がなされた。

(56) 『新日本古典文学大系』56「梁塵秘抄　閑吟集　狂言歌謡」一二五頁。

寂寞《じゃくまく》音せぬ山寺に、法華経誦《じゅ》して僧居たり、
普賢《ふげん》頭《こうべ》を摩でたまひ、釈迦は常に身を護る[57]
（静かで何の物音もしない山寺に、「法華経」を読む僧が居て、普賢菩薩が現れて頭を撫で、釈迦は常に身を護る）

これは、直接には法華三部経の「観普賢経」に書いていることですが[58]、実は「法華経」如来寿量品《にょらいじゅりょうぼん》の中に、一心に仏を念じ、身命を惜しまなければ、釈迦は常にその傍らに来て護るであろうと書いてある[59]。それがここに出てくる。わたしはこれが好きでしてね。日本人は、激しい「法華経」の信仰を「寂寞音せぬ山寺に」云々と、こういうふうに受け止めるんです。

沙羅《さら》や林樹の樹の下に、帰ると人には見えしかど、
霊鷲山《りょうじゅせん》の山の端に、月はのどけく照らすめり[60]
（沙羅双樹の下でお釈迦様はお亡くなりになったと人の目には見えるけれど、霊鷲山の山の月がのどけく照らす如く常におわします）

「法華経」は霊鷲山[61]に於て説かれたことになっています。しかも「寿量品」の中の有名な「常住霊鷲山」という言葉[62]。そこでは、永遠の仏というものが非常にヴィヴィッドに把握されている。そういうものが「法華経」をして一般の人びとの中に強く根を張らせるのでございます。日蓮聖人（一二二

二―一二八二）はあれ程激しい法華の行者ですけれど、あの方は「如来寿量品《にょらいじゅりょうぼん》」を中心に立てるのでございます。ここに如来は常におられるのだ、「法華経」を本当に信仰する者の傍らに、今なお仏は常にいるのだと、そういう強い信仰がございます。

わたしは、「梁塵秘抄」は、もちろんそれ以外にもあるけれど、とにかく「法華経」というものが伝来して来た時代の、仏教文学の中の傑作であろうと思う。わたしがなぜこれを言いたかったかといいますと、釈教歌の和歌もたくさん有りますよ、しかし理屈が多い。これは日本人の良さじゃございません。日本人は、もっと過去の日本人のこの良さを見直すべきであろうと思う。

話をあちこちに飛ばしまして申しわけございません。もちろん、いろんな文学の中に現れて来る「法華経」の現れ方というものは、先ほど申しましたような「法師品」の五種の行、あれがどうも中心に動かないようにありますので、これを強調して申し上げたのでございますが、その他「源氏物

註――

(57)『新日本古典文学大系』56「梁塵秘抄　閑吟集　狂言歌謡」三二一頁。

(58)『大正』九、三九一頁上段を参照。

(59)「一心欲見仏、不自惜身命、時我及衆僧、倶出霊鷲山、我時語衆生、常在此不滅、以方便力故、現有滅不滅」（前掲書、四三頁中段）などとある。

(60)『新日本古典文学大系』56「梁塵秘抄　閑吟集　狂言歌謡」五七―五八頁。

(61) 古代マガダ国の首都ラージャグリハ（Rājagrha, 王舎城《おうしゃじょう》）の北東にある山。耆闍崛山《ぎじゃくっせん》と写音され、鷲峰《じゅぶ》山《せん》などとも訳される。

(62)『大正』九、四三頁下段。

語」にしましても、「栄華物語」[63]にしましても、その中に儀礼として、法華《ほっけ》八講《はっこう》[64]とか法華十講《じっこう》が出てまいります。あるいはいわゆる法華懺法《せんぼう》[65]。これはもちろん天台大師智顗《ちぎ》の思想を通すのですが、これもいわゆる一つの儀礼となっております。今でも、大原三千院では行うんじゃございません？　こういうような儀礼として、いろんな場合に「法華経」が現れて来るのでございます。

さて、今まで信仰として民衆的なるものを強く言ったわけですが、「法華経」が日本の文学に与えた影響として見逃すことの出来ない問題がある。それは、全く高次な文学理念として「法華経」が入って来ているのでございます。「法華経」の中に直接はそのようなことが書かれているわけではないんですよ。しかし、なぜこんなふうになったかと申しますと、繰り返しますが、「法華経」というのはさっき申しましたように、いろんなバラエティがあって、どこに中心を置いたらいいか分からない所がある。それを中国の天台大師智顗《ちぎ》という人は、実に精力的に「法華経」の思想、それを一貫させて思想的に体系付け、実践の体系、「法華経」によるところの修道の体系を作り上げた。そういう大変偉い人なんですね、智顗というのは。天台山という山に二度程入って長いこと修行したので、天台大師と言う。諡《おくりな》して智者大師とも言いますが、この人の「法華経」に関する書物に天台三大部というもの――「法華玄義《ほっけげんぎ》」「法華文句《もんぐ》」「摩訶止観《まかしかん》」――がございます。

この三つのものは、天台大師智顗が、夏安居《げあんご》と申しまして、九十日間夏の暑い間に講義した。[66]これを弟子が筆録したものですが、これらの書物のうち「法華玄義」とは、言うなれば「法華経」についての理論、「法華経」に関するところの哲学です。同時に仏教全部を見渡して、「法華経」に関するところの理論を打ち立てた。「法華文句」とは、文々句々「法華経」の言葉についての講読。「摩訶止観」、これが日本の文学に大きな影響を及ぼした。「摩訶止観」と日本文学についてなら、文学論として幾らだって言うことがある。元もとは「法華経」なんですよ。「法華経」の実践の書なのでございます。「摩訶止観」の「摩訶」というのは、「大きい」とか「優れた」という意味、インドの言葉では「マハー（mahā）」。これにこの字を充てた。「止観」の「止」とは、心の散乱を止めて、「観」は、ものの真実、実相《じっそう》を見る。この書物の起こりは「法華経」なんです。「法華経」の研究書なのです。なぜこういうことをやるかというと、智顗はこの止観によって、「法華経」の真理、真髄を捉えようとするわけであります。

　これらの書物からわたしが申し上げたいことは、諸法実相《しょほうじっそう》ということに関してであります。俳句を

註——

(63) 平安時代の歴史物語。四十巻。藤原道長の栄華を、和文編年体で記述している。宮廷貴族の絢爛たる生活を描き、風俗史料としても重要。

(64) 「法華経」八巻を、一座に一巻ずつ講ずるもの。これに開結の二経を加えて十講となる。さらに、「法華経」二十八品を一品ずつ講じ、それに開結二経の各一品を加えて講ずる法華三十講も行われた。

(65) 法華懺法の問題は〈「阿弥陀経」と日本文学〉（八二頁、及び一〇〇頁）を参照されたし。

(66) インドからの習慣。インドの雨季には一斉に植物が芽吹き、地面には多くの生き物が生息する。この時季に外を歩き回るといたずらに殺生を行うことになる、ということで、雨季の三ヶ月間、出家僧が一定の場所に集まって修行、勉学に励んだ。日本でも導入され、旧暦四月十六日から七月十五日までの九十日間、経典の講読などが行われた。現在でもこの名残があり、夏季に集中講座のようなものが設けられている宗派が多い。

おやりになる方の話を聞いていたら、その先生がおっしゃるには、俳句は実相を観じなければならないという。歌人の斎藤茂吉《もきち》[67]の歌論の中にもあります。いわゆる実相観入《かんにゅう》の文学と言う。それは、元もとの実相の意味とは少しずれているかも知れない。しかし、真ん中、大事な所は変わらないと思います。それは茂吉の言葉でありますけど、元もとは「摩訶止観」であります。俳句や短歌だけでなくて、日本人は心の散乱を止めて実相を見る。心の騒乱を止めて、心を寂滅《じゃくめつ》、寂静《じゃくじょう》ならしめて、ものの真相に迫ろうとする。日本人が和歌を作り、俳句を作る、わたしは芭蕉（一六四四—一六九四）の中にもそれを見い出すことができると思う。連綿として、それがどうも動いているように思えて仕方がない。

実は、「心を澄ます」とは藤原定家《ふじわらのていか》[68]の言葉でございます。定家の「毎月抄《まいげつしょう》」[69]の中に、

よくよく心をすませて　その一境に入りふしてこそ　稀にもよまるる事は侍れ[70]

とある。定歌の日記「明月記《めいげつき》」[71]を読みますと、「摩訶止観」を何度も何度も写したり校訂したり、七十を過ぎてもやっているのですけれど、そういう伝統が、何かしらあるように思う。で、フランスの若い学者に聞いたんです。外国でも特にフランスでも文学作品を作る時に、心を澄ませるというようなことがあるか、と。すると、やっぱりそれは日本的である、東洋的であると言うのでございます。この伝統というものは、仏教の影響だとわたしは思う。仏教というと、先に申しましたような何かお経の中に書いてあることだけでなく、こういうことも仏教なのであります。

それでは、元の言葉の起こりからをちょっと急いで申します。「法華経」の諸法実相の話です。[72] すなわち「法華経」方便品の中の一節に、

　仏の成就し給へる所は、第一稀有、難解《なんげ》の法なり。唯、仏と仏とのみ、乃ち能く諸法の実相を究《ぐ》尽《じん》し給へり。[73]

仏様の境地というものは第一義であり、誠に有り難い、珍しい、解し難い法なのである。「唯仏与《ゆいぶつよ》仏《ぶつ》の境界」なんて言いますがね、そこはすなわち、本当に悟りの境地に居られる者のみの知る所だと

註――

(67) 歌誌『アララギ』の代表的歌人。[生]一八八二―[没]一九五三。自然と自己の一元の生を写すという独自の写生論を展開し、「実相に観入する」ことを重視した。

(68) 「ふじわらのさだいえ」とも。[生]一一六二―[没]一二四一。鎌倉初期の歌壇の中心人物。新古今調の大成者。

(69) 〈止観〉「毎月抄」を参照されたい。

(70) 『新日本古典文学大系』65「歌論集　能楽論集」一二八頁。

(71) 定家の漢文体の日記。欠落はあるが、十九歳（一一八〇）から七十四歳（一二三五）までの五十六年間の記録。文芸のみならず、広く文化に関わる記録。政情・典礼・故事・風俗までもが記録されており、極めて史料的価値の高い文献である。また、〈止観〉「毎月抄」を参照されたい。

(72) 詳しくは〈諸法実相〉を参照されたい。

(73) 「仏所成就第一希有難解之法。唯仏与仏乃能究尽諸法実相」（『大正』九、五頁下段）

いうのです。それが諸法実相というものなんだと経典で言うんです。これが経典でいう諸法実相の言葉の起こりなんですが、諸法実相に関しまして、

諸法の是くの如きの相と、是くの如きの性《しょう》と、是くの如きの体と、是くの如きの力と、是くの如きの作《さ》と、是くの如きの因と、是くの如きの縁と、是くの如きの果と、是くの如きの報と、是くの如きの本末究竟等なり[74]。

とある。実相とは何かと言う時に、これを、仏教学ではというか、天台で特にここのことを言うようになるのです。これは、天台大師智顗の先生に慧思《えし》[75]という人がございまして、この人の頃から既に始まっているのです。これを羅什訳によって普通「十如是《じゅうにょぜ》」[76]と言うのでございます。

ところが、ここの箇所は、「法華経」のサンスクリット版、すなわち梵本《ぼんぽん》を見ますと、こんな十如是なんてことは書いてないんですね。羅什の翻訳には、サンスクリットを見ると違う所がたくさんある。悪いとばかりは言えませんし、もちろん根拠が無いわけではないのですが。「実相」とか「諸法実相」とかいう言葉は羅什の創作です。

ところが、急ぎますけれど、天台大師智顗は、この諸法実相という概念を非常に押し広げて参りました。そして、「法華玄義」の中では、「治生産業《じしょうさんごう》」、わたしどもの生業《なりわい》のことですが、これが全て実相であると書いてある[77]。しかしこの言葉は、言葉の表だけを鵜呑みにしてはいけない。治生産業ですからお米を作ることも、魚を捕ることも、全ては実相である。これは非常に重たい大事な言葉でござ

います。「法華経」法師功徳品に、

復た次に、常精進、若し善男子善女人、如来の滅後に、是の経を受持し、若しくは読み、若しくは誦し、若しくは解説し、若しくは書写せば、千二百の意の功徳を得ん。是の清浄の意根を以て、乃至一偈一句を聞くに、無量無辺の義に通達せん。是の義を解り已って、能く一句一偈を演説して、一月四月乃至一歳に至らん。諸の所説の法、其の義趣に随って、皆実相と相違背せじ。若し俗間の経書、治世の語言、資生の業等を説かんに、皆正法に順ぜん。(78)

とある。「法華玄義」の言葉はこれから来るんです。どのような仕事をしようと、どのようなことに

註――

(74)「所謂諸法如是相。如是性。如是体。如是力。如是作。如是因。如是縁。如是果。如是報。如是本末究竟等」（『大正』九、五頁下段）

(75)　中国天台宗の第二祖。南北朝時代の僧。［生］五一五―［没］五七七。

(76)〈諸法実相〉（三五六―三六〇頁）を参照されたい。

(77)　この言葉は「法華玄義」の中、何カ所にも現れるが、例えば、巻一上に「如一切世間治生産業、皆与実相不相違背。一色一香無非中道、況自行之実而非実耶」（『大正』三三、六八三頁上段）などとある。

(78)「復次常精進。若善男子善女人。如来滅後受持是経。若読若誦若解説若書写。得千二百意功徳。以是清浄意根。乃至聞一偈一句。通達無量無辺之義。解是義已。能演説一句一偈。至於一月四月乃至一歳。諸所説法随其義趣。皆与実相不相違背。若説俗間経書。治世語言資生業等。皆順正法」（『大正』九、五〇頁上段）

携わろうと、何をしようと、すなわち皆実相なのだという。ただしその時は、今出ました「法華経」の言葉で言うならば、「清浄なる意根」によっている。大乗仏教で「清浄」と言うことは、本当は「空」ということなんですよ。「法華経」は民衆の経典といいましたけれど、空ということが根本に無いということではない。

空ということは、すなわち一切を、全てを越える。越えなければ、超越が分からなければ、大乗仏教は分からない。超越とは、越えることであり、離れることである。離れるとは、繰り返していいますが空であります。空ということは、元のインドの言葉はすなわち「シューニヤ（śūnya）」であります。インドでゼロということです。それを中国で「空」と訳した。ゼロのことをシューニヤというのです。ゼロの発見はインドにあると言います。同じ言葉であります。仏教ではこれを使っているんです。

では、ゼロということを考えてみるならば、わたしたちがゼロということをどんなに考えても、そこには直結出来ない、とわたしは思うんです。一をどんなに小さくしても、例えば、何回半分にしても、無限に繰り返し半分にし続けてもゼロに直結出来ませんね。わたしは、数学の難しいことは分かりませんが、絶対つながらない。それは、非連続の連続です。ここに至ることが超越なのです。これが分からなければならない。ですから、空とは恐ろしいことでありまして、全部空《くう》ずると言うことは、これは全き否定であります。

宗教というものは、特に仏教は、自分というものを一度全部否定する立場に立たないと本当は分からないと思います。わたしは口だけでございます。でも、そうだろうと思います。頭だけではない。

自分をこの世の底下の者として、伝教大師最澄《さいちょう》は、すなわち十九歳の青年の最澄が、比叡山に於て自分のことを「底下の最澄」と言った。この世の中で最も愚かな者だという。凄い人材だったと思います。そういう自覚ですね。(79)

この空の道は、仏教者が本当は通らなければならない道であります。ですがわたしどもは生きているのであります。その生きているわたしどもが一とか二であるなら、ゼロが根底にある。ならば、このゼロはこの一を生かすものでなければならない。このゼロは一の根底であります。わたしは、それが仏教というものである、どう考えてもそうだと思います。そうすると、この両方を把握して、一なる日常生活をゼロを孕んだものとして意識して生きるのが、これが仏教というものであろうと思います。そういたしますと、治生産業をそのまま「諸法実相」と言っても、これは一辺ゼロを通して生き返って来なければならない。「摩訶止観」の巻一に、

(80)円頓《えんどん》とは、初めより実相を縁ず。境に造《いた》るに即ち中にして、真実ならざること無し。縁を法界に繋げ、念を法界に一にす、一色《しき》一香《こう》も中道に非ざること無し。(81)

註

(79)〈止観〉「叡山大師伝」(二一九頁)を参照されたい。

(80)〈諸法実相〉註(19)及び当該本文を参照されたい。

(81)「円頓者。初縁実相造境即中無不真実。繫縁法界一念法界。一色一香無非中道」(『大正』四六、一頁下段)

とあります。大変有名な箇所ですが、これが実相であり、「一色一香無非中道」であります。円頓とは円頓止観。止観として最も優れた、完成された止観のことですね。円頓止観に於ては、そこで直ちに実相というものを縁ずる。その時には、一色一香、この世の一つの色も一つの香りも、それは総て中道《ちゅうどう》。中道ということは、先に申しました一とゼロを孕んだものが中道であります。これが「摩訶止観」に出てくる。

　ところで「源氏物語」にも「法華経」がたくさん出て参ります。しかも「源氏物語」では、非常に哲学的なものになって現れて来ることがある。「源氏物語」蛍の巻に出ておりますのは、すなわち紫式部の文学論であります。

「骨《こち》なくも聞こえおとしてけるかな。神世より世にあることを記しを《(お)》きけるななり。日本記などはたゞかたそばぞかし。これらにこそ道〳〵しくくはしき事はあらめ」とて笑ひ給ふ。[82]

　長いので前の方を省いてしまいましたけれど、[83]「日本記《にほんぎ》」「日本書紀」というものは、「ただ片そばぞかし」、人間の一片しか伝えていない。全部を伝えなくて人間の一面だけである。物語の中にこそ人間の本当の姿があるんだと言う。泣いたり、騒いだり、喜んだり、そうしながらこそ人間の真実というものがあるんだ、ということですね。紫式部の時代には、物語というものは女子供の読むものであります。その物語なるものに対して式部はこういうことをいう。わたしは、この辺りを読むというと、紫式部という人はものすごく偉い、大変な女の人だと思います。

仏のいとうるはしき心にて説きをき給へる御法も、方便といふ事ありて、悟りなき者は、こゝかしこ違《たが》ふ疑ひをおきつべくなん、方等経の中に多かれど、言ひもてゆけば、一つ旨《むね》にありて、菩提と煩悩との隔たりなむ、この人のよきあしきばかりの事は変はりける。よく言へば、すべて何事もむなしからずなりぬや。(84)

いろんな方便、プロセス、手だてとして真実でないことを言うけれど、最後は遂に一つに行くのだという。いちばん最後の言葉、「よく言へば、すべて何事もむなしからずなりぬや」これが諸法実相だとわたしは思うのです。「源氏物語」は煩悩の積み重ねのようなものでしょう？　内村鑑三《うちむらかんぞう》(85)という人は「源氏物語」を悪し様に言います。わたしは、内村の弟子に聖書の講義を受けましたけれど、それはもうぼろくそに言います。クリスチャンから見ればそうでございます。しかし、紫式部は「煩悩

註――

(82)『新日本古典文学大系』20「源氏物語　二」四三八―四三九頁。

(83)「日本記」は「日本紀」のこと。ただし「日本紀」は、「日本書紀」を単独に指すだけでなく、「日本書紀」以下の六国史の総称としても用いられる。ここでは国史の総称と取るべきか。

(84)『新日本古典文学大系』20「源氏物語　二」四三九頁。

(85) キリスト教無教会主義の提唱者。［生］一八六一―［没］一九三〇。札幌農学校に入学後、W・S・クラークの影響で洗礼を受け、卒業後アメリカの大学で学ぶ。キリスト者として講演、著述による伝道を行い、当時の知識階級、特に青年層に大きな影響を与えた。

即菩提、諸法実相」だと言うのです。この辺りのところを、時間が無くなりましたが、よくお考え頂きたいと思います。

大変中途半端なことですが、とにかく申し上げたいことは、「法華経」の諸法実相の思想というのは、天台大師智顗の「摩訶止観」を通して、日本人の文学論の根底を形成した。わたしにはどうもそう思えて仕方がない。今でも和歌を作り、俳句を読む日本人の心ざまに、それだけでなく、剣道をやる人にしましても、そういうものが根を強く下ろしているのではないか。諸法実相を把握するための手段が止観でありますが、そういうものが動いているのではなかろうか、ということです。大変尻切れとんぼな話になりまして申しわけありません。ありがとうございました。

「涅槃経」と日本文学

〔第一講〕 日本仏教における「涅槃経」の受容

さて、[1]〈「涅槃経《ねはんぎょう》」と日本文学〉という、こういう題で今までお話になられ、お書きになった方は、実は余りないんじゃないかなと、思います。日本文学、あるいは日本仏教に於て、「涅槃経」というものが問題になります時には、殆どそれは大乗の「涅槃経」であります。そして、文学に仏教が関わって来るということを考えます時には、特に日本の場合など、直ちに仏教の経典の研究がそのまま文学に密着する訳ではございません。

インドを出ました仏教が、中央アジアを経て、そして中国を経て、あるいは朝鮮半島を経て日本に入って参ります間には、いろいろと、それこそ変容と言ってもいいかも分からない程の、いろんなものがつけ加わり、思想的にも大変広い展開を遂げて参ります。わたしども日本人は、実はそういう仏教を受けて参りました。

この仏教が入って参ります時には、その地域地域に於て、丁度、箱でしたら受けるものがあって蓋があるようにですね、中央アジアに於て、また中国に於て、朝鮮に於て、それぞれの風土と民族性によって、仏教というものは、そういう受け止められ方をして来たということがございます。日本人が受け止めた仏教もそうでございます。

そして経典の場合、または論や律の場合、日本人は特に漢訳の、中国で翻訳されたところの典籍を使って参りました。翻訳ということ自体に実は大変大きな仏教学上の問題がございます。サンスクリットから中国の言葉に翻訳されます時には、元もとのインドの言葉というものと中国の言葉とは本質的に違うものでございます。中国は五千年この方、文字《もんじ》の国、文字の文化の国でございました。極めて豊かな思想を持った国でございましたから、非常に中国ナイズされるということが必然的に起こります。そういうものをわたしどもは受けているということも注意しなければならない訳でございます。ですから、この中国で翻訳された典籍の中には、あるいは中国人の思想、特に老荘の思想とか、そういうものとの絡まりも混入いたします。そういうものを日本人は「仏教」として受けて来たということを予め申し上げたいと思うのでございます。「涅槃経」の場合もそうでございます。

それから、文学の場合を考えます時には、仏教と文学とは本来は違うものでございます。仏教文学などと申しますけれど、何と申しましても仏教は宗教であります。文学と宗教はもちろん接点を持ち、重なり合い、いろんな関係がございますが、わたしは本来違うものであろうと思います。同じ所に行き着くかも知れない。しかし救済を求めるのが宗教であろうと思うんです。そう致しますと、文学と宗教を直ちに結び付けるのもおかしい。しかしながら、わたしどもは、この日本文学の作品の中に夥しく現れるところの、仏教の言葉、仏教の思想、仏教的な考え方を拾って参ります時に、逆に単に学者の学問の書物だけでは見えなかった、民衆の仏教の受け止め方というものを知ることが出来るのでございます。わたしは、その意味で日本文学の中に仏教の要素というものを探り当てて行くことは、大変大きな意味を持つもののように普段考えております。

さて、前置きはこれ位に致しまして、日本に「涅槃経」が受容され、受け止められていく経緯をどの辺りに考えたらよろしいか。わたしは歴史の専門家でございませんので、白状いたしますと実は大変疎いのでございますが、わたしが考え、目に止まる程度のものだけをご紹介申すことでございます。

註——

（1）大乗の「涅槃経」と言われるもののサンスクリット原典は一部断片が発見されているのみであるが、漢訳としては、曇無《どんむ》讖《しん》訳の「大般涅槃経《だいはつねはんぎょう》」四十巻、いわゆる「北本」（『大正』一二、三六五頁以下）と、その修治本である、いわゆる「南本」三十六巻（同前、六〇五頁以下）とがあり、チベット語訳も現存している。またこの冒頭部分に対応する法顕《ほっけん》訳の「仏説大般泥洹経《だいはつないおんぎょう》」六巻（同前、八五三頁以下）が現存する。なお、「涅槃経」の名を冠する経典は阿含ニカーヤ中にも存在し、ディーガ・ニカーヤ（Digaṇikāya, 長部）16「大般涅槃経」（*Mahāparinibbāna-suttanta*）と、その漢訳平行経である仏陀耶舎《ぶつだやしゃ》・竺仏念《じくぶつねん》共訳の「長阿含経《じょうあごん》」第二「遊行経《ゆぎょう》」（『大正』一、一一頁上段以下）、その他異訳として、白法祖《びゃくほうそ》訳「仏般泥洹経」二巻（同前、一六〇頁以下）、訳者不明の「般泥洹経《はつないおんぎょう》」二巻（同前、一七六頁以下）、法顕訳「大般涅槃経」三巻（同前、一九一頁以下）などがある。さらに律蔵の中、義浄《ぎじょう》訳「根本説一切有部毘奈耶雑事《こんぽんせついっさいうぶびなやぞうじ》」の第三十五〜四十巻（『大正』二四、三七九頁下段以下）にも大略同じものが収められている。なお、異訳とは言い難い、竺法護《じくほうご》訳「方等《ほうどう》般泥洹経」二巻（『大正』一二、九一二頁以下）も現存するが、大乗的雰囲気の強い経典である。

初めに、聖徳太子（五七四―六二二）の伝記である(2)「上宮聖徳法王帝説《じょうぐうしょうとくほうおうていせつ》」の一節を見てみましょう。この「上宮聖徳法王帝説」と申しますのは、ご存知のように聖徳太子の伝記と致しましては最も古いものでございますけれども、いろんな時代に作られているそうでございます。この構成は五部に分かれておりまして、ここで見ますのは第二部の第三番に当たる所でございまして、この辺りの箇所は恐らくは奈良時代に書かれたものであろうと言われております。聖徳太子に関するものとしまして、いわゆる「涅槃経」に関することがございますので、皆様のお手元に差し上げました。

それから、ここにお示しいたしましたのは、(3)家永《いえなが》三郎先生の『上宮聖徳法王帝説の研究』の中から借用させて頂きましたので一言お断り申し上げておきます。(4)そしてここに読みがついておりますが、これも、それにいろいろのものを重ね合わせて読まれたものでございまして、これの底本は知恩院《ちおんいん》の所蔵本でありますが、その底本とちょっと読みの違う所がある訳ですが、これは家永先生が、古来多くの学者が読んだものを、いろいろ取捨選択したものです。

上宮 王《かみつみやノおほきみ》、高麗慧《こまノゑ》慈法師《じノほふし》を師《ノリノし》トして、王《おほきみ》ノ命《みコト》、能《ヨ》く涅槃《ねちは》常住《ざうぢう》、五種《ごす》仏性《ぶつさう》ノ理《コトわり》を悟《さと》り、明《あきらか》に法花《ほふくゑ》三車《さむさ》、権実二智《ごじちにち》ノ趣《おもむき》を開《ひら》き、維摩不思議解脱《ゆいまふしぎげだち》ノ宗《むね》を通《トほ》り達《さと》り、且経部《またかうぶ》ト薩婆多《さちはた》トノ両《ふたつ》ノ家《いへ》ノ辨《わきま》へを知《し》り、亦三玄五《またさむぐゑご》経《かう》ノ旨《むね》を知《し》りて、並《なら》びに天文《ても》地理《ちり》ノ道《みち》を照《てら》す。即《すなは》ち法花《ほふくゑ》ノ等《ゴト》き経《かう》ノ疏《そ》七巻《ななまき》を造《つく》りて、号《な》をば上宮御製疏《かみつみやノごせいノそ》ト曰《い》ふ。(5)

云々とあります。「王ノ命、能く涅槃常住、五種仏性ノ理を悟り」、これがいわゆる「涅槃経」です。

上の方から訳しますと、「上宮王」は、言うまでもなく上宮法王、即ち聖徳太子は、高麗の慧慈法師、朝鮮半島の高麗の国の慧慈《えじ》(6)を師として、先生として仏教の勉強を致しました。学者は、普通、慧慈という人は、三論宗《さんろんしゅう》の人であると、こういうふうに言います（わたしにはどういう根拠で言うのかちょっと分からないのですが）。

三論宗という宗は、これは、もちろん中国に於て出来た学派でございまして、三論とは三つの論のことです。インドにおきましては、インド大乗の中の般若中観《はんにやちゆうがん》学派というものと瑜伽唯識《ゆがゆいしき》学派という

註――

（2）聖徳太子関連の記事を五種類に分って蒐集編輯したもの。系譜、事蹟、光背銘などの金石文、事蹟記事の補遺、欽明天皇から推古天皇までの在位・崩御年などの記事、の五部から成る。各部分は成立時期を異にしており、最終的に現形になったのは平安中期と見られている。

（3）日本思想史の研究者。[生]一九一三―[没]二〇〇二。執筆した高校の教科書『新日本史』が国の教科書検定制度によって不合格と判定され、一九六四年には修正意見付きで合格とされたことから、いわゆる教科書裁判を起こした。一次、二次（第一審では勝訴）と敗訴したが、第三次訴訟で一部勝訴を勝ち取り、教科書検定制度の透明化への大きな一歩となった。

（4）この書物は二〇〇一年に名著刊行会から増訂版として復刻出版されたが、現在入手困難になっており、図書館などで閲覧しやすいものとして、本書では上記の書物の研究成果を取り入れた『日本思想大系』2「聖徳太子集」（岩波書店）のもので紹介することとする。

（5）前掲書、三五九―三六一頁。

（6）五九五年に来日し、聖徳太子の師となり、法興寺に住したが、六一五年に帰国した。[生]？―[没]六二三。

ものが二大潮流であります。この般若中観学派はナーガールジュナ[7]（Nāgārjuna, 龍樹《りゅうじゅ》）を祖とするところのもので、つまり三論宗とは、その空《くう》の哲学でありますところの三つの論書、「中論《ちゅうろん》」[8]「十二門論《じゅうにもんろん》」[9]「百論《ひゃくろん》」[10]という三つの論に従って学派を組織したものです。もちろん中国における初期の「宗」とは教団ではありませんで、学派であります。これが三論宗、般若中観系の学問ですね。一方、瑜伽唯識学派というのは、中国に参りますと法相宗《ほっそうしゅう》となります。[11]玄奘《げんじょう》三蔵が伝えたのが法相宗です。インド大乗の二大潮流というものは、中国では、一つは三論宗となり、一つは法相宗となるのでございます。

さて、この慧慈が高麗の国から参りまして、聖徳太子の先生になりました。その時に、「王ノ命、能く涅槃常住、五種仏性ノ理を悟り」とありますが、これがいわゆる「涅槃経」の一番の根本理論であります。その大乗の「涅槃経」の説く命題と申しますと、即ち、如来常住である。それから、生きとし生けるものは悉く仏性《ぶっしょう》を有す。ちょっと荒っぽい言い方ですが、仏性とは仏と成る可能性であります。それから更に、闡提《せんだい》成仏。闡提と言いますのは、あるいは一闡提《いっせんだい》と申しますが、イッチャンティカ（icchantika）というサンスクリットの発音を写しただけで、文字には何の意味もございません。イッチャンティカというのは、即ち救い難い者というか、人間の善い心を失ってしまった者という意味なんですね。仏教の言葉では、断善根《だんぜんごん》、善根を断てる者。古来、彼は成仏出来ないと言われてきている。善根を持たないのですから救いようがないということですね。しかし「涅槃経」は、一闡提の問題を非常にいろいろ苦労して、どうしようもないその人も、結論としては成仏できる、と言うのです。こういう命題というものを掲げている訳ですが、このことの説明は、段々にまた文学作品を見ながら考えて行くことに致します。

「涅槃経」におけるところの、五種の仏性、仏性というものを五種にわけるやり方というのは、これが何に拠ったのか、ちょっとわかりにくい所があるのです。例えば、天台の教義では「三因仏性《さんいんぶっしょう》」と言いまして、三種の仏性を立てます。簡単に申しますと、まず「正因《しょういん》仏性」。仏教というのは非常

註——

(7) 南インド、紀元後二、三世紀の僧。空《くう》の論理を用いて有《う》と無との両極を排した中観仏教を開拓した。この人物にまつわる伝説は多いが、生涯の詳細は不明。晩年を南インドの山中で過ごしたという。

(8) 龍樹の作った偈頌（詩）に青目《しょうもく》が註を付けたもの。縁起するものは総て空であると観る空観こそが仏教の説く中道であると主張している。四巻。『大正』三〇、一頁以下。

(9) 「中論」の要項書。十二章に分けて空観を解説したもの。一巻。同前、一五九頁以下。

(10) 龍樹哲学の入門書的な書物。空観の立場から、インド諸学派の思想を論破している。二巻。同前、一六八頁以下。

(11) 中国、唐代の僧。[生]六〇二―[没]六六四。十三歳で出家したが、中国の仏教教義学に疑念を抱き、仏教の本家であるインドで学ぶことを志し、六二九年、国禁を犯してインドへ趣き、ナーランダ寺で勉学に邁進する。その後広くインド各地の学者を歴訪して研鑽を積み、六四五年、大量の仏典を携えて帰国する。以後、長安の慈恩寺に迎えられて翻訳に従事し、夥しい量の仏典を翻訳した。風化し意味転訛を起こした術語を新語に置き換え、翻訳の文体にも工夫を凝らすなど、サンスクリット原典に忠実な翻訳を目指した（画期的な翻訳であるということから、玄奘以前の翻訳を旧訳《くやく》と言い、以後を新訳と言う）。慈恩寺へは多数の学僧が参集し、以後の中国仏教学の水準を大いに引き上げることとなった。学問については本文で後述されるので割愛するが（〈止観〉二二四頁を参照されたい）、著作には、「西遊記」の元になったと言われる旅行記「大唐西域記《だいとうさいいきき》」などもある。

に思弁的なものでありまして、この正因仏性は、本来としてあるべき仏性、本来として総ての人の中にある仏性。それから「了因《りょういん》仏性」。その仏性というものは本来としてあるのであって、その仏性は決して表に顕われていないので、それを顕わさなければならない。この時、この「了因」とは、それを顕わすところの智慧であります。それから「縁因《えんいん》仏性」。これは、智慧というものを起こすところの諸もろの善い行いだというのです。これを「三因仏性」と申します。これはもちろん「涅槃経」に拠って天台の教学が立てるのでございますが、この他に「果性《かしょう》の仏性」というものがございます。即ち正因が了因と縁因に依って、そこで即ち果として仏性が顕わされていく、その仏性。これはつまり智慧の徳であります。「智徳《ちとく》の仏性」です。この智慧の徳が総ゆる煩悩を断ずるところの仏性となる、これを即ち「断徳《だんとく》の仏性」と申します。これは全部天台の教学で申しましたが、三論の方でも同じようなことを言葉だけは違うけれども申すのでございます。皆、これはもちろん元は「涅槃経」にその思想の背景があるのですけれど、中国に於てこのようなことを言うのでございます。

では、聖徳太子が天台の教学をご存知であったかどうか、大問題なんですけれど、しかしながら慧慈という人が高麗の国からやって来た時に、敏感な朝鮮半島の人が中国の仏教を知らない筈はないのでございます。年代を調べてみましたが、聖徳太子は五七四年から六二二年、それから天台大師智顗《ちぎ》は五三八年から五九七年でございます。わたしは、聖徳太子が天台の書物を読んだ、そんなことは有り得ないと思います。但だ、慧慈は朝鮮半島に居て勉強をしておりまして、中国の思想というものは早くからもっと入って来ております。奈良時代になりましても、例えば法相の勉強でも、玄奘三蔵の所へ日本の道昭《どうしょう》(12)なんかも行ってるんですね。東シナ海は遠かったかも分かりませんが、打てば響くように、この中国の思想が日本に入って来ているのでございまして、皆これは、慧慈が説明したものであろうと思うんです。時間がありませんから結論から申しますと、「涅槃経」の思想はこのように慧慈によって既に紹介されているのであろうということを言いたいんです。

その次を見ますと、「明に法花三車、権実二智ノ趣を開き」、これは即ち「法華経」の教えであります。それから、「維摩不思議解脱ノ宗」つまり「維摩経」の教えを聞いている。まだその後にいろいろ出て参りますが省略致します。

聖徳太子はご存知のように、「法華義疏」「勝鬘経義疏」「維摩経義疏」をお作りになった。この頃の学者は、全部が御製でないと申します人もおりますけれど、そういうふうに伝えて来ている訳でございます。(13) これらの書物をお書きになられまして、「法華経」と「勝鬘経」と「維摩経」についての註釈はお書きになりましたけれども、もちろん「涅槃経」については何も書いていらっしゃる訳ではない。だからと言って、「涅槃経」をご存知なかったとは言えないであろうというふうに思う。奈良時代の史料からですが、そういうことをちょっと申し上げたかったのでございます。

それからもう一つ。聖徳太子は「法華義疏」即ち「法華経」に対する註釈書ですね。この書物については、大変な自負心を持っておられた。それは即ち、海彼の本ではない、と。ですから、この書物

註――

（12）飛鳥時代の僧。法相宗の開祖。[生]六二九―[没]七〇〇。六五三年に遣唐使に随って入唐し、玄奘に法相の教義を学んだ。帰国後は飛鳥寺（法興寺）に禅院寺を建てて法相宗を弘めた。行基はこの門の出身。遺言に基づいて、日本で最初に火葬に付されたとされる。

（13）〈「法華経」と日本文学〉註（11）を参照されたし。

は日本における仏教学の最も古いものであります。立派な「法華義疏」を作られています。ただし、聖徳太子のようなお偉い方であっても、お手本も何もなくてお作りになった訳ではございませんで、学問とは伝統で、前の人のものを受けるものでございますね。[14]法雲《ほううん》という学者が中国にございました。光宅寺《こうたくじ》というお寺に居りましたので、光宅寺法雲、あるいは光宅法雲と言う。この法雲の「[15]法華義記」これを参考にしているのでございます。この法雲という学者はたいへん偉い学者で智顗《ちぎ》よりももっと古い人でございますが、実は中国における[16]涅槃宗の学者であります。「法華義疏」の中には、この法雲の「法華義記」の影響があるのでございまして、「法華義疏」を読むならば、そこには則ち如《にょ》来蔵《らいぞう》思想というものがある。これは非常に仏性思想に似ておりまして、わたしどもの中には、母の胎内に子供が宿るが如くに如来と成るべき素質が隠されている。しかし、玉は隠されているけれども、そこにはごみが溜まったり、苔が生えたりしている。それを修行に依って洗い磨いて、本来の玉というものを、輝けるものを顕わさなければならない、というのが本来の思想であります。これが、この聖徳太子の「法華義疏」にもある。

さて、中国には涅槃宗というものがあったのでございます。法雲は涅槃宗の学者であった。涅槃宗と申しますのは、中国で五世紀の初め頃から興りましたが、それは、「仏説大般泥洹経《だいはつないおんぎょう》」、「泥洹」は「涅槃」と同じ、ニルヴァーナ(nirvāṇa)の写音です。これは[17]法顕《ほっけん》という人によって、五世紀の初め頃に先ず翻訳されました。「涅槃経」と申しますといろんな形のものがサンスクリットであった訳で、先ず六巻のものが則ち法顕という人によって翻訳されました。その中に先ほど申しました一闡提《いっせんだい》という、どうにも救い難い人間の話が出てくる。この経典の問題が出ますと、中国に於て[18]竺道生《じくどうしょう》という人が、この「涅槃経」の研究を始めるのでございます。本格的に始めます。そして、どうしても救えないこのイッチャンティカ（icchantika）も救われるべきであるという、大胆な論説を立てて、非常に人

註――

(14)〈「法華経」と日本文学〉註（9）を参照されたし。

(15)〈「法華経」と日本文学〉註（10）を参照されたし。

(16)本文で言及された三論宗や法相宗などと同じく、中国仏教の学派の一つ。大乗の「涅槃経」を中心に据えて研究するもの。特に経の説く「一切衆生悉有仏性」という思想を課題として取り組んだ。南北朝時代、南朝の梁を中心に盛んになったが、次第に衰微した。

(17)中国、東晋時代の僧。[生]三三七頃―[没]四二二頃。中国の律蔵の不完全さを嘆き、六十歳を超えてからインドを目指した。六年間の大変な苦労の後、西域を経て中インドへ達し、サンスクリットなどを学ぶ。その後、各地を巡礼した後、スリランカから東南アジアを経由して四一二年に海路で帰国し、持ち帰った経・律の翻訳に邁進した。また、その旅行記「仏国記」は、西域から東南アジアまでの極めて広範囲に渡る当時の様子を記しており、極めて貴重な文献である。

(18)中国の南北朝時代の僧。[生]三五五―[没]四三四。当初、廬山《ろざん》の慧遠《えおん》に師事していたが、鳩摩羅什が長安で経論の翻訳事業を開始すると直ちに羅什の弟子となり、羅什門下四傑の一人に数えられた。「妙法蓮花経疏」を著し、後の天台智顗へと繋がっていく法華経解釈を創始した。このことにより当時、唯識また般若教学に傾いていた仏教学を法華経へと導いたといわれる。羅什が亡くなった後に、法顕が訳した「大般泥洹経」が伝えられ（註（1）を見よ）、羅什門下生は挙って「泥洹経」を研究した。また、道生はこの頃に、独自の教相判釈を打ち立てた。(1)善浄法輪《ぜんじょうほうりん》、在家信者のための説法、(2)方便《ほうべん》法輪、声聞・縁覚・菩薩のための説法、(3)真実法輪、「法華経」、(4)無余《むよ》法輪、「大般泥洹経」、というものであるが、後の五時八教の教相判釈へと繋がるものとして極めて重要である。

びとの鞲鞴を買ったという話がある。

ところが、それから間もなくして、[19]曇無《どんむ》讖《しん》というインドの僧によりまして、「大般涅槃経」（四十巻）が翻訳されました。これは、五世紀の四一二年頃。これにはしっかり一闡提成仏が説かれていた。これは、五世紀の前半における中国仏教界に於て、たいへん画期的なことなんですね。

と申しますのは、その頃の中国、と申しましても黄河の辺り、いわゆる北地について言っているのですが、その頃の中国は五胡十六国の時代です。先ず、[20]鳩《く》摩《ま》羅什《らじゅう》によりまして画期的な翻訳がなされます。羅什が中国に伝えたもの、それは「法華経」もあれば「阿弥陀経」もある。いろいろございますけれども、その最たるものは般若中観思想であります。羅什は、五世紀の初め、西暦四〇一年から十何年までの間に、沢山の般若中観学派の本を訳した。それは、丁度中国人の老荘の思想の好みに合いまして、非常に盛んになる。即ち、空とか無とか、こういう絶対否定を繰り返し繰り返し言っている、そこに「大般涅槃経」という、ある種肯定を説く経典が中国に現れたのです。これは画期的なことでございました。「涅槃経」は、即ち如来性《にょらいしょう》は常住なのである、全てのものは仏に成ることが出来る、そういうようなことを説くと同時に「常楽我浄《じょうらくがじょう》」ということを申します。

元もと仏教では、常ということを申しません。ご存知のように、仏教のいちばん最初に四《し》法印《ほういん》ということがございます。[21]お釈迦さまの教え以来、総《あら》ゆるものは無常である、と説いている。「大般涅槃経」の中にもありますよ、「諸行無常、是生滅法《ぜしょうめつぼう》、消滅滅已《しょうめつめつい》、寂滅為楽《じゃくめついらく》」[22]と。それがやがて日本で[23]「いろは歌」になるというのは有名な話ですけれど。しかしながら、「常《じょう》」に立つということは、単にこれを裏返して反対に言っている訳ではございません。単なる否定だけに留まらないということを言うのです。絶対の否定を超えて、そこに見い出されてゆくもの、場というか、それを「涅槃経」は謳いあげるのでございます。「常楽我浄」を説くのであります。

その意味に於て、「涅槃経」は肯定的でございます。クシナガラの沙羅双樹《さらそうじゅ》の元に於てお亡くなりになったとわたしどもが思っている釈尊《しゃくそん》は、実は常住なるものとして、常に霊鷲山《りょうじゅせん》という山に、つまり、我われの傍らにおられる。その時、釈尊は、即ち法性《ほっしょう》の理より生まれ出てくるものとなる。その時には釈尊も阿弥陀仏も同じ意味でございます。如来は常住なるものである、そして常に我われの傍らに居るのであるという、こういう一つの宗教的把握の仕方に変わって来る。

しかしながら、五世紀の初めの頃の中国に於ては、般若中観学派というものが、丁度中国人の老荘

註――

(19) 中部インド出身の僧。[生]三八五―[没]四三三。四一二年に中国へ渡り、翻訳に従事する。訳出した「涅槃経」が完本ではないということで、原典を求めて旅に出るが、大呪師としても勇名を馳せていた曇無讖は、敵国へ渡ると危険だということで暗殺されてしまう。

(20) 〈「法華経」と日本文学〉註（1）を参照されたし。

(21) 仏教の基本的な主張を四項目に纏めたもの。一切皆苦《いっさいかいく》、人生の総てはおしなべて苦である。諸行無常《しょぎょうむじょう》、総ての物事に常住不変なるものは存在しない。諸法無我、如何なるものも常一なるアートマン（我）ではない。涅槃寂静《ねはんじゃくじょう》、目指すべきは寂静なる解脱である。以上の四項目。

(22) 「諸行は無常にして、これ生滅する法なり。消滅し、滅しをはりて、寂滅なるを楽と為す」と訓む。

(23) 「いろ《(色)》はにほへ《(匂)》と《(ど)》　ちり《(散)》ぬるを　わかよ《(我が世)》たれそ《(誰ぞ)》　つね《(常)》ならむ　うゐ《(有為)》のおくやま《(奥山)》　けふ《(今日)》こえ《(越)》て　あさき《(浅)》ゆめみし《(夢見じ)》　ゑひ《(酔)》もせす《(ず)》」というもの。平安中期頃に「涅槃経」の上記の偈をもとに作られたとされる。手習いの手本などに重宝され、また、ものの順序を示すのにも用いられた。

思想とマッチしていた、そこへ、この「涅槃経」のようなものが入って来たのでございます。当然、人びとはこれに向かって関心を注ぎました。そこで即ち、いわゆる涅槃宗なるものが出来るのでございます。その涅槃宗は、先ほど申しました竺道生を初めと致しまして、それから時代を少し下りまして、聖徳太子の「法華義疏」のお手本である「法華義記」を書いた法雲も涅槃宗の学者です。ただし、涅槃宗ですから「涅槃経」しか勉強しないというのではないんですよ。いろんな事をやるのでございます。

考えてみましたら、インドで「涅槃経」が出来ましたのは三世紀の頃でございます。経典というのは、お釈迦さまの思想、お考えというものを帯しながら、いろいろな事を皆が時代時代に考えて作ったものでございますから、その時代を反映しているのでございます。一闡提の問題、それから如来常住の問題、それから先ほど申した悉有仏性《しつうぶつしょう》の問題、この三点がとりわけ涅槃宗の学者達の研究の眼目でございました。それが、日本にも入ったんですね。奈良時代に涅槃宗は入ったらしい。日本では涅槃宗を「常修多羅《じょうしゅたら》宗」と申しました。「修多羅」と言いますのはお経という意味です。インドの言葉、スートラ（sūtra）の写音です。頭についている「常」とは、先ほど申した無常に対する常楽我浄の常であります。仏性常住の常であります。奈良時代に伝来致しまして、こういうふうに言われたようでございます。奈良の元興寺《がんごうじ》や大安寺《だいあんじ》等にどうも伝わったらしい。

しかし、この涅槃宗は何故か南都六宗の中に入っておりません。いわゆる南都六宗、ご存知のように、東大寺は「華厳経」[24]に拠るところの華厳宗。それから、インドの瑜伽唯識、非常に難しい仏教認識論ですが、法相宗《ほっそうしゅう》。その[25]寓宗《ぐうしゅう》と致しまして倶舎宗《くしゃしゅう》。それから三論宗《さんろんしゅう》、これに附きまして成実宗《じょうじつしゅう》、

「成実論」(26)という書物を研究する。それから、唐招提寺を本山とする律宗《りっしゅう》。こういう宗は、皆その場というものを公に認められている。それぞれ、年分度《ねんぶんど》者《しゃ》と申しまして、政府よりちゃんと官費が出まして学生を養うことが出来る。(27)こういう公の宗の中に涅槃宗は入らないのです。涅槃宗は何時の間にか、これが何故なのか分かりませんが、滅びてしまうのでございます。この涅槃宗は実は、中国におきましても衰亡致すのでございます。

中国におきましては、やがて天台宗の智顗《ちぎ》という人が、五教と申しまして釈迦一代の仏教を分類い

註——

(24) 大乗経典の一つ。独特の世界観を描き、この宇宙総てが毘《び》盧《る》遮那《しゃな》仏《ぶつ》の顕現であると看做す。物質の最小単位である微塵一つの中に全世界を包含し、時間の最小単位である一刹那の中に永遠を包摂するという、「一即一切、一切即一」の世界観を構築している。東晋の仏陀跋陀羅訳六十巻（『大正』九、三九五頁以下）、唐の実叉難陀訳八十巻（『大正』一〇、一頁以下）、唐の般若訳四十巻（同前、六六一頁以下）の三種の漢訳が現存する（但し、部分的に対応する経典は多数存在する）。

(25) 教学としては一つの宗として立てられるが、独立した一派とは看做されず、他の宗に付属して研究されるもの。

(26) ハリヴァルマン（Harivarman, 訶梨《かり》跋摩《ばつま》）（四世紀頃）の著作。四諦の教義を縷述するが、関連した諸部派の説を記述するのみならず、当時のインドの哲学諸派の学説にも言及している。インドではあまり重視されていなかった様子であるが、鳩摩羅什が翻訳して中国へ紹介して以降、中国では大いに研究され、日本へも三論と共に伝えられた。

(27) 国家が毎年人数を限って得度を許す制度。平安初期からこの制度が始まり、十名の年分度者が許可されていたが、最澄の上表により八〇六年は年分度者十二名が認められることとなり、華厳・天台・律宗に各二名、三論・法相宗に各三名が割り当てられた。後に少しずつ範囲が広がり、八三五年には真言宗にも三名が認められた。

たしました。わたしどもには猪口才な知識があって、「涅槃経」は三世紀に成立したなんて、見たこともないのに分かったように申します。しかし昔の中国の人は、経典は全てお釈迦さま一代でお説きになったものであると考えました。一方インドに於ては、経典は長い時間をかけて成立しております。中国では、一気にどさっと、こういうふうに翻訳される訳です。そうしますと、それを整理しなければならない。キリスト教と違いまして、仏教には沢山な経論がある。なかなか勉強し難い宗教でございます。その時に釈迦一代の仏教を五教に分けます。その分ける時に、智顗は一番先に「華厳経」を置きました。「華厳経」という経典は大変に美しい経典でございましてね。というのは、悟りを開かれた直後のお釈迦さまが、悟りの心の風光というか、誠に荘厳極まりない輝く風光を、そのままに述べたように書いてあるのでございます。お釈迦さまが自分の心の中を、問わず語りに独り言のように言う。智顗は「華厳経」のその言葉を読んで、「華厳経」という経典は、釈迦一代の仏教の中でこれが一番早く、お釈迦さまが悟りを開いた直後のものである、と位置づけます。

ところが、そんなことを説かれても皆何も分からないので、その次に阿含《あごん》の経典を説いたのである。阿含と申しますのは、いわゆる原始経典です。「阿含」はインドの言葉アーガマ（āgama）の写音ですよ。伝えられてきたもの、というほどの意味。この阿含で、お釈迦さまは哲学ではなく、真に卑近な、身近な言葉で人びとに易しく、相手に応じて語りかけて来る。だからと言って、お釈迦さまの思想が卑近だと言うのではないんですよ。智顗の言葉ですが、「世間の当相に約して」、言葉に依って人びとに教えを説いたと書いてあります。その次に諸もろの大乗経典を説いた。それから次に空の哲学の「般若経」を説き、最後に、お釈迦さまの心の一番奥の「法華経」を説いたのである、と、そういうふうに言うんです。[28]

天台大師は「法華経」を一番大事に致します。ところが、ご存知のように「涅槃経」には、お釈迦さまがクシナガラの沙羅《さら》双樹の下でお亡くなりになる少し前からの事が書いてある。人びとに遺された教えであります。だからここに入れるのです。この「法華経」と同じ第五時に入れまして、「法華経」に於てなお言い残されたところを、最後のご臨終の時にお説きになったのであると、こういうふうに申します。これを捃拾教《くんじゅうきょう》[29]というのですが、こういうふうに天台で言いますので、即ち涅槃宗というものはこの中に盛り込まれてしまいます。結果、中国に於て涅槃宗は滅びるし、日本に於てもそうなのでございます。

さて、典籍類の日本への請来を申しましたけれど、奈良時代に入りました典籍というものは、正倉院に遺された文書の目録に拠りまして、その名前を見ることが出来ます。一番簡単な見方を申します

註——

(28) 整理しておくと、華厳時（「華厳経」）、鹿苑《ろくおん》時／阿含時（「阿含経」）、方等《ほうどう》時（「維摩経」「勝鬘経」）、般若時（「般若経」）、法華涅槃時（「法華経」「涅槃経」）の五時である。これに「化儀《けぎ》四教」と「化法《けほう》四教」とを組み合わせて、五時八教という体系が成立する。釈迦一代の教説の分類ではあるが、「法華経」こそが最勝の経典であることを示すための整理法でもある。

(29) 「捃拾」は拾い集めること。漢籍の言葉としては「くんしゅう」と読む。智顗は、「涅槃経」は「法華経」の利益に与らなかった者たちを拾い救うものであるという意味で、「涅槃経」を捃拾教と呼び、「涅槃経」を「法華経」の補遺のようなもの、つまり「法華経」より一段劣るものと位置づけた、ということ。

と、石田茂作《もさく》[30]先生というたいへん偉い先生がおいでになりました。奈良の国立博物館などに居られた。この石田茂作先生に『写経より見たる奈良朝仏教の研究』[31]という書物の付録に「奈良朝現在一切経疏目録」という目録があります。それは大変克明に出来ておりまして、いわゆる正倉院文書の経名がずっと出ておりまして、大変便利なものでございます。それを見ますと、既に奈良時代に於て、この「涅槃経」、それから註釈類も粗方入っております。と申しましても当然有るべきところのものが、例えば、法宝《ほうぼう》[32]という中国の学者に「涅槃経」の註釈がございまして[33]、こういう書物は実は日本では伝教[34]大師最澄《さいちょう》等に大きな影響を与えている、そういう書物が見あたらないのでございます。しかし、ともあれ、遠くの書物が日本に入って来たということだけを申しておきます。

　では、話は飛びますが「日本霊異記《にほんりょういき》」[35]をご覧ください。これは即ち文学と言ってよろしい。で、この「日本霊異記」の中には、「涅槃経」というものが一つの特異な形で出て参ります。その例は幾つも有るんですが、最も代表的なものをご覧に入れます。それから申しておきますが、「日本霊異記」の成立は平安時代初期であります。延暦十四、五、六年（七八五—七八七）頃には出来上がっていたものでございまして、日本における仏教に関する説話を景戒《けいかい》が集めたものです。薬師寺の景戒、この人は最初は私度僧《しどそう》[36]なんですね。公ではない。しかしながら後に法相宗の寺である薬師寺で一つの地位を得るまでになった人ですが、とにかく平安時代の初めに編纂されたのでございます。

　では、上巻の第二十七話「邪見なる仮名の沙弥塔の木を斫き焼きて悪報を得る縁」[37]を見ましょう。「邪見なる」とは、即ち邪な見解を持ったという意味で、仏教の言葉であります。正見《しょうけん》に対して邪見です。「仮名《けみよう》の沙弥《しやみ》」とは、名前だけの沙弥、「沙弥」とはサンスクリットでシュラーマネーラ(śrāmaṇera)と申しまして、修行の見習い僧のことをいいます。即ち名ばかりの修行者。

「悪報を得る縁」の「縁」とは、本当はこれを言ったら非常に長くなるのですが、大変面白い言葉なんですよ。[38] 非常に面白い言葉を使っているなぁと思うんですが、どの辺から説明すべきなのでしょうね。こういう「日本霊異記」というものの、もちろんこの先には伝統がございます。日本のことだ

註——

(30) 仏教考古学者。奈良国立博物館長。[生]一八九四—[没]一九七七。仏教遺跡や遺物を対象とした仏教考古学を提唱。学界で論争になっていた法隆寺再建説を実証したことで有名。

(31) 復刻されたりなどしているのでややこしいが、東洋文庫論叢11(一九六六)。

(32) 中国、唐代の僧。生没年不詳。玄奘に師事し、玄奘が「倶舎論」を訳出すると、直ちに疏三十巻を作るが、これは倶舎三大疏の一つとして重要。後、義浄の訳場に参加するなど、幅広く活躍した。

(33) 「大般涅槃経疏」。龍谷大学図書館にコロタイプ版が蔵されているとのこと。

(34) 〈止観〉「叡山大師伝」を参照されたい。

(35) 〈「法華経」と日本文学〉註(23)の当該本文を参照されたし。

(36) 「自度《じど》」とも。本来インドでは、出家は出家する本人が自覚を持って自ら為す行為であったが、中国、日本へ仏教が伝わると共に律令体制に組み込まれ、出家を国家が管理することとなった。国家の許可を得てする得度を「官度」といい、それに対して許可を得ずに私《わたくし》に得度することを「私度」と言う。得度すると男は沙弥《しやみ》、女は沙弥尼《しやみに》になり、その後受戒すると、それぞれ正式な比丘(僧)、比丘尼(尼僧)になる。私度僧はいろんな場面で活躍しており、景戒のみならず空海や円澄も最初は私度として活動していた。

(37) 「邪見仮名沙弥斫焼塔木得悪報縁」(『新日本古典文学大系』30「日本霊異記」二一〇頁)

けを考えて解決するものではございませんで、例えば、中国に「日本霊異記」の元となるという(39)「冥報記《みようほうき》」とかいろいろあります。ところが、インドに既にこういうものの根元があるのでございます。説話の類がインドにございます。即ち民衆の仏教の流れがあるのです。

仏教は、先ほど申しましたように、非常に理論的なものでございます。哲学的なものである。しかし、それが学者のものであるならば、一方民衆の仏教として説話がある。その説話の中には、例えば「ジャータカ」があります。お釈迦さまの先の世の物語、いわゆる「本生譚《ほんじようたん》」。それから「ニダーナ」というものがあります。これは即ち「因縁譚《いんねんたん》」。いろいろな事柄の具体的な話。それから「アパダーナ」、これは即ち「譬喩《ひゆ》」であります。それらが、例えば(40)「百縁経《ひやくえんぎよう》」というような漢訳経典になります。これが「日本霊異記」にまで来ているのですね。これらが「縁」です。

では、本文を見ましょう。いちいち読んでいては時間が足りませんので、詳しくはどうぞ後でお読みください。ともあれ、石川の沙弥という人はけしからん人で、盗みをしたり塔を作ると言って人を騙して金を取ったりする。それで、その報いを受けて病に罹る。で、その最後の所ですが、

「涅槃経」に云《のたまは》く「若し見人《いま》有りて善《よきこと》を修行せむには、名、天人《てんにん》に見《あらは》れ、悪《あしきこと》を修行せむには、名、地獄に見《あらは》れむ。何を以ての故にとならば、定めて報《むくい》を受くるが故なり」といふは、其れ斯《こ》れを謂ふなり。(41)

これは、四十巻本の「涅槃経」の巻二十七獅子《しし》吼《く》菩薩品の中から書いてある。(42)「若し見」とは、現

実に人があって善を修行するならば、「天人」とは、天と人、六道の中の天の世界と人の世界。六道とは地獄・餓鬼・畜生・修羅・人・天であります。これは、インドのものの考え方で、輪廻する世界をこのように申します。天とは神がみの世界。しかし仏教では、これもなお迷いの世界であります。仏教はこれを超えなければならない。仏教とは、わたしは実は最初から終わりまで超越の宗教であろうと思っていますが、これを超えなければならない。悪を行うならば地獄に現れるであろう。ここは即ち、因果応報の物語になっています。

「日本霊異記」という書物は、因果応報ということを示す書物ですから、「涅槃経」の中からそれを引いて来ていると言えばそれまでですけれど。

しかし、「涅槃経」から引用をする場合の引用の仕方とは、前に申しましたところの、涅槃常住とか、五種の仏性とか、悉有仏性とか、あるいは闡提成仏とかという、そういう経典が命題としている

註――

(38) 国文学の世界でも「日本霊異記」の「縁」の読み方は実は確定していず、「えに」「えにし」「ことのもと」など様ざまな読みが試みられている。

…………

(39) 三巻。『大正』五一、七八七頁以下。

(40) 詳しくは「撰集百縁経《せんじゅう》」十巻。『大正』四、二〇三頁以下。

(41) 「涅槃経云、若見有人、修行善者、名見天人、修行悪者、名見地獄、何以故、定受報故者、其斯謂之箭矣」（『新日本古典文学大系』30「日本霊異記」二二〇頁）

(42) 『大正』一二、五二四頁中段に、この引文がある。

箇所を引くのが本来でございます。因果応報の物語であれば、因果応報を主題にしている経典から引用するのが普通でしょう？　ところが「日本霊異記」では、それらとは違うジャンルから引かれているのでございます。何故でしょうか、これは。これが文学の面白さでございます。学問の書物では、こういうことは絶対出てこない。何故であろうと思う。一つの考え方は、景戒という人は元からの学者ではありません。「日本霊異記」の話は、皆から言い伝えを聞いて集めている訳です。そして、最後に「「涅槃経」に云く」という、これは景戒の言葉です。ですが、この「日本霊異記」を作った景戒という人は、元もと学者ではないのでございます。もちろん勉強は後でしたでしょう。しかし、エリート、公度のお坊さんは、国立大学、昔の帝国大学の学生のように、エリートにはエリートのやり方がある。しかし景戒は違う。従来の仏教学には出て来ない「涅槃経」へのアプローチの仕方がある。

それで曾て「日本霊異記」における経典の出方というものを克明に調べたことがある。一番多いのは「法華経」です。「法華経」が主題になっているのが二十位ありました。ところが、「法華経」の場合と「涅槃経」の出方とは違います。「法華経」の場合は、即ち「法華経」を書写する功徳、あるいは受持する、読誦する、そういう功徳についての話が出て来る。しかし「涅槃経」は違います。「涅槃経」の中からは生活に密着したところの戒め、教えを経典の中から貰っているのでございます。何故このような違いが出て来るのか。言えることは、「涅槃経」というものが、そのような受け止められ方をしていた形跡があるということなんでしょう。少なくとも景戒に於ては。「涅槃経」を一つの非常に高度な哲学的、思弁的な把握の仕方で捉えるのではない。もちろん「仏性の頂きに登らん」なんて言葉も無い訳ではないですけれど。(43)

では、その次をご覧下さいませ、それは、巻の中の第十七番目の話として、「[44]観音の銅の像、鷺の形に反化《へんぐゑ》して、奇《あや》しき表《しるし》を示《あらは》す縁」。要するに言うことは、鵤《いかるが》の里の尼寺に観音像が十二体有ったけれど、それが六体盗まれてしまった。ところが月日を経て、牛飼いの子供達があって、小さな池の木の頭の上に鷺が居たので石をぶつけたが、なお鷺は動かないでいるので、子供達は捕まえようと池に入って近づくと、鷺は水の中に沈んでしまった。ところが、鷺のいた木の頭に金の指があって、それが実は観音様の仏像であった。で、引き上げて寺に安置したと書いてある。それを、

「涅槃経」に説きたまふが如し「仏の滅後といへども、法身常に存《のこ》る」とときたまふは、其れは斯《こ》れ之れを謂ふなり。[45]

これが、如来常住、法身常住であります。しかしこれは本来、仏をして仏たらしめるところの理なるものが常住である、という思想であります。それをここでは、銅の観音様が盗まれても鷺に形を変

註――

(43)「霊異記」中巻の序末に「藉此功徳、右腋著福徳之翮、而翔於沖虚之表、左脇燭智慧之炬、而登於仏性頂、普施群生、共成仏道也」とある。『新日本古典文学大系』30「日本霊異記」一二八頁。

(44)『新日本古典文学大系』30「日本霊異記」二四二―二四三頁。

(45)「如涅槃経説、雖仏滅後、法身常存者、其斯謂之矣」(同前)。但しこの引文は「涅槃経」そのものからではなく、「大般涅槃経後分」(二巻)からの引用。『大正』一二、九〇一頁下段。

えて姿を現されたという、そういうことが「法身常に存る」と、そういうふうに受けているのでございます。こういう受け取り方を日本人はしたのでございます。わたしどもは少しばかり勉強致しますというと、とかく頭の先だけでものを捉えるんですが、わたしはこういう受け止め方もいいと思うんですよ。学者の受け止め方ではございません。

次に、「心経[46]を憶持《おぼえたも》てる女、現《うつつ》に閻羅《えむら》王の闕《みかど》に至り、奇しき表《しるし》を示す縁」。これも巻の中ですが第十九。利苅《とかり》の優婆夷《うばい》、優婆夷とは女性の仏教信者であります。戒律は五戒を受けまして、男性ならば優婆塞《うばそく》です。サンスクリットでは女性はウパーシカー(upāsikā)、男性はウパーサカ(upāsaka)です。それからの音訳です。この優婆夷は大変人となりが良く、仏法僧の三宝を信敬し、「心経」は「般若《はんにゃ》心経《しんぎょう》[47]」ですね、常にこれを誦《じゅ》したという。ところが、聖武《しょうむ》[48]天皇の御代に、にわかに死んでしまいます。にわかに死んで閻羅王の下に行った。あるいは閻魔《えんま》王でもよろしうございますけれど、これはインドに元もとヤマ天という神がございますが、中国に参りまして道教と結び付くのでございます。そこで閻魔様が我われをお裁きになることになりましたが、とにかく、にわかに死んで閻魔様の下に行った時に、閻魔様が、「あなたは大変良く心経を唱えると聞いているので、聞きたいと思って暫くの間あなたを呼んだんだ」と言う。閻魔王は女の唱えるのを聞いて感激し、どうか早くお帰りなさいと言う。利苅の優婆夷はそこを出て、途中で三人の黄色い着物を着た人に出会うと、彼は「前に一度お会いしたことがあるがおなつかしい、三日後に奈良の都の東の市に行くので、そこで会いましょう、必ずいらっしゃい」と言ったという。三日して、奈良の都の東の市に行ったけれど、誰もそれらしい人が見あたらない。ところが、ある貧しい人が写経を売っている。そのお経を見たら、曾て利苅の優婆夷が写した「般若心経」一巻と(49)「梵網経《ぼんもうきょう》」二巻であった。「梵網経」というのは偽経《ぎきょう》(50)ですが大変重要な戒律の書物であります。こういうお経が写されたという。面白いと思うんですよ。黄色というのは、(51)黄《き》蘗《はだ》色の紙にお経を書くんですね。それで黄色い衣を着た三人です。最後に「涅槃経に云《のたま》ふが如し」と言って、先ほどの上巻の第二十七話と同じ経文を引きます。

註——

(46)『新日本古典文学大系』30「日本霊異記」二四三—二四四頁。

(47) 詳しくは「般若波羅蜜多心経」という。二六〇字ほどの短い経典であるが、厖大な「般若経」の真髄を簡潔に説くものとされる。諸訳あるが、玄奘訳（『大正』八、八四八頁）が最も流布している。

(48) 奈良中期の天皇。[生]七〇一—[没]七五六、[在位]七二四—七四九。光明皇后と共に仏教への信仰が厚く、各地に国分寺や国分尼寺を建立して自ら書写した経文を収めたり、また東大寺を建立して大仏を鋳造するなどしたが、そのため国家財政は窮乏し、却って人心は朝廷から離れることとなった。

(49)〈「出家作法」に見る日本的なもの〉註（66）を参照されたし。

(50) 仏教が中国へ伝わり厖大な経典が漢訳されたが、その際経典中に大幅に中国の思想を取り込むものが現れた。それのみならず、在来の道教と新来の仏教とが対抗し、その結果多くの経典が偽作された。これらを「偽経」と言ってインド撰述の経典と区別することとなった。

(51)「きわだ」とも。ミカン科の落葉高木。木の内皮が黄色である所からキハダと呼ばれる。薬用（陀羅尼《だらに》助丸《すけがん》など）のみならず、光沢のある材は建材、工芸材としても有用であるが、染料としても用いられ、経典用の料紙を染めるのにも利用された。

あるいは「常に鳥の卵を煮て食ひて現《うつつ》に悪しき死の報を得し縁」(52)。今は困りますね。牛やら豚やらを殺して食べます。ところが、日頃鳥の卵を煮て食べたので悪報を得たと書いてある。可哀そうに、この男は地獄の苦しみを受けて死んでしまうのですが、その最後に、

「涅槃経」に云《のたま》はく「また人と獣との尊《たふとき》と卑《いやしき》との差別《しなのわかち》ありといふとも、命を宝《たふと》び死を重《はばか》ることは二倶《ふたつとも》に異なること無し」とのたまふ。(53)

鶏の卵を煮て食べた。その為に悪い報いを受けたのだというのです。でも、その時に、人と獣とは形は違うけれども、命を尊び、死というものを重く考えるのは、その点で二つは変わりはないのだと「涅槃経」にも言っていると、こういうような言い方でございます。

こんな例を拾っていたら限りが無いんですが、結論と致しまして、このように、「日本霊異記」の「涅槃経」へのアプローチの仕方というものは、生活に対する現実味を持った教えとして説かれる、法身常住等の哲学的な(宗教の本当にいちばん大事なことなんですが)、それではなく、もっと実践的な面で捉えられている。民衆の仏教であるならば、それが当然なのです。

さて、それでは最後に、「日本霊異記」下巻の序をご覧ください。そこには「涅槃経」と書いてございません。これはいわゆる序ですが、「日本霊異記」では、上巻・中巻・下巻の全部に序が付いております。皆興味深いものですが、そこを読んでみますと、

夫れ善と悪との因果は内経《ないきやう》に著《あらは》れ、吉と凶との得失は諸の外典《ぐゑてん》に載《しる》せり。今是の賢劫《げんごう》の釈迦一代の教《みをしへ》の文を探《あなぐ》れば、三の時有り。一は正法《しやうぼふ》五百年、二は像法《ざうぼふ》千年、三は末法《まちぼふ》万年なり。仏の涅槃したまひしより以来、延暦六年歳《とし》の丁卯《ひのとう》に次《やど》るとしに迄《いた》るまでに、千七百二十二年を逕《へ》たり。正と像との二を過ぎて、末法に入る。(54)

「内経」は仏教の典籍、「外典」は仏教以外の諸もろの教えですが、問題はこの「三の時」でございます。三時というのは、一つは正法五百年、二つには像法千年。三つには末法万年と書いてあります。則ち「正像末《しょうぞうまつ》の三時」と申しますが、正法というのは、お釈迦様の教えがそのままに人びとの間に行われていた頃。像法とは、精神は失われてもなお、形、像とは形という意味です、仏教の形だけは残っている時代、これが千年。もう、仏教が全て廃れた時代が末法であります。

註――

(52) 中巻第十。『新日本古典文学大系』30「日本霊異記」一三七頁。

(53) 「涅槃経云、雖復人獣尊卑差別、宝命重死、二倶無異云々」（『新日本古典文学大系』30「日本霊異記」一三七頁）。「涅槃経」梵行品からの引用。「雖復人畜尊卑差別。宝命畏死二倶無異」（『大正』一二、四八四頁中段）とある。

(54) 「夫善悪因果者、著於内経、吉凶得失、載諸外典、今探是賢劫釈迦一代教文、有三時、一正法五百年、二像法千年、三末法万年、自仏涅槃以来、迄于延暦六年歳次丁卯、而逕千七百廿二年、過正像二、而入末法」（前掲「日本霊異記」二六一頁）

こういう三時の思想というものがあるのですが、日本に於てこの末法思想というものが、何時、どのようにして入ったかは、はっきりとは分かりません。しかしながら、このように明確に現れる文献としては、これが一番早いのであります。この末法思想は、もちろんインドにございまして、しかし、正法・像法・末法という三つに組み合わせるのはどうも中国であるらしいのですが、しかしながらインドに於ても早くからこのように考えられた。それは、皆が仏法僧の三宝《さんぼう》を敬って慎まないというと、やがて仏法は滅びるであろうとか、あるいは皆が修行しなければ、身を修めなければ法滅に至るとか、そういう戒めとしてあった。即ち、こういう事は、早くから仏教の教団の中に、これは古くから有るのでございます。しかしながら、やがてインドに、六世紀の初めですが、エフタル族が中インドまで席巻して来るとか、あるいはもっと前からもあるようですが、そういう外敵の迫害によって、皆が一つの危機意識を持つというような、そういうことで、経典の中にこういう法滅の思想というものが出て来るのでございます。

こういう経典の中には、[55]「蓮華面経《れんげめん》」、[56]「法滅尽経《ほうめつじん》」、それから[57]「大集経《だいじつきょう》」という、これは大部な経典でありますが、その中にも法滅の危機意識というものが盛られているものが有るのであります。これらが中国で翻訳された時に、特に「大集経」が翻訳された時に、末法意識というものを正面切って把握しようとする人が現れます。

[58]信行《しんぎょう》という人があります。梁末から隋の人ですが、この人は、今や末法の時代である。穢土の凡夫は一仏一法の仏教では救えないと主張し、末法には末法の仏教があるべきはずであるというので、この人は三階教《さんがいきょう》を広めます。あるいは三階宗と申しますが、第一階の仏教は、一乗思想。第二階は三乗、

即ち声聞《しょうもん》・縁覚《えんがく》・菩薩の仏教。しかしながら今や末法の時代であって、一乗とか三乗とかという教えは、最早末法の時には及ばないのである、普法の仏教、いつの時代にも通じる普遍的な教えでなければならないと、三階教を広めるのでございます。この三階教というものは、実は「日本霊異記」中に大きな影響を与えた。ということは、日本の仏教の中に入っているんだろうと思うのでございます。この事は、わたしが初めに言い出したのではございません。とうに亡くなられましたが、(59)矢吹慶輝《やぶきけいき》という大学者がございました。矢吹先生の大部な著作に『三階教之研究』(60)というのがございまして、その中でこの「日本霊異記」に触れられております。

更にこれだけではないのでございまして、三階教というものは、時代だけでなく、自己自身が駄目

註――

(55) 那連提耶舎訳。二巻。『大正』一二、一〇七〇頁以下。
(56) 失訳。一巻。同前、一一一八頁以下。
(57) 曇無讖他訳。六十巻。『大正』一三、一頁以下。
(58) 三階教の祖で、三階禅師と呼ばれる。[生]五四〇？―[没]五九四。三階教は、官憲による弾圧を蒙りながらも、隋、唐、宋の三王朝、四百年間にわたって生き延びた。
(59) 大正―昭和時代前期の宗教学者、社会事業家。[生]一八七九―[没]一九三九。大正初期にアメリカへ渡り、宗教学と共に、黎明期の社会事業を学び、日本への応用を摸策する。また敦煌《とんこう》から出土した仏典の研究分野に先鞭をつけた。
(60) 矢吹の著書は今だに色褪せないが、三階教に関するその後の優れた研究成果として、西本照真『三階教の研究』春秋社（一九九八）がある。

な人間であるという自覚を齎すのでございます。「日本霊異記」の最後の方で、景戒は自分自身を非常に慚愧する。「あぁ、はずかしきかな」と言ってますよ。更に、これは言葉の上ですが、自分のことを「羊僧《ようそう》」と申します。自分を遜《へりくだ》る言葉、愚僧とか拙僧とかありますが、自分を卑下して言う言葉。これは三階教が使う言葉でございます。

そして、三階教は、「大集経」や「十輪経」[61]という経典を大事にするんですが、三階教の書物には、「三階仏法」とか「対根起行雑法」とかいう書物がございますが[62]、実は三階教というのは、話があちこちしますが、中国では弾圧されました。信行が亡くなって弾圧され、弾圧に次ぐ弾圧を受けながら、やがてこの三階教は中国ではなくなってしまいます。でも三百年程弾圧が続くのでございます。弾圧される理由というのは、わたしもよく分かりませんが、恐らくは、信行には沢山の民衆がつきます。その民衆は他の人より大分変わっているのかも知れない。第一、人を拝むのでございます。周囲の人を誰彼構わず「南無到来の仏」と拝む。あるいは普通の生活と違ったことをしているのかも知れない。しかも、信行自身は、今や第三階の末法の時代であるということで、例えば浄土教ならば、弥陀一仏だけに頼っているというようなことに非常に激しい非難を加える。浄土教だけでなくいろんな、法華ならば「法華経」一経のみでと言うけれど、そうじゃないんだ。今は末法の世なのだ。総ゆる者を拝めと言う。伝統教団や既成の宗教に対する激しい抵抗。更には、この人に付いているところの民衆の生活様態の違い。それやこれやで弾圧に次ぐ弾圧を受けます。そういう訳で、中国では三階教関連の書物は粗方無くなってしまった。ところが日本に残っているのでございます。先ほど申しました、石田茂作先生の「奈良朝現在一切経疏目録」を見ますならば、この中に三階教のものがある。正倉院文書の中に残されている。正倉院やあちらこちらの寺に少しずつ残っているのでございます。かつてフランスのペリオ(63)や英国のスタイン(64)が持ち帰った、いわゆる敦煌文書の残巻にもございますが、しかし日本に残っているものの方が多いのでございます。矢吹先生はそれを研究なさった。

こういうものを見ますならば、「涅槃経」を非常に多く引いている。わたしは不思議で仕方がない。もちろん「涅槃経」を信行が尊重した理由は、先ほど申した闡提成仏という思想です。どんな愚かな者、罪深き者でも成仏出来るんだという、例えば、この信行という人は元もとちゃんとした僧侶ですから、戒律も受けております。戒律は具足戒《ぐそくかい》と申しまして（「四分律」なら二百五十戒の）正式な戒を受けるのでございます。ところが、この具足戒を信行は捨てるのでございます。そんな戒律を受けたって守れる自分ではない。どこか最澄（伝教大師）に似てませんか。自分は人びとからお布施を貰うだけの資格が無い。お坊さんというのは、インド以来、戒律で働いてはいけない。遊んでいればいいという意味ではございませんよ。その代わり、一所懸命勉強して、修行しなければならない。命が

註――

(61) 詳しくは「大方広十輪経」八巻。『大正』一三、六八一頁以下。

(62) 共に、上記『三階教之研究』の別篇に断簡が収録されている。

(63) フランスの東洋学者。コレージュ・ド・フランスの教授。[生]一八七八―[没]一九四五。中央アジア各地を調査し、敦煌で南北朝から宋元代に及ぶ仏像や壁画、大量の古文書を発見蒐集し、中国学に新世紀を開いた。

(64) イギリスの考古学者、東洋学者、探検家。[生]一八六二―[没]一九四三。三度にわたって中央アジアを探検し、第一次はホータン付近の遺蹟を調査し、第二次は敦煌の千仏洞を発見するなど、東西交渉史の究明に大きな功績を残した。

けで得たところの、その法を人びとに施すのでございます。その代わり、お坊さんは財施《ざいせ》（お布施）を受けるのです。しかし、お坊さんは法施《ほうせ》をしなければならない。ところが、信行は戒律を捨てました。そして労働をするのです。こういう生活態度の故に、この人は伝統的なところから異端として迫害される。しかし、書物の幾つかは日本に渡り、現存しているのであります。

中国における思想とか物の考え方を非常に敏感に日本人は受けている。早いんですね。道教も日本に入っている。そのように実は「日本霊異記」の中にも様ざまな中国の思想が入って来ている。わたしは「涅槃経」を読んでつくづくそう思います。先ほど申しましたが、学者の受け止め方と何故こうも違うのか。三階教の信行が「涅槃経」にアプローチしたのは、先ず闡提成仏ということ。総てのものには仏性がある。だから、どんなに愚かな者でも成仏することができる。だから、この宗派では総ての人びとを当来の仏として拝むのです。一方で「法華経」には、例えば、「源氏物語」の中に入っているものに、「法華経」の不軽《ふきょう》の行《ぎょう》がございますね。(65)こういうものが皆日本人の中へ入っている。

それから、もう一つ。「涅槃経」の中に説かれるところの釈尊亡き後の理想的でない社会（末代）、そういう時代の生きざまというものが「涅槃経」の中に描かれているのでございます。「涅槃経」を唱え出した人びとは、社会の中におけるところの弱い立場というか、割と被害者意識が強うございます。いわゆる末代における人びとの、生きざまというか、戒めというのが実は「涅槃経」の中にあるのでございます。ですから、具体的な戒めと同時に、「涅槃経」の中には、本質的な戒律の問題が沢山出てまいります。「涅槃経」の中の戒律を仏性戒《ぶつしょうかい》と申します。戒律というものは、例えば、キリスト教の「汝何なにをする勿れ」というもの、それはもちろん仏教にもありますよ。しかし、それではなく、仏性戒というのは、その行為の根源、規範の根拠はそれぞれの本有《ほんぬ》の清浄《しょうじょう》なるところにあると言うのでございます。これを梵網戒の中では「本有清浄戒」と申します。これが日本の大乗仏教の戒律の根源です。最澄は、具足戒を捨てて梵網戒、大乗戒にいきますが、本質はこれですよ。ここのところを間違うから生臭になるのです。こんなことを言うと怒られますかな？　ここのところを考えずに、戒律をなし崩しにすると、とんでもないことになる。だって、例えばスリランカから来ている留学生がわたしに言いますもの。日本人の僧の戒律の無さにびっくりして。もう一度、考え直す必要がありはしないかなと思います。

時間が無くて、ちょっと中途半端になりましたが、いわゆる末法の問題というものは、これは即ち三階教から来るのですけれども、三階教の影響というものは、この「日本霊異記」の中に入っている。この中に入っているということは、「日本霊異記」だけにあって、他には無いなんてことはないだろうと思う。この中だけに留まらない。これは、だんだんに平安初期に表れたものが、こういうふうに入って来ている。あるいは「末法灯明記」[66]というものもございます。これは伝教大師の作と伝えているけれども、そうではないというのが学者の定説です。末法の世の中には戒律など守らなくていいと

註――

（65）常不軽菩薩は出家・在家を問わず「我深く汝等を敬ふ、敢て軽慢せず。所以は何ん、汝等皆菩薩の道を行じて、当に作仏することを得べければなり」と礼拝したが、四衆は悪口罵詈し、杖や枝、瓦石をもって彼を迫害した、という説話が「法華経」常不軽菩薩品に説かれている。

（66）『伝教大師全集』第三（天台宗宗典刊行会）所収。

いう書物でございます。そんなこと、伝教大師が言うはずがないのですけれど、しかし、もう少しこういう方面からも考えてみるべき学問上の必要がありはしないかと思います。

どうも、今日は変な理屈の話ばかりになりましたが、もう少し、この次からは文学に現れた「涅槃経」の話、もう少し楽しい話をしたいと思います。では、終わらせて頂きます。(67)

註――

(67) この講義の後、後日、第二講として文学を中心に講義をなさったと思われるが、残念ながら録音テープを見出せず、本書に収録することが出来なかった。

「阿弥陀経」と日本文学

〔第一講〕

ただ今より〈「阿弥陀経」と日本文学〉というテーマでお話を申し上げたいと思います。浄土三部経[1]の中から特に「阿弥陀経」だけを取り上げて、それと日本文学との関係で話をするようにとのことでございます。日本文学の中には、浄土三部経という三つの経典にまたがって関係しているものが非常に多いのですが、〈「阿弥陀経」と日本文学〉というテーマで考えますことも、本当に大変大きな一つの課題でございまして、「阿弥陀経」一経だけで考えましても、一つの大きな系譜が思想的にあるようでございます。

日本の古代におきましても、もちろん浄土教というものは入って来ております。しかし古代に浄土

註

（1）「無量寿経」「観無量寿経」「阿弥陀経」の三経を言う。浄土三部経という言い方は法然から始まる。

教、あるいは浄土経典でもよろしいですが、日本に入ってきていることは分かるのですけれども、例えば「法華経」とか「涅槃経」とかというような他の経典と違いまして、浄土経典、浄土教の場合には、その浄土経典の中の言葉がそのまま出てくることは滅多にない。それは粗方、阿弥陀仏への信仰、それもいわゆる阿弥陀の像とか、こういう形で現れてくることが多いんですね。

例えば像でございましたら、皆さんもよくご存知のように、いわゆる「善光寺縁起」の中における、一光三尊の阿弥陀如来がございます。善光寺では、あれは百済《くだら》の国から持ってきたのがそうだと言いますし、「日本書紀」では釈迦物であると書いてあるんですが、いずれに致しましても、そういう非常に古くから仏像が伝えられている。

善光寺では、一光三尊の阿弥陀如来として、信仰というものが早くから成立する。それから善光寺如来だけでなくて、[2]「日本霊異記《にほんりょういき》」の中にもですね、あれは[3]敏達《びだつ》天皇の時でしたか、紀州の海に何か光るものがあって音を立てているという。それで行ってみると楠《くすのき》であった。楠の流木ですね。それを持ってきて阿弥陀仏を彫って、そして豊浦宮《とゆらのみや》に置いて皆が信仰していたけれども、しかし物部《もののべ》氏がそれを難波の堀江に捨てた。今は吉野の比蘇寺《ひそでら》にある阿弥陀如来がそれだと言ってるんですね。[4]それを「善光寺縁起」の方では、難波の堀江に捨てられたものが、それが信濃の国に行っているんだと言うのでございます。「善光寺縁起」それから「日本書紀」「日本霊異記」、それらの言っていることは少しずつ違うのですけれども、いずれにいたしましても阿弥陀如来の像に対する信仰なんですね。

例えば「日本霊異記」というものを見ますと「法華経」がいっぱい出てくる。[5]「法華経」のことが、その教えの内容ではなくて、「法華経」の経典自体の功徳《くどく》を語る。それからこれは不思議なくらいですが、「涅槃経」の方は、経にこのように言っているという経典の内容、文章が出て来るんです。ところが浄土教については、内容を語ることは皆無とは言わなくても、殆どないんですね。あるいは図絵のことも「日本霊異記」に出てくる。これは何を意味するか。こういう弥陀の信仰というものはいわゆる像に依っている。どうもそういう信仰として初めから日本に入ってきたものであるらしい、というふうにわたしは思います。

「日本霊異記」の作者の景戒《けいかい》という人は、薬師寺にいた人ですね。元もと私度僧《しどそう》です。この人は浄土の信仰があるらしくて、「願わくはこれに依って浄土に往生したい」というようなことを言うんです。「これに依って」というのは、沢山の話を集めて書物にして人びとに伝えることに依って、ですよ。

「日本霊異記」という書物は、いわゆる仏教説話集、日本における最初の仏教説話集でございますが、この書物の中で言うことの一番大事なことは、「諸悪莫作《しょあくまくさ》、衆善奉行《しゅぜんぶぎょう》」です。(6) 諸もろの悪はなすことなかれ、諸もろの善はうけ行え。とにかく悪いことをしちゃいけません、善いことしなさいとい

註――

(2) 〈「法華経」と日本文学〉註(23)の当該本文を参照されたし。

(3) 六世紀の天皇。[生]五三八?―[没]五八五、[在位]五七二―五八五。在位の間に仏教受容を巡って蘇我馬子と物部守屋との対立が激化した。

(4) 「霊異記」上巻第五(『新日本古典文学大系』30「日本霊異記」二〇六頁以下)

(5) 〈「法華経」と日本文学〉註(23)の当該本文を参照されたい。

(6) 「霊異記」上巻序末(前掲書、二〇二頁)。

う大変簡明な教えでございますが、この教えは仏教では、インド以来「七仏通誡偈《しちぶつつうかいげ》」と申しまして、お釈迦様より以前の仏様も皆このように説いたと、まぁそういうことを言うんです。もちろん現実の歴史的には、お釈迦様がいて初めて仏教は始まるわけでございますけれども、釈尊《しやくそん》滅後の仏教は釈尊より以前から仏があったというわけでございます。

この言葉はよくお軸に書いてありますね。例えば大徳寺の一休さんの「諸悪莫作」というすごい軸がございますが、「諸悪莫作、衆善奉行」普段これだけを言いますけれど、本当はそうじゃないんですよ。「諸悪莫作、衆善奉行」に続けて、「自浄其意《じじようごい》、是諸仏教《ぜしよぶつきよう》」、自ら其の心を浄めなさい（これが本当は大事なのでございますけどね）、これが即ち諸仏の教であるという、この四句で七仏通誡偈です。

話を戻しまして、日本へ参りまして、平安時代の始めに編纂された「日本霊異記」は、諸もろの日本人の中に広がった仏教の説話、仏教信仰の形態を述べたものとして非常に興味深い大事なものだとわたしは思うのですが、それに致しましても、この僧景戒は、「日本霊異記」の一番最後の所に、一所懸命説話を集め、そして人びとに悪いことをしてはいけません、善いことをしなさいということを勧めた、その功徳に依って願わくは浄土に、浄土とは言わないで、そこでは「浄刹《じようせつ》」と書いてございますが(7)、同じ意味ですね。浄刹に往生せんことを、ということが書いてあるのでございます。また下巻の序でも「庶はくは、地を掃きて共に西の方の極楽に生まれ、巣を傾けて同《とも》に天上の宝堂に住まむとねがふ(8)」と、浄土に往生したいというようなことを言うんです。そのような信仰が景戒にはもちろんあるのでございます。しかし、この人は僧侶でございます。法相宗の僧侶でございます。

それから「万葉集」の中にもございまして、「万葉集」の巻五にある(9)山上憶良《やまのうえのおくら》の歌の前の詞書《ことばがき》ですが、そこのところに、こういう言葉があるんです。

愛河に波浪は已に先に滅び
苦海に煩悩はまた結ぶことなし
従来、この穢土を厭離す
本願、生を彼の浄刹に託《つ》けむ[10]

というふうに訓んでいるようでございますけれどね。言葉としては誤りではございませんが、このこ

註――

（7）これは白土先生の記憶違いで、巻末にあるのは「願はくは此の福を以ちて、群《もろもろ》の迷《まよふびと》に施し、共に西の方の安楽国に生まれむ」（前掲「日本霊異記」一九七頁）という文章である。「安楽国」は、阿弥陀仏の浄土「極楽」の古訳。

（8）「庶掃地共生西方極楽、傾巣同住天上宝堂者矣」（同前、一二九頁）

（9）［生］六六〇―［没］七三三頃。七二五年頃筑前守となり、大伴旅人《おおとものたびと》らといわゆる筑前歌壇を形成し、盛んな創作活動を展開した。「貧窮問答歌」など、人生そのものを問う歌を多く詠んでいる。

（10）めずらしく漢詩の七言絶句の形で詠まれたものなので、四句全体の原文を示しておく。「愛河波浪已先滅／苦海煩悩亦無結／従来厭離此穢土／本願託生彼浄刹」（『新日本古典文学大系』1「万葉集　一」四四六頁）（素直に訓読すれば、「愛河の波浪已《すで》に先に滅び／苦海の煩悩もまた結ぶことなし／従来よりこの穢土を厭離す／本願もて生をかの浄刹に託さん」のようになるが……）。

とは実は難しいのですね。山上憶良という人は大変な文化人でございましてね、ご存知のように、この人は中国に勉強に行ったわけじゃありませんが、遣唐使の役人として中国に行って、時の長安の都でいろんな文化に触れた人です。(11) この言葉は非常に大事な言葉でございまして、本当は龍門《(12)りゅうもん》の石窟《せっくつ》の中の碑文中にこういう言葉が何度も出て来るんです。ですから、この「本願」は、弥陀の本願なのか、自分のもとからの願いなのか、国文学者はもう少し詳しく見てみなければならないのではないか、と思っております。言葉としては誤りではございませんが、このことは実は難しい問題です。即ち龍門の石窟の碑文を全部一遍洗って見る必要がある。何故なら、この言葉は龍門の石窟の碑文の中の言葉がそのまま出てきているのです。わたしは「万葉集」のこれを見ます時に、憶良という人は大変な知識人であって、中国で道教の勉強もしてきているし、仏教を知識としていろんなものを持って帰ってきている人なんだな、というふうに思います。

さて、「日本霊異記」の景戒に致しましても、文化人である憶良に致しましても、いわゆる知識階級の人であります。そうした人びとの中には、このようにして浄土教、浄土の信仰というものが入っていたようですが、一般の人がどうであったかということはよく分かりません。ただ「日本霊異記」の中にもありますように、阿弥陀如来の仏像を造って飛鳥の豊浦宮に置いたところが、それをみんなが拝んでいたということがある。ですから、庶民の浄土教と、鎌倉時代に法然《ほうねん》や親鸞《しんらん》によって非常に高められ純化されていった、その系統の浄土教というものとは考え方が少し違う。「日本霊異記」あたりに一般民衆のこととして出てくる浄土教とは少し違うのでございます。

しかし、浄土というか阿弥陀への信仰。阿弥陀さまを拝んで、苦しい時には助けてもらって、浄土に往生したいという信仰。でも一般にはどのくらいまで流布していたかは分かりません。先ほど申しました古代における浄土教は、みんな奈良にあったわけでございます。ご存知のように当麻寺《たいまでら》には当麻曼荼羅《まんだら》(13)もあれば、奈良の元興寺には智光《ちこう》曼荼羅(14)もある。いろいろあった訳でございますけれども、この浄土教というものが民衆のものというか、貴族も文化人も、それこそ民衆も総《すべ》てをひっくるめて、信仰として入って行くのは平安時代です。ただし一口に浄土教の信仰と申しましても、鎌倉時代以後の法然などに非常に思想的に極められていったところの浄土教というものと同じではありません。

その辺りのところから全て推していくしかないのですけれども、その浄土教というもの、浄土の信仰というものが、一般に弘くなっていくのは、どうしてもこれは比叡山の念仏が媒介となる。これは否めないようでございます。この後にいわゆる「里の念仏」というふうに言われるものに対して、「山の念仏」「比叡の念仏」でございます。

註――

(11)　七〇二年遣唐録事として入唐し、七〇七年に帰国した。

(12)　中国河南省洛陽市の南に位置する石窟寺院。北魏の洛陽遷都から盛唐までの二五〇年間にわたって大小千に余る洞窟が掘鑿され、十万体に及ぶ仏像が刻まれた。二〇〇〇年に世界文化遺産に登録されている。

(13)　阿弥陀浄土変相図の一つ。善導の「観無量寿経疏」に基づいて描かれたもの。智光曼荼羅、清海曼荼羅と共に浄土三曼荼羅といわれる。

(14)　阿弥陀浄土変相図の一つ。元興寺の智光（生没年不詳）が感得したもの。原本は一四五一年に焼失したが、転写本が何カ所かに残っている。

この中心になります一番初めの大事な人は、[15]慈覚《じかく》大師円仁《えんにん》であります。この人は延暦十三年から貞観六年、西暦に致しますと七九四年から八六四年。初めに、円仁の紹介として分かりやすく[16]慶滋保胤《よししげのやすたね》の「日本往生極楽記《にほんおうじょうごくらくき》」の中から引いてみました。慶滋保胤という人は、浄土教の信者で、[17]恵心僧都《えしんそうず》源信《げんしん》と大変に仲のいい人です。で、それを見ますと、第四番目に、円仁のことを取り上げておりまして、

延暦寺座主伝燈大師円仁は俗姓壬生氏、下野国都賀郡の人なり。生るるに紫雲の瑞ありき。大同三年に出家し、伝教大師に師として事《つか》へたり。三年楞厳院に蟄居して四種三昧を修せり。承和二年にもて選ばれて唐に入り、一紀の間に五台山に登り、諸の道場に到りて、遍く名徳に謁して、顕密を受学せり。[18]

とあります。この人は壬生氏で、生まれは今の栃木県でしょうか。「生るるに紫雲の瑞ありき」という表現は「高僧伝」の中に見られる記述で、これは中国以来の伝統ですね。大同三年といいますのは、八〇八年です。伝教大師の弟子であります。楞厳院《りょうごんいん》とは比叡山の横川《よかわ》の楞厳院です。そこに籠って外に出なかったという。そこで「四種三昧を修せり」とは、あとでも出てきますが、「摩訶止観《まかしかん》」という書物がございます。中国の[19]天台大師智顗《ちぎ》、この人が皆の前で講義したものです。それを弟子の[20]章安《しょうあん》という人が筆録した講義録でございます。

「止」は心の散乱を止めて真実を観、観照するという意味。心の散乱を止める、あるいはこれを禅

という言葉でも言います。禅宗の禅ですね。「禅」は、インドの言葉でディヤーナ（dhyāna）と言います。止観は、インドの言葉でシャマタビバシュヤナー（śamatha-vipaśyanā）と申しますが、いずれにせよ心の散乱を止めること。我われの、即ち自分の心が問題です。仏教は心を問題にするのですね。

自分の心一つを如何にするか、これが仏教の第一番の根本の問題でございますが、この「摩訶止観」は、止観の行法、やり方について皆に講義したものでございまして、比叡山にとっても大変大事

註――

（15）平安時代前期の天台宗の僧。[生]七九四―[没]八六四。唐より帰国後、延暦寺第三世座主として天台宗興隆の基礎を作った。

（16）平安中期の漢詩人。[生]九三一？―[没]一〇〇二。陰陽道の家、賀茂氏の出身。官吏となるが深く仏教に惹かれ、比叡山の学僧と大学寮の学生とが集い、仏教と文学との融合を意図した勧学会《かんがくえ》に参加し、その中心人物となる。遂には出家して二十五《にじゅうご》三昧会《ざんまいえ》に加わり、往生を願う僧として一生を終えた。著書に「池亭記《ちていき》」「日本往生極楽記《にほんおうじょうごくらくき》」などがある。

（17）平安中期、天台宗の僧。[生]九四二―[没]一〇一七。比叡山の良源の許で止観業《しかんごう》・遮那業《しゃなごう》を学び、横川の恵心院で念仏を修した。天台宗の観心念仏と善導の称名念仏とを合わせ、新たな浄土教の地平を切り拓いた。本書各所で話題に登る「往生要集」のみならず多くの著作をものしたが、一切衆生の往生を説く「一乗要決《いちじょうようけつ》」は天台宗の教義の体系化としても重要。（止観業・遮那業については〈止観〉「山家学生式」を参照されたい。）

（18）『日本思想大系』7「往生伝　法華験記」一九頁。

（19）〈「法華経」と日本文学〉註（14）を参照されたし。

（20）天台宗の第四祖。[生]五六一―[没]六三二。長年にわたり師である智顗の書記を務め、その講義のほとんどを筆録した。

な書物でございます。それと同時に、「摩訶止観」という書物は日本に入りまして、仏教のみならず、日本人の一般のものの考え方に大きな影響を及ぼした書物であろうとわたしは思います。これは、本当は文学と止観というようなことで、大きな、大変大きな命題であるとわたしは思っております。[21]

さて、この「摩訶止観」という書物の中に、止観のやり方の一つとして四種三昧というものがあります。それは、初めは常坐《じょうざ》三昧。これは、本当は九十日間坐って動かないでいた。と言ったって人間ですから動かなければならない時がありますけれども、しかしひたすらに坐る。これはやがて比叡山でも行われますよ、勿論。いわゆる法華三昧であります。比叡山に法華三昧堂があります。今でも残っておりまして、釈迦堂に行きますと、釈迦堂の前に法華三昧堂がございますね。次に、常行《じょうぎょう》三昧。それから半行半坐《はんぎょうはんざ》三昧。これは後にちょっと変わってくるんですが、「摩訶止観」の中では、常坐三昧と常行三昧とを同時に修する、坐と行とを両方兼ねるものです。それからもう一つは非行非坐《ひぎょうひざ》三昧。坐するものでもなければ行ずるのでもない、これらを超越した日常の行住坐臥に於て止観を行う。この四通りあるわけですが、この常行三昧がここでは大変に問題になってきます。また後で話します。

ところが、「承和二年」八三五年です。この時に選ばれて唐に渡って、[22]「一紀」というのは、十年ほどの間、唐にいたというのですが、この承和二年まで円仁は横川に「蟄居し」ていた、隠棲していたのは病気だったらしいですね。胸か何かが悪くていたらしいのですけれども、しかしながら比叡山では、最澄、伝教大師が亡くなった後に、南都の仏教と対抗しなければならない。そのために選ばれて中国に勉強しに行く訳でございます。その頃の中国は大変な、いわゆる廃仏棄釈《はいぶつきしやく》というか、破仏に遭うんですね。会昌《かいしょう》年間の、いわゆる会昌の破仏というものに遭いまして、[23]勉強できないんですね。この人は南の方の天台山には登ってないんです、入ってないんですよ。足掛け十年も国中を流浪して歩いて、時には還俗もさせられた。この円仁の日記は有名な(24)「入唐求《にっとうぐ》法巡礼記《ほうじゅんれいき》」でございますね。あれを読みますと、中国のその頃の様子がよく分かります。歴史を研究する上で大変貴重な書物だそうでございます。

註——

(21)〈止観〉を参照されたし。

(22)八三五年に請益僧《しょうやくそう》(入唐僧のうち短期間のもの)として選任されるが、八三六年の渡航は失敗、続いて八三七年にも試みるが失敗、結局八三八年の三度目の渡航で入唐がかなった。しかし、志賀島から揚州に何とかたどり着くものの、四隻のうち一隻は遭難し、円仁の乗った船も助かったとはいえ渚に乗り上げてしまい、船は全壊するという惨憺たる上陸であった。

(23)中国仏教史上、大規模な仏教弾圧が四度起こる。円仁が遭遇したのは、その三度目に当たる武宗による迫害。武宗は会昌五年(八四五)に若干の寺院と僧侶三十名を残して、それ以外すべてを廃止して還俗させた。廃止された寺院は四千六百、小寺は四万、還俗させられた僧尼は二十六万人以上にのぼる(ある意味、この時代の仏教の〈我が世の春〉振りが伺える数字でもある)。ただし、翌年武宗が死亡し、宣宗が即位するに及んで復仏の詔がだされた。

(24)四巻。渡航中の荒波に苦しむ船上の人びとの様子から、滞在中の経験や、当時の仏教寺院の状況が詳細に漢文で日記風に記録されている。足立喜六訳注『入唐求法巡礼記』全二巻(東洋文庫、平凡社)がある。なお、駐日大使にもなったライシャワー(一九一〇—一九九〇)も長年この書の研究に携わったが、その成果として現在手に入れやすいものとしては、エドウィン・ライシャワー『円仁唐代中国への旅「入唐求法巡礼行記」の研究』田村完誓訳、講談社学術文庫、一九九九(旧版は、実業之日本社と原書房)がある。

本当は学問をやりに行ったんですから、長安の都や何かにばっかりいないで、南の方の天台山へ行きたいんですが、そこへは行ってないんです[25]。結局、黄河の近くの五台山へ行くんですね。五台山へ行きまして、そこでいろんな僧侶たちに会って勉強するんです。円仁はもちろん密教をたくさん伝えてますが、それは別に致しまして、五台山に竹林院というところがございますが、この竹林院では法照《ほっしょう》[26]、もうその頃には亡くなっているわけですが、法照流の念仏というものが行われていたと言います。この法照流の念仏というのは、お経を読むのにも、それから念仏、南無阿弥陀仏を称えるのに致しましても、節をつけて非常に美しいメロディーをもって称えた。この法照流の念仏、これをこの人は五台山で学ぶのでございます。中国では唐の時代にも大変にはやっていた。円仁はこの法照流の念仏を伝えて来るのでございます。

ところで、そもそも三昧というのは何かにひたすらになるということですが、この法照という人が、いわゆる念仏三昧に入っております時に、念仏を称えております時に、目の当たりに阿弥陀如来を拝し、極楽浄土の様を見せられたという。そういう宗教的な法悦を元にしたところの法照流の念仏を創出いたします。非常に美しいメロディーをもった念仏。それを円仁は伝えて参ります。それを五台山念仏と申します。

この辺りのことを「日本往生極楽記」は先ほどの文章に続けて、

承和十四年に朝に帰りぬ。弥陀念仏・法花懺法・灌頂・舎利会等は大師の伝ふるところなり。およそ仏法の東流せる、半《なかば》はこれ大師の力なり。

と記しております。

比叡山で、常坐三昧・常行三昧というものを、お堂を造ってちゃんと行いたいというのは、これは最澄の願いです。「摩訶止観」に由るところの常坐及び常行三昧をきちんと行いたいというのは、最澄の当然の願いだったわけですね。そして「摩訶止観」の中における常行三昧というのは、これは「般舟《はんじゅ》三昧経」(27)という経典に依っている。「般舟三昧経」という経典はインドで浄土経典の中で一番早くできたんですね。般舟三昧というのは仏立現前《ぶつりゅうげんぜん》、一所懸命拝むことによって目の当たりに仏の姿が現前することを期待する、そういう三昧です。最澄が考えたのはその「般舟三昧経」に依るところの常行三昧なんです。それも九十日間、口に弥陀の名号を称える。弥陀の名号を称えて心に弥陀を想い、そして弥陀仏の周りを時計の針に回るんです。それを九十日間続ける。これが「摩訶止観」の中にお

註——

(25) もともと請益僧《しょうやくそう》という短期の留学僧であったためか、天台山への旅行許可が下りなかった。なお、円仁が長安へ行くのは五台山訪問の後。ちなみに彼の十年の長きにわたる在唐期間の大半は不法滞在であり、帰国も外国僧の強制退去というものであった。

(26) 中国、唐の僧。生没年未詳。五会念仏を弘めたので五会法師とも称される。五会念仏については「第二講」註76及び本文を参照されたい。

(27) 初期大乗経典の一つ。阿弥陀仏を念ずると十方仏が眼前に立つという般舟三昧を説く経典。支婁迦讖《しるかせん》訳の三巻本（『大正』一三、九〇二頁以下）他、数種類伝わる。

ける常行三昧であります(28)。

しかしながら、この「摩訶止観」の中における常行三昧というものは、あくまで弥陀の信仰というよりは心の止観です。心の止観というものがここでは本当の目的なんです。ところが円仁は中国から帰りました時に、初めて比叡山に常行堂を造ります。只今の根本中堂の前の辺り、あの近くに初めて常行堂、または常行三昧堂、これを造るのでございます。そしてそこで、この人は「摩訶止観」に書いてあるところの常行三昧とは少し違った、いわゆる五台山念仏流の常行三昧を行うことを始めるのでございます。これは本当に大きな影響を比叡山の仏教や日本の浄土教に与える。怖いものですね、ひとたび入るというと、影響を及ぼさざるはないのでございます。

次に「慈覚大師伝」をご覧ください。これは、宇多天皇の息子、斎世親王ですね、出家いたしましたので、普通は寛平入道親王と申しますけれども、園城寺《おんじようじ》、今の三井寺は園城寺に入った人ですが、この人が書き始めまして、そして完成できなくて、源英明がこれを九四〇年ごろに完成させています。そういうものでございますが、

仁寿元年。移五台山念仏三昧之法。伝授諸弟子等。始修常行三昧(29)。

ちょっと読みにくいんですが、「慈覚大師伝」の途中からです。「仁寿元年、五台山の念仏三昧の法を移し、諸もろの弟子等に伝授し、始めて常行三昧を修す」というふうに書いてございます。この仁

寿元年は八五一年であります。これが常行三昧ですね。この常行三昧はこの後に、現在でも例時作法というものが行われていますが、その元となるものです。それから、

〔貞観〕七年八月十一日。初行大師本願不断念仏。(30)

わたし「貞観」と補っておきましたが、貞観六年に慈覚大師は既に亡くなっております。ですから没後です。弟子達が貞観七年の八月十一日に「初めて大師の本願の不断念仏を行」ったのですね。これは慈覚大師の願いがいわゆる不断念仏というものであったということ。ここで五台山流の常行三昧と不断念仏というものが両方出てくるのでございます。この内容はどういうものであったかということは、まぁ常行三昧と不断念仏とは内容は同じなのだというふうに考えられておりますが、よく分からないところはありますけれども、一応そういうことにいたしまして。

註――

(28) 四種三昧の説明は「摩訶止観」の中、各所で為されるが、仏立三昧に関しては、例えば「二常行三昧者。先方法。次勧修。方法者。身開遮。口説黙。意止観。此法出般舟三昧経翻為仏立。仏立三義。一仏威力。二三昧力。三行者本功徳力。能於定中見十方現在仏在其前立。如明眼人清夜観星。見十方仏亦如是多。故名仏立三昧」(『大正』四六、一二頁上段)などとある。

(29) 『続群書類従』第八輯下、六九二頁。

(30) 同前、六九六―六九七頁。

それではこの事に就きまして、少し[31]「三宝絵詞《さんぼうえことば》」をご覧ください。これは[32]源為憲《みなもとのためのり》が作っているんです。源為憲が尊子内親王の出家生活の手引きとして作った絵巻物ですが、絵はなくて言葉だけが残っております。その中に、比叡の不断念仏というのがありまして、

念仏ハ慈覚大師ノモロコシヨリ伝《つたへ》テ、貞観七年ヨリ始行《はじめおこな》ヘルナリ。四種三昧ノ中ニハ、常行三昧トナヅク。仲秋ノ風スヾシキ時、中旬ノ月明《あきらか》ナルホド、十一日ノ暁ヨリ十七日ノ夜ニイタルマデ、不断ニ令行《おこなはしむる》也。

身ハ常ニ仏ヲ廻ル。身ノ罪コトゴトクウセヌラム。口ニハ常ニ経ヲ唱フ。口ノトガ皆キエヌラム。心ハ常ニ仏ヲ念ズ。心ノアヤマチスベテツキヌラム。[33]

不断念仏と申しましても、誰も一人で四六時中二十四時間やってられませんから、次々に多勢の人がそこに詰めかけてきて、これを交代で続けてやるんですね。「身は常に仏を廻る。身の罪ことごとくうせぬらむ」というのは、いわゆる懺悔。罪を懺悔するのです。口には常に経を唱える。口の咎《とが》が皆消えてしまう。この時称える経は「阿弥陀経」であります。「般舟三昧経」ではなくて「阿弥陀経」なのです。心には常に仏を念じます。身体は時計の針のように仏の周りを廻る。いわゆる行道ですね。それから口には常に経を唱える。身《しん》・口《く》・意《い》の三業《さんごう》総てを挙げて念仏するのでございます。

この辺りのところは、いわゆる「摩訶止観《まかしかん》」の中におけるところの常行三昧というものに非常に似ておりますけれども、しかし変わって来ているわけなんですね。何故なら、ここでは「阿弥陀経」を

唱える。そして非常に綺麗な節が付くのでございます。即ちこれらのことは、後に比叡山の声明《しょうみょう》(34)というものが展開する、その原点ですね。比叡山では、今でも声明をなさる方がおられまして、特に大原の三千院、大原は魚山《ぎょざん》と申しますが、魚山というのは中国の名前です。中国の声明の本場ですよ。その名前を持ってきたのです。あの辺りには勝林院だの来迎院だのいろいろありますね。あれは皆いわゆる叡山の声明の本場なんですが、その声明の原点は、こういうところにあるわけでございます。

「三宝絵詞」には続けて、

阿弥陀経云《にいはく》、

若《もし》善心ヲオコセル善男女アリテ、阿ミダ仏ノ名号ヲ聞持《ききたも》チテ、若《もしは》一日、若二日、若三日乃至七日、一心不乱、臨終ノ時ニ心顚倒《こころてんたう》セズシテ、即《すなはち》極楽ニ生《むま》ル。七日ヲカギレル事ハ、此《この》経ニヨテ也。(35)

註

(31)〈「法華経」と日本文学〉註(34)を参照されたし。

(32)〈「法華経」と日本文学〉註(31)を参照されたし。

(33)『新日本古典文学大系』31「三宝絵　注好選」二〇六頁。

(34)本来は古代インドに始まった学問の体系である五明《ごみょう》の一であり、音韻や文法に関する学問を意味したが、中国仏教では後に転じて、偈頌や経を唱える際に節をつけて誦することを意味するようになった。日本では各宗派によって別異が生じ、天台声明、真言声明などがある。

とあります。このように、「三宝絵詞」はここにちゃんと「阿弥陀経」によるということを述べているわけでございます。

このように、この比叡山の念仏、常行三昧堂で唱えるところの念仏のお経は「阿弥陀経」が中心になります。礼時作法の話を致しましたけれども、現在わたしどもはこの礼時作法というものを書物で見ることが出来ますだけでなく、今でも比叡山に行きますと、礼時作法、あるいは礼時懺法というものがございまして、これは浄土教の懺法でございます。この中で唱える経典は「阿弥陀経」であります。

ただし、わたしどもが今見ることのできる資料からだけでは、今行われているものが、元の物とどれくらい同じであるかよく分かりません。ただ、今行われているものがどの時代まで遡れるのか、ということを(36)青蓮院《しょうれんいん》の御門跡にお聞きしたのですが、鎌倉時代までは遡れるということでございました。けれども、この礼時作法の中で読むところの経典は「阿弥陀経」であります。そしてこの「阿弥陀経」は「引声《いんぜい》阿弥陀経」と申します。「引声」、「声を引く」というのは、節を付けるということですね。声を長く引くとか、高低を付けるとか、節を付けてそして「阿弥陀経」を読むのですね。で、こういう事が全て慈覚大師の五台山念仏の常行三昧であります。それから不断念仏と申しますのは、先にありましたように、八月の半ばから、一週間を限って「阿弥陀経」に「乃至七日」と書いてあるのに拠って行うのだということです。

この常行三昧、並びに不断念仏というものが、やがて比叡山を出まして、多くのお寺で行われるようになりました。いろんなところで、京の都のあちらこちらのお寺でもこの常行三昧、または不断念仏が行われた。内容はどうも同じものであるらしいのですけれども、不断念仏というものは、このように日を限って行いますので、あるいはこれを別時念仏とも申します。これが一般の人びとの中に入っていくのでございます。

ところが、一般の人びとの中にこれが入って行くにつきましては、これが里の念仏となる契機がございまして、そこに介在するのが即ち[37]空也《くうや》上人であります。空也上人という人の存在は実に大きいんですね。「日本往生極楽記」の中に慶滋保胤が書いてあるのは、

沙門空也は父母を言はず、亡命して世にあり。或は云はく、潢流《くわうりう》より出でたりといふ。口に常に弥陀仏を唱ふ。故《かるがゆゑ》に世に阿弥陀聖と号《な》づく。或は市中に住して仏事を作し、また市聖と号づく。嶮《さか》しき路に遇ひては即ちこれを鏟《けず》り、橋なきに当たりてはまたこれを造り、井なきを見るときはこれを掘る。号《な》づけて阿弥陀の井と曰ふ。[38]

註――

(35)『新日本古典文学大系』31「三宝絵　注好選」二〇六頁。ただし、ここの記述は「阿弥陀経」とは若干異なる。本文で後に引く「阿弥陀経」(九六頁、九七頁)を参照されたし。

……………

(36)〈「出家作法」に見る日本的なもの〉(四一七頁以下)を参照されたい。

(37)平安中期の僧。踊念仏の開祖。[生]九〇三—[没]九七二。京都に西光寺(六波羅蜜寺《ろくはらみつじ》)を建立した。当寺の空也像は有名。

自分がどこの生まれであるかということも何も言わなかったというんですね。「亡命」というのは、いわゆる戸籍を抜くことですよ。正式のお坊さんになる時には、昔はちゃんと戸籍を抜いて、別の戸籍に入るわけです。それは例えば伝教大師の(39)「山家学生式《さんげがくしょうしき》」などにもちゃんと書いてあります。在家の戸籍を抜いて、いわゆる僧籍に入るんです、正式には。ところが空也は戸籍は抜いたけれども僧籍にも入らないでいたというんですね。で、「或は云はく、潢流《くわうりう》より出」たという「潢流《こうりゅう》」というのはいわゆる皇室の出である。誰かの天皇の子だとも言う、と。

この空也上人の念仏は何処の系統であるかということを学者は申します。わたしは比叡の不断念仏の流れであると思います。不断念仏、あるいは常行三昧にしても、これは「阿弥陀経」が中心でございます。で、この人は「阿弥陀聖《ひじり》」とか、また「市聖」と言われた。嶮しい路があるとこれを掘鑿し、橋がなければ橋を架け、井戸がなければ井戸を掘ったのでございます。

ただし、阿弥陀仏の信仰だけではないのです。密教的なものもあれば、観音の信仰もあれば、念仏もある。先ほどの円仁の場合もそうでございます。五台山の念仏を伝えてきて、この常行三昧ということを打ちたてたということを申しました。遺言して、自分の亡くなった後に不断念仏も行わしめた。しかしながら、この人達の信仰は弥陀一仏だけにあるのではないのでございます。円仁は密教の大家です。いわゆる大日如来を中心にして、諸もろの仏を拝む。ですから、諸もろの仏たちと阿弥陀さまとには、そこに一つの共通のものがある。阿弥陀さまは阿弥陀さまの顔をしていらっしゃるけれども、その阿弥陀さまはいろんな要素というか、いろんなものを持っているということなんでしょう。お不動さんを拝む時にも、お不動さんを拝むと言うけれども、お不動さんの陰には大日如来も観音の慈悲もみんな入っている。そういうふうに考えるんです。ですから、現代の、鎌倉時代以来の浄土教の考え方では一律にいかないわけです。

では「日本往生極楽記」の空也の最後の箇所をご覧ください。

天慶より以往《さきつかた》、道場聚落に念仏三昧を修すること希有なりき。何《いか》に況や小人愚女多くこれを忌めり。上人来りて後、自ら唱へ他をして唱へしめぬ。その後世を挙げて念仏を事とせり。誠にこれ上人の衆生を化度するの力なり。(40)

「道場聚落《じゅらく》に念仏三昧を修すること希有《けう》なりき」。即ち念仏をひたすらに唱えることは稀であったと言うんです。諸もろの道場、説法をするところや、それから町、村の中ではやらなかったと。「何に況や小人愚女多くこれを忌めり」。小人愚女って言葉も随分ですが、今ならこんなことを言うと皆さん怒りますけれどね。ともあれ、この空也上人によりまして、浄土教の信仰というか、弥陀の信仰、極楽への往生を願うという信仰は非常に一般的になってきているわけでございます。

註――

(38)『日本思想大系』7「往生伝　法華験記」二八頁。
(39)〈止観〉註(56)を参照されたし。
(40)前掲「往生伝　法華験記」二九頁。

では「空也誄《るい》」をご覧下さいませ。

空也誄一巻并序　国子学生源為憲

惟□□□□□□□□十一月。空也上人東山の西光寺に没す。嗚呼哀れなるかな。上人父母を顕かにせず。郷土を説かず。識れる者有りて或は云く。其の先は皇派に出づと。(41)

ここに「国子学生源為憲」とあります。さきほどの「三宝絵詞」を作った源為憲でございます。この源為憲に致しましても、「日本極楽往生記」を書きました慶滋保胤に致しましても、みんな浄土教の信者でございまして、恵心僧都源信と非常に仲がいいのでございます。源信と非常に仲がよくて、横川に於て二十五三昧会(42)なる念仏の結社を作っていたような人でございますけれども、この為憲も、もちろん慶滋保胤も空也上人に出会っているのでございます。この源為憲の作ったところの、空也にたいする「誄《るい》」です。「誄」は死者に対する餞《はなむけ》の言葉です。これは、空也上人が亡くなった時のことを書いてますね。十一月に亡くなった。空也は社会事業をやったり勉強をしてるわけですが、途中は飛ばしまして、その下をご覧下さいませ。

始めて本尊の阿弥陀如来を視、当来所生の土を見んと欲す。其の夜の夢に極楽界に至り、蓮華の上に坐す。国土の荘厳は経説と同じ。(43)

「国土の荘厳は経説と同じ」とある、この「経説」が「阿弥陀経」であります。「阿弥陀経」という経典は浄土三部経の中でも、特に浄土の荘厳を非常に美しく、いわゆる極楽浄土の荘厳を描いた経典でございますが、その経の説くところと同じである。そして、

覚めて後に随喜して乃ち誦して曰く、

胡矩羅苦者巴流気騎宝登途熙喜芝可怒都砥馬田夷陀留奴古魯難犂間狸(44)

(極楽ははるけきほどと聞きしかど　つとめて至るところなりけり)

この歌は、「空也誄」が漢文で書かれておりますので、このように万葉仮名で書いてございますけれども、「古今和歌集」の次に出た勅撰集の「拾遺《しゅうい》和歌集」の中では、仙慶法師の歌としてこの歌が出ております。しかしながら、この歌は「空也誄」の中に出ておりますので、まぁ空也とする方が正しいのであろうと思うわけですが、古い方にこのように書いてありますのでね。で、この「極楽はは

註

(41) 原文は漢文。「空也誄一巻并序　国子学生源為憲　惟□□□□□□□□□十一月。空也上人没于東山西光寺。嗚呼哀哉。上人不顕父母。不説郷土。有識者或云。其先出皇派焉」(『続群書類従』第八輯下、七四三頁)

(42) 〈独覚〉註(45)を参照されたし。

(43) 「始視本尊阿弥陀如来、欲見当来所生之土。其夜夢至極楽界、坐蓮華上。国土荘厳与経説同」(前掲書、七四四頁)

(44) 「覚後随喜。乃誦曰。胡矩羅苦者巴流気騎宝登途熙喜芝可怒都砥馬田夷陀留奴古魯難犂間狸」(同前)

るけきほどと聞きしかど　つとめて至るところなりけり」これは言うまでもなく「阿弥陀経」でございます。「阿弥陀経」には「その時に仏　長老舎利弗に告げたまはく、是れより西の方、十万億の仏土を過ぎて世界有り、名づけて極楽という」云々と書いてございますが、ここから来るのでございます。「観無量寿経《かんむりようじゆきよう》」にも、似たような言葉が有りますけれど、これは「阿弥陀経」であります。

夢に極楽界に行って蓮華の上に坐しているのを見て、国土荘厳は経説と同じであると言い、それから「極楽ははるけきほどと聞きしかど　つとめて至るところなりけり」と詠む。ただし「つとめて」です、これは。つとめるんですよ。そのつとめるというのは、「阿弥陀経」の方をご覧頂きますと、これは先の「三宝絵詞」の中にも引いてございましたね、

舎利弗、若し善男子善女人有りて阿弥陀仏を説くを聞きて名号を執持すること、若しは一日、若しは二日、若しは三日、若しは四日、若しは五日、若しは六日、若しは七日、一心にして乱れずんば、その人命終の時に臨みて、阿弥陀仏、諸の聖衆と共に現じて、その前に在まさん。是の人終らん時、心顚倒せずして即ち阿弥陀の極楽国土に往生することを得ん。舎利弗、我れ是の利を見るが故に此の言を説く。若し衆生有りて是の説を聞かん者は、応に彼の国土に生ずることを発願すべし。(45)

これが、いわゆる二十五菩薩の聖衆来迎でございます。ここのところで「つとめて」と言い直しましたのは、経では「一心にして乱れずんば」云々というのでございます。この時浄土は、極楽浄土は

死して、死後往くところであります。

ともあれ、ここでは一心不乱に、心乱れることなく仏を称えるのです。それにいたしましても「空也誄」の中に出てくるこの歌、

極楽ははるけきほどと聞きしかど　つとめて至るところなりけり

いい歌でしょう？　これは即ち浄土教の信仰でございます。これを見ますというと、いわゆる山の念仏、慈覚大師円仁によって打ち立てられた山の念仏が、空也に受け継がれていると思うのです。その空也によって受け継がれて更にこれが民衆の中に弘く入る。そのようであったと思われます。

それで、この「阿弥陀経」というものの持っている位置というものですが、いわゆる不断念仏、それから礼時作法、その中心がこの「阿弥陀経」であります。それが浮かび上がってくるように思います。

註――

(45)　原文は漢文。「舎利弗。若有善男子善女人聞説阿弥陀仏、執持名号、若一日、若二日、若三日、若四日、若五日、若六日、若七日、一心不乱、其人臨命終時、阿弥陀仏、与諸聖衆現在其前。是人終時、心不顚倒、即得往生阿弥陀仏極楽国土。舎利弗。我見是利故説此言、若有衆生聞是説者、応当発願生彼国土」(『大正』一二、三四七頁中段)

では「栄華物語」[46]をご覧ください。

八月、山の念仏は、慈覚大師の始《はじ》め行《おこな》ひ給《たま》へるなり。中の秋《あき》の風涼《かぜすゞ》しく、月明《あきら》かなる程《ほど》なり。八月十一日より十七日まで七ヶ日が程《ほど》、公《おほやけ》のまつりごと・私《わたくし》の御いとなみを除《のぞ》きて籠《こも》り在《をは》しまして、やがて御《み》修《ず》法行《おこな》はせ給[47]。

これは「栄華物語」の巻第十五「うたがひ」でございまして、藤原道長の出家について書くところでございます。ここにも書いてあるんですね。文学作品ではありますけれども、不断念仏について。「八月、山の念仏は、慈覚大師の始め行ひ給へるなり。中の秋の風涼しく」、中の秋といいますと仲秋ですから、八月、今なら九月ですね。「月明かなる程なり。八月十一日より十七日まで七ヶ日が程、公のまつりごと・私の御いとなみを除きて籠り在しまして、やがて御修法行はせ給」。これは藤原道長のことを言ってるんですよ。道長がその時に行わせたものが即ち不断念仏であります。しかもこの時に道長が行ったのは比叡山の常行三昧堂に於てです。常行三昧堂で日にちを区切って、一週間の間を区切ってやる。こんなことが出ている。

それから「今昔物語集」[48]の中にも出てくる。「今昔物語集」が出来ましたのは、十二世紀の前半ですね。千百何年かわかりませんが、とにかく十二世紀の前半でございますが、その「今昔物語集」の巻十一の二十七「慈覚大師、始建楞厳院語」、ここのところは、いわゆる慈覚大師に対するところの記録ですが、その中にも書いております。

亦、貞観七年ト云フ年、常行堂ヲ起《たて》テ、不断ノ念仏ヲ修《しゆ》スル事七日七夜也。八月ノ十一日ヨリ十七日ノ夜ニ至《いたる》マデ、是《これ》、極楽ノ聖聚《しようじゆ》ノ阿弥陀如来ヲ讃《ほめ》奉ル音《こゑ》也。引声《いんじやう》ト云フ、是《これ》也。大師、唐ヨリ移シ伝ヘテ、永ク此ノ山ニ伝ヘ置ク。身ニハ常ニ仏ヲ迎《むかへ》、口ニハ常ニ経ヲ唱フ、心ニハ常ニ思《おもひ》ヲ運ブ、三業《さんごふ》ノ罪ヲ失フ事、是《これ》ニ過《すぎ》タルハ無シ。(49)

ただし貞観七年（八六六）に常行三昧堂を建てたのでないことは、前の「慈覚大師伝」によりまして分かりますね。もっと早い、仁寿元年（八五一）です。そして貞観七年の時に円仁の遺言によってこの常行三昧堂で不断念仏が行われるわけですが、「八月ノ十一日ヨリ十七日ノ夜ニ至マデ、是、極楽ノ聖聚ノ阿弥陀如来ヲ讃奉ル音也」。いわゆる讃歎でございます。「引声」は、ここには「いんじやう」と仮名がついてますが、普通は「インゼイ」と申します。「身ニハ常ニ仏ヲ迎、口ニハ常ニ経ヲ唱フ、心ニハ常ニ思ヲ運ブ、三業ノ罪ヲ失フ事、是ニ過タルハ無シ」。業《ごう》というのは、行為、行い、という意味です。インドの言葉でカルマ（karma）。これは身業と口業《くごう》と意業の三つで三業でございま

註——

(46) 平安時代の歴史物語。四十巻。藤原道長の栄華を、和文編年体で記述している。宮廷貴族の絢爛たる生活を描き、風俗史料としても重要。〈『往生要集』とその時代〉の記事（四七六頁以下）も参照されたい。

(47) 『日本古典文学大系』75「栄花物語　上」四五四頁。

(48) 〈「法華経」と日本文学〉註（35）を参照されたし。

(49) 『新日本古典文学大系』35「今昔物語集　三」七五頁。

す。身体で行うところの行いが身業。口で話す口業、語業とも言います。それから心で思念する意業、これが一番重いのです。この三業の罪咎《つみとが》を失う、ということは、これは懺悔《さんげ》でございます。

懺悔といえば、常行三昧というものと、それから常行三昧に対しまして常坐三昧があることは四種三昧のご説明で申しましたね。あれは、法華三昧でございます。今でも比叡山でやっていますが、これも全部懺悔です。六根《ろっこん》懺悔ですとか、六根清浄《しょうじょう》などと言いますけれども、六根はわたしどもの、いわゆる心をも含めての諸もろの働きですね。[50] その六根の罪咎、自分達が知らない間に犯しているところの罪咎というものを、それを即ち懺悔するというのが非常に大きな要素なのでございます。それから、まぁこの罪咎のことを話しておりますというと、また話は別になるのでございますが、日本人の意識の中におけるところの罪咎の問題というものは、本当は大層大きな問題なのであろうと思います。[51]

本当は日本の神道《しんとう》というか、日本人の「ものの穢《けが》れ」とか「禊《みそぎ》」とか、そういう考えと全部合わせて考えなければならないのですね。日本人の仏教以前のそういうものと考え合わせなければならないわけです。けれども、ただこの日本の罪咎ということにつきまして、ちょっとだけ申しますなら、あの奈良時代から平安の初期に集められた「日本霊異記」には罪についてのことが沢山出て参ります。だからこそ諸もろの善いことをしなければならない、と言うのです。「日本霊異記」という書物は非常に面白いものでございまして、この罪の問題が出てくる。ところが文学作品で見る限り、日本人の間にその後、余り罪の問題は出てこない。何故「日本霊異記」にだけあるのか。出てこないのです。出てこないけれども、本当は深く根深く入っているのであろうと思います。ところが平安時代の中期になりまして、浄土教というものがこのように鬱勃と興る頃になりまして、この罪の意識ということが、文学作品の中に根強く出てくるのでございます。これは一体何でございましょうね。(52)

そのことにつきまして「源氏物語」を見てみようと思います。ここには「源氏物語」から三つ程（もちろん他に沢山あるわけでございますが）、最も代表的なものだけをとってみました。一番始めは「鈴虫」。この「鈴虫」の巻というのは、女三宮《おんなさんのみや》、これは物語の中では朱雀《すざく》帝の三の宮、朱雀帝の三番目の内親王なんですね。で、この朱雀帝が出家した。昔の人はよく出家しますが、不思議で仕方がない。奈良時代から、特に平安に来てからの人びとの出家願望というもの、これを全部洗ってみたら面白いかもしれませんよ。ともあれこの朱雀帝も出家しようとする。その時に即ちこの世のほだし(53)になるのは、内親王であります。物語には、内親王ほどあわれなるものはないと書いています。

註——

(50) 仏教では人間の分析を様ざまな視点から行うが、六根はいわゆる認知作用に基づいて分析したもの。眼根《げんこん》、耳《に》根、鼻根、舌根、身根、意根の六種の器官。それぞれ順番に、見る、聞く、嗅ぐ、味わう、触れる、認知識別するという働きがある。これらは衆生に煩悩を起こさせる根源とされ、多くの経で、これらを制御すべきことが繰り返し説かれている。六根の対象を六境《ろっきょう》（色《しき》・声《しょう》・香《こう》・味《み》・触《そく》・法《ほう》）といい、合わせて十二処《しょ》という。

(51) 白土先生のご指摘のように、これは日本仏教を考える上で大変重要な問題である。インド古来の仏教では、善業にせよ悪業にせよ、しっかり自覚した上で行う行為に関して、その善悪を問題にし、その報いを問題にした。それ故にこそ意業が重要となるのであるが、それに対して日本では、白土先生の言葉を借りるなら「自分達が知らない間に犯しているところの罪咎」をこそ問題にするのである。

(52) 罪の問題については〈「往生要集」とその時代〉（四六二頁以下）も参照されたい。

(53) 「ほだし」は、人情に引かれて行動を束縛されること、またそのもの。絆。

三宮なむ、いはけなき齢《よはひ》にて、たゞひとりを、頼《たの》もしき物とならひて、うち捨てむ後《(のち)》の世にたゞよひさすらへむこと、いと〳〵うしろめたく、悲しく侍《はべる》」と、御目おしのごひつゝ聞こえ知らせさせ給《(たまふ)》(54)。

ね、お父さんが天皇の間はいいけれども。それでこの朱雀帝は自分の娘、頼りない娘ですが、この人を光源氏に託すのでございます。光源氏には紫上《むらさきのうえ》という奥さんがあるのに、しかもエトセトラの沢山の女性がいるにも拘らず、かわいそうに年も随分違う光源氏に託すんですね。ところが、この女三宮はまた問題を起こします。あんまり人が好くて、気が弱くて、(55)柏木《かしわぎ》と男女の関係になってしまう。で、この女三宮は光源氏に申し訳ない。それを悔いてこの人も出家致します。その出家する時のことでございます。これは本当に途中でございますけれども、

経は六道の衆生のために六部書かせ給ひて、みづからの御持経は院ぞ御手づから書かせ給《(たまひ)》ける、是《(これ)》をだにこの世の結縁《けちえ》にて、かたみに導きかはし給ふべき心を願文に作らせ給へり。さては阿弥陀経、唐《から》の紙はもろくて、朝夕《あさゆふ》の御手馴《てな》らしにもいかゞとて、紙屋《かみや》の人を召して、ことに仰《おほ》せ言《こと》給て、心ことにきよらに漉《す》かせ給へるに、此《(この)》春のころを《(ほ)》ひより御心とゞめていそぎ書かせ給へるかひありて、端《はし》を見給ふ人〳〵、目もかゝやきまどひ給《(たまふ)》。罫《け》かけたる金《かね》の筋《すぢ》よりも墨つきの上にかゝやくさまなども、いとなむめづらかなりける。軸、表紙、箱のさまなど、言へばさらなりかし。これはことに沈《ぢん》の花足《(け)そく》の机に据《(ゑ)》へて、仏の御おなじ帳台の上に飾らせ給へり(56)。

問題は「経は六道の衆生のために」という、この経は何か、ということです。どうも前後を見ると「阿弥陀経」ではないらしい。そう致しますと、いいですか、この頃の経は「法華経」であります。ですから今の人の浄土教と違うというのは判然としてるんですね。「法華経」といいますのは、例えば比叡山では平安時代のいつの頃からか「朝《あさ》題目の夕《ゆう》念仏」と申します。いつ頃のおこりか分かりませんが、平安時代からこのように言います。朝は題目を唱える、というのは、即ち朝は法華三昧、あるいは法華懺法《せんぼう》と申します。大原の三千院さんでは、お懺法講というのをやってますでしょ？　いいもんですよ。これは「法華経」でございます。なおここで、やはり六根の懺悔を致しましてね、「法華経」では「安楽行品《あんらくぎょうほん》」などを読む一つの行法がございます。朝はこの法華懺法を行い、夕方は即ち念仏、これは礼時作法でございます。礼時懺法とも申します。両方あるのでございます。こういうふうに「法華経」と念仏とが並列しております。

それで、「経は六道の衆生のために六部」女三宮が「書かせ給ひて、みづからの御持経は」、女三宮自らの「法華経」は「院ぞ御手づから」。院はこれは源氏だということになってますけれどね、そう

註――

(54)『新日本古典文学大系』21「源氏物語　三」二〇八頁。

(55) 頭中将《とうのちゅうじょう》の子。この後、女三宮は懐妊し薫を生むが、柏木は罪の意識にさいなまれ悶死する。この薫が、次の「浮舟」に現れる薫大将である。

(56)『新日本古典文学大系』22「源氏物語　四」七〇―七一頁。

ですかねぇ。朱雀院でもありそうですけれども。まぁこのまま従っておきます。(57)「是をだにこの世の結縁にて、かたみに導きかはし給ふべき心を願文に作らせ給へり」。即ちこの世の結縁として「法華経」というものを書くんだ、書いてあげるんだ。その次です。「さては阿弥陀経」、ここでは「法華経」と並んで「阿弥陀経」であります。この「阿弥陀経」もやはり先ほど申しました礼時作法。この礼時作法というのは、常行三昧で同じですよ、または不断念仏、この系統であろうと思いますが、この「阿弥陀経」というものをここで書く。そして非常に立派に表装する。

この「鈴虫」の最初の方では、女三宮の居室をいわゆる御堂にしつらえます。この御堂は別に阿弥陀堂とは規定しておりませんね。総てのお堂が阿弥陀堂とばかりは言えないんですが、ここの本尊は言うまでもなく阿弥陀仏でございます。このように、ここにも浄土教というもの、いわゆる不断念仏というようなものが顔を出してくるのでございます。しかしながら、あくまで、これは「法華経」と並列していての浄土教であること。「法華経」と両方を行うのでございます。

それから「浮舟《うきふね》」。これは宇治十帖でございますから、「源氏物語」の最後の方ですね。この宇治十帖の「浮舟」の巻に出てくるのは、それは道定という人の言葉になってますけれども、

「右大将の宇治へいますること、猶《なほ》絶えはでずや。寺をこそ、いとかしこく造りたなれ。いかで か見るべき」とのたまへば、「いといかめしく造られて、不断の三昧堂などいとたう《ふ》とく《お》をきてられたりとなむ聞きたまふる。(58)」

云々とありますが、これこそ不断念仏です。宇治十帖の中で薫大将が宇治にお寺を造られた。薫大将は光源氏の本当の子供ではないんですね、ないんですけれど、光源氏は自分の子供として育てなければならなかった。こういう暗い伏線が「源氏物語」にはあるわけです。「源氏物語」というのは本当は暗い物語ですね、表面はきらきらしているけれど。本当の人間関係、人間の内面という点では暗い物語ですよ。非常に暗い。ともあれここでは、薫大将が不断念仏を行うところの三昧堂を造る。

常行三昧堂というのはいろんな所にあるんです。例えば、今、大原に行かれますと、三千院の中に阿弥陀堂がありますね。阿弥陀さまが坐っている。あれが常行三昧堂でございます。阿弥陀さまが真ん中に坐っておられますが、観音、勢至がこういうふうにね、二体。あそこの仏殿を時計回りに廻って行道をするのでございます。いろんな所に常行三昧堂があった訳でございますが、それがここにもこのように出てくるのでございます。

それから「若菜《わかな》」の巻。これは「源氏物語」の構成では「浮舟」よりももっと前の方にあるものですけれども、光源氏がずっと若い時に、彼は権力抗争に敗れて左遷される。つまり島流しでございます。あんまりいろんなことをするものですからそれで都を追放される。そして須磨、明石に流されます。[59]光源氏は初め須磨の浦に行き、次に明石に行くんですね。それで明石に行った時に、明石の入道、

註――

(57)　前掲「源氏物語　四」ではこの箇所に「女三宮その人のご持経は源氏が書く」と註している。

(58)　『新日本古典文学大系』23「源氏物語　五」一九六頁。ちなみに「右大将の……」云々は匂宮の言。「いといかめしく……」以下が道定大内記の言である。

この人もいわゆる昔の皇族か何からしいのですけれども、この人に巡り会う。この明石の入道という人は、自分は今出家している、お坊さんになってしまってるんだけれども、娘一人を養っていて、この娘を何とか世に出したい。つまり宮中に入れるということですよ、昔の人の願いは。その人が即ち明石上《あかしのうえ》であります。そして、この明石上を、都から左遷されて行った光源氏の妻にするんですね。たくさんある奥さんの中の一人ということですが。

やがて光源氏が許されて都に帰る際に、明石上は都に一緒に参ります。そして嵯峨の方に住むんですね。光源氏と明石上との間に出来た娘、それが明石女御《にょうご》となりまして、やがてその宮中に入ってだんだん出世していくわけなんですが、この明石の入道という古めかしい人、この人がこの娘に宛てて手紙を書くのでございます。娘は京都の嵯峨野にいる。そこに宛てた手紙がございまして、次にあげますのは、その手紙の途中からです。

身づからかくつたなき山臥《やまぶし》の身に、いまさらにこの世の栄《さか》えを思《(おもふ)》にも侍らず。過ぎにし方《かた》の年ごろ、心ぎたなく、六時の勤めにも、たゞ御ことを心にかけて、蓮《はちす》の上の露《つゆ》の願ひをばさしを《(お)》きてなむ、念じたてまつりし[60]。

と書いてます。「山臥」といいますのは、法螺貝を吹いてるあの山伏じゃないんですよ。山に臥している者という意味で、いわゆる出家の身ということ、つまり入道でございます。何を言っているか砕いて言いますならば、自分は出家の身でありながら、ずっと前から「心ぎたなく」というのは、出家なるものは俗界を忘れなければならない、出家とは、本当は親子の縁も切るのであります。出家というものは本当に厳しいものでございます。その俗界の縁を切っているべきものが、何としても前の娘のことが心に掛かっていると言うんです。これが「心ぎたな」いです。そして「六時の勤めにも」と書いてある。

この「六時の勤め」でございますが、これは、一日に六回お勤めすることで、これもやはり念仏でございます。朝の明け方の晨朝《じんじょう》（卯《う》の刻）と、日中（正午）と日没（酉《とり》の刻）と、それから初夜《しょや》（戌《いぬ》の刻）と中夜（亥《い》の刻から丑《うし》の刻）と後夜《ごや》（寅《とら》の刻）でございますが、この六度に分けて念仏をする。念仏の勤めですね。この六時の念仏につきましては、恵心僧都の作ったものに「六時讃」というものがございますが、これがここで言うところの六時の勤めでございます。その六時の勤めにも余り心を入れないで、娘の明石上のことばかり心に掛けていて、「蓮の上の露の願ひ」は即ち極楽浄土の蓮の上に生まれるという願いですが、そのことも差し置いていると言う。余り立派に勤めをしないいんだ、ということなのでございます。この辺りのところもですね、皆「阿弥陀経」を中心にしたところの念仏であるとお考え頂いていいようでございます。

註——

(59)「入道」とは、在家のままで髪を剃って僧の姿となり、仏門に入った者。正式な出家者ではない。女性の場合は尼入道という。

……………

(60)『新日本古典文学大系』21「源氏物語　三」二七六頁。

「源氏物語」の中からはこれしか出しませんでしたけれども、こういう描写は他にもたくさんあるのでございます。「阿弥陀経」という経典は美しい経典でございますから、余計みんながそれに憧れたのかも分かりませんが、これらの念仏というものは全て来世の、あるいは後世《ごせ》の幸いを願っての出家生活であります。

次に「栄華物語」を出しましたけれども、これは「栄華物語」巻の十八「たまのうてな」の冒頭でございます。

御堂あまたにならせ給まゝに、浄土はかくこそはと見えたり。例の尼《あま》君達、明墓参《あけくれまい》り拝み奉《たてまつ》りつゝ世《よ》を過《すぐ》す。尼《あま》法師多《おほ》かる中に、心ある限《かぎり》四五人契《ちぎ》りて、この御堂《だう》の礼時にあふわざをなんしける。うち連れて、御堂に参りて見奉《みたてまつ》れば、西によりて北南《きたみなみ》ざまに東向《ひんがしむき》に十餘《よ》間《けん》の瓦葺《かはらぶき》の御堂あり。榱《たるき》の端〴〵は黄金《こがね》の色なり。よろづの金物《かなもの》皆かねなり。御前《おまへ》の方《かた》の犬防《いぬふせぎ》は皆金の漆のやうに塗りて、違目《ちがひめ》ごとに、螺鈿の花の形《かた》を据へて、色〴〵の玉を入れて、上《かみ》には村濃《むらご》の組して、網を結ばせ給へり。[61]

御堂《みどう》といいますのは、藤原道長《みちなが》が法性寺を造ります。そして多くの御堂をたくさんいろいろ造ります。御堂というものは別に阿弥陀堂だけではないんですよ。それで立派な、まことに浄土もかくやと思われるような華やかなお寺を造る。それで藤原道長はやがて御堂関白と言われるわけですが、この御堂の様は「浄土はかくこそはと見えたり」と言う。そして「この御堂の礼時」、「レイジ」あるいは「レイシ」とも読みますが、即ち御堂で行われるところの礼時作法です。ですから、ここで言う御堂は、これは即ち阿弥陀堂であります。御堂はたくさん出来て行くんですよ。いろんな御堂があるわけでございます。

ここで礼時というのは、先ほど申しましたように、夕方でございます。さて、この礼時作法というものは、これはもとに戻りますというと、円仁が五台山から伝えてきたところの教法が元になっていることは言うまでもないですね。そしてここで唱えるのは「阿弥陀経」でございます。あるいは礼時懺法と申します。美しいお経「阿弥陀経」や念仏を唱える時に、まことに美しい曲を付して、非常に綺麗なのでございます。

五月のいつでしたかちょっとはっきり致しませんが、大原の三千院さまで、今は御懺法講というものを復活していらっしゃいます。(62) ああいう儀式の時の袈裟の立派なこと。本当に綺麗なものを着て、(63) そして声明。綺麗な、いわゆる男性コーラス。綺麗な声明で仏殿を廻ります。今のような時代でさえ、

註——

(61)『日本古典文学大系』76「栄花物語　下」八三頁。
(62) 毎年五月三十日に門主が導師を勤め、魚山一山と比叡山の僧侶が集って、三千院宸殿に於て厳修されている。
(63) 古代インドでは、青・黄・赤・白・黒の五色を五正色《ごしょうじき》と言い、法衣を染めるのには、その鮮やかな色を避けて、濁った色のみを許した。それで、法衣をカーシャーヤ（濁った色）とも呼んだ。「袈裟」はその写音語。現在日本の袈裟でよく見られる緋・紅・紫・緑・碧は、五間色《けんじき》と言い、実はこれも袈裟には許されない色であった。因みに、チベットや東南アジアの僧侶が身にまとっている茜や木蘭色は如法色《にょほうじき》といい、許可されている色である。

わたしですらも綺麗だなぁと思うんですから、平安時代の人びとは、あんなのを見たら夢ごごち、極楽浄土もかくやと思われるような、そんな綺麗な情景だったのでしょうね。お暇がございましたらいらしてくださいな。これも法華懺法ですよ。

法華懺法も礼時懺法も、素人が外から見ますと同じようなものです。御懺法講と、こういうふうに言いますのは、昔は[64]後白河法皇が好きで、後白河法皇はご自分がその中に入って一緒に行道をやったというんです。仏殿を廻るのでございます、お経を唱えながらね。その行道をするということは、本当は「摩訶止観」の中にあったところの常行三昧の行法から来てるんですよ。けれども、非常に華やかなものでございます。ですから「栄華物語」のこの辺りのところを見ます時には、この礼時作法についてこんな理屈だけを申しませんで、「浄土はかくこそはと見えたり」というようなところを本当はもっと膨らませて読むべきところであるはずだと思います。

「栄華物語」の中には、この文章に続けまして、綺麗な美しい御堂の様を、いろんなふうに非常に美しく描いているのでございます。御堂に祀られている仏たち、阿弥陀さまなどの行相をまことに美しい文章で描写いたします。この美しい描写は、実は「往生要集」からそっくり来ているんです。今日は「往生要集」の話を致しませんでしたけれども、[65]恵心僧都源信ですね。恵心僧都という方は本当は浄土教の方というだけではないんですよ。「往生要集」があるので恵心僧都と言えば浄土教だと皆さん思っていますが、本当は大変な仏教学者でございます。わたしは大谷大学に今でも講義に参りますが、恵心僧都の[66]「一乗要決《いちじょうようけつ》」というものを実は読んでおります。学生さん、皆さん難しくて音を上げておいでです。難しいんですよ。そんな極楽浄土の華やかな様だけを書いてあるのが仏教ではございません。

恵心僧都源信の「一乗要決」は、いわゆる仏性論でございまして、誰もが仏になれるわけでないという、南都の法相宗の言い分と、天台の誰でも仏になれるという言い分のどちらが正しいのか、それにけじめを付けようとした難しい書物でございましてね[67]、この人は仏教の大学者でございますよ。驚くほどの大学者です。この人は若い時、四十一歳か四十二歳の時にこれを書いてるんです。その人に、片やこういう極楽浄土を願うという信仰がある。この信仰が恵心僧都にありますのは、やはり山の念仏の影響も受けていますし、それ以上に空也《くうや》でございます。空也上人という人が手引きになり、この人に非常に大きな影響を及ぼしているらしい。

先ほど慶滋保胤のことを申しました。それから源為憲。この人達はみんな一緒になりまして、そして比叡山の横川におきまして念仏の結社を作るのでございます。その人たちがやっていたのも即ち不断念仏でございます。いいですか、皆これは「阿弥陀経」を中心としたところの不断念仏というものでございます。そう致しますと、この「往生要集」というものを見ますならば、まことに煩雑な哲学をこととする仏教学者が信仰としてこのようなものを持っている。ただし学者ですから単に信仰に終

註——

(64)〈「法華経」と日本文学〉註(54)を参照されたし。

(65)〈「往生要集」とその時代〉を参照されたし。

(66)三巻、『大正』七四、三二七頁以下。

(67)論争の詳細は〈独覚〉「三乗と独覚」(特に三三〇頁以下)を参照されたい。

わることなく、単に阿弥陀さまを崇めるというだけではなくて、多くの仏教の経論の中に、阿弥陀仏についてはどういうふうに書いてあるのかを、これを全部纏めたものが「往生要集」です。分類して集めた書物でございます。

「往生要集」では、まず、いわゆる穢土《えど》を厭離《えんり》しなければならない、と申します。この穢い世の中を厭離する。厭離穢土と申します。厭い離れ捨てるのです。そして第二が欣求《ごんぐ》浄土です。浄土を求めなければならない。そして第三が極楽証拠となるのですが、この浄土の様を書く時は、実は「阿弥陀経」に由っているだけではありません。が、「阿弥陀経」の中に載っているこの極楽浄土の美しさというものが、存分にこの中に書いてある。この「栄華物語」の御堂の様を書く時の美しい描写はそっくりこの「往生要集」から受けているのでございます。そのことをちょっと付け加えておきます。

では、もう時間が無くなりましたが、[68]「枕草紙《まくらのそうし》」を念の為に出しておきました。「枕草紙」は皆さんご存知のああいう女性の書いたものですね。実にあっけらかんとして、紫式部とは天と地ほどの人間のキャラクターの違いがある。どちらが良い悪いは好き嫌いでございましょうが、この書物の中に、

とを《（ほ）》くてちかきもの　極楽。舟の道。人の中。[69]

と書いてある。「人の中」というのは、これは男女の仲でございます。遠くて近きものというこの極楽の考え方は面白いですね。これは「阿弥陀経」におけるところの極楽でございますし、空也上人の

あの和歌の中にあったところの極楽でございます。「極楽ははるけき程と聞きしかど　つとめて至るところなりけり」。これもいわゆる遠くて近きものでございますね。この「枕草紙」の中にもこのように現れておりましてね。

今日は何か話がまとまりませんで申し訳ございません。平安時代の中期の文学に現れる「阿弥陀経」を見てきたわけでございます。繰り返しますが、これらのものを考えるときには比叡の念仏を視野に入れなければならない。円仁が五台山念仏を中国から移してきた。この五台山念仏というものは「阿弥陀経」を中心にしたものであって、それが比叡山の念仏になる。それから空也上人の念仏。こういう不断念仏、山の念仏というものが、空也上人から一般の中に入ってくる。それが文学の中にはこのように現れてきているということを、大変雑駁で申し訳ありませんでしたが、申し上げようとした訳でございます。この次はですね、文学作品に関しましてもっといろんなところを見たいと思っております。では本日は失礼致しました。

註――

(68)　清少納言（生没年未詳）の随筆。一条天皇の皇后定子に仕えた宮中生活の体験を鋭い観察眼で描写しており、「源氏物語」と並ぶ平安時代女流文学の代表作とされる。

(69)　『新日本古典文学大系』25「枕草子」二一三頁。ちなみにこの前段が「ちかくてとを《(ほ)》き物」で、「宮のべの祭り。思はぬはらから親族《しぞく》の中。鞍馬のつゞらお《(を)》りといふ道。師走のつごもりの日。正月《むつき》の一日《ついたち》の日のほど」を挙げている。当時の宮廷にいた女官たちのユーモア感覚が伺えて興味深い（「宮のべの祭り」は十二月と正月の初午《はつうま》に行われる民間の祭。間隔は一ヶ月しかないが、年を隔てていることから）。

〈「阿弥陀経」と日本文学〉というタイトルでのお話は、今日は二回目になります。普通は、浄土三部経と申しまして、「大無量寿経」「観無量寿経」「阿弥陀経」の三つの経典を一まとめにして考えるのでございますが、浄土三部経ではなく、わざわざ「阿弥陀経」と言うふうに断ってこられましたのは、この四条センターを主宰していらっしゃる仏教大学は浄土宗でございます。浄土宗は法然上人[70]に始まりまして、法然上人は浄土三部経ということをおたてになった方ですが、その中で特に「阿弥陀経」を大事になさる方でございます。そういうことかなと考えております。

その「阿弥陀経」につきまして、中国では唐の時代にたいへん偉い善導《ぜんどう》[71]という方がおられます。この方は浄土教学の大先達でございます。浄土教と申しますのは、阿弥陀仏の信仰を中心に立てるところの仏教の宗派でございますが、法然上人はこの善導和尚に偏に帰依なさる。ところが善導という方にはもちろん「阿弥陀経」だけではなくて、いろんな著作がございます。例えば「観経疏《かんぎょうしょ》」[72]、「観無量寿経」の疏という大部の書物や「般舟三昧経《はんじゅさんまいきょう》」に対する書物とか[73]、いろいろあるのでございます。

繰り返しますが、いわゆる浄土経典は幾つもありまして、別に三つだけではありません。その中の三つを取り出しまして法然上人は特に浄土三部経としておたてになる。その中でも、この善導和尚（拘らなくてもいいようなことですが、天台では「和尚」を「カショウ」と読みます）が、この「阿弥陀経」というものに重きを置かれる。常に浄土教の宗教的な、いわゆる行法と申しますか、その中心にこの「阿弥陀経」を据える。あるいは「阿弥陀経」を毎日毎日誦《じゅ》する。誦するというのは、誦経と申しますが、声を出して称える。あるいは書写する。十万巻も書写したというような伝説がございますね。

法然上人がこの「阿弥陀経」というものを尊崇致しましたのは、この善導和尚の伝統を受け継ぐものなのですが、ただし、それだけではないんですね。話がちょっとまとまりませんで、大変失礼ですが、今回の講題で特にこの「阿弥陀経」というものを浄土三部経の中から取り出して依頼が来たことについては、そのような事情があるということをちょっとお断り申し上げておくことを、前回失念して申さなかったと思いますので。

註――

(70) 浄土宗の開祖。[生]一一三三―[没]一二一二。諱は源空《げんくう》、通称は黒谷《くろたに》上人。浄土真宗の開祖親鸞の先生。叡空の許で二十年間ひたすら勉学に励み（一切経を四度読んだとの逸話も伝えられる）、一一七五年善導の「観経疏」を読んで専修念仏に帰し、以来吉水で貴賤を問わず念仏を説いた。一一九八年、関白九条兼実《かねざね》の求めに応じて書かれたと伝えられる「選択本願念仏集《せんじゃくほんがんねんぶつしゅう》」は、他力本願の要諦を記した浄土教思想にとって大変重要な書物。一二〇七年諸宗の迫害に遭って土佐（実は讃岐）に配流されるが、後許されて吉水へ帰り、当地で没した。臨終の際に、弟子源智の求めに応じて書いたとされる「一枚起請文《きしょうもん》」も有名。往生極楽には南無阿弥陀仏と唱える以外何もない、と説いている。

(71) 中国、唐の僧。浄土教の大成者。[生]六一三―[没]六八一。長安を中心に浄土教を弘め、特に口称《くしょう》念仏（口に「南無阿弥陀仏」と称えること）を唱導した。著作は多数に上るが、特に「観経疏」は重視されている。

(72) 四巻。詳しくは「観無量寿仏経疏」。『大正』三七、二四五頁以下。

(73) 一巻。詳しくは「依観経等明般舟三昧行道往生讃」、通称「般舟讃」。『大正』四七、四四八頁以下。

ところが、日本文学との関係でお話を申し上げるという場合には、鎌倉時代から日本の文学は始まる訳ではございません。飛鳥時代も、奈良時代も、平安時代ももちろんあるわけでございますが、信仰だけでなく、特に文学とか文化の面から見ます場合には、その時には平安仏教というものを抜きにしては考えられないのでございます。

日本の仏教というものは、普通、鎌倉仏教からを大変大事に皆さん考えます。確かに鎌倉時代の初期というものは、大変この日本に於ては、宗教的な天才が続々と現れた時代です。法然上人を初めとして、法然の弟子の親鸞（一一七三―一二六二）、あるいは道元（一二〇〇―一二五三）、栄西（一一四一―一二一五）というように。あるいは日蓮（一二二二―一二八二）、あるいは次に一遍（一二三九―一二八九）というような。鎌倉時代というものは宗教的天才が続々と現れまして、非常に宗教的な考えがラディカルというか、日本人の内面、日本人の心の内容に、思想的に深く食い入ってきました。そしてこの信仰が民衆に深く入ったのは鎌倉時代でございます。ですから日本の宗教と言えば鎌倉時代からを重視するのは当たり前なのでございますが、しかしながらです。日本におけるところの、日本の文化、あるいは日本の文学との関わり合い、そういうものを考えます時には、平安仏教というもの、鎌倉時代以前の平安仏教というものを抜きにしては考えられないのでございます。

わたくし事になりますが、友人に、フランスにおける日本学の研究で第一人者であるベルナール[74]・フランクという先生がおります。フランスはパリにあるコレジュ[75]・ド・フランスの（ソルボンヌよりも学問的にはもっと格が上というか）、そこの初代の日本学の教授です。この方は、日本の文学から仏教まで、日本のわたしども以上に日本のいろんな細かいことを知っております。日本に来るというと、韋駄天走りの如く、体が大きいですから、各地を巡り歩く。日本人が忘れたもの、日本人が見失っているものに、非常に愛情をもって犀利に目を注いでいらっしゃる。日本の仏教についても非常によくご存知でいらっしゃる。勉強していらっしゃいます。

そのベルナール・フランク先生がしょっちゅう日本へ来ます。その折に先生がわたしに言われたことがございます。「日本人は鎌倉時代以後の仏教については我われにいろいろ語るけれども、何故平安時代の仏教について少しも語らないのか。岡目八目で見ているときに、日本の文化、文学、思想を見る時に、平安時代の仏教の及ぼした影響というものは非常に大きいように思えて仕方がない。あな

註――

(74)　[生]一九二七―[没]一九九六。国立高等研究学院教授、パリ第七大学教授を経て、一九七九年よりコレージュ・ド・フランスの初代日本学講座の教授となる。日仏会館フランス学長を一九七二―一九七四年に勤めている。著作も多数あるが、日本語に翻訳されたものとしては、『方忌みと方違え』岩波書店、『風流と鬼』平凡社などがあるが、近年出版されたものとしては『日本仏教曼荼羅』藤原書店（二〇〇二）がある。

(75)　パリ（ソルボンヌ）大学がいわゆるスコラ哲学の牙城として展開し、一種閉鎖的な学問の場となったのに対し、コレージュ・ド・フランスは一部の高度な学問領域以外は講義を一般に公開しており、形式的には「市民大学」的なものとなっている。当然、試験や学位授与などもない。現在、コレージュ・ド・フランスの六五〇以上の講義が iTunes で入手可能であるし、コレージュ・ド・フランスのウェブサイトでは、ビデオで提供されている講義もあるなど、学問の公開に力を入れる姿勢は一貫している。白土先生はかつて二年間程ここに籍を置いて研究生活を送られた。

たは何とか勉強して、自分達に教えてくれないか」とおっしゃるのです。教えると言ったって、日本の学問ですから日本人の方が先鞭をつけるのは当たり前でございますからやらざるを得ないのですが、そんなことがあったのでございます。

あるいはシルヴァン・レヴィという学者が、東洋学の奇才と言われた。東洋学というのも広うございますが、中国、インドの研究をなさった。初代の東京の日仏会館の館長です（一九二六―二八年在職）。フランス語を教える所ではなくて文化交流センターの。このシルヴァン・レヴィ先生なども、こういう事を言っております。「西洋の思想文化を研究する時には、キリスト教の研究なしには行えない。ところが日本に於ては、日本の歴史並びに文化思想の研究というものを、仏教を抜きにして行おうとするのは不思議である」と。ただ、正直に見た場合に、現代の人には考えられない程、昔の人は仏教というものに対する知識もあれば信心もしていたということを申し上げておきたいのです。

さて、前回、一番最初にいわゆる常行三昧、それから不断念仏の系譜ということを申したわけです。この常行三昧と申しますのは既に申しましたから説明致しませんが、比叡山に於ては、平安の初期に円仁、慈覚大師が唐に行って勉強して参りました。足掛け十年かけて。その頃は中国はいわゆる廃仏毀釈の時代です。中国にはそういう時代があったんですね。それでこの人はたいへん苦労致しまして、本当は江南の天台山に入って勉強したいんですけれども、そこに行くことが出来ない。それで五台山に参ります。

五台山と申しますのは黄河の流域ではないですけれども、黄河に近い方、北京の丁度西南の辺りにありますが、円仁はこの五台山で念仏を学びます。円仁が行ったときにはもう既に亡くなっていたんですが、法照《ほっしょう》という人が始めた念仏、いわゆる法照流の念仏が五台山に於て行われていた。その念仏が非常に美しいメロディーを持っている。これを五会《ごえ》念仏と申します。五会というのは五通りの何かあるんだそうです。(76) わたし分かりません、音楽のことは全然分かりませんが、中国の音楽の宮《きゅう》とか商《しょう》とか何か、それによるところのたいへん美しい念仏、(77) あるいはこれを引声《いんぜい》念仏ともいう。五台山に於てはこの法照流のものが行われていた。それを円仁は覚えてくるのでございます。

註——

(76) 念仏を五段階に分けて唱えるところから「五会念仏」という。「五会」について法照は「浄土五会念仏略法事儀讃」（『大正』四七、四七四頁以下）に「五とは会にして是れ数なり。会とは集会なり。彼の五種の音声は緩より急に至り、唯だ仏法僧を念ずるのみにして更に雑念なし。念とは則ち無念にして仏不二門なり。声とは則ち無常にして第一義なり。故に終日仏を念じて恒に真性に順じ、終日生ぜんと願ひて常に妙理を使す」（四七六頁中段）とし、また「為に能く五濁煩悩を離れ、五苦を除き、五蓋を断ち、五趣を截り、五眼を浄め、五根を具し、五力を成じて菩提を得、五解脱を具して速やかに能く五分法身を成就す」（四七五頁中段）としている（原漢文）。

(77) 緩急と調性とを組み合わせて、五通りに唱える。前掲書には「第一会平声緩念　南無阿弥陀仏、第二会平上声緩念　南無阿弥陀仏、第三会非緩非急念　南無阿弥陀仏、第四会漸急念　南無阿弥陀仏、第五会四字転急念　阿弥陀仏」（同前、四七六頁中―下段）とある。低くゆったりした唱え方から始まり、徐々に早く高くなり、最後は「阿弥陀仏」の四字を急調に高唱するものであったと想像されるが、しかし、五会念仏自体の実唱の伝承がないので精確なところは不明である。白土先生がおっしゃっている「宮とか商」は中国音楽での音名（現在我われが使うドレミに当たる）。

本当はこの人は天台の人ではないのです。天台の学問をやった人ではありません。しかしこの人は、いわゆる善導流の浄土教の学者でもある。この人が日本に帰って参りました時に、天台で非常に美しい念仏を唱え始めた。と申しますのは、やはり、その人にはその人の一つの宗教体験というか、そういうものがあってのことだと思われます。

円仁はこれを日本に持って参ります。この円仁の持ち帰った法照流の常行三昧というのは、真ん中に阿弥陀さまを置く。その周りを時計回りに、「阿弥陀経」を唱えながら回るところの行法でございます。しかし常行三昧というのは、元もとは天台に於ては「摩訶止観」という書物にあるところの常行三昧です。それは飽くまで自分の心を統一することが中心です。前回の繰り返しになりますが、いわゆる心の散乱を止める。それを止観と申します。心の散乱を止めてものの真実を観ずる、という止観の行法なんです[78]。本当はこれが比叡山で行われる天台流の常行三昧。中国で天台大師から始まって、「摩訶止観」という書物があって、その書物の中に説かれているところの常行三昧が天台流ですね。

ところが円仁の常行三昧というものはちょっと違うんです。円仁は五台山で法照流の五会念仏を覚えてきたために、「阿弥陀経」によるところの大変美しい常行三昧を比叡山に入れるんですね。

常行三昧、いわゆる礼時作法、あるいは礼時懺法と申しますが。時を定めてやるんですね。それを即ち常行三昧堂で行う。常行三昧堂はあちらこちらに沢山あったわけです。今残ってますのは大原の三千院の中の阿弥陀堂。あれは本来は常行三昧堂でございます。それから比叡山では、釈迦堂においでになりますと、釈迦堂の前に「担い堂」と言ってね、弁慶が担いだなんて言いますが、法華三昧堂と常行三昧堂が対になってございます。法照は善導系の人でございましたから、この中で行われる比叡山の常行三昧が、実は「阿弥陀経」を中心に行われるものなのでございます。礼時作法は「阿弥陀経」を読むのでございます。いいですか、平安時代に先ずそこから始まってくるのです。

それから不断念仏。この不断念仏と常行三昧との関係はたいへん難しい。同じだと書いてあるものもあるし、違うと書いてあるものもあるのです。わたし前回の講義で、同じと申し上げたんですが、実は不分明なところがございます。が、いずれにせよ、この不断念仏というのは時を定めてずっと念仏をするのでございます。ともあれ、こういうものが、この常行三昧にしても不断念仏にいたしましても全て円仁に始まります。そして、あるいは一部の貴族達はこれを比叡山で聞くことがあったでしょうけれども、しかしこれが一般に広まるのは空也上人によるのでございます。

空也という方は、今でも六波羅蜜寺《ろくはらみつじ》に行かれますと、あの空也上人のお像の口のところに仏像が六体、こういうふうに出てますでしょう？　南無阿弥陀仏の六字の阿弥陀さまが。あの空也上人が民衆に念仏を勧めました。この人はたいへんミステリアスな人でございまして、分からないんですが、どうも天皇の繫累であるらしいということでございますが、この空也という人が念仏をいろんなところに弘めるのでございます、それこそ民衆の救いとして。念仏だけではない、この人は橋を架けたり、道を造ったり、いろんなこともやっている。この空也上人には、この前の時に申し上げたのですが、

極楽ははるけき程と聞きしかど　つとめていたるところなりけり

註――
(78)〈止観〉註(55)を参照されたし。

というたいへんいい歌がございます。こうして山の念仏は里の念仏となり、一般に弘まって、非常に弘く行われるようになりまして、いわゆる浄土教というものが、人びとの中にはいる。その時の中心が「阿弥陀経」なのでございます。こういうことから致しまして、こういう系譜に沿いまして、「阿弥陀経」というものがあちらこちらに見られるように思います。

では、次に「極楽国弥陀和讃」[79]。千観《せんかん》の作。なかなかの傑作でございます。和讃というのは日本語によるもの。漢文によるのは漢讃ですね。日本語によって、仏や菩薩のいろんな功徳を賛嘆するのでございます。

娑婆の界の西の方　十万億の国すぎて
浄土はありつ極楽界　仏はゐます阿弥陀尊
七重行樹かげ清く　八功徳水池すみて
苦空無我の波唱へ　常楽我浄の風吹きて
天の音楽雲にうつ　黄金の沙地にしきて
昼夜六時に迎へつゝ　宝の蓮雨ふりて
孔雀鸚鵡の声々に　妙法門をとなふれば
衆生聞者おのづから　仏法僧を念ずなり[80]

この辺りのところは全部そっくり「阿弥陀経」でございます。続いて、

仏の光きはもなく　　聖の寿はかりなし
誓は四十八大願　　心一子の大慈悲は
十悪五逆謗法等　　極重最下の罪人も
一たび南無と唱れば　　引接さだめて疑はず(81)

これは「無量寿経」でございます。しかしながらこの冒頭の部分はこれは皆「阿弥陀経」でございます。

千観という人は、園城寺《おんじょうじ》、つまり三井寺ですね、園城寺の僧侶でございます。学者なんですよ、本当は。千観はまだ余り研究されておりませんが、具《つぶさ》に見てみますと、いい学者だなぁとわたしは思います。いろんな書物が千観にはございます。たいへん穏やかな人であることが書物を見ても分かりますね。学術書のような書物を見ていても人の性格は分かるものでございましてね。穏やかな方なんだ

註――
(79)　平安中期の天台宗の僧。[生]九一八―[没]九八三。顕密の学問に優れた学者であるが、浄土教の民衆教化にも熱心で、念仏読経を勧めている。
(80)　「和讃二十五題」(『国文東方仏教叢書』第一輯第一巻〔名著普及会〕、四八四頁)
(81)　同前。

なと思うんです。

そしてこの方は、いわゆる密教をやった人、勉強した人でもあります。密教と申しますと、高野山は密教ですね。天台宗にも密教がございます。それから園城寺にも智証《ちしょう》大師から始まりますから密教があるんですよ。あそこには有名なあの黄不動なんかもありますね。(82) 千観は密教の師でもあります。密教の師を阿闍梨《あじゃり》と申します。今でも叡山で阿闍梨さんというと、あの廻峯行《かいほうぎょう》をやる方を阿闍梨さんて言いますね。これは元はサンスクリットで、アーチャーリヤ（ācārya）です。これにこの字を当てたんです。元もとインドの言葉でアーチャーリヤという時には、そうですね、「軌範師《きはんじ》」なんて訳すんです。元もとは、仏教についてのいろいろな教理を教える人という意味です。あの廻峯行をやる人を言うんじゃないんですよ。本当は教師とかそういう意味なんです。ところが密教に入りますというと、このアーチャーリヤを「密教の伝法をする人」という意味で用います。密教は秘密の教え、非常に深遠秘密なものですから、それを弟子に教える資格のある人、法を伝える資格のある人という意味になります。

千観はこの阿闍梨でもある。ところが、学者でもあり密教の阿闍梨でもあるこの千観が浄土教に心を深く染める。どうもそこには空也の影響があるようでございましてね。いろんなものを見ますというと、説話の中にも現れます。空也上人が京都の四条河原でみんなに念仏を説いている。その賀茂の河原でみんなに教えているところに、この千観も行くのでございます。丁度千観は御所にも行ってたんですね。御所で内供部《ないぐぶ》と申しまして、御所の中にちゃんと仏間があって、そこに奉仕する人を内供部という。で、千観内供部と申します。お勤めをして帰るときに、その四条河原に行って空也に念仏の教えを聞いて、大変に感激したというような説話があります。空也という人の存在は大変に大きいんですね。

さて、この千観のこの和讃、「極楽国弥陀和讃」の特に初めの方は全部「阿弥陀経」そのままでした。非常に美しいものですね。

では次に「来迎《らいごう》和讃」。恵心僧都《えしんそうず》です。本当の名前は源信《げんしん》でございます。横川《よかわ》の恵心院、今、比叡山の横川においでになりますと、あの秘宝館のすぐ脇のあたりに、今では小さいお堂がありますね。恵心堂という小さいお堂になっています。もとはあんなところではないんでしょうが、その恵心院におられて、そして僧都《そうず》になられた。それで恵心僧都です。僧都というのは僧官、僧の位ですよ。律令制の仏教のお坊さんの階位です。[83]

この恵心僧都には和讃が、この「来迎和讃」だけでなくて、「六時讃」[84]というような大変美しい和

註――

(82) 八三八年の作で、現存最古の不動明王像。国宝。肉身を金色に塗っているので黄不動と言う。青不動・赤不動とともに日本三大不動の一つに数えられる。

(83) 中国の制に倣って令で決められた、法務を統括するための僧官を僧綱《そうごう》と言い、僧正・僧都・律師の三が置かれた。時代とともに細部が改訂されたが、遂にはただの称号と化した。朝廷はこの官位とは別にまた官人になぞらえて学徳優れた僧に位階を与えており（大法師等というのがそれであるが、これもまた時代とともに名称が変遷する）、かように僧の位の名称は名実ともに変遷するので、詳細はその度ごとに辞書などに当たられたい。

(84) 『恵心僧都全集』第一巻（比叡山図書刊行所）、六〇一頁以下。

讃もございますが、これも美しいですね、

摂取不捨の光明は　念ずるところを照らすなり
観音勢至の来迎は　声を尋ねてむかふなり
娑婆界をばいとふべし　いとはば苦海を渡りなむ
安養海をばねがふべし　ねがはゞ浄土に生るべし
草の庵しづかにて　八功徳池にこゝろすみ
ゆふべの嵐音なくて　七重宝樹にわたるなり
臨命終の時いたり　正念たがはで西にむき
頭をかたぶけてを合せ　いよいよ浄土を欣求せん(85)

云々と書かれております。来迎と申しますのは、臨終の時に人が心をいたして念仏をするならば、阿弥陀如来がその声を聞きつけて諸もろの聖聚《しょうじゅ》と共に、「阿弥陀経」に書いてある言葉ですが、いわゆる菩薩方です。諸もろの聖聚と共にその臨終の人の前に姿を現す。これがいわゆる来迎です。それが、やがて絵画になれば早来迎《はやらいごう》(86)と言って、雲に乗って駆けつけてくださる。この辺りもみんな「阿弥陀経」です。「阿弥陀経」という経典は、千観の「極楽国弥陀和讃」にしても、「来迎和讃」にいたしましても、そういうものをインスパイアーする大変に美しい経典でございます。まぁだんだんに申し上げますが。

それでは次に、「三部経大意」というものがございます。法然上人のものです。その中で「阿弥陀経」について次のように述べています。

次ニ阿弥陀経ハ、マヅ極楽ノ依正《エシャウ》二報ノ功徳ヲトク。衆生ノ願楽《グワンゲウ》ノ心ヲス、メムガタメナリ。ノチニ往生ノ行ヲアカス。「少善根ヲモテハ、カノクニ、ムマル、コトヲウベカラズ、阿弥陀仏ノ名号《ミャウガウ》執持《シウヂ》シテ、一日七日スレバ往生ス」トアカセリ。(87)

「依正二報ノ功徳」と申しますのは、「依正」と言ううち、「正」とは、これは極楽にいる人です。阿弥陀如来、諸もろの菩薩方、それからそこに往生した人びと。阿弥陀如来とか菩薩も、いわゆる人でございます。これが正です。「依」というのは、その人達の依り所でございまして、即ち国土でございます。極楽国の国土の様、この両方が書いてある。そこの功徳を説くと書いてありますが、そこは大変に優れて美しいのです。実は浄土経典の中でも、特に「阿弥陀経」という経典がこのように極

註——

(85)『恵心僧都全集』第一巻、六六一頁。

(86) 様ざまな阿弥陀来迎図の意匠中、特に、阿弥陀仏が菩薩衆とともに飛雲に乗って臨終の場に駆けつける図柄を早来迎と言う。知恩院の「阿弥陀二十五菩薩来迎図」(国宝)は有名。

(87)『日本思想大系』10「法然　一遍」三八—三九頁。

楽浄土の美しい様を説くというのはですね、かなり特殊なことなんです。広く仏教の経典や論を見た時に、そんなにロマンチックに美しいことばかり書いてある訳ではございません。大抵は非常に論理的、極めて哲学的なものでございます。では何故「阿弥陀経」はこのように美しく書かれているのか。その辺りのことは最後に考えたいと思います。

ここのところでは、それは「衆生ノ願楽《がんぎょう》ノ心ヲス、メムガタメ」である。願楽、衆生の願い。浄土を願わしめるんだと。浄土と申しましたが、極楽のことですよ。浄土と言うのは、本来を言うならば、仏の悟りの場所、仏となるその修行の場のことですよ。ところが浄土教ではそれを極楽と言って、美しい、依正の荘厳をもって語る。そして、これは勧めるためである、と言います。「ノチニ往生ノ行ヲアカス」のである。往生の行とは、これがいわゆる念仏でございます。

「阿弥陀経」というものは、その国土について、いわゆる八功徳の池があるとか、あるいは青い蓮があったり、白い蓮があったり、赤い蓮があったり、また迦陵頻伽《かりょうびんが》の鳥が鳴いているとか[88]、非常に美しい荘厳をもって語られるのでございますが、それがこういう「極楽国弥陀和讃」にしましても、「来迎和讃」にいたしましても、平安時代の人びとは実に美しく、ある時はたおやかにこの浄土教というものを受けとめているのでございます。わたしはこの受け止め方はいいと思いますよ。

次に話が飛びますが[89]「十訓抄《じっきんしょう》」というもの。「十訓抄」と申しますのは、ご存知のようにこれは鎌倉時代のもので、いわゆる説話集なんですね。これは建長四年ですから、一二五二年に出来たものでございますので、こんなところへ出すのはちょっとおかしいのですが、出しましたわけは、そこに三河守定基《みかわのかみさだもと》という人の話が出ております。これは大江定基（?―一〇三四）という人であります。その大江定基という人が三河守であった時に、そこに、

三河守定基、志深かりける女の、はかなく成にければ、世をうき物におもひ入たりけるに、五月の長雨のころ、ことよろしき様なる女の、いたうやつれたりけるが、鏡を売て来たりけるを、取て見るに、つゝみ帋に書りける、

けふのみと見るに涙のますかゞみ
馴にし影を人に語るな

これを見るに、涙とゞまらず、鏡をば返して、様ぐ〳〵に哀みけり。道心をいよ〳〵固めけるは、此事に依て也。(90)

定基にはなかなか寵愛していた女の人がいたが、その人が亡くなってしまった。それで、「世をう

註――

(88)「迦陵頻伽」はサンスクリットの kalaviṅka の写音。「好声」「美音」などと訳されるように、妙なる鳴き声の鳥とされる。ただし、極楽浄土には、有情としては仏道に邁進する菩薩しか存在しないので、飽くまで修行環境を整えるために阿弥陀仏によって化作されたものとされる。

(89)「ジックンショウ」とも。三巻、十編よりなる。作者未詳。「少年ノタグヒヲシテ心ヲツクル便」と序に記すように、儒教的教訓を説くものが多い。

(90)『十訓抄』（岩波文庫）、二九〇頁。

き物におもひ入りたりけるに」、世を儚んで定基が滅入っていたところ、「長雨のころ、ことよろしき様なる女の、いたうやつれたりける」女の人が鏡を売りに来た。そこで、売りに来たものを取ってみたところが、包み紙に歌が書いてある。「けふのみと見るに涙のますかゞみ　馴《なれ》にし影を人に語るな」そういうふうに包み紙に書いてあった。これを見ると定基は涙が流れて止まらず、様ざまにこの世の中のはかなさ無常さに想いを致すのです。そして遂にこの人は出家するのでございます。

大江定基は大江匡房《まさふさ》(91)の従兄弟か何かでございまして、この人達は、三河守なんて官吏ですけれども、今と違いみんな文化人で、漢学の素養があるんです。(92)「本朝文粋《ほんちょうもんずい》」などにもこの人の詩などが残っています。この人は出家いたしまして、すなわち寂心(93)の弟子になる。それから更に恵心僧都源信に教えを受けるのでございます。こういうことをしている。

その恵心僧都は実は中国に行こうとするんです。お坊さんが中国に参りますのは、昔は唐決《とうけつ》ということがございましてね。この「唐」というのは中国という意味ですよ。この頃は宋の時代ですけれども。仏教学上に於て様ざまな疑問が生じますが、日本人だけでは問題が分からない時は、その問題を唐土に質問をするという一つの風習がございました。(94)やっぱり日本人は中国をたいへん尊敬、尊崇していたんですね。で、この唐決を仰ぐ疑問を二十七ヶ条作ります。その書物はちゃんと今も残っております。これを中国に送るのですが、この大江定基がお使いになって持って行くのでございます。

その時は、中国は宋の時代でございますが、知礼《ちれい》(九六〇―一〇二八)という天台の学者がいる。で、源信がこの人に二十七ヶ条の質問をした。それが中国の書物の中にすっかり(日本には残っていないんですけれども)どういう質問を持っていったか書いてあるんです。それに対して、知礼が致したところの答もみんな書いてあるんですね。

それを詳しく見ますというと、日本だってそう捨てたもんではございません。天台の学問が、平安の初めに最澄、伝教大師によって齎されて以来、いろんな学問、いろんな論題があるわけです。まことにロジカルに展開いたします。その論題を、書物に今残っているものを見るならば、日本の学問は非常に精緻に進歩してきているのでございます。ところがその中で分からないことを質問した時に、この知礼という学者が返答したものを見るならば、なにも聞かなくてもいいじゃないかと思うのです。そのくらいのことだったら、日本に於て夙に解決されている、という問題が沢山あるのでございます。

と申しますのは、この知礼という人は宋の時代の人ですが、ここに至るまでに中国に於てもですね、唐以後ずっと学問というものが大変に廃れて来ております。中国で学問が廃れている、学問の暗黒時代がある。それが、この辺りへ来て再興するのでございます。ですから、先ほど申しましたこの大江定基、寂照《じゃくしょう》が日本から天台の書物を持って行きますが、中国には最早なくなってしまった書物が日本

註――

(91) 平安時代中期の漢詩人。赤染衛門の夫。[生]九五二―[没]一〇一二。一条・三条両天皇の侍読を勤め、天下第一の学者と称されたが、栄達はかなわず不遇のまま一生を終えた。

(92) 平安後期の漢詩文集。藤原明衡《あきひら》の撰。嵯峨天皇から後一条天皇時代までの詩文を、中国の「文選《もんぜん》」の体裁に倣って編輯した物。十四巻三十九項からなる。

(93) 慶滋保胤の僧号。

(94) 最澄問、義真問などを始め、多くの僧が唐決を仰いでいる。日本側の関心の有り様も多様であるし、中国側からの決答の質も時代や地域によって様ざまであり、仏教史研究にとって貴重な史料である。

には残っていて、それを持って行ったというようなこともあるのでございます。

このようにして寂照は中国に行きました。そして知礼に非常に厚遇を受ける。この人は帰ってこようと思ったけれども、事情があって帰らないで、三十年間中国にいて、中国で死んだ人でございます。話が長くなりましたが、ちょっとご覧下さいませ。先ほどの続きです。

出家の後、寂昭上人とて入唐しけり。彼にては、円通大師とぞ申しける。清涼山の麓にて、往生を遂げるとき、詩を作れりける。

笙歌遥かに聴こゆ、孤雲の上。
聖衆来迎す、落日の前。

但しこの詩、保胤作れりと云。尋ぬべし。(95)

「入唐《にっとう》」とございますが、飽くまでこれは入宋《にっそう》ですよ。宋の時代でございます。「寂昭」の「昭」はこの昭も書きますが、普通は「照」という字です。「彼にては《かしこ》」中国では「円通大師とぞ申しける」大師号で呼ばれるほど、たいへん尊崇を受けたというんですね。「清涼山《しょうりょうせん》の麓にて、往生を遂げるとき、詩を作れり」。清涼山というのは五台山のことです。五台山の麓で、その臨終の時に詩を作ったと言うのです。これは中国の話ですから分からない。わたしがこれを出しましたのは、その次に書いてある漢詩でございます。これはすなわち「阿弥陀経」によるところの、いわゆる臨終における聖聚来迎です。「笙歌《せいが》遥かに聴こゆ、孤雲の上。聖衆来迎す、落日の前」。この詩は大変に日本人の間で流行とは言わないけれど、日本人の心の中に入りました。但しこの詩は保胤が作ったとも言われているので、「尋ぬべし」これを調べてみなさいと「十訓抄」の作者は書いております。

「笙歌」を「セイガ」と普通読んでおりますが、あの笙《しょう》・篳篥《ひちりき》の笙に合わせる歌ですね。それが孤雲の上に、遥かにたなびく雲の上に聞こえてきて、聖聚が、いわゆる阿弥陀さまや菩薩方がお迎えに、落日の前にお迎えにこられたという、非常に美しい詩ですね。まぁ、定基の詩であると普通言われるその拠り所は「十訓抄」のこれなんですね。

この「笙歌遥かに聴こゆ、孤雲の上。聖聚来迎す、落日の前」という詩、「阿弥陀経」による弥陀の来迎を待つこの美しい詩は、これは「平家物語」のいちばん最後のところで、大原の寂光院に於て建礼門院がお亡くなりになる時に、そこで実はこの詩が引かれておりますね(96)。また後で出て参りますが、沢山出て来るのでございます、いろんなところに。これが日本人好みでございます。日本人というのは、こういう流麗な美しい心優しい経典に惹かれる。日本人は優しいと思いますよ。日本人の失ってはいけないものなんじゃないんでしょうかねぇ、この優しさは。

註――

(95)　前掲『十訓抄』二九〇頁。

(96)　「平家物語」灌頂巻「女院死去」ではなく、その少し前の「大原御幸」で建礼門院の居室を描写する箇所に、大江貞基の作として引かれる(『新日本古典文学大系』45「平家物語　下」三九九頁)。後白河天皇が建礼門院を訪ね(「大原御幸」)、女院が自らの生涯を六道になぞらえて振り返り、安徳天皇の最期の様子を物語る(「六道之沙汰」)この一段は謡曲にも取り入れられている。

では次に「発心和歌集《ほっしん》」。この「発心和歌集」は、これはご存知のように、選子《せんし》内親王の和歌集でございます。当時どのように読んだのか分かりませんので、普通「センシ」と音読するのでございます。いわゆる選子内親王という方は、村上天皇の内親王、皇女でございまして、お母さんは中宮安子です。この人は、九六四年から一〇三五年まで、七十一歳まで生きた人ですが、この方は十一歳の時にいわゆる賀茂の斎院《さいいん》になります。

今「斎院」と申しましたけれども、本当は斎院というのは場所というか、斎王《さいおう》の居所のことですね。今でもお祭の時なんかに斎王台なんて言いますけれど。本当は斎王なわけですが、普通斎院と申します。この賀茂の斎院と申しますのは、内親王、もちろん皇女《ひめみこ》ですね(97)、皇女が賀茂の社にお仕えする。あるいは伊勢にもあります(98)。伊勢に参りますと、あそこでは伊勢の斎宮《さいぐう》と申しますね。本来は全部斎王なんですが、伊勢は斎宮でございます。いずれに致しましても、内親王が、いわゆる皇女が神にお仕えし、奉仕する役でございます。

この選子内親王というお方は十一歳の時に賀茂の斎院になられまして、そして天皇は五代に亙って勤められます。天皇が即位する時に替わるのが本来らしいのですが、五代の天皇、すなわち円融《えんゆう》、花《か》山《ざん》、一条、三条、後一条の五代の天皇、しかも五十七年間に亙って斎院を勤められた方なんですね。それでこの方のことは大斎院と申し上げるのでございます。なかなかの素晴らしい人であったらしい。そしてこの方は文学的な才能にも恵まれておりまして、和歌に非常に堪能でございました。「大斎院御集」という歌集もございます。またこの大斎院の選子内親王の周りに仕えている人、いわゆるサロンですね、非常に文化的な高い教養を備えた人びとが集う。ご本人がたいへん聡明な人ですから、そこに仕えているところの女官たちがその影響を受けます。文化の香り高い雅やかな伝統が出来ます。

当時、藤原道長の娘の中宮彰子、あるいは一条天皇の皇后定子、皇后と中宮と二人並び立つんです。定子と彰子のもとには、才媛たちが集まります。彰子のもとにいる筆頭は紫式部でございます。それに[99]赤染衛門《あかぞめえもん》。片や定子の筆頭は清少納言で、ここにいわゆる宮廷の女流文学が興りますが、それに大きな影響を与えたのが、この大斎院でございます。これは賀茂の神に仕える身分でございます。伊勢の斎宮に致しましても、仏教というものとは隔絶された世界です。ですからここには忌み言葉なんてものがございますね。例えばお坊さんのことは、お坊さんて言わないで「髪長《かみなが》」、禿頭と言わずに逆の髪長とかね。仏さまは「中子《なかご》」、お経のことは「染め紙」、塔のことを「あららぎ」とかね。直接言わないで、忌み言葉というのがありまして、それを使う。仏教とはかくも離れた世界でございます。

さて、選子内親王は、賀茂の斎院におりながら、仏教に心を深く染めまして、彼女には「発心和歌集」という和歌集がある。これを見ますというと、その序に於てですね、非常に仏教に心を入れている。その仏教信仰というものは、やはり「妙法蓮華経」と「阿弥陀経」が中心でございます。この沢

註――

(97)「内親王」は、天皇の姉妹と皇女を指す言葉であったが、明治の皇室典範以降、嫡出の皇女、および嫡男系の嫡出の女子を指すことになった。

(98)未婚の内親王、または皇族の女子が、天皇の即位の時に伊勢神宮に奉仕する慣行があった。

(99)平安中期の女流歌人。中古三十六歌仙の一人。生没年未詳。「栄華物語」の前半の作者とも言われている。

山の歌の中から一つだけ出しました。

阿弥陀経。池中蓮華、大如車輪、青色青光、黄色黄光、赤色赤光、白色白光、微妙香潔
色々のはちすかがやく池水に　かなふ心や澄みてみゆらん[100]

「阿弥陀経」と書いてございますね。「阿弥陀経」の経文に、「池中の蓮華は、大《だい》なること車輪の如し。青き色には青き光、黄なる色には黄の光、赤き色には赤き光、白き色には白き光、微妙香潔なり」とあります。お坊さんなら「チチュウレンゲ、ダイニョシャリン。ショウシキショウコウ、オウシキオウコウ、シャクシキシャッコウ、ビャクシキビャッコウ」と読みますが、これは呉音でございます。

といいますのは、日本に漢字が伝わった時代によるらしいのですが、仏教では呉音で読むのが普通でございます。わたしはこのように呉音で読みましたけれども、後で斎藤茂吉（一八八二―一九五三）の話が絡まってきますので、今申しておるのですが、先ほどから申しております不断念仏とか礼時作法の中で出てくる読み方は全部漢音なのでございます。例えば、「仏説阿弥陀経」は「フッセツアビダケイ」ですね。経の冒頭の「如是我聞、一時仏在」は呉音では「ニョゼガモン、イチジブツザイ」ですが、これを「ジョシガブン、イッシーフッサー」というふうな読み方をするのでございます。これは、そういう漢音式で読む法式が中国から円仁大師によって入れられてきたからなのだろうと思います。

今どこのお寺でも読みます時には、呉音で「アミダキョウ」というふうにお読みになります。浄土宗でもそうだし、浄土真宗でもそうだし、みんなそういうふうに読みますけれども、皆さまがどこかで儀式をお聞きになっていらっしゃいまして、耳を澄ましますと、本当は面白いものなんですね。その時にこの「アビダケイ」というのがもしもあれば、それは天台の伝統的なものが入ってきているものだとお思い下さいませ。

さて、「阿弥陀経」では極楽には大変に美しい八つの功徳の池があると説かれております。そこにはこのように美しい大きな車輪のような蓮の華が咲いていて、青い色には青い光が射しているというようなことがあるんですね。それが「色々のはちすかがやく池水《いけみず》」でございます。よろしゅうございますでしょうか。実は、選子内親王の「発心和歌集」の中には「妙法蓮華経」に関する歌が非常に多いんですが、その中で「阿弥陀経」の歌が一首だけある。しかも「阿弥陀経」の中で、この池の中の蓮の非常に美しい箇所が詠みとられている。今はこれだけ申し上げまして、また後で戻って参ります。

次に「千載和歌集《せんざい》」(101)。これは平安時代の末期の勅撰和歌集ですが、その巻十九に「阿弥陀経の心をよめる」という、平　康頼《たいらのやすより》(102)の歌がございます。

註

(100)『釈教歌詠全集』第一巻、一九〇頁。
(101)二十巻。後白河院の院宣により、藤原俊成が撰したもの。
(102)生没年不詳。実は今様の名手でもあり、後白河院の寵を受け、「梁塵秘抄口伝集」に名を残している。

鳥の音《ね》も浪《なみ》のを《お》とにぞかよふなる　を《お》なじみ法《のり》を説《と》けばなりけり[103]

平康頼という方は、皆様よくご存知のように、「平家物語」に出ておりますけれども、この人は、[104]俊寛《しゅんかん》なんかと一緒に鹿ヶ《ししが》谷《たに》の山荘に於て平家打倒の相談をして、それが事前に知れまして、鬼界[105]ヶ島に流された人です。「平家物語」を読みますと、この人は鬼界ヶ島に流されまして、島で熊野権現を祀ったり、お経をあげたりいろんなことをしていた。後に赦されて帰って参ります。帰って参りましてから大変に仏教に心を入れ、出家いたします。それからこの人は、後に丁度「十訓抄」のような、「宝物《ほうもつ》集」という仏教説話集を作ります。ここにも、いろんな弥陀信仰の話が、後の方に沢山出てまいります。しかし弥陀信仰と申しましても、別に「阿弥陀経」だけではないのでございましてね、取り上げにくいところもあるのですが、たいへん面白い書物でございます。

ところで今回は「阿弥陀経」という言葉がはっきり出てくるものを取り上げただけでございましてね、いわゆる浄土教、浄土信仰の歌なら沢山ございます。

うらやまし　いかなる空の月なれば　こゝろのまゝに西へゆくらん[106]

とかね。恵心僧都のこれもいい歌でしょう？　挙げればまだまだ沢山ありますが、きりがございませんから歌はこれだけに致しましょう。

では、次に「梁塵秘抄《りょうじんひしょう》」[107]。和歌というものはえてして貴族のものでございます。今でも宮中にお入りになる時には和歌を勉強するという人がおりますけれども、貴族の世界には和歌がある。それに対しまして、この「梁塵秘抄」というものは民衆の流行歌です。今様《いまよう》でございます。平安の末期の頃に、京都を中心とする地域の民衆の中の流行歌。これを歌ったのはいわゆる遊び女、白拍子のような人達です。この今様が非常にいいものでございましてね。これは誰が作ったという作者が分かるものが少しはあるが、粗方分からない。経典の中から、あるいは仏教関係の書物の中から取材したものがいろいろある。現在は法門歌が残っております。その他にも沢山あったのですが、惜しいことになくなっております。

後白河法皇という方は、ああいう激動の政治の舞台におられましてね、[108]尚更こういうものに心を慰

註――

(103)『新日本古典文学大系』10「千載和歌集」二七九頁。
(104) 真言宗の僧。生没年不詳。俊寛も鹿ヶ谷の謀議の露見により鬼界ヶ島へ流されるが、翌年の大赦にも俊寛だけは許されずに島に残される。この悲劇的場面は、謡曲や歌舞伎に取り入れられて様ざまに脚色され、後世に広く喧伝された。
(105) 中世、流刑地として利用された島の名。所在地は諸説あるが、一般に薩南諸島の島とされている。
(106)「玉葉集」(『恵心僧都全集』第五巻、六四五頁)
(107)〈「法華経」と日本文学〉註(53)を参照されたし。
(108) 先ほど話題になった鹿ヶ谷の謀議も後白河院の近臣たちを中心とした策謀である。

めたのでしょうか。今様の歌い手から直接一所懸命習っているんですね。でも、この方が集めておいたおかげで、今わたしどもは見ることができます。この中には本当に心がほのぼのとするような今様歌が沢山ございます。これらのものは、もちろん節を付けて、例えば、白拍子の静御前《しずかごぜん》が「しづやしづ……」と歌ったというように、(109)みんな節を付けて歌ったのですね。これは全部今様でございますよ。節と申しますならば、先ほどの和讃、あれももちろん節を付けるのでございます。全部、念仏にはメロディーがあるのでございます。

極楽浄土は一所《ひとところ》、勉め無ければ程遠し、我等が心の愚かにて、近きを遠しと思ふなり(110)

この「一所」というのが、問題なんですよ、本当は。これを引きましたのは、実はね、「平家物語」にも同じ言葉が沢山ある。この「一所」という言葉の説明を、ちょっと今申してしまいましょうかね。

源信に「阿弥陀経略記」(111)というものがございます。これは経典の解釈、説明です。一部分しか出しておりませんが、

仏説阿弥陀経　姚秦三蔵法師鳩摩羅什奉詔訳

△将釈此経。略用三門。一述大意。二明題目。三分文解釈。

○初大意者。弥陀本地応迹難量。普徧十方。広利六道極楽是其一区。(112)

いわゆる中国は姚秦《ようしん》の時代ですね。五胡十六国の時代です。その姚秦の鳩摩羅什《くまらじゅう》[113]という人。昔の亀茲《きじ》国、天山山脈のところにある、そこの人なんですよ。中国の言葉にもインドの言葉にも通じた人ですが、「阿弥陀経」は、この人が「詔《みことのり》を奉《う》けて訳」したものなんですね。それをわたしどもは「阿弥陀経」として読んでるんです。

その次には、この経を釈するのに、三つの部門に分ける。一つには大意で、二つには題目について。三番目には文章を分けて説明しますということを断ってるんです。続けて「初めの大意とは」とありますね。「阿弥陀経」の概略、大意というのは、「弥陀の本地応迹《ほんじおうじゃく》は量り難し」。阿弥陀さまというものを考える時に、「本地」というのは、何と言うんでしょうねぇ。余りこういう言葉はふさわしくな

註――

(109) 静御前は京都の白拍子であり、歌舞の名手であった。源義経の側室となるが、義経が頼朝と不仲になり吉野落ちする際に同行する。しかし危険を感じた義経が静を京へ戻そうと別れたところを捕えられ鎌倉へ送られる。頼朝の妻政子は鶴岡八幡宮で静に舞を舞わせるが、その時静は「しづやしづ　しづのをだまき　くりかへし　昔を今になすよしもがな」と義経への恋慕の情を歌い舞う。鎌倉で義経の児を出産するが、その子は頼朝に由比ヶ浜で海中に沈めて殺される。その後帰京を許されるが、以後の静の詳細は不明である。この悲劇は後に脚色され、謡曲「二人静」や浄瑠璃「義経千本桜」などが作られている。

(110) 『新日本古典文学大系』56「梁塵秘抄　閑吟抄　狂言歌謡」五三二頁。

(111) 『恵心僧都全集』巻一所収。

(112) 同前、三八二頁。

(113) 〈「法華経」と日本文学〉註（1）を参照されたし。

いんですが、物の根源という意味ですよ、本当は。人間も生きているし、動物も生きているし、天地山河、宇宙もあるけれど、いわゆる存在の根源。何というか困るのですけれども、別に科学的に物理的に言うわけでありません。しかしながら、存在というもの、それの本質なんです。「本地」は、本当はそういう意味なんです。「応迹」は、その宇宙の根源からいろいろと仏として姿を現す、それが応迹です。それは量り難いことである。我われの認識では及ばない。

「普く十方に偏《へん》じ」さあ、ここです。十方に偏ずるんです。経典では、「西の方十万億の仏土を過ぎて」ですけれども、西の方だけじゃないんだと言うんです。いいですか、十方というのは四方八方と、それと上と下で十方ですが、それは宇宙のいたるところということです。いたるところに、どこにでも仏はおられるのでございます。仏というものは。そうです、ここにおられるんです。ただ仏の声はわたしどもには聞こえないのでございます。

ですが、普く十方に偏ずる。存在の本性というものは十方に偏ずるのでございます。それが我われに於ては、人それぞれに於て、十人の人がいるならば十人の人に於て、それぞれ別な仏がその人に感得される。「阿弥陀経」というものはこういうものだと思います。みんなに感得される。感得できないのは、こちらの心が盲いているからです。いわゆる超能力なんてものじゃないんですよ。盲いているから感得できない。三十センチメートルの隔たりは永遠の隔たりであって、それを十万億土と喩えるのでございます。

さて、そこで、「普く十方に偏じて、広く六道を利す」。六道と申しますのは、地獄、餓鬼、畜生、修羅、人《にん》、天を六道と申します。天というのはいわゆるインドの神がみでございます。しかしそれとて、仏教では迷いの世界なのでございます。天は、人間より優れているけれども、しかし尚有限な、尚迷いの残る世界である。この六道を超えるところから仏教は始まるわけなんです。

続けて「極楽はこれ一区」。ここには「一区」と書いてある。先ほどの「極楽は一所」というのは、これを言うのであろうとわたしは思う。本来は十方に仏はおられる。しかしながら、西の方に極楽浄土をたてて、そこに弥陀如来がおられると言う。これを仏教の方では、指《し》方立相《ほうりつそう》と申します。方角を指さして相を立てる。相は先ほどの「極楽の依正」です。極楽は方便であります。阿弥陀さまは西の果て、十万億土の彼方だから、歩いて行っても歩いて行っても、今は飛行機じゃなくて何かもっと速い乗り物でぐっと行っても、見つかるところではないのでございます。わたしどもはいわゆる凡夫でございますからね。考えるにも何かをするにも一つの手だてがいるのでございます。それを超えるならば、それは別に西の方角でなくてもよろしいのでございます。ここでよろしいのです。ここでも、そこでも、どこでもわたしどもは阿弥陀さまに会えるんだろうと思います。あるいは学者が机に向かって呻吟しても会えないのかも分かりません。論語読みの論語知らずと申しますけれども。その「一区」ということでちょっと思ってみて下さいませ。わたしはこの「阿弥陀経略記」というのはたいへん面白い書物だと思うんですが。

それでは時間がなくなりますので、「梁塵秘抄」に戻りましょう。

万《よろず》を有漏《うろ》と知りぬれば、阿鼻《あび》の炎も心から、極楽浄土の池水《いけみづ》も、心澄みては隔《へだ》て無し(114)

いかがですか、平安末期の民衆の歌ですよ。こういう歌を白拍子たちが歌っていたのです。「万を有漏《うろ》と知りぬれば」の「有漏」の漏は煩悩《ぼんのう》という意味でございます。煩悩の異名。つまり、万のものごとは煩悩にまみれているんだ、ということが分かるならば、「阿鼻《あび》の炎も心から」、阿鼻というのはアヴィーチ（avīci）の写音です。地獄、阿鼻地獄。別の言葉で無間地獄とも訳します。無間に、絶えず、間断なくコンスタントに苦しみを受ける地獄、という意味です。(115)その炎も心から、自分の心から起こるのだと分かったならば、「極楽浄土の池水も、心澄みては隔て無し」。よろしゅうございますね。

またちょっと横道に行きますけど、「梁塵秘抄口伝集《くでんしゅう》」というものがございまして、これは後白河法皇がお書きになったものです。後白河法皇は今様を大変に好きであった。それで人に習ってるんですよ。後白河法皇の先生は乙前《おとまえ》という人であった。随分長い間習っていたのですが、この人が亡くなるんです。で、この人がなくなったことを聞いて、

二月十九日に早く殁《かく》れにし由《よし》を聞きしかば、惜しむべき齢《よはひ》には無けれど、年来《としごろ》見馴れしに、哀れさ限りなく、世の儚《はかな》さ、後《おく》れ先立つこの世の有様、今に始めぬ事なれど、思ひ続けられて、多く歌習ひたる師なりしかば、やがて聞きしより始めて、朝《あした》には懺法《せんぼふ》を誦《よ》みて六根を懺悔《ざんげ》し、夕《ゆふべ》には阿弥陀経を誦みて西方《さいほう》の九品《くほん》往生を祈る事、五十日勤め祈りき。(116)

「惜しむべき齢には無けれど」、充分に年をとってきたんですね、八十四歳とかで死んでるんです。「朝には懺法を誦み」、すなわち、法華懺法でございます。「法華経」を中心とするところの行法を朝

に、「法華経」です。それから夕方には「阿弥陀経」というのが、すなわちこれが、礼時作法、あるいは礼時懺法ともいいます。これがずーっと続いてるんですね。別に「梁塵秘抄」のこれだけじゃないんですよ。いろんなところに、「栄華物語」などにも、いろんなところに出てきます。

さて、ここにも「阿弥陀経」というものと、いわゆる礼時作法、礼時懺法という、「阿弥陀経」を中心にしたものが出て参ります。「西方の九品往生」、これは「阿弥陀経」ではありません。これは「観無量寿経」という経典の中に、九品の往生が出て参ります[117]。皆さん平等院の中に行かれますと、扉のところに九品の往生の絵が少し残ってますね。それから浄瑠璃寺というお寺が京都の南の方にございますが、あそこにはいわゆる九体の阿弥陀さまがある。上品上生《じょうぼんじょうしょう》、上品中生《じょうぼんちゅうしょう》からいわゆる下品下生《げぼんげしょう》までの九品の往生、これは「観無量寿経」に拠るんですが、ここでは「阿弥陀経」を誦んで「西方の九品往生」を祈っておりますね。浄土三部経が混然としております。このように、浄土三部経をそれぞれきちんと分けて、「阿弥陀経」だけを議論することが大変難しいということがお分かりいただけますね。

註――

（114）『新日本古典文学大系』56「梁塵秘抄　閑吟抄　狂言歌謡」七〇頁。
（115）〈「往生要集」とその時代〉註（18）を参照されたし。
（116）『新日本古典文学大系』56「梁塵秘抄　閑吟抄　狂言歌謡」一六四頁。
（117）同じく浄土に生まれるものでも、その積み重ねた行為や機根の別によって、浄土に生まれて受ける果報にも差があるということ。ただし、この九品についても解釈は区々で、様ざまな主張がなされている。

では次に「平家物語」。「平家物語」になりますというと、浄土教の様相が今まで見てきた平安の頃とずっと変わって参ります。平安から鎌倉時代になりますから。これは「平家物語」では「祇王《ぎおう》」の巻。祇王というのはいわゆる白拍子ですね。それこそ今様を歌う。平清盛の寵愛を受けていた祇王という女の人がいた。妹が祇女ですね、そこにライバルの仏御前《ほとけごぜん》。みんな白拍子でございます。

はじめは水干に立烏帽子《エボシ》、白ざやまきをさいて舞ひければ、男舞とぞ申ける。しかるを中比《ナカゴロ》より、烏帽子・刀をのけられて、水干ばかりをもちいたり。扨《サテ》こそ白拍子とは名付《ナヅケ》けれ(118)。

いいでしょうねぇ、白拍子。あるいは男の姿で水干《すいかん》を着て、烏帽子をかぶり、長い刀を差して、そして声を澄まして今様を歌って踊るんですね。この祇王と祇女という平清盛が非常にかわいがっていた人がいる。ところがそれを聞いた仏御前という新しい白拍子がやってきて、この人に挑むんですね。そして清盛の前で仏御前が今様を歌う。すると清盛はすっかりこちらの方に心が向いてしまう。そして祇王、祇女に暇を出しちゃう。男の人ってひどいですねぇ。それで祇王と祇女は、嵯峨野に籠ります。祇王寺というお寺が今でも残っていますでしょう?

さて、この祇王という人はまた清盛の前に呼び出されます。一遍嵯峨野に行って山に籠っていたのに。ところが清盛は仏御前を慰めるために祇王を呼んで、仏御前の前で舞を舞ってみせよ、と言う。随分酷な話ですね。祇王はその時に、この人は仏という名前ですから、

仏もむかしは凡夫なり　我等も終には仏なり
いづれも仏性具せる身を　へだつるのみこそかなしけれ(119)

と歌ったという。頭のいい人ですね。実は元になるそういう思想があるんですよ。「観心略要集《かんじんりやくようしゅう》」という書物がございましてね。(120)その書物の中にそういう思想があるんです、ちゃんと。(121)それがいつの間にか今様になっている。それを本歌にして変えて歌ったわけです。本歌になったその今様は「梁塵秘抄」の中にも載っていいます。(122)頭のいい人ですね。「仏もむかしは凡夫なり」仏教では、仏というものも、凡夫が、人間が悟ったのが仏である。「仏もむかしは凡夫なり」我らもだから未来は「仏なり、いづれも仏性具せる身を、へだつるのみこそかなしけれ」というふうに、仏御前も自分も同じ白拍子であることを掛けて詠ったのです。

註――

(118)『新日本古典文学大系』44「平家物語　上」一七頁。
(119)同前、二四頁。
(120)『恵心僧都全集』第一巻、二七三頁以下。
(121)この思想は様ざまに説かれるが、例えば「摂心四維妄想漸蕩。父母所生身現十界依正。是以四土是一三身遍法海。我身即弥陀。弥陀即我身。娑婆即極楽。極楽即娑婆」（同前、二八八頁）などとある。
(122)「梁塵秘抄」には「仏も昔は人なりき、我等も終には仏なり、三身仏性具せる身と、知らざりけるこそあはれなれ」（『新日本古典文学大系』56「梁塵秘抄　閑吟集　狂言歌謡」六八頁）とある。これを本歌として、仏御前と自分の境涯を重ね合わせて変形して詠ったのである。

そしてこの祇王祇女は、嵯峨野に籠って出家いたします。そこにお母さんの話です。四十五にして、お母さんも一緒にそこで尼になる。

母とぢ是を見て、「わかきむすめどもだにさまをかふる世中《よのなか》に、年老《トシヲヒ(お)》をとろへたる母、しらがをつけてもなににかはせむ」とて、四十五にてかみをそり、二人のむすめ諸共《モロトモ》に、一向専修に念仏して、ひとへに後世《ゴセ》をぞねがひける。[123]

三人とも、尼になってるんですね、ここで。そして一向専修《いっこうせんじゅ》の念仏。ひたすらに念仏する。これはすなわち法然上人の念仏であります。「平家物語」には明瞭に法然上人の影響が出ております。一向専修の念仏というのは、これは法然の影響ですよ。少し飛ばしまして、その少し後からですが、

夕日のかげの西の山のはにかくるゝを見ても、「日の入《いり》給ふ所は西方浄土にてあんなり。いつかわれらもかしこに生れて、物を思はで過ぐさむずらん」と、かゝるにつけても過《スギ》にしかたの憂き事共、思ひつゞけて唯《タヾ》つきせぬ物は涙なり。たそかれ時も過ぎぬれば、竹のあみ戸をとぢふさぎ、灯かすかにかき立てて、親子三人念仏してゐたる処《トコロ》に、竹のあみ戸をほと〳〵とうちたゝくもの出来《イデキ》たり。其時尼《アマ》どもきもを消し、「あはれ是はいふかひなき我等が念仏して居たるを妨《サマタゲ》んとて、魔縁《(まゑん)》の来たるにてぞあるらむ。昼だにも人もとひこぬ山里の、柴の庵《イホリ》の内なれば、夜ふけて誰《タレ》かは尋ぬべき。わづかの竹のあみ戸なれば、あけずともおし破らん事やすかるべし。中〳〵たゞあ

けていれんと思ふなり。それに情《ナサケ》をかけずして、命をうしなふものならば、年比頼《としごろタノミ》たてまつる弥陀の本願をつよく信じて、隙《ヒマ》なく名号をとなへ奉るべし。声を尋《たづね》て迎へ給ふなる聖主《シヤウジユ》の来迎《ライカウ》にてましませば、などか引摂《いんぜう》なかるべき。相かまへて念仏おこたり給ふな」と、たがひに心をいましめて、竹のあみ戸をあけたれば、魔縁にてはなかりけり。仏御前ぞ出来《いできた》る。(124)

かわいそうに親子三人悲嘆に暮れて念仏してる。ところがある時、竹のあみ戸をほとほとと打つ人がいる。その時、尼さんたちは肝を消して、「あはれ是はいふかひなき我等が念仏して居たるを妨んとて、魔縁の来たるにてぞあるらむ」と、とにかく誰かが戸をたたくんでびっくりしちゃって、三人の尼がうろたえ慌てふためくのですね。ところが、その言葉の中に、少し先です、「年比頼たてまつる弥陀の本願をつよく信じて、隙なく名号をとなへ奉るべし。声を尋て迎へ給ふなる聖主の来迎にてましませば、などか引摂なかるべき。相かまへて念仏おこたり給ふな」とあります。すなわち祇王と祇女が母親と三人で嵯峨野で尼になって、一向専修の念仏に励んでおります。この辺りのところにもすなわち浄土教の影響が見られる。

ただし、ですよ、「平家物語」は誰かが作った話ですね。「平家物語」の作者というのは、非常に仏教に近い人であります。それも、叡山の仏教に近い人でございます。作者は分からないんですがね。

註――

(123)『新日本古典文学大系』44「平家物語　上」二五―二六頁。

(124)同前、二六頁。

ともかく「平家物語」の中には、浄土教というものが色濃くあって、しかもその浄土教は、法然上人の影響による浄土教が非常に強い。文学作品というものも、こういう形で時代を映してるんですね。

では次へ参りましょう。「平家物語」に「戒文《かいもん》」の巻というのがあります。これは[125]平重衡《たいらのしげひら》の話です。平重衡というのはこれは清盛の息子ですけれども、この人はいわゆる奈良の大仏を焼いたりね、いろんなことをして捕まります。そしてこの人を源良経が預かっている。そして重衡は良経に向かって、自分は出家したい、と言ったところが、それは鎌倉の頼朝に聞いてみなければだめだと言われた。そこからです。

「さらば年ごろ契《ちぎ》ッたりし聖《ひじり》に今一度対面して、後生《ごしやう》の事を申《もうし》談ぜばやとおもふはいかゞすべき」との給へば、「聖をば誰と申候やらん」。「黒谷《くろだに》の法然房と申《もうす》人也」。「さてはくるしう候まじ」とて、ゆるし奉る。[126]

と書いてある。出家できない、それならずっと前から昵懇にさせていただいた聖に（聖というのもいろんな厳密な意味があるんですが）お会いさせていただけないか、と言う。誰に会いたいのかと問うと、黒谷の法然上人に会いたいと言う。京都の黒谷には、ただ今光明寺というお寺がありますが、あそこです。で、法然がやって来るんですね。そこで重衡が法然に申します中に、

「……倩《つらつら》一生の化行《ケギヤウ》を思ふに、罪業は須弥《シユミ》よりも高く、善業は微塵《ミヂン》ばかりも蓄へなし。かくてむなしく命お《(を)》はりなば、火穴湯《くわケツタウ》の苦果あへて疑なし。願《ネガハ》くは、上人慈悲をおこし、あはれみをたれて、かゝる悪人のたすかりぬべき方法候はゞ、しめし給へ」。
其時上人涙に咽《ムセビ》て、しばしは物もの給はず。良久《やや》しうあッて、「誠に受難き人身《ニンジン》をうけながら、むなしう三途にかへり給はん事かなしんでもなを《(ほ)》あまりあり。（中略）罪ふかければとて卑下したまふべからず。十悪五逆廻《ギヤクエ》心《シン》すれば、往生をとぐ。功徳すくなければとて、望をたつべからず。一念、十念の心を致せば、来迎す。「専称《センセウ》名号至《シ》西方《サイホウ》」と釈して、専《モツパラ》名号を称《セウ》ずれば西方にいたる。「念〻称名常懺悔《サンゲ》」とのべて、念〻に弥陀を唱ふれば、懺悔する也とをしへたり。「利剣即是《ソクゼ》弥陀号」をたのめば、魔閻《マエン》ちかづかず。「一声《イツシヤウ》称念罪皆除《ザイカイジヨ》」と念ずれば、罪みなのぞけりと見えたり（127）。

「倩一生の化行を思ふに」。自分のやってきた事、奈良の大仏さんは焼きましたし、人は殺しましたしね。この「化行」の「化」という字はちょっと意味が分からないのですが、わたしは。誤字だろう

註――

（125）清盛の五男。［生］一一五七―［没］一一八五。一一八〇年、反平氏の烽火があがったとき、南都北嶺はこれに荷担して平氏に反抗したので、重衡は東大寺・興福寺を攻め、焼討ちした。のち、一ノ谷の戦いで捕らえられて鎌倉へ預けられたが、南都の要求で奈良へ連行され、泉木津で斬首された。

（126）『新日本古典文学大系』45「平家物語　下」二一二頁。

（127）同前、二一三―二一四頁。

と思いますが。[128] とにかくやってきた行いでございますが。「罪業は須弥よりも高く」の「須弥」というのは、いわゆるスメール（sumeru）の山。世界の中心である巨大な山。ヒマラヤの山から構想したのでしょうが、須弥山《しゆみせん》です。[129]「火穴湯の苦果あへて疑なし」の「火穴湯」は、これは宛て字です。「穴《けつ》」は「血」です。「湯《とう》」は刀。地獄で火に煽られ、それから血はこれは互いに喰らいあう畜生道、刀は刀で迫られる餓鬼道という苦しみの世界ですね。ですから「ねがはくは、上人慈悲をおこし、あはれみを垂れて」とお願いする。その時、上人は涙に咽んで、絶句なさるのですね。いいですねぇ、法然上人のような方に直接教えを受けられて。

で、その少し先なんですが、そこのところで念仏をなさいというんですね。十悪五逆を犯していたとしても、廻心すれば往生をとげる事が出来る。[130] 自らに功徳が少ないからといって望を捨ててはいけない。そして「一念、十念の心を致せば来迎す。「専称名号至西方」と釈して」。この辺は「阿弥陀経」ですね。「専称名号至西方」は「専ら名号を称せば、西方に至る」です。「念〻称名常懺悔」とのべて、念〻に弥陀を唱ふれば、懺悔する也とをしへたり。「利剣即是弥陀号」と念」じ、これはいわゆる浄土宗の人がよく使う言葉ではないでしょうか。善導和尚の「般舟讃《はんじゆさん》」という書物の中に出てくる言葉でございますが、「利剣即是弥陀号」。利はこれはするどいです。するどい剣《つるぎ》。罪障を滅する、煩悩を断ち切る剣。浄土宗の方はよくお書きになられるようですよ。

この巻を「戒文」というのは、この後で重衡は、出家できないのなら、受戒したい、せめて戒律を授けてくれないかと頼むんです。いわゆる仏縁を結ぶために。そこで法然上人は、

「出家せぬ人も戒をたもつ事は、世のつねのならひなり」とて、額にかうぞりをあてて、そるまねをして十戒をさづけられければ、中将随喜《ズイキ》の涙を流いて、是をうけたもち給ふ。上人もよろづ物あはれに覚えて、かきくらす心地して、泣《ナク》〳〵戒をぞとかれける。(131)

註——

(128) 新大系本の註でも、「「化行（業）」は、律宗で立てる教判の術語で、当らない。延慶本や長門本の「所行」がよい。一生涯に行った行為。」と註している。

(129) 古代インドの世界観で、世界の中央に聳える巨大な高山。周囲を海と山脈が幾重にも取り囲み、世界の最外周を鉄囲《てつち》山《せん》が囲む（須弥山を含めて「九山八海《くせんはつかい》」と言う）。四方にある四大海の中に、我われの住む閻浮提《えんぶだい》を初め、四つの大陸が浮かぶとされる。また須弥山の頂上には帝釈天《たいしやくてん》の住む忉利天《とうりてん》（三十三天とも言う）があり、山腹には四方に四天王がそれぞれ住まいし、この山の周囲を日月が巡っているとされる。なお「須弥」は「蘇迷盧《そめいろ》」とも写音し、訳して「妙高山」と言う。日本各地にある妙高山はこれに因んで名づけられた。ただし、古代インドで構想されたこの須弥山世界の巨大さは我われの想像を絶しており、例えばこの山の高さは八万ヨージャナ（由旬《ゆじゆん》）とされるが、一ヨージャナは現代の単位で七〜二〇キロメートルに当たるので、少くとも五十六万キロメートルの高さがあることになる。月までの平均距離が三十八万四千四百キロメートルであるから、その巨大さを想像されたい。

(130) 「十悪」は仏教で言う十種の悪い行い。身体で行う悪業《あくごう》として、殺生《せつしよう》・偸盗《ちゆうとう》・邪淫《じやいん》の三、言葉で行う悪業として、妄語《もうご》・綺語《きご》・悪口《あつく》・両舌《りようぜつ》の四、心で行う悪業として、貪欲《とんよく》・瞋恚《しんに》・邪見《じやけん》の三、計十種を挙げる。「五逆」は、父・母・阿羅漢《あらかん》（修行の最終段階に達したもの）を殺すことと、仏に怪我をさせて身体から血を流させることと、僧団を分裂させること、の五種。悪業の中でも特に重たい五種の悪業を指して言う。このような悪業を行ったものでも、仏教に帰依しさえすれば、弥陀の浄土へ迎えられる、と説いている。

(131) 『新日本古典文学大系』45「平家物語　下」二一四頁。

これはもちろん正式の戒ではなくて、十の戒律です。(132)十戒《じっかい》を授けるのです。この法然上人というお方は、いわゆる弥陀一仏にひとえに帰依する。法華も捨てる。天台に於ては朝題目の夕念仏で、今でも朝題目の夕念仏でございます。ですが、法然は叡山を出まして、ただひとえに弥陀に依る。ところが念仏だけなら戒はいらないではないか、という疑問が生じます。法然にとって受戒とは大問題でございます。ところで叡山に於て法然上人の先生は叡山の黒谷にいた(133)叡空《えいくう》という人です。叡山の黒谷ですよ。京都の黒谷は向こうを移したんです。今、行かれますと、あの釈迦堂から下がって行きますと、清龍寺というお寺があります。あれが黒谷です。この黒谷はいわゆる別所と申しまして、比叡山の中枢、メインではないのでございます。法然はそこにいた叡空という人の許にいくんです。わたしは法然という人はたいへん恵まれた人であると思う。

　源空は、本当は叡山の真ん中で先生についていたのを、そこを出まして、黒谷の別所に行く。ある意味で隠棲でございます。隠棲と言ったって若くてですよ。ところが、この叡空という人が偉いんだと思う。源空という人は若い時にかなりいろんな事をやってます。頭はいい、智慧第一の法然房と言われるほど頭がよくって天才で。でも、どんな天才でも食べていかなくっちゃいけませんよね。ところが源空は叡空にいつも反抗するんです。いろんな事を言うんです。それに対して叡空は本気になって怒るんですね。本を読みますと、怒って枕をぶつけたなんて書いてあります。それでも叡空の許で勉強しながら、源空は叡空の知り合いのところへ勉強に行くんです、あちらこちらへ。わたしは本当に偉い先生なんだと思う。しかし先生より上手の弟子を育てるのは大変です。普通ならつぶすでしょう？　日本の先生は大概はいばってて。この叡空という人は、実は比叡山における戒律の大家でございます。源空はこの人の影響を受けるんですね。ですから、法然上人にとっては念仏と戒律というのは、非常に大きな問題でした。これは仏教学の問題でございます。

では、その次に謡曲。当然、沢山沢山出て参ります。いろんなところで。例えば平忠度《たいらのただのり》[134]が死ぬ時でもですね、念仏を唱える。やがて息の下から念仏を唱えたとか、まぁ、いろんなところに出て参ります。皆様よくご存知の「墨田川」[135]では、母親が行方不明の自分の子供のことを捜しに行って、そして気が狂ってしまいますが、その子供は塚の中に葬られていますね。ところが母親の唱える念仏に、

註――

(132) 正式の僧侶ではなく、まだ見習い段階のもの（沙弥・沙弥尼）が保つべき十項目。不殺生《せっしょう》戒、不偸盗《ちゅうとう》戒（盗まない）、不淫泆《いんいつ》戒（セックスをしない）、不妄語《もうご》戒、不飲酒《おんじゅ》戒、不塗《ず》飾香鬘《じきこうまん》戒（身を飾らない）、不歌舞観聴戒（歌舞音曲を楽しまない）、不坐高広大牀《だいしょう》戒（立派なベッドや椅子を使わない）、不非時食《ひじじき》戒（午後食事を摂らない）、不蓄金銀《ちくこんごん》戒（お金を貯めない）の十種。

(133) 平安末期の天台宗の僧。[生]？―[没]一一七九。黒谷に住して念仏者として活動し、法然の師となるが、後には逆に法然に師事した。

(134) 世阿弥の作「忠度」の主人公。忠度の歌が「読人知らず」として「千載集」に入れられたこと、また一ノ谷の合戦で討ち死にする様子などが主題とされている。二番目物。

(135) 母親が、人買いに拐かされた我が子を尋ねて彷徨い、物狂《ものぐるい》となりながら隅田川に辿りつく。そこで船頭から求める子が前年にこの地で死に、一周忌の供養を行う所であると教えられる。母がその塚の前で涙ながらに念仏を唱えると、塚の中から念仏の声が応じ、子の亡霊が現れる。母は子を抱き留めようとするが手は虚しく空をつかむのみ。やがて亡霊は消え、夜が明けるとそこにはただ塚だけが残っていた。四番目物。観世十郎元雅の傑作。

墓の中から子供の唱える念仏が応える、という掛け合いになりますが、あの辺りも全部南無阿弥陀仏の念仏でございますね。ちょっとの事では、謡曲の中における「阿弥陀経」の問題は言えないのでございますが、[136]「実盛《さねもり》」の例を一つ出しておきました。

斎藤実盛、これは「平家物語」に「実盛最期の事」という巻があります。それに取材した謡曲ですが、斎藤実盛が、あの年をとった人が髪を染めて死んだという、そのところでですね、いいですか。

> 笙歌《せいが》遥かに聞こゆ孤雲の上、聖衆来迎す落日の前。あら尊《たうと》や今日も又紫雲の立つて候ぞや、[137]

さぁ、大江定基が出て来ましたね。続けて、

> 鉦《かね》の音念仏《ねぶつ》の声の聞こえ候、扨《さて》は聴聞も今なるべし。さなきだに立ち居苦しき老の浪の、寄りも付かずは法の場《には》に、余所ながらもや聴聞せん、

云々と。ここは念仏の場でございます。しかしこの念仏は、いわゆる大念仏です。大念仏と言いますのは、その伝承はよくは分からないのですが、ただ平安末期の良忍上人[138]から始まる。大原の来迎院というお寺がありますね。来迎院の良忍から始まるというか、良忍の一つの宗教体験から始まる念仏です。みんなで念仏する。その時には、鉦と笛と太鼓、何かそういうものを打ち鳴らしながらの念仏です。

この大念仏は今でも行われるんです。謡曲の中ではこの他に、「百万《ひやくまん》」(139)というのがあります。「百万」の中で、あれは母親が人さらいにさらわれた子供を捜して物狂になって、竹を支えながら歩きますね。で、その時に、あれは嵯峨の清涼寺。いわゆる今の釈迦堂でございます。そこの大念仏会で子供に巡り会うことになっているんですが、わたしが申したいのは、こういうふうないわゆる浄土教、別に「阿弥陀経」と申しませんが、こういう浄土教というものそれ自体が、その時代時代を反映しているということです。

この良忍という人は、叡空の先生でございますね。ここでは嵯峨の念仏で、斎藤実盛の辺りのところに出て参りますが、後でお読みくださいませ。

その次に「誓願寺」(140)というのもございます。この「誓願寺」というのは、今、誓願寺は寺町にございますが、昔は奈良にあったんですね。奈良からもちろん移ってきてるんですが。何か山崎に、それから深草のへんに、というふうに、それから一条の辺りとか。ここにも出てきてますね、

註――

(136)　旅僧の前に実盛の霊が現れ、篠原の戦の様子を語って聞かせるというもの。二番目物。世阿弥作。

(137)　『新日本古典文学大系』57「謡曲百番」六一六頁。

(138)　〈止観〉「古事談」を参照されたし。

(139)　〈謡曲の中の仏教思想〉註（36）を参照されたし。

(140)　一遍上人が熊野権現の霊夢によって誓願寺を訪れると、里の女（実は和泉式部の霊）が誓願寺の額を六字名号に書き換えるよう頼む。上人が書き改めて額を戻すと、和泉式部の霊が菩薩となって現れ、舞を舞う。三番目物。

笙歌遥かに聞こゆ、孤雲の上なれや、聖衆来迎す、落日の前とかや、(141)

先ほど申しました大江定基のこの詩がいろんなところに出てくる。日本人の好み、浄土教の好みでございます。

それではちょっと急ぎまして、『赤光《しゃっこう》』。これは斎藤茂吉の作、現代の歌人です。(142)と申しましても、もちろん亡くなりましたけれど。この現代の歌人の斎藤茂吉の『赤光』と申しますのは、第一回目の歌集でございまして、短歌の近代化というものに第一歩を印したところの有名な歌集でございます。この『赤光』の初版の跋文をご覧下さいませ。

〇本書の「赤光」といふ名は仏説阿弥陀経から採つたのである、書く迄もなく彼の経典には「池中蓮華大如車輪青色青光黄色黄光赤色赤光白色白光微妙香潔」といふ甚だ音調の佳い所がある。予が未だ童子の時分に遊び仲間に雛法師が居て切りに御経を暗誦して居た。梅の実をひろふにも水を浴びるにも「しやくしき、しやくくわう、びやくしき、びやくくわう」と誦して居た。「しやくくわう」は「赤い光」の事であると知つたのは東京に来てから、多分開成中学の二年ぐらゐの時、浅草に行つて新刻訓点浄土三部妙典といふ赤い表紙の本を買つた時分のことである。そのとき非常に嬉しかつたと記憶して居る。(143)

云々とあります。浄土宗のお寺の子がそういうふうに歌っていた。その赤光という音調がきれいで記憶していたのですね。で、この『赤光』の中には「地獄極楽図」というので短歌が七首ありますが、その中で、

白き華《はな》しろくかがやき赤き華あかき光を放ちゐるところ(144)

という歌がございます。皆さん如何でございますか。斎藤茂吉は本日一番初めの頃に申しました、選子内親王の「発心和歌集」の中のあの歌を知っていたのでしょうか。わたしは知らなかったのだろうと思います。知らないと思いますよ。ただし、斎藤茂吉も、それから選子内親王も千年を隔てて「阿弥陀経」の全く同じところに着目している。面白うございましょう?

それでは、「阿弥陀経略記」に戻ります。ご覧下さい。

註——

(141)『新日本古典文学大系』57「謡曲百番」五五一頁。

(142)〈「法華経」と日本文学〉註(67)を参照されたし。

(143)『赤光』一一頁(「巻末に」の頁数)。

(144)同前、二四四頁。この歌以外に『赤光』の中で白土先生がこの文脈で注目なさっていたのが「葬り火」の中の「赤光《しやくくわう》のなかに浮びて棺《くわん》ひとつ行き遙《はる》けかり野は涯《はて》ならん」(同前、一〇三頁)である。

此中応作三諦観解。雲路無礙即空。持花飛行即仮。供養諸仏即中。[145]
（この中、応に三諦の観解を作すべし。雲路無礙なれば即ち空なり。持花飛行は即ち仮なり。供養諸仏は即ち中なり。）

急ぎますけれど、何を言いたいかと申しますと、いいですか、わたしは飛ばして出してますけれど、「阿弥陀経」の中には八功徳水の美しさを、赤い花には赤き花の美しさを非常に荘厳に美しく描いている。日本では平安人の日本人がまことに好むような美しさをもって描いている。しかしながら、それをここでは空仮中《くうけちゅう》の三諦《さんたい》に当てているのでございます。空なんだ仮なんだ中なんだと言うんです。まことにこれはラディカルでございます。しかし仏教学というのはこれでございます。これは仏教学的解釈です。しかし極楽浄土のそれは空である。空でなければならない。

もちろんわたしども死にますときにね、美しいお浄土に迎えられると思うと心楽しいじゃありませんか。わたしは人にもそう言うつもりです。自分の身のまわりの肉親が死ぬ時に、全部空だなんて言えやしませんよ、そんな恐ろしいこと。本当は空なんですよ。もっともっと悟りきった人なら、空で死ねるんです。しかしながら凡夫はそんなことを言ってびっくりさせないで、美しいお浄土があるといって死なせたらいいんじゃございませんか。美しいお浄土がある、と。美しい心はお浄土を見るんです。そういうものですよ、本当に見るんです。わたし、そう思います。[146]

なんだか無駄話ばかりして時間を使ってしまい、最後は本当に時間が無くて、急いで粗あらとしたことで終わってしまいました。申し訳ないことでした。拙いお話を最後までお聞きいただき、ありがとうございました。

註――

（145）『恵心僧都全集』第一巻、三九五頁。

（146）この講演の日時が分からないので確かなことは言えないが、これは、終戦後の混乱期に苦労を共にした、白土先生の実兄のお一人が重篤な病を罹われた時の、先生の切実な実体験からの発言であろうと拝察する。

仏典に現れた女性達

はじめに ――大乗仏教とは

これから〈仏典に現れた女性達〉と題して、仏典のなかでも、特に大乗仏教の経典に現れた女性達について申し上げたいと思います。大乗仏教の経典に先立つ経典としましては、原始仏教の経典があります。しかし、本講義では、とくに日本仏教に直接かかわる、大乗仏教の女性の問題について考えてみることにいたします。

では、まず、インドで大乗仏教が興起するまでの経緯を、ごくかいつまんで申し上げます。釈尊《しゃくそん》がご存命であったのは、いろいろ説はありますが、大体、紀元前五世紀から四世紀の頃かと思われます。仏教は釈尊の説法によって始まります。釈尊のもとには、大勢の弟子達が集まり、自ずと教団が形成されていきました。それは、釈尊滅後も存続し、そこには釈尊の説法をまとめた経が成立し、釈尊が、弟子達の間に何か事ある毎に定められた種々の規則は律としてまとめられ、いわゆる「経・律」として伝承されていきました。[1]

こうして教団は、釈尊滅後百年ほど存続した後、丁度、アショーカ王[2]の時代に当たりますが、分裂していくことになります。それは戒律の問題を中心として、伝統を踏襲しようとする保守派の上座部《じょうざぶ》と、新しい時代の精神によって解釈していこうとする革新派の大衆部《だいしゅぶ》に二分していきます。それがやがて分裂を重ね、十八部派とも二十部派ともいわれるようになりました。

註――

(1) 古代インドでは、文字は世俗のものと看做され、聖なる言葉は文字にせず記憶することで伝承された。ヴェーダもウパニシャッドも口頭伝承である。これは仏教も例外でなく、釈迦の教えは口頭で伝承され記憶された。釈迦滅後、弟子達が集まって教えの確認のための会議（結集《けつじゅう》）を開くが、これも人が口頭で確認し合い、それを記憶し伝承することで後世に伝えられていった。仏教の教えが文字化されるのは紀元前後頃のことである。文字化されても、なお口頭での伝承が為さるべき本来の姿とされ、現在でも、スリランカやタイなどでは、一方に文字化されたパーリ語聖典が存在しているが、それでもなお暗誦することが重視されている。インド本土ではサンスクリット語化されたものが文字化されることとなった。それが中央アジアへ伝播してさらに言語上の変容を被るが、様ざまなルートを辿って中国へ伝えられ、漢訳された。それが日本へ伝えられた仏教典籍である。日本へは当初より、このように音声よりも文字を重視する中国文化の洗礼を受け、文字で書かれた経典が伝播されたので、聖典の有り様に関して様ざまな誤解を生じている。

(2) インド、マウリア王朝第三代の王。生没年不詳。[在位]紀元前二六八頃―二三二頃（異説有り）。インド南端を除いて、ほぼインド全域の統一国家を実現する。その実現のために苛烈な戦闘を経験し、深い懺悔の念から厚い宗教心を懐くようになり、宗教保護政策を実施するとともに、ダルマに基づく統治政策を行った。この時期にスリランカに仏教が伝えられたと言われる。

学者は、教団分裂以前の仏教を原始仏教[3]、分裂以後の仏教を部派仏教と申します。部派仏教は学問仏教の時代で、釈尊の説法、すなわち経や戒律に対して精緻な学問を展開しました。「経・律」に対する「論」の成立です[4]。

こうした中、紀元前一世紀の頃になりますと、新しい思想運動が勃興してまいりました。それは、部派仏教の中の進歩的な大衆部の人びとと、在家仏教信者達の間に起こった思想運動でした。これらの人びとは、伝統的な部派仏教の学問仏教に対して、自分たちこそが釈尊の真精神を伝えるものであるという自負に立ち、自らを大乗の徒であると称しました[5]。

「大乗」とは、「大」は優れた、「乗」とは乗り物、教えという意味です。すなわち、わたしどもが現にいる迷妄の此方の岸より、悟りの彼方の世界である彼岸《ひがん》へと、わたしどもを乗せて行く乗り物であり、それは教えのことです。

大乗仏教は、北伝仏教として中央アジア・中国、更に朝鮮半島を経由して日本に伝わりました。日本の仏教はみな大乗仏教です。また、インドの大乗仏教の人びとは、それまでの伝統的な部派仏教を「小乗」と呼びました。「小」は低い、劣ったという意味です。しかし、本来は決して劣ったものではなくて、「大乗」とは、立場が違うのです。こちらは南伝仏教として、東南アジアの方に伝わりました[6]。

大乗仏教が出て、仏教は大きく転換いたしました。そうして大乗仏教の人びとは、前にも申しましたように、自分達こそが釈尊の真精神を受け継ぐものであるという自負心をもって、いろいろの仏教思想を語り出してまいりました。このようにして成立したのが大乗経典です。そしてその初めに現れたのが「般若経《はんにゃきょう》」の類でした。「般若」とは、詳しくは、「般若波羅蜜《はらみつ》」プラジュニャーパーラミター（prajñā-pāramitā）といい、完全なる智慧という意味です。それは「空《くう》」を把握する智慧ですが、「空」とはゼロを意味します。一切の認識を越え、我われの我執《がしゅう》を絶対否定します。そして、一切存在の根底でもあります。「般若経」の中にくりかえし強調された「空」の思想は、続いて現れる大乗経典の総てに通じる根本思想となります。「華厳《けごん》経」「法華経」、浄土教の経典類、その他です。

大乗経典と女性成仏

大乗経典には、女性の問題がしばしば現れますが、とりわけ、女性の成仏ということは、重要な課題でした。「成仏」とは「仏」になることですが、「仏」ブッダ（buddha）とは覚者という意味であり、迷える自己を越えて、第一義に目覚めることを意味します。

本来として仏教は、人間の道を指し示すものであって、男とか女とか、身分の高下とかの、一切の

註――

（3）この呼称に関しても様ざまな異見があり、「初期仏教」という言葉を採用したり、釈迦在世の仏教を区分して名称を工夫するなど、様ざまな試みがなされている。

（4）これは飽くまで学問上の見解であり、信仰上から言えば、律・経・論の総てがブッダの直説《じきせつ》であるとされる。

（5）大乗仏教の起源に関しては、実は学界でも決着がついていない問題で、多士済々百家争鳴の状態である。

（6）東南アジアの仏教がすべてこうだというわけではなく、例えばスリランカにもいわゆる大乗仏教は伝えられ、その影響が残っているし、ベトナムでは中国経由で伝えられたいわゆる大乗仏教が主流である。

差別も区別も入る余地のない、第一義空の立場を標榜します。一切空の境地に立って、一切を越えて、そこに一旦立場をとり、そこから人間としての世俗に出ることが要求されます。

仏教の教法は、こうして経典という姿を取って我われに示されることになりました。そしてこの教えが具体的に我われの前に示されるとき、具体的な人間の姿が、また社会の慣習がそこに反映されてきます。

女性成仏の問題も、このようにして、一般のインド的思惟と、大乗仏教の思想との相克の下に展開されてきました。以下、女性成仏について、ごく代表的な経典を取り上げて見ることといたします。

①「妙法蓮華経」

はじめに「法華経《ほけきょう》」について見てまいります。この経典は、紀元一世紀頃にインドに現れたと考えられますが、それ以来、広く流布し、後に、中国に入りますと、経王といわれるほどに重視され、日本に入りましても、広く読まれ尊重されました。例えば、比叡山を開いた[7]最澄《さいちょう》（伝教大師《でんぎょうだいし》）は、天台宗を日本に伝えましたが、天台宗では「法華経」が中心です。ですから、天台宗は、正式には「天台法華宗」といいます。またこの流布は、叡山のみにとどまりません。あるいは日本の古典文学を見ましても、「法華経」は至る所に現れていて、その流布のさまが偲ばれます。

「法華経」は中国で何度も漢訳されまして、一般には六訳三存《ろくやくさんぞん》といい、六回訳され、その中の三訳が残っております。

今回はその中の二訳を取り上げてみます。まずその第一は、[8]鳩摩羅什《くまらじゅう》訳[9]「妙法蓮華経《みょうほうれんげきょう》」です。羅什訳「妙法蓮華経」の第十二に提婆《だいば》達多《だった》品《ほん》があります。その中では提婆達多と龍女《りゅうにょ》の成仏とが説かれています。提婆達多（デーヴァダッタ、Devadatta）は釈尊の従弟で、釈尊の教団を分裂させようとしたり、釈尊に怪我をさせたりと、釈尊を苦しめた人です。ところが、この経典では、前世に釈尊の師であったと記されています。そして現世では釈尊から、未来に於て成仏するであろうという予言を得ています。これは後生、「悪人成仏」という課題となって、日本仏教では「論義」[10]において取り沙汰されていますが、「法華経」の一切成仏思想を背景にしたものです。提婆達多品にはこれに続いて、八歳の龍女が成仏するという話が出てまいります。これが「法華経」の女人成仏の問題の中心となってくるわけです。

では、その本題に入る前に、「法華経」における提婆達多品の立場とも言うべき、テクストについての説明を申し上げます。羅什訳「妙法蓮華経」は、普通二十八品から成り立っています。しかし、その中の提婆達多品は、羅什訳かどうか定かではありません。と言いますのは、最初、羅什が「法華経」を訳出したときには、二十七品から成っていたと推測され、提婆達多品は入っていなかったと思われるからです。

註——

（7）〈止観〉「叡山大師伝」を参照されたし。

（8）〈「法華経」と日本文学〉註（1）を参照されたし。

（9）『大正』九、一頁以下。

（10）仏教教理の要義を問答すること。法会の一部として行われることが多くなり、次第に儀式化していったが、当初は真剣な議論の場であった。

それが羅什訳に挿入されたいきさつは、南斉時代（四七九―五〇二）、法献と法意とが訳したものが加えられたのではないかと考えられています。(11)天台大師智顗《ちぎ》（五三八―五九七）による羅什訳「妙法蓮華経」の註釈書「法華文句《もんぐ》」には、提婆達多品が入っていますから、その時代には、そういう体裁のテクストがあったことになります。

でも、羅什訳より以前、三世紀に訳出された(12)竺法護《じくほうご》の(13)「正法華経《しょうほけきょう》」には、提婆達多品の内容に等しい叙述が七宝塔品の後に入っていて、「法華経」成立の複雑さを物語っています。

更につけ加えますと、聖徳太子（五七四―六二二）の(14)「法華義疏」は、羅什訳「妙法蓮華経」の註釈ですが、これは二十七品本によっていて、提婆達多品は入っていません。太子の「法華義疏」には、中国における先行書として、法雲（四六七―五二九）の(15)「法華義記」がありますが、この書もまた二十七品本によっています。すなわち、聖徳太子は、「法華経」提婆達多品の龍女成仏の問題を見ておいでにならなかったのであろうと思われます。

以上、これだけを前置きしまして、提婆達多品の龍女成仏の箇所について、そのあらましを見ていきたいと思います。

文殊師利言。我於海中唯常宣説妙法華経。智積問文殊師利言。此経甚深微妙。諸経中宝世所希有。頗有衆生勤加精進修行此経速得仏不。文殊師利言。有娑竭羅龍王女。年始八歳。智慧利根善知衆生諸根行業。得陀羅尼。諸仏所説甚深秘蔵悉能受持。深入禅定了達諸法。於刹那頃発菩提心。得不退転辯才無礙。慈念衆生猶如赤子。功徳具足心念口演。微妙広大慈悲仁譲。志意和雅能至菩提。

智積菩薩言。我見釈迦如来。於無量劫難行苦行。積功累徳求菩提道。未曾止息。観三千大千世界。乃至無有如芥子許非是菩薩捨身命処。為衆生故。然後乃得成菩提道。不信此女於須臾頃便成正覚。言論未訖。時龍王女忽現於前。頭面礼敬却住一面。以偈讃曰

深達罪福相　遍照於十方　微妙浄法身　具相三十二　以八十種好　用荘厳法身　天人所戴仰
龍神咸恭敬　一切衆生類　無不宗奉者　又聞成菩提　唯仏当證知　我闡大乗教　度脱苦衆生

時舎利弗語龍女言。汝謂不久得無上道。是事難信。所以者何。女身垢穢非是法器。云何能得無上菩提。仏道懸曠経無量劫。勤苦積行具修諸度。然後乃成。又女人身猶有五障。一者不得作梵天王。二者帝釈。三者魔王。四者転輪聖王。五者仏身。云何女身速得成仏。爾時龍女有一宝珠。価直三千大千世界。持以上仏。仏即受之。龍女謂智積菩薩尊者舎利弗言。我献宝珠世尊納受。是事疾不。答言甚疾。女言。以汝神力観我成仏。復速於此。当時衆会皆見龍女。忽然之間変成男子。具菩薩行。即往南方無垢世界。坐宝蓮華成等正覚。三十二相八十種好。普為十方一切衆生演説妙法。

「妙法蓮華経」提婆達多品（『大正』九、三五頁中―下段）

註――

（11）〈「法華経」と日本文学〉註（14）を参照されたし。
（12）中国、西晋時代の訳経僧。［生］二三九―［没］三一六。インド北方の月氏国の出身で、長じて中国へ行き、般若思想系の仏典を中心に翻訳した。竺法護は中国名。梵語ではダルマラクシャ（Dharmarakṣa）という。
（13）『大正』九、六三頁以下。
（14）〈「法華経」と日本文学〉註（11）（12）、及び当該本文を参照されたし。

最初に「文殊師利《もんじゆしり》 言く、我、海中に於てただ常に妙法華経を宣説す、と。智積《ちしやく》、文殊師利に問ふて言く、この経は甚深にして微妙なり。諸経の中の宝にして、世の希有するところなり」とあります。「文殊師利」とは、いわゆる文殊菩薩のことです。ここに、龍宮より現れ出た文殊師利は、自分は海の中で、常に「法華経」を説法していたと言います。そこには、もう一人、下方多宝仏《たほうぶつ》のみもとにいた智積菩薩がいて、問答になるのですが、智積は、「法華経」は深淵なる教えである、龍宮の衆生が精進修行して、悟り得ることはあるのか、と申しますと、文殊師利は、この龍宮の娑竭羅《しやかつら》龍王には智慧優れた年八歳の娘がいて、諸仏が説き給う深い意趣をよく受持し、禅定に入ってあらゆるものに了達し、一瞬にして道心を発して退くことなく、よく悟りに到っていると言っています。智積は、そのようなことはあり得ない、それは釈尊が長い長い間に難行苦行を重ねて悟られたところであって、それを八歳の龍女が、たちまちにして悟るなどということは、信じられないと申します。するとそこに、龍女が忽然として姿を現したとあります。経典というものは、ファンタジックにドラマティックに叙述されているものです。

さて、龍女は、自分が悟りの境地に達したことは、仏のみが証知したもうであろうと言いますと、舎利弗《しやりほつ》が龍女に語りかけます。汝がたちまちに悟りを得たなどということは信じ難い、と。

この舎利弗という人は、もともと釈尊の一番弟子で、智慧第一といわれた人です(16)。原始経典には、しばしば現れる人です。ところが大乗経典で女人の成仏が説かれるときには、これに反対する保守的な思想の持ち主として登場します。

舎利弗は続けて、その理由は、女身は穢れていて仏の教えを受けるに堪え得るものではなく、仏道は高遠なものである。また女身には五障《ごしょう》というものがあると言います。

五障とは、その第一は「女人は梵天王になれない」ということです。古代インドの人びとは、この世界の上に天界が実在するという考え方を持っていました。「梵天王」とは、もと「ブラーフマン（Brāhman）」といい、宇宙の根源的最高原理ですが、人格神となって梵天（Brāhmā）となり、仏教に入って、(17)色界初禅天《しきかいしょぜんてん》の王となりました。そして、仏教の守護神とされています。その第二は「(18)帝釈天《たいしゃくてん》に

註――
……………

(15)　八巻。『大正』三三、五七二頁以下、『続蔵』四二、一五九頁以下。

(16)　パーリ語では、サーリプッタ（Sāriputta）、サンスクリットではシャーリプトラ（Śāriputra）。仏弟子中、智慧第一と称されて尊敬された。ラージャガハ（王舎城）郊外の婆羅門の子として生を享ける。初め幼な友達のモッガラーナ（目連）と共に懐疑論者のサンジャヤの弟子となっていたが、仏弟子の一人アッサジの威儀に打たれてブッダの教えに触れ、同門の弟子達とともにブッダに帰依する。早くから僧団の重鎮として活躍したが、ブッダの入滅を見るに忍びないと、ブッダに先だって示寂したと伝えられる。

(17)　仏教では、衆生が輪廻流転する迷いの世界を三つの領域に分けて考えるが、その第二を「色界」と言う。「色」は物質的存在の総称で、「色界」は物質の世界という意味。欲望に支配された欲界《よっかい》の上層に位置し、欲界の諸悪からは解放されているが、なお物質の拘束下にある境涯。欲界に所属する我われも禅定を修めることによって到達することができるとされる。その境地の高まる順に、初禅《しょぜん》、第二禅、第三禅、第四禅の四種を立て、それぞれ神がみの世界と対応させる。即ち、初禅天には下から順に、梵衆天《ぼんしゅてん》・梵輔《ぼんぽ》天・大梵《だいぼん》天、第二禅には少光天・無量光天・極光浄《ごっこうじょう》天（光音天）の諸天があるなど。色界の最上層には色究竟《しきくきょう》天がある。但し、この構想にも部派によって若干の出入りがあるので注意が必要。

なれない」というのですが、帝釈天とは、インド人がヒマラヤの山から構想して、これを世界の中心とし、スメールの山、漢訳して須弥山《しゅみせん》といい、この山上にいるのが帝釈天です。帝釈天もまた梵天とならんで仏教の守護神とされます。次に第三は「魔王になれない」ことだと言います。これは欲界の最上天で、[19]他化自在天《たけじざいてん》の王です。その第四は「[20]転輪聖王《てんりんじょうおう》になれない」ということです。この王は、地上を支配する理想的大王です。そして第五は「仏身になれない」と言います。最高の悟りに達することはできない。すなわち成仏はできない、というのです。

舎利弗が、女身にとっての決定的な成仏の障害を述べたとき、龍女は忽然として男子に変成し、菩薩行を具《ぐ》して、南方無垢《むく》世界に赴き仏に成ったと記しています。

女性の五障を説いたこの箇所は、後世に大きな問題を提起しますが、それは後に申し上げることといたします。

それからまた、「提婆達多品」では、何故、八歳の龍女であったのか、なかなか難しい問題ですが、わたしの考え及ぶ範囲で申させて頂きます。まず、インド人は龍をナーガと呼びますが、古代インドの神または邪神が仏に教化され、その教えを守護する神がみを[21]八部衆《はちぶしゅ》といいますが、龍もその中に入っています。ですから仏法に帰依している龍ということになります。あるいはまた一説によりますと、ナーガ族という部族が仏教に帰依したことを表しているとも言われます。

ともあれ、仏教に帰依していた龍の中の賢明な八歳の娘であったこととなります。龍女であったことについて、天台大師智顗は「[22]法華文句」の中で、「此の土の縁は薄ければ、ただ龍女を以て教化す[23]」と言い、方便として、龍女の形をかりるものとしています。また「一身一切身」と言って、龍女も人たる女人も、そこに本質的には区別なき融通を見ていたようです。

また、智顗は、「此の土の縁は薄ければ」と言っていますが、当時のインドのヒンドゥー社会ではその事情を見るとき、女性を直ちに成仏させるということは、抵抗あるものではなかったかと思います。しかし、一切空の法の前には、すべては本来として平等であり、女人も成仏できるはずであり、

……………

註——

(18) もと、「リグ・ヴェーダ」に現れるインドラ神(雷神)であり、須弥山の頂上、忉利《とうり》天《てん》の中央にある善見城《ぜんけんじょう》に住まいする。仏教では仏法の守護神と看做されている。阿修羅との抗争の物語は人口に膾炙しており、各種のヴァージョンが存在している。日本でも様ざまに造形されるが、東京は葛飾柴又の帝釈天は古くから多くの信仰を集めている。

(19) 欲界に所属する神がみの世界は六層に分かれており、下から順に、四大王天、忉利《とうり》天《てん》、夜摩《やま》天、兜率《とそつ》天、快楽《けらく》天、他化自在天である。この欲界の最上位の他化自在天に魔王(天魔)は属しており、仏道修行の邪魔をする存在でもあるが、本来の他化自在天の神がみの特質は、他者の楽しみを我が楽しみとして楽しむことが出来る存在ということである。

(20) インドに伝説される理想の王。様ざまな功徳を備えて全世界を統一し、理想的な統治をすると伝えられる。仏教では、この王はブッダと同じ身体的特徴(三十二相)を具えているとされる。誕生間もないブッダの相を仙人が占って、出家しなければ転輪聖王になると予言したという話は有名。

(21) 古代インドの様ざまな神がみが仏教に取り入れられて、仏法の守護神となったもの。「天龍八部」とも言う。天・龍・夜叉《やしゃ》(yakṣa)・乾闥婆《けんだつば》(gandharva)・阿修羅《あしゅら》(asura)・迦楼羅《かるら》(garuḍa)・緊那羅《きんなら》(kiṃnara)・摩睺羅伽《まごらか》(mahoraga)の八種。

(22) 〈「法華経」と日本文学〉(二八—二九頁)、〈止観〉(二二六頁)を参照されたい。

(23) 「此土縁薄祇以龍女教化。此是権巧之力。得一身一切身普現色身三昧也」(『大正』三四、一一七頁上段)

それを龍女の姿をかりて示そうとしたものではなかったかと思われます。しかも「八歳の龍女」という表現は、この女性にして成仏可能であり、しかも、即座に成仏できるという、女人の救済の道が強調して示されたもののように思います。しかしなお、「変成男子《へんじょうなんし》」という段階がそこには横たわっています。

②「正法華経」

次に「正法華経」の場合を見てみましょう。この経典は、竺法護の訳出で、前にも申しましたように、羅什訳より早く漢訳されたものです。竺法護は敦煌《とんこう》出身で、先祖は中央アジア月氏《げつし》のひとであったといいます。

さてこの経典には、龍女成仏の問題が七宝塔品の後に出てきます。そして、羅什訳での女性の「五障」が「五位」となっています。この表現の方が、羅什訳よりサンスクリットの現存本に近いようですが、経典は次のようになっています。

時舎利弗即謂女言。汝雖発意有無極慧。仏不可得。又如女身。累劫精進功積顕著。尚不得仏。所以者何。以女人身未階五位。一曰天帝。二曰梵天。三曰天魔。四曰転輪聖王。五曰大士。

「正法華経」七宝塔品（『大正』九、一〇六頁上段）

その大意を申しますと、舎利弗は龍女に向かって、汝がたとえ、有とか無についての最高の智慧を起こすことができたとしても、仏にはなれないと言います。有無についての智慧とは、大乗仏教の示す空についての理解をさします。これは伝統的な部派仏教思想の代弁者として、舎利弗の言として示されています。そしてまた、女身というものは、どのように長きにわたって精進修行しようとも、仏に成れないのである。その理由は、女人は「五位」に未だかつて上ったことがないからである。「五位」とは、帝釈天・梵天・天魔・転輪聖王・大士（偉大なる修行者・仏）の位をさします。

この「五位」、あるいは「提婆達多品」の「五障」ということは、女人成仏、すなわち女人の究極的な智慧の覚りに対する障害として、後世、大きな問題を提示することになりますが、これらに加えて、さらに所論を展開する経典を見ることにいたします。

③「超日明三昧経」

この経典は聶承遠《しょうしょうおん》の訳出ということになっていますが、実際は竺法護訳に補筆したものと言われています。三世紀頃の訳です。その内容は、女性については、女人成仏の障害をくわしく述べ、注目すべき経典です。

次にその経文を掲げることとします。

於是有長者女名曰慧施。与五百女人倶来詣仏所。前稽首足下却坐一面。聞仏説斯超日明定。喜踊無量。前白仏言。我今女身。願発無上正真道意。欲転女像疾成正覚度脱十方。有一比丘名曰上度。謂慧施曰。不可女身得成仏道也。所以者何。女有三事隔五事礙。何謂三。少制父母。出嫁制夫。

不得自由。長大難子。是謂三。何謂五礙。一曰女人不得作帝釈。所以者何。勇猛少欲乃得為男。雑悪多態故。為女人不得作天帝釈。二曰不得作梵天。所以者何。奉清浄行無有垢穢。修四等心若遵四禅乃昇梵天。婬恣無節故。為女人不得作梵天。三曰不得作魔天。所以者何。十善具足尊敬三宝。孝事二親謙順長老。乃得魔天。軽慢不順毀疾正教故。為女人不得作魔天。四曰不得作転輪聖王。所以者何。行菩薩道慈愍群萌。奉養三尊先聖師父。乃得転輪王主四天下。教化人民普行十善。遵崇道徳為法王教。匿態有八十四無有清浄行故。為女人不得作聖帝。五曰女人不得作仏。所以者何。行菩薩心愍念一切。大慈大悲被大乗鎧。消五陰化六衰広六度。了深慧行空無相願。越三脱門。解無我人無寿無命。暁了本無不起法忍。分別一切如幻如化。如夢如影芭蕉聚沫。野馬電焰水中之月。五処本無無三趣想。乃得成仏。而著色欲淖情匿態身口意異故。為女人不得作仏得。此五事者皆有本末。

「超日明三昧経」巻下（『大正』一五、五四一頁上―中段）

その大意を述べますと、まず、「ここに長者の女《むすめ》有り。名は慧施《えせ》といふ」とあります。この長者には娘がいて、慧施という名前であった。この女人が五百の女人と一緒に釈尊がおいでになる所へ赴いて、その説法を聞き、女人たるわたしはこの上なき仏法の道、悟りへの道を目指したいと思います、と申します。

そして、「女の像《かたち》を転じて疾《と》く正覚を成《じょう》じ、十方を度脱せんと欲す」と、すなわち「変成男子」して、まことの覚りを得、十方の衆生を救済したい、と言います。

次に、「ここに比丘ありて上度と名づく」と、そこに一人の上度という比丘が、慧施に語るには、女身は成仏できない。なぜならば、「女には三事の隔て、五事の礙《さまた》げ有り」と言います。女身には、仏に成るのに三の障害と五の礙げがあるというのです。

その三の障害とは何かというと、少にしては父母に制せられ、出て嫁しては夫に制せられて自由というものがない。また老いては子に苦しめられる、この三であるといいます。

これは一般に「三従《さんじゅう》」と言われるものですが、女性の制約された、苦渋の生涯であることを意味しています。しかも、この苦渋の生涯を受けねばならぬ女身は、本来、劣れるものであって成仏の可能性もないものとして受け止められていたことを示しています。

次に、五の礙げとは何かと言いますと、羅什訳提婆達多品の「五障」、竺法護訳の「五位」と名目は同じになっています。しかしこの経典では、それらの五の一々について説明が加えられています。その内容をかいつまんで申しますと、まず第一に、「女人は帝釈天になれない」ということについて、勇猛であって少欲の人は男子になることができるが、「雑悪多態の故に女人となって」いるのであって、帝釈天になることはできないといいます。

第二に、清浄な行あり垢穢なきものが梵天となるのであって、「婬恣無節なるが故に女人となって」、梵天となることができない。

第三に、「魔天となることができない」とは、十善等を具足するものが魔天となることができるのであって、「軽慢《きょうまん》にして不順、正教を毀疾するが故に女人となって」、魔天になることができない。

第四に、「転輪聖王になれない」ことについては、菩薩道を行じ、人びとを慈愍するものが転輪聖王になるのであって、隠れた多くの欠点を持ち「清浄行《しょうじょうぎょう》なきが故に女人となって」、転輪聖王すなわち聖帝になることができない。

第五に、「女人は仏に成ることができない」。それは、仏に成るためには、一切のものに大慈大悲の大乗の心を持ち、六度[24]の行を行じ、空無相の智慧を深く了得すること等が為されねばならないが、女人は欠点として、色欲に執着すること、こころが濁っていること等の為に女人となって、仏には成れないのだと言います。

以上、女人成仏に関する三種類の経典を掲げましたが、そこには何れも、その障害となる五の条件、もしくは三従というものがあげられていました。それらは、根強い、女性の劣等性を示そうとするものでした。しかし、これらの大乗経典は、そう見なされてきた一般通念に対して、女性が成仏することを強調しようとするものでした。

大乗仏教は、社会通念を、また保守的な仏教の一部の観念に対して、空、第一義空の前に一切は平等であるという思想からそれを越えようとしました。しかしなお、変成男子という形をとらざるを得なかったのは、女身は劣ったものであり、女身を受けることは、もともとその前世来の悪徳によるものであるという観念が牢固としてあり、女身のままでは成仏への道は認められない、と考えたからなのであろうと思います。そうして、過渡的な方法として変成男子説が打ち出されたものなのでしょう。

インド・中国の女性に対する社会通念

では、仏典の中に色濃く残っているインド社会の女性観を、他の資料によって瞥見してみましょう。

①「マヌの法典」

この書は、紀元前二世紀から数世紀の間に成立したといわれる、インドの慣習法典です[25]。この書のなかには女性に関するところが非常に多く出てきます。たとえば、第五章には「女の生き方」という箇所があります。その一四七条には「幼くとも、若くともあるいは老いても、女は何事も独立に行ってはならない。たとえ家事であっても」とあります。その次の一四八条には「子供のときは父の、若いときは夫の、夫が死んだときは息子の支配下に入るべし。女は独立を享受してはならない」と書いてあります。このあたりは、先ほど申しました「超日明三昧経」と同じようなことを言っています。その次の一四九条は、「父、夫あるいは息子から自分を離すことを欲してはならない。なぜならば、離れることによって女は両家を非難の対象にしてしまうからである」とあり、さらに次の一五〇条には、「〔女は〕常に朗らかで、家事に巧みであるべし。また家財をきれいに保ち、支出について倹約であるべし」と、理想とされる女性像が説かれています。

この他にも、第九章においては、女性にはまったくの独立はなく、男性に帰属すべきであり、何ごとも男の人の許可なしにやってはいけないということが述べられています。一方、第三章には「妻に

註――

(24)　六波羅蜜行のこと。すなわち、布施、持戒、忍辱《にんにく》（堪え忍ぶこと）、精進《しょうじん》、禅定《ぜんじょう》、智慧（般若）の六。

(25)　紀元前二世紀頃（？）～四世紀頃（？）インドで成立した法典。宗教のみにとどまらず、生活全般に亙ってこと細かく規定している。後代のインド文化の性格に強く影響を与えた。渡瀬信之訳『マヌ法典』中公文庫（一九九一）参照。

対する敬い・家の繁栄」という箇所があり、それによりますと、「父、兄弟、夫、夫の兄弟は、多幸を望むならば、家の女達を敬い、飾り立てるべきである」とあり、また、「女達が敬われるときは神々は満足する」ともあります。

これらを見ますと、女性の地位は家庭内にあって、家族に奉仕し、家族を男性を幸せにするとき、はじめて認められ確立するもののようであります。このような考え方は、つい最近まで日本においても女性の徳として言われてきたことでありました。強《あなが》ちすべて否定すべきこととは思いませんが、父、夫、子のもとに従属して、その敷かれたレールにそって、家庭内で良妻としての道を歩む、それが良き女性像でした。

しかし一方、「マヌの法典」には、女性は動物扱いを受けたり、ことによっては妻や女は殺しても罪にならないなどということもあります。ヒンドゥー社会の中における女性の立場はこのようなもののようです。

釈尊の時代でも、女性が出家し尼僧になることは難しいことでした。最初に尼僧に成ったのは、釈尊の養母マハーパジャーパティ(26)(Mahāpajāpati, 摩訶波闍波提)でしたが、最初、その出家に反対した釈尊は、別に比丘尼の教団を作るに当たって、「八敬法《はっきょうぼう》」という軌範を設け、それを守ることを条件に認めたといいます。(27)はじめて女性の出家者を作ることによって、教団の規律等が変貌することを危惧されたのでしょう。「八敬法」という、比丘尼僧団は比丘僧団に従属すべきことを定めたこの軌範は、当時の社会慣習や通念を反映していますが、それを無視することはできなかったのかも知れません。あるいは、世俗の社会慣習というものを顧慮することも、必要な方便であったのかと思います。

その後、尼僧の中には、「心が安定し、智慧が現に生じているとき、正しく真理を観察する者にとって、女人であることが、どうして妨げになるであろうか」というような自覚を持つソーマー尼のような者が現れることになります。(28) こうした自覚は後々にも受け継がれることになります。

しかしなお、出家者以外の在家女性は、仏教信者であっても、最高の悟りへの道は不可能なものとされていました。(29) 最高の悟りとは、大乗的には成仏ということですが、伝統的仏教のこの考え方の代表としては舎利弗が、「妙法蓮華経」提婆達多品で、女性は成仏できないという論法を以て、龍女成仏に立ち向かうわけです。

註――

(26) ブッダの母マーヤー（摩耶）夫人の妹。姉の死後、スッドーダナ（浄飯）王との間に息子ナンダ（難陀）をもうけるが、わが子の如く太子（ブッダ）を養育する。王の死後、シャーキヤ（釈迦）族の女性と連れだってブッダの許を訪ね、出家を三度請うが、三度とも許されなかった。しかし、アーナンダ（阿難）の取りなしで漸く許されることとなった。女性の出家者の上首として指導に当たり、人びとの尊敬を集めたが、晩年、ブッダの入滅の近いことを知り、ブッダに先立って示寂したと伝えられる。

(27) 八敬法は八重法ともいい、諸伝あるが、基本的に比丘尼が比丘に対して守るべき八項目の規定である。例えば、比丘尼は比丘のいない場所で夏安居を過ごしてはならない、などの僧団規定的な条項と共に、受戒後百歳の比丘尼も今日初めて受戒した比丘を礼拝しなければならない、であるとか、比丘尼はいかなる場合も比丘の悪口を言ってはならないなどという、現代の目からすると性差別的なものも存在する。いずれにせよ、比丘尼僧団を認可する際に釈尊が定めたものとされ、先に成立していた比丘僧団との軋轢を憂慮したものであろうが、当時の女性の置かれた社会的位置を色濃く反映したものとなっている。とまれ、些末事に執われず、この時代に女性の出家を認めた先進性をこそ評価すべきであろう。

女性には「五障」もしくは「三従」の障害があるという、仏教内の伝統的思考法、またヒンドゥー社会の女性観の前に、在家仏教を尊重する大乗仏教が、女人成仏の旗幟を掲げるとき、なお、龍女の変成男子の形をとらざるを得なかったことは前に述べた通りです。

②「儀礼」

伝統的な社会通念という意味から、中国の古典を少し見てみたいと思います。まず「儀礼《ぎらい》」ですが、この書は周の時代、紀元前三〜二世紀に編まれた儒教の書物です。この中に、「婦人には三従《さんしょう》の義有り。専用の道無し」とあります。女の人は自らの意志のみによって動くべきものではなく、三従の義に従うべきものであるというのです。その三従の義とは「未だ嫁せざるには父に従ひ、すでに嫁せば夫に従ひ、夫死せば子に従ふ。故に父は子の天なり。夫は妻の天なり」と述べられております。(30)父や夫を天すなわち最高のものとして崇め、それに従うべきことを儒教の礼として、教えています。そして家をととのえることが女性の大事な任務とされるわけです。

③「礼記」

同じく周の時代の「礼記《らいき》」(31)にも、「婦人は人に従ふものなり。幼にしては父兄に従ひ、嫁しては夫に従ひ、夫死せば子に従ふ」とあります。

「儀礼」にしても「礼記」にしても、「礼」は古来、中国人が尊崇した、人間社会の規範でした。それが女性には、「三従の徳」もしくは「三従の礼」として求められたのですが、「三従」という事がらが、古代インドにあっても、また古代中国にあっても言われていたことを、どう理解すればよいのでしょうか。両者の、その内容は民族によって、差異はでてきておりますが。日本にもこれが入って、江戸時代の「女大学」[32]の三従の女性訓は、明らかに儒教のこの教訓が源になっております。しかし、それよりずっと早く、聖徳太子の「勝鬘経義疏」には、勝鬘夫人をたたえて、「三従の礼を顕し」と記されているのが認められます。[33]これは仏教書の中に現れた儒教思想であ

註――

(28)「テーリーガーター」61（中村元『尼僧の告白』岩波文庫、一九八二）

(29) 初期仏教は厳格な出家主義をとっており、原則的には、もちろん男性であっても、在家のままでは最終的な境地（阿羅漢果）に到達することはできないとされていた。この命題と、解脱と成仏との関係、あるいは菩薩と成仏との関係など、多くの議論が錯綜し、複雑な様相を呈することになる。

…………

(30)「儀礼」喪服篇「婦人有三従之義、無専用之道、故未嫁従父、既嫁従夫、夫死従子。故父者子之天也、夫者妻之天也」。これが次項の「礼記」郊特牲では「婦人随人者也。幼従父兄、嫁従夫、夫死従子」となる。

(31) 五経《けい》の一。周末から秦・漢にかけての古礼を蒐集編纂したもの。

(32) 江戸時代、享保年間頃に発行された女性教訓書。貝原益軒の「和俗童子訓」の中から女性に関わる部分を抄出し、読みやすい物に改変したものであるが、著者は不詳。家を支える女性の役割とその教育に関する事柄が十九条に分けて説明されている。その後「○○女大学」や「女大学○○」など「女大学」を冠した書物が陸続と刊行されていたが、明治以降は活字本となって流布した。実は、女性教育の書物として第二次大戦中まで大いに活用されていたものである。

って、その時代の、中国・朝鮮半島の仏教と儒教との関係を示す、一つの例証とも見られましょう。

以上、仏典における女人成仏に関する女性観を、変成男子・五障・三従を中心に、古代インドから古代中国の社会思想にまで関連づけて、そのあらましを見て参りました。ここで、日本の古典文学を幾つか取り上げて、これらの問題に関するその実例を見たいと思います。

日本古典文学に見る女性観・女人成仏

①「紫式部集」

「源氏物語」を書いた[34]紫式部は理性的で知的な女性ですが、「紫式部集」はその歌集です。その中にこういう和歌があります。

つちみかととの《土御門殿》にて、三十講の五巻、五月五日にあたれりしに

たへ《妙》なりやけふ《今日》はさ《五》月の　いつか《五日》とて　いつゝのまき《巻》のあへる御のりも

というのですが、まず詞書《ことばがき》の土御門殿は藤原道長の邸です。そこで法華三十講が行われ、その第五巻が講ぜられた日に、紫式部が参会していて、この歌を詠んだことになります。

まず、法華三十講とは、「妙法蓮華経」二十八品と、それに「無量義経」一品と「観普賢経」一品、すなわち法華三部経三十品を、一日一品ずつ、時には二品を講説することをいいます。またこの三十

品を軸物の体裁にして十巻としますが、その第五巻は丁度「提婆達多品」に当たります。この第五巻の講ぜられる日は、法華の深義を説法する日として重んぜられ、法義も盛んなものでした。龍女成仏のことが説かれる日です。

紫式部の歌は、盛儀が行われ、かつ女性にとって意義ある五巻の日が、しかも五月五日に当たるという奇しきことと、五障の身の、成仏し難いという女性が仏に成れることが説かれる御法は、まことに尊いことです、という意味になります。

紫式部が、五障とか女人成仏とかを式部自身の内面において、どのように把握していたかは、この歌だけでは必ずしも明らかではありません。一方、「源氏物語」に見られるのは、「匂宮《におうのみや》」の巻に、女三宮が仏道に精進しようとする姿を、子の薫が見て、その出家を援助しようと思うけれども、「五つのなにがしも、猶、うしろめたきを」という箇所があります。女三宮は、おっとりした性格であって心許ないので、それを危ぶむのですが、「女の御悟りのほどに」とも、薫に言わせています[35]。この言

註——

……………

(33)「勝鬘経義疏」に「所以初則生於舎衛国王尽孝養之道。中則為阿踰闍友称夫人顕三従之礼」(『大正』五六、一頁上段)とある。

(34)〈止観〉註(83)を参照されたし。

(35)「明くれ勤め給やうなめれど、はかなくおほどき給へる女の御悟りのほどに、蓮の露も明らかに、玉と磨き給はんこともかたし、五つのなにがしも猶うしろめたきを、われ、此み心ちを、おなじうは後の世をだに、と思ふ」(『新日本古典文学大系』22「源氏物語　四」二一七頁)

葉は、改めて考えるべき問題を持っていますが、「五つのなにがし」すなわち五障を持てる女身の故に危ぶまれるというのです。女のさがとして五障が受け止められていることを示しています。また「源氏物語」には、女は「罪深きもの」という言葉がしばしば見られます。[36]

これらは、式部自身の内面における、女のさがの凝視とともに、平安時代の人びとの女性観の一端が見られるように思います。提婆達多品が本来言わんとした、五障を越えての成仏の問題は、かえって、五障の身の女性という点に重きを置いて、うけとられるようになったようです。

②「梁塵秘抄」

次に、平安後期の[37]「梁塵秘抄《りょうじんひしょう》」を見てみましょう。この書は、一般人もしくは僧侶によって作られた今様歌《いまようた》を、[38]後白河法皇が編集されたものですが、その中に次のような歌があります。

龍女は仏に成りにけり、などか我等も成らざらん、五障の雲こそ厚くとも、如来月輪隠されじ[39]

この歌は、女性によって作られたものでしょう。意味は、龍女が成仏したように、我等女人もまた仏になれる身なのだ、五障という厚い雲が障害になっていても、人間には如来性《にょらいしょう》というものが具わっていて、我等も仏になることができるのだというのです。「法華経」の龍女成仏と五障とが、女性にとっての現実として、はっきりと把握されています。そして、人間に本来具わっている如来性、すなわち仏性《ぶっしょう》の問題も現れています。叡山仏教の影響と思われますが、仏教思想の展開の跡を、一般民衆の上に読み取ることができます。

「梁塵秘抄」には、この他にも女人五障と成仏の今様歌がありますが、省略いたします。(40)

③「平家物語」

「平家物語」の末尾に「灌頂巻」というのがありますが、(41)建礼門院《けんれいもんいん》が大原に隠棲してからのことが記されています。その中の「六道之沙汰《ろくどうのさた》」は、後白河法皇が建礼門院を訪ねた折のことを叙述しています。

建礼門院は平清盛の娘で、高倉天皇の中宮、安徳天皇の母に当たります。幼き安徳帝が壇ノ浦に入水した後、出家して大原に隠棲しておりました。そこへ後白河法皇が訪ねて行かれたのです。法皇は高倉天皇の父に当たります。その折のことを「六道之沙汰」には、

註

(36) 例えば、「浮舟」の巻に「女こそ罪深うおはするものにはあれ」(同前、二一一頁)などとある。
(37) 〈「法華経」と日本文学〉註(53)を参照されたし。
(38) 〈「法華経」と日本文学〉註(54)を参照されたし。
(39) 「梁塵秘抄」巻二(『新日本古典文学大系』56「梁塵秘抄　閑吟集　狂言歌謡」六二頁)
(40) 目につくものとしては、「女人五つの障り有り、無垢の浄土は疎《うと》けれど、蓮花し濁りに開くれば、龍女も仏に成りにけり」(同前、三七頁)というのがある。
(41) 平清盛の次女。安徳天皇の母。[生]一一五五―[没]一二一三。壇ノ浦の合戦の際、安徳天皇に随って入水するが救助され、後、出家して京都の大原寂光院に住んだ。

女院御涙をおさへて申させ給ひけるは、「かゝる身になる事は、一旦の歎《ナゲキ》、申《まうす》に及びさぶらはね共《ども》、後生菩提の為には、悦《ヨロコビ》とおぼえさぶらふなり。忽《タチマチ》に釈迦の遺弟《ユイテイ》につらなり、忝《カタジケナ》く弥陀の本願に乗じて、五障・三従《ジュウ》のくるしみをのがれ三時に六根《コン》をきよめ、一すぢに九品《くホン》の浄刹《ジャウセツ》をねがふ。(42)

とありますが、仏門に入った建礼門院の言葉として、五障三従の苦しみを逃れて、弥陀の本願に導かれて九品の往生を願う、と記されています。

この五障三従の苦しみとは、大乗経典に述べられた女性についての社会通念が、ここでは女性自身の実存の苦しみとして捉えられています。また、「弥陀の本願に乗じて」云々と、浄土教の救済が九品往生の形で現れてきていることに注目されます。

「平家物語」には、巻二「座《ざ》主流《すながし》」にも、

大師は当山《タウザン》によぢのぼって、四明《シメイ》の教法を此所《このところ》にひろめ給しよりこのかた、五障の女人跡たえて、三千の浄侶《ジヨウリヨ》居しめたり。(43)

とあります。伝教大師以来、比叡山には五障の女人がいないと言っています。女性そのものを五障と把握しています。この時代の女性観です。

④「続本朝往生伝」

次に「続本朝往生伝」を見てまいります。この書は、(44)大江匡房《おおえのまさふさ》（一〇四一―一一一一）という平安時代の政治家であり、優れた漢文学者の書ですが、その中に「比丘尼願証」の伝記があります。それによりますと、

比丘尼願証者。源信僧都之妹也。自少年時求仏道。遂不婚嫁。雖受五障之身。猶明二諦之観。才学道心。共越其兄。世謂之安養尼。念仏日積。道心年深。臨終異相不遑甄録。誠是往処青蓮華之中者也。(45)

とあって、源信僧都すなわち恵心僧都の妹であることが知られます。そして仏道に志して出家し、二諦《にたい》の観に明らかであって、「才学道心その兄に越えたり」とたたえられています。恵心僧都は「往生要集」の著者として知られていますが、この書以外にも数多くの優れた仏教研究書を遺した大学者です。「その兄に越えたり」と大江匡房が記したこの女性は、安養尼公といわれて、源経頼の日記「左経記」にもその名をとどめています。

註――

（42）『新日本古典文学大系』45「平家物語　下」四〇一頁。
（43）『新日本古典文学大系』44「平家物語　上」六九頁。
（44）〈「阿弥陀経」と日本文学〉註（91）を参照されたし。
（45）『日本思想大系』7「往生伝　法華験記」一五一頁。

さてこの女性が、匡房によれば、「五障の身を受けたりと雖も、なほ二諦の観に明らかなり」と言われていますが、二諦というのは仏教学上の重要な課題であり、叡山教学においても大事な問題であった。[46]このことに明らかであった、優れた尼僧であったことが知られます。しかもその女性は五障の身を受けたものでありながらという、平安時代の女性の悲しさが伝わってきます。

兄、恵心僧都が叡山にあって多くの著作を遺したのに対して、妹、願証尼には何が遺っているのでしょうか。わたしはかつて展覧会で、恵心僧都の妹、安養尼の筆跡という、「法華経」の写経を見たことがあります。まことに端正な立派な手蹟でした。現在この写経は滋賀県弘法寺に所蔵され、延暦寺の所管となっているそうです。

しかしながら、この写経以外に、願証尼に帰せられる仏教に関わる著作をわたしは知りません。この願証尼から、わたしは、あの紫式部や清少納言を思い起こします。片や仏教、片や文学の相違はあるにせよ、宮廷の後宮にあって、藤原氏の庇護のもと、その才能を花咲かせた才女達と同時代の女性であった願証尼は、何故、後世に著作を遺し得なかったのでしょうか。

仏教は自己内心の問題であり、外に現れることを求むべきでないという考え方もあるでしょうが、女性は五障のものとして、圏外に置かれていた時代、願証尼のような女性達が数々あったであろうことを、わたしは偲ばずにはいられません。

ここで、はじめに見た「妙法蓮華経」提婆達多品や「超日明三昧経」の場合を再考してみたいと思います。まず、提婆達多品では、八歳の龍女が成仏できるという、大乗仏教の功徳を示しています。

「法華経」では一切衆生が成仏できることを標榜していますが、それは授記《じゅき》（仏による予言）という形をとるのが普通です。すなわち、何度かの生死の間に修行して、未来に仏になることが約束されるわけです。舎利弗をはじめとする仏弟子達も、摩訶波闍波提のような比丘尼達も、未来の仏として授記されています。

しかし、提婆達多品の八歳の龍女は、「法華経」の説法を聞き、刹那にして真理を悟り、即身成仏を遂げたというのです。それは女身の成仏を強調しようとしたものなのでしょう。ヒンドゥー社会の社会通念、伝統的保守仏教への、大乗仏教の主張をそこに読み取ることができるかと思います。大乗仏教では、男も女も仏法においては本来平等であり、男を離れ女を離れることが、仏法の第一義であると受け止められたのでしょう。

「超日明三昧経」では、女人の成仏の障害として「三事の隔て五事の礙げ」について、その意味を根本的にくわしく述べています。「三事の隔て」とは、三従と言われることと同じ内容なのですが、これは自由を得ない苦難に満ちたものであること、そして女身として生まれることは、本来的な前世来の悪徳によるものであることを、次の「五事の礙げ」の説明において述べています。「五事の礙げ」とは五障のことですが、三従も五障も、その由って来る所は、自らの悪徳にあるとしています。

この極言に対して、慧施という女性が、本来的には男とか女とか牢固たるものはあり得ない、すべては因縁所生である、すなわち、固定的に実体性を持ったものは存在しない、因とか縁という種々の

註――

（46）〈狂言綺語と煩悩即菩提〉註（30）を参照されたし。

条件が相依り相待って、ものはそこに生起しているのであり、すべては仮りの存在であるという、大乗仏教が強調する第一義空が、そこに示されていますが、そのように答えたとあります。

この慧施の言葉を釈尊がおほめになると、この女性はたちまちに女身を変じて男子となりましたが、釈尊は慧施及び五百人の女性に、十劫の未来に仏に成るであろうと授記されたとあります。

ここでも変成男子が条件として出てくるのですが、大乗仏教は、成仏できぬとされていた女性に、第一義的平等の立場から、救済の道を示しました。しかし、それは長い歴史の間に、本来の意味が次第に薄れ、五障三従ということが、再び女性の本性であり欠点として捉えられ、強調され来《きた》ったことは、日本文学のいくつかの例証からも知られることでした。


ここで、天台大師智顗《ちぎ》の、「法華経」龍女成仏についての意見を見てみることにします。智顗はその書「法華玄義」(47)等に、龍女の成仏は「初住の成仏」であると言っています。(48)この説は日本天台でも受け継がれ、種々の異論はありましたが、「論義」の論題ともなって、「初住成仏説」が叡山の本義となっているようです。

初住とは、大乗仏教で菩薩（大乗の修行者）が発心して修行にはげみ、仏果に至るまでの階位の中、十住の位の初めをいいます。この階位は菩薩地と言われますが、その分け方は経典によって違います。天台宗では五十二位説をとります。十信・十住・十行・十廻向・十地・等覚・妙覚の五十二位です。初住は十住の初めです。「初住の成仏」とは、「初住の位の悟り」を意味します。五十二位の中、究極の悟り、すなわち仏果は妙覚となります。

智顗は自らに厳しい修行者でしたから、尋ねられて、自分は「五品弟子位《ごほん》」であると答えたといいます。「五品弟子位」とは、菩薩地にも到っていない十信の位に入る手前に当たる階梯です。修行の行位を真面目に考えた智顗は、龍女成仏は「初住の位の悟り」であるとしました。

もちろん種々の経論に述べる行位の問題から割り出したことですが、しかし、提婆達多品を素直に読む時、インドにおいてこのような説話が生じたその当時の事情を推察するならば、厳格な菩薩の行位論をあてはめることが妥当なのかどうか、判断に迷います。

ともあれ、この龍女成仏は究極の悟りではなく、初住の悟りとして、叡山教学では伝えられてきたようです。

古代の日本においては、聖徳太子の「法華義疏」には、前にも申しましたように、「提婆達多品」は無く、龍女成仏も五障のことも触れられておりません。また「勝鬘経義疏」には、勝鬘夫人をたたえて、「三従の礼を顕し」と記されていることも前に申しました通りです。この「三従」は、「超日明三昧経」のような女性の苦悩としてではなく、女性の美徳として把握されています。儒教道徳の教える所です。

五障ということは、古代日本には現れず、奈良時代に入って現れ、そして平安時代以降の推移は、

註――

（47）〈止観〉註（11）を参照されたし。

（48）例えば「法華玄義」巻五上に「亦是龍女於刹那頃。発菩提心成等正覚。即是涅槃明。発心畢竟二不別。如是二心前心難。此諸大乗悉明円初発心住位也」（『大正』三三、七三四頁中段）とある。

従来申してきた通りです。

浄土経典に見る女人往生

次に、浄土経典の場合を見ていくことといたします。浄土経典の成立は大乗経典でも早い時代の成立です。

「浄土」とは、「仏の国」という意味ですが、仏の国は実にたくさんあって、阿弥陀仏の国だけではありません。「十方に仏土あり」といい、阿閦《あしゅくぶつ》仏の国、阿弥陀仏の国、薬師仏の国などと、いろいろの浄土があると仏教は考えます。そのなかで、阿弥陀仏の浄土の経典がいちばん整っていたために、浄土経典といえば阿弥陀仏の経典をさすと思われるようになりました。しかし、その他の経典もあるわけです。

①「無量寿経」

この経典は、阿弥陀仏の浄土経典の中でも代表的な経典です。康僧鎧《こうそうがい》（生没年不詳）という人が三世紀中葉にインドから洛陽《らくよう》に来て、この経典を訳出したと伝えられています。しかし最近では、この説を疑問視する向きもあります。

この経典には「四十八願」といわれる、阿弥陀仏が成仏する以前の本願が示されています。それは法蔵比丘として菩薩であった時の誓願ですが、他を利する慈悲の誓願です。その第三十五願に、

設我得仏、十方無量不可思議諸仏世界、其有女人、聞我名字、歓喜信楽、発菩提心、厭悪女身。寿終之後、復為女像者、不取正覚。

「無量寿経」（『大正』一二、二六八頁下段）

とあります。それは、法蔵比丘が仏となったときには、無量の十方世界の女人達が、阿弥陀仏のみ名を聞いて喜び、道心を発して女身を厭い、命終《みょうじゅう》の後に弥陀の浄土に生まれ来って、そのときにもなお女身の姿となるならば、自分は正覚《しょうがく》をとるまい、というのであります。

女身を厭い離れしめることが、阿弥陀仏の慈悲として示されます。女身は自由無く苦悩多きもの、そして厭うべきもの、それへの慈悲。浄土教は宗教として、弱きもの、苦しむものへの恵みでした。

②「大阿弥陀経」

この経典は、支謙《しけん》という人によって二世紀か三世紀にかけての頃に訳出されました。同じく弥陀の本願が示されています。二十四願ありますが、その第二願に、

第二願、使某作仏時、令我国中無有婦人、女人欲来生我国中者、即作男子。諸無央数天・人民・蜎飛・蠕動之類、来生我国者、皆於七宝水池蓮華中化生、長大皆作菩薩・阿羅漢、都無央数。得是願乃作仏。不得是願、終不作仏。

「大阿弥陀経」（『大正』一二、三〇一頁上―中段）

と示されています。自分が仏となったときには、その仏国土には女人というものを無からしめよう。女人にして自分の国土に往生しようと願う者は、みな男子となるであろう。また、天・人・動物の類もこの国土に来るものは、やがて、菩薩・阿羅漢となるであろうと、誓願しています。

女人は男子となり、その上で菩薩、阿羅漢（仏または聖者）への道が開かれていくというのです。

③「薬師如来本願経」

この経典は、達磨笈多（Dharmagupta）という南インドの人の、六世紀頃の訳出です。ここに説かれているのは薬師如来の浄土です。以前、火事で焼けた法隆寺の金堂壁画の中にも描かれていました。その浄土は浄瑠璃世界と申しますが、薬師如来は本願として十二の願を立てています。その第八願に、

第八大願。願我来世得菩提時。若有女人。為婦人百悪所逼悩故。厭離女身願捨女形。聞我名已転女人身成丈夫相、乃至、究竟無上菩提。

「薬師如来本願経」（『大正』一四、四〇一頁下段）

とありますが、願わくは来世に仏となり仏国を作ることができたときには、諸悪に苦しめられるがゆえに、女身を厭い、女形を捨てたいと願う女人が、わが名を聞きたのむことあらば、女身を転じて立派な男子の身とならしめよう。そして、究極の悟りへと導こうというのであります。

苦悩の女身を離れ、究極の悟りを得せしめようという薬師如来の慈悲ですが、やはり変成男子をとげてからの究極の悟り、すなわち成仏と考えられます。そのことは、前に掲げた「大阿弥陀経」の第

二願と同じことです。

変成男子を離れての女人成仏

女性の成仏については、「変成男子」という条件があったことが、従来掲げてきた経典の中に認められましたが、それと異なって、「変成男子」することなく、女人が女人のままで成仏する類の経典について、見てまいりたいと思います。

①「海龍王経」女宝錦受決品

この経典は竺法護訳です。竺法護は前にも「正法華経」の訳者として出てまいりましたが、三世紀の訳出です。そして、海龍王の娘が出てきますが、「法華経」の娑竭羅《しゃかつら》龍王の娘、八歳の龍女と同じような構想を思わせます。しかし、異なった面が出てきます。その一部を掲げます。

爾時海龍王有女。号名宝錦離垢錦。端正姝好容顔英艶。与万龍夫人倶。各以右手執珠瓔珞。一心視仏目未曾眴。礼仏而立。時宝錦女及万夫人。以珠瓔珞奉上世尊。同音歎曰。今日吾等一類平心皆発無上正真道意。吾等来世得為如来至真等正覚。当説経法将護衆僧如今如来。於時賢者大迦葉謂女及諸夫人。無上正覚甚難可獲。不可以女身得成仏道。宝錦女謂大迦葉。心志本浄行菩薩者得仏不難。彼発道心成仏如観手掌。適以能発諸通慧心。則便摂取一切仏法。女謂迦葉。又如所云。

不可以女身得成仏道。　「海龍王経」女宝錦受決品（『大正』一五、一四九頁中―下段）

これは、海龍王に娘があり、宝錦または離垢錦といいますが、「垢」とは煩悩のことですから、「煩悩を離れた錦のような」という意味の名をもつ龍の娘の、仏道志求《しぐ》の話となっています。

この宝錦が多くの夫人達と釈尊の説法を聞き、「自分達はみなひとしく、無上正真《しょうしん》の道心を発し、来世には仏と成りたいと思います」と申しますと、賢者(49)大迦葉《だいかしょう》は、次のように言います。ここでは保守派の代表として迦葉が登場します。「無上の正覚を得ることは甚だ難しい。女身を以てしては仏道を成就することはできない」と。

それに対して、宝錦は「女身を以て仏道を成就できないのなら、男子の身を以てしてもできないのではないか。その故は、道心には男もなく女もないからである」と言います。経典には更に続いて、釈尊の説法の一々が、男と女に分けてなされているわけではなく、人間としての有り様を述べておられることを、宝錦は議論しています。

本来としての仏法が語り示されていることに感銘いたしますが、このような女性達が実際にあったものなのでしょう。前にも申したことですが、原始経典中のソーマー尼の「真理を観察するのに、女人であることが、どうして妨げになろうか」という言葉が思い出されます。

さて、龍女宝錦は釈尊より、やがて未来に正覚を成じ如来となるであろうと、授記されます。

②「菩薩処胎経」諸仏行斉無差別品

この経典は具《つぶさ》には「菩薩従兜術天降神母胎説広普経《じゅうとじゅつてんごうじんもたいせつこうふきょう》」といいます。竺仏念（涼州の人）が四世紀後半に訳出した経典ですが、構成は、釈尊の入滅に際して、[50]阿難《あなん》が、釈尊が忉利天《とうりてん》で母摩耶夫人のため

註――

(49)　美称の「マハー（摩訶）」を冠して、マハー＝カッサパ（摩訶迦葉／大迦葉）と呼ばれることが多い。行法第一、或いは頭陀行《ずだぎょう》第一と言われ（行法も頭陀行もともに修行のことであるが、特に頭陀行は、衣食住の欲望を捨て、厳しい条件の下で修行に専心すること）、十大弟子の一人に数えられる。裕福な家庭に生まれ、若いときに結婚していたが、ある日野良仕事をしている時に、鋤で掘り起こされた虫を鳥がついばむのを見て、出家を決意したという。清廉で高潔な人柄であったことが諸伝に伝えられ、一人山野で修行に励む姿が描かれる。ブッダの滅後、教えの混乱するのを恐れて、弟子五百人を集め第一回の結集《けつじゅう》（経・律を確認するための集会）を行う。後、鶏足山《けいそくせん》に籠り、その地で入滅したと伝えられる。ある時ブッダは霊鷲山《りょうじゅせん》で説法され、花を捻ってその場の人びとに示したが、誰にもその意趣が分からなかった。ただ一人カッサパのみがブッダの真意を覚り微笑んだという。このエピソードは、インドの初期経典には伝えられていないが、「捻華《ねんげ》微笑《みしょう》」と呼び慣わされ、中国宋代以来重視された。この伝承によって禅宗は「以心伝心」や「教外《きょうげ》別伝」を説明する。

(50)　阿難はアーナンダの写音。阿難陀とも写音される。ブッダの従弟。ブッダの晩年に造反したデーヴァダッタ（提婆達多）の兄弟。アヌルッダ（阿那律）やデーヴァダッタと共に出家したと伝えられる。ブッダの遊行生活の半分以上に当たる二十五年間をブッダの侍者として過ごし、ブッダの日常生活に何くれとなく気を使い、細かな配慮をしたという。アーナンダのこうした誠実な人柄を示す逸話が経・律中に数多く伝えられている。常にブッダに付き従って教えを聞いたところから、多聞第一と呼ばれ、十大弟子の一人に数えられる。しかし、二十五年に亙る侍者としての生活は彼から修行の機会を奪い、ブッダの入滅までに阿羅漢の境地を得ることを許さなかった。ブッダ入滅後に、必死の修行の甲斐あって阿羅漢となり、ラージャグリハ（王舎城）で行われた第一回の結集《けつじゅう》では経の誦出（最初に唱え出す役目）を担当した。

に説かれた説法の内容を質問し、それに対する釈尊の言葉という形をとっています。また、この経典は七巻の大部のものです。

その内容は、空《くう》思想が強く現れたものです。「諸仏行斉無差別品」には、女人・魔王・帝釈・梵天の四種は、即身に成仏すると明示されています。そして、女身が成仏の授記を受けられないというのは、方便的な前段階的なことに過ぎないとも言っています。この経典については、天台大師智顗も「法華文句」の中で、龍女の問題について、変成男子や五障のことにふれずに、「胎経にいわく」として、釈・梵・魔・女の成仏することを述べています。(51)

では、この成仏についての論理的な根拠を示す偈を、次に掲げることにします。

法性如大海　不説有是非
凡夫賢聖人　平等無高下
唯在心垢滅　取證如反掌
道成王三界　闡揚師子吼
分別本無法　無有男女行
今在五濁世　現有受身分
断滅計常者　障閡経劫数

(『大正』一二、一〇三五頁下段)

その大意を申しますと、法性《ほっしょう》すなわち一切の存在の本性は、大海の如きものであり、あれこれという分別《ふんべつ》の範疇を越え、凡夫も賢聖人もそこでは高下なく平等である。ただあるのは、心の煩悩が滅するかどうかである。もし滅すれば、第一義を悟ること掌《てのひら》を返すが如くである。本来の無を知れば、そこには男女という存在もない。今は五濁の世にあって現にこの身分を受けているが、恒常なるものに執するならば、永劫の障礙となるであろう、ということになります。

第一義、空平等の前に、男もなく女もないという、仏教本来の義が示されています。

女身の苦悩

女身は現実には苦悩多き存在でした。その一端ですが、それに関説した経典を掲げてみたいと思います。

①「転女身経」(52)

この経典は「転女成仏経」ともいい、曇摩《どんま》蜜多《みった》(Dharmamitra. 三五六―四四二、カシュミールの人)によって訳出されました。

註――

(51)「胎経云。魔梵釈女皆不捨身不受身。悉於現身得成仏故。偈言。法性如大海。不説有是非。凡夫賢聖人。平等無高下。唯在心垢滅。取證如反掌」(『大正』三四、一一七頁上段)とこの偈を引いている。

(52)『大正』一四、九一五頁以下。

経典の構成はかなり複雑ですが、その要点をあげますと、女性の救済に関して、第一義的には男女に差別のないことを主張しようとして、なお、変成男子の上、菩提心を発すべきことをすすめる過渡的な性格を持っています。また、ヒンドゥー社会における女性の苦悩する現実の姿が描かれています。

経典には、無垢光女が舎利弗に向かい、「我は今、男形女形の何れでもない。一切の存在はみな化《け》の如きものである」と。また、「一切のものを差別を以て見るならば衆生を教化することはできない」と述べています。(53)

次に、如何にしてこの会中の比丘たちが女身を離れて変成男子し、無上菩提心を発すことができたかを、慢心・欺誑《ごおう》、また瞋恚《しんに》・愚癡《ぐち》等の数々を離れることによると説いています。これらは女身への誡めなのですが、その中には、己の子息または子女をのみ偏愛することへの誡めもあります。(54)

そしてまた、女人のもつ欠点の数々をあげていますが、それは、煩悩が男子より強く常に苦患の因となることであり、女身は不浄の器であると言っています。また、女人には自在というものがなく、常に家業に従い、不浄を除く仕事にたずさわらなければならない。九ヶ月にわたって子を懐胎し、生時には大苦痛を受ける。あるいは、王宮に生まれたといっても、一生、他に属さねばならない。また、刀杖・瓦石・手拳等を以て打たれ罵られる。女人は法制によって自由なく、常に他によらねばならぬ、等の苦痛・束縛を持つ。この故に女人は、この身を観察して厭離心を生じ、善法を修行しなければならないと説かれています。(55)

次に経典では、この時、会中の比丘尼達は無上菩提心を発し、在家仏教信者の妻達も大いに喜び、女身を離れようと願った。舎利弗は妻達に向かい、汝らの夫は汝らの修行を許すかと問うた。妻達は、今より後は修行にはげみ、他の女人のように、ただ夫に属することはすまいと答えた。そしてその夫達も妻の出家を許し、妻達は修行し変成男子を得たというのであります。(56)

以上の中で、「法制によって自由なく」というのは「マヌの法典」の示す所と同等です。女性達の苦悩と自立と、この経典は古くて新しく、現代にまで課題を持ち越しています。

② (57)「婦《ふ》人遇辜経《じんぐうこ》」

この経典は、四世紀後半に聖堅という人によって訳出されたことになっていますが、この人については目下の所、よく判っておりません。

短い経典ですが、一人の女性の苦難と、それに対する釈尊の考えとが述べられています。それによりますと、かつて釈尊が(58)舎衛国《しゃえこく》（Śrāvastī）の(59)祇園精舎《ぎおんしょうじゃ》に滞在されておられた時のことですが、一人の婦人が夫と二人の子供と共に舎衛国に向かっていました。この婦人は懐胎していて、第三子を生むた

註――

（53）『大正』一四、九一八頁上段。

（54）「復次女人成就八法。得離女身速成男子。何謂為八。一不偏愛己男。二不偏愛己女。三不偏愛己夫。四不専念衣服瓔珞。五不貪著華飾塗香。六不為美食因縁。猶如羅刹殺生食之。七不悋所施之物。常追憶之而生歓喜。八所行清浄常懐慚愧。是名為八」（同前、九一九頁上段）と特に女性への戒めが八種挙げられている。

（55）同前、九一九頁中段。

（56）「爾時諸居士婦。仏之威神。自善根力正観思惟。得離女身変成男子」（同前、九二〇頁中段）とある。

（57）同前、九四四頁上―中段。

めに、夫の国から郷里に帰るところでした。臨月に父母の国に帰るのが、インドの習俗でした。

この夫婦は二人の子を車に乗せ、牛を連れ旅に出ます。そして途中で食事をし休息していると、毒蛇が牛の脚にまきつきましたので、夫はそれを離そうとしますが、牛は殺され、自分も毒蛇に殺されてしまいます。妻は泣き叫びますが、助ける人とていません。日は暮れていきますし、二人の子を連れて河のほとりまで向かいました。父母の家は河の対岸にあります。河を渡るのに、まず第二子を先に渡そうと思い、長子を岸に待たせておいて、第二子を抱いて河の途中まで来たとき、岸辺の長子は狼に襲われ殺されてしまいました。母は恐怖の余り水中でつまずき抱いていた子を取り落として流してしまいます。のみならず懊悩の余り懐胎していた子までも水中に堕ろしてしまいました。

漸く河を渡った母は、道行く人に、父母が昨夜の失火で焼死したことを知らされます。更には夫の父母も賊に襲われ害されたことを知らされます。この人は遂に、心は狂い、脱衣し裸形となってさまよい歩きます。そして、釈尊が説法しておられる祇園精舎のあたりまで来たときに、釈尊のそのお姿を見て、初めて心が落ち着き、自らの裸形を恥じます。釈尊は阿難に命じて衣を調えさせてこの婦人に与え、それから、この人に向かって説法します。

仏即説経。為現罪福。人命無常。合会有別。生者有死。無生不終。一切本空。自作起滅。展転五道。譬如車輪已解本無不復起分。婦聞仏言。心開意解。即発無上正真道意。即時得立不退転地。愁憂除愈。如日無雲。仏説如是。四輩歓喜。諸天龍神。稽首而退。

「婦人遇辜経」（『大正』一四、九四四頁中段）

釈迦の教えの内容を要約しますと、この世の苦・楽を明らかにするために仏は経を説かれた。人命は無常である。会うことあれば別離がある。生者には死がある。生には必ず終がある。一切は本来空である。しかるに人は、生や滅という、この世の現象に心執《と》らわれ、迷いのために五道（地獄・餓鬼・畜生・人・天）の巡りを繰り返すのである、という意となります。

この教えによって、この婦人は心が開け、無上の道心を発し、愁いが消えたというのです。この苦悩の極致にあった婦人に対する説法は、あくまで仏法の本筋であります。苦難の極みに立った婦人だからこそ、その真実の仏法が会得できたのでしょう。

それについて、想い起こされるのは「観無量寿経」(60)の韋提希《いだいけ》夫人です。子の阿闍世《あじゃせ》太子は父王頻婆《びんば》

註――

(58)「舎衛城」とも訳され、古代インドの大国コーサラ国の首都。ブッダの時代には、パセーナディ（波斯匿）王が治めていた。近郊には祇園精舎があり、ブッダが雨季を過ごすためにしばしば訪れたという。

(59)舎衛国の資産家スダッタ（須達）は、ラージャガハ（王舎城）を訪れた際にブッダに見《まみ》えて熱心な信者となり、ブッダを自国へ招待する。帰国後スダッタは、パセーナディ王の太子ジェータの園林を巨費を投じて買い求め、精舎を建てて仏教僧団に寄進した。この地でブッダによって多くの説法がなされている。現在のウッタル・プラデーシュ州のサヘート・マヘートがこれに比定されている。「平家物語」の冒頭で「祇園精舎の鐘の声、諸行無常の響きあり」と謡われているのはこの精舎のことである。

……………

(60)詳しくは「仏説観無量寿仏経」。『大正』一二、三四〇頁以下。

娑羅《しゃら》を幽閉し、殺害しようとします。苦悩の極致に至った韋提希は、釈尊に憂悩なき処を説き給えと懇願します。釈尊は韋提希を極楽浄土の弥陀への信仰へと導くのです。

片や一人の苦難の女人、片や王妃の韋提希夫人であっても、苦悩する女性であることに変わりはありません。その苦悩懊悩に対して、仏法はこのように応えていたことになります。

女人の説法

大乗仏典において、従来の旧習を破り、女性が男女平等の立場に立って、女性自ら釈尊の前で説示したという、輝かしい経典を最後に掲げたいと思います。この経典は男子の在家仏教信者維摩《ゆいま》居士が説法したとされる「維摩経」と並ぶ経典です。ともに在家の男性と女性です。

この経典は、詳しくは[61]「勝鬘師子吼一乗方便方広経《しょうまんししくいちじょうほうべんほうこう》」、一般に「勝鬘経《しょうまんぎょう》」と呼ばれています。五世紀前半に、中インドの人グナバドゥラ（Guṇabhadra, 求那跋陀羅）によって訳出されました。勝鬘夫人が釈尊の威神力を蒙り、大乗仏教思想について縷説するという形式になっております。

勝鬘夫人（Śrīmālā）は、舎衛城の波斯匿王《はしのく》（Prasenajit）と末利夫人（Mallikā）との娘で、阿踰闍国《あゆじゃ》（Ayodhyā）の友称王妃となった女性ということになっています。波斯匿王と末利夫人は聡明な娘である勝鬘夫人に、釈尊の所へ赴き、説法を聞くことをすすめます。

勝鬘夫人は釈尊に帰依し、種々の教えを受けますが、釈尊はそれを嘉し、未来に成仏するであろうという記を授けます。そうして勝鬘夫人は釈尊の前で、大乗仏教の一乗思想について、また如来蔵思想について説示いたします。この経典は、仏教学上「一乗」と「如来蔵」の思想を説く大事な経典とされています。「一乗」とは、「法華経」もそれを説く経典でしたが、大乗仏教の本質を示します。唯一の教え、絶対の教えということで、一切衆生をして仏に成らしめる教えという意味です。「如来蔵」とは、人間の心の内に存在する、輝く仏としての本性ということです。しかし、その輝ける如来蔵は、煩悩にまみれているのが現実で、その垢をはらい、本来の如来蔵を顕すことを目的とします。

このような大乗仏教の教理を説示するのに、女性が登場するのです。男女の差別を越えた大乗仏教がここに結実しています。

おわりに

本来、仏教は人間の真実を示すものであって、第一義の、存在の形相を越えたところにその根拠を持ちます。それは尊厳な、光明に輝くところです。男性も女性も、そこでは同等ですが、現実の世の中でその教法が現れていくとき、世俗のありようと関連し、いろいろの問題が生じました。

この講義においては、「大乗仏典の女性達」を語ろうとして、いきおい、一方的な面に片寄ったきらいがあります。しかし、それは、仏典を見るとき、悩み苦しみ、あるいは男性よりも活躍する、かつての女性達のありようが、現代のわたしどもの心を打つからです。

註――

(61)『大正』一二、二一七―二二三頁。

また、今回は、大乗仏典を取り上げました。が、原始仏典における女性達の、とくに比丘尼達の、真摯な求道の姿を忘れてはいけないと思います。

ともあれ、東洋の、限られた境遇の女性達が真実を求めようとした姿を、今後も見極めたいと思います。

II 日本文学に見る仏教思想

止観――仏道と芸道を支えるもの

〔第一講〕

本日は、止観《しかん》についてお話申し上げたいと思います。この止観と申しますものは、(1)天台大師智顗《てんだいだいしちぎ》の(2)「摩訶止観《まかしかん》」が、その根本になるわけでございます。それが日本に於て用いられるようになる、そのことにつきまして、最初に少し申し上げたいと思います。

註――

（1）〈「法華経」と日本文学〉註（14）を参照されたし。

（2）天台宗の根本聖典。二十巻。止観（坐禅）という実践的な観点から仏道修行を体系化したもの。いわゆる法華懺法もこの書物中に説かれている。『大正』四六、一頁以下。

「摩訶止観」

先ず、(3)「古来風体抄《こらいふうていしょう》」というものを見ていただきます。この書物の内容につきましては、後でもっと詳しく申し上げねばならないのですが、この「古来風体抄」の中に歴然として「摩訶止観」が現れてくるのでございます。

「古来風体抄」は、言うまでもなく、(4)藤原《ふじわらの》俊成《しゅんぜい》の作です。平安末期から鎌倉の極く初期にかけての、昔の人にしては珍しく九十歳まで生きた大変長生きの人ですが、この藤原俊成は、(5)藤原定家《ふじわらのていか》の父親でもあります。「古来風体抄」は、この人が晩年に書いたものです。「古来」という書名が示します通り、平安末期に至るまでの諸もろの日本の歌論というものから取り集めて、さらに論を展開していくもので、これは一般に(6)式子《しきし》内親王《ないしんのう》のために書き送ったと言われるものですが、今見ていただくのは「古来風体抄」の初めの方です。

しかるに、かの天台止観と申すふみのはじめのことばに、止観の明静なること前代もいまだきかずと、章安大師と申す人のかき給へるが、まづうちきくより、ことのふかさも限りなく、おくの義もおし量られて、たふとくいみじくきこゆるやうに、この歌のよきあしき、ふかきこゝろをしらむことも、詞をもてのべがたきを、これによそへてぞ、同じく思ひやるべき事なりける。(7)

というふうに書いてございます。後で詳しくご説明致しますが、ここに書いてあります「天台止観」と申しますのは、これは天台大師の「摩訶止観」のことです。この「摩訶止観」の冒頭の言葉に「止観の明静《みようじよう》なること前代にも未だ聞かず[8]」という大変有名な言葉がございます。あるいは続いて、

さてかの止観にも、まず仏の法をつたへ給へる次第をあかして、法の道のつたはれることを人にしらしめ給へるものなり。大覚世尊法を大迦葉につげ給へり。迦葉、阿難につぐ。[9]

註――

(3) 俊成の歌論書。俊成の和歌に関する思想を述べ、作歌の理想として「幽玄」の美を説いている。「万葉集」「古今和歌集」以下、「千載集」に至るまでの秀歌を例示しつつ所々に短評を加えている。『日本歌学大系』第二巻(風間書房)に収録されている。

(4)「ふじわらのとしなり」とも。[生]一一一四―[没]一二〇四。「千載和歌集」の撰者。古今調から新古今調への橋渡し的存在。

(5)「ふじわらのさだいえ」とも。[生]一一六二―[没]一二四一。鎌倉初期の歌壇の中心人物。新古今調の大成者。

(6)「しょくしないしんのう」とも。[生]一一五三頃―[没]一二〇一。後白河天皇の第三女。一一九一年頃出家し、法然に帰依する。不幸な生涯を送るが、それを格調の高い歌に結実させている。

(7)『日本歌学大系』第二巻、四一五頁。

(8)「摩訶止観」巻一に「止観明静前代未聞」(『大正』四六、一頁上段)とある。「摩訶止観」は、古来大変重要視され、読み継がれてきたので、訓み方も様ざまに工夫されてきた。この冒頭の一句だけでも何種類もの訓読が試みられている。ともあれ、「前代にも」「前代より」などのニュアンスはさておき、「未だ聞かず」の「聞く」の内容が「止観明静」であることが分かる訓み方でさえあれば今は問題なしとすべきか。

と、以下法統《ほうとう》を綿々と書いてありますが、これは、「摩訶止観」の冒頭に、止観の道が、釈尊《しゃくそん》より始まって以来の次第をずっと記しております。それを引いて、このように、日本における和歌の道もずっと代々伝えられてきたということを言うためでありまして、その段の一番最後に、

　よりていま歌のふかきみちを申すも、空仮中乃三諦に似たるによりて、かよはしてしるし申すなり。(10)

とあります。「空仮中《くうけちゅう》」は「摩訶止観」の中で、あるいは(11)「法華玄義《ほっけげんぎ》」等で天台大師智顗が申しますところの一つの存在論であります。(12)こういうものが、藤原俊成のこの歌論の中心にあるのでございます。

この文章は、国文学者の中でも、これをお取り上げになる方もございますので、全く目新しいということではないのですが、やはり、「摩訶止観」と日本文学との関連は申しておかなければなりません。ここでは文学といいましてもいわゆる歌論でございますが、歌論の根本にこういうものがある。しかも、俊成によってこれが明瞭に打ち立てられて以来、これは俊成にのみ留まるのではないのでございます。やがて息子の藤原定家に伝わり、定家だけではなくて、後の(13)「ささめごと」などの連歌《れんが》論《ろん》、また(14)世《ぜ》阿《あ》弥《み》の能楽論《のうがくろん》とてこの延長にある。こういう日本の芸術論に、そういうものの根底に、「摩訶止観」が強く関わっているんだということを申し上げたいのです。

余談ですが、この智顗という人は、中国は南の方の天台山に入って、そこで修行しました。二度入

っているんですね、智顗は。それで天台大師というように一般に言われるわけですが、また智者大師とも言われます。これは隋(15)の煬帝《ようだい》が贈った(16)諡《おくりな》であります。隋の煬帝という人は、いろんな意味で歴史上に批判もされる人物ですが、天台大師は煬帝の尊敬を受けておりまして、煬帝に菩薩戒《ぼさつかい》、大乗の

註――

(9)『日本歌学大系』第二巻、四一五頁。

(10) 同前、四一六頁。

(11) 正式な名称は「妙法蓮華経玄義《みょうほうれんげきょうげんぎ》」。「摩訶止観」「法華文句《ほっけもんぐ》」と共に天台三大部の一つに挙げられる。「法華経」の真意をその題目から明かそうとしたもの。『大正』三三、六八一頁以下。

(12) 世界の有り様を三種の視点から整理し体系化したもの。即ち、空諦《くうたい》では、総ゆる存在は、実体が無く空なるものであると捉え、仮諦《けたい》では、総ての存在は、縁起によってかりそめに存在するものであると捉えるが、中諦《ちゅうたい》では、総ての存在は、空や仮で捉えきれるものではなく、言語を超え思慮を超えた絶対的なものであるとする。

(13) 室町中期の歌人、心敬（一四〇六―一四七五）の作。中世の精神的特徴をよく表したもので、連歌と仏道との同一性を説き、連歌修行がそのまま仏道修行であるとの主張を展開している。

(14) 室町時代の能役者・能作者。[生]一三六三？―[没]一四四三。将軍足利義満の寵愛を受け、父観阿弥が革新した能を、さらに幽玄の能として大成した。晩年は佐渡に流されるなど不遇であったが、能楽論として「風姿花伝《ふうしかでん》」などがある。

(15) 隋の第二代皇帝（在位六〇四―六一八）。いろいろやり過ぎて暗殺された。日本から小野妹子が遣隋使として派遣されたのはこの時代。有名な国書「日出《いづ》る処の天子、日没する処の天子に書を致す」を見て激怒するが、高句麗との対立などの政情を配慮して、翌年に裴世清《はいせいせい》を倭国に派遣した。

(16) 諡号《しごう》とも。人の死後、生前の徳をたたえて贈る称号。

戒律を授けたりしております。

一生の間に二度も、一度は十年間も天台山に隠棲して、山中で修行をし、いわゆる禅観《ぜんかん》をやった人が、やがて都に出てきて、このように隋の煬帝の尊敬を受けるという、そのことをどう思われますか。だんだんに皆さんにお考えいただきたいし、この授業でも後に触れていきたいと思います。

「叡山大師伝」

では話を戻しまして、最初に日本仏教の中で、この天台の止観というものが明瞭に打ち出されてきた、その辺りの資料としまして、まず一番に「叡山大師伝《えいざんだいしでん》」(17)があります。叡山大師というのは、言うまでもなく、最澄《さいちょう》でございます。七六七年から八二二年の人です。

さて最澄という人は、近江の叡山の麓に生まれた人でございまして、近江の国分寺に於て得度《とくど》致しました。近江の国分寺と言いますのは、只今の石山寺の近くにありました。そこで得度致しまして、その後、奈良へ参ります。奈良では、法相宗《ほっそうしゅう》の寺である興福寺に於て、法相の勉強をしているんです。インド流に言えば、瑜伽唯識《ゆがゆいしき》の宗ですね。この勉強をしまして、興福寺の沙門《しゃもん》であったわけです。最澄の本当の籍は興福寺にあるんです。興福寺の僧として東大寺に入って、東大寺の戒壇院《かいだんいん》(18)で受戒をしました。その受戒は具足戒《ぐそくかい》と申しまして、「四分律《しぶんりつ》」(19)による二百五十条の戒を受けて一人前の僧になりました。

東大寺の戒壇院に登って受戒をするということは、これは昔のエリートでございます。勝手に僧侶になることは許されていない。自分勝手に僧になる人のことは私度僧《しどそう》といいまして、これは公的に比丘として認められていないのですね。その時代に、きちっと近江の国分寺に入るということは、欠員が無ければ出来ないのです。で、欠員があって、近江の国分寺の僧となった。それから南都に参りまして、興福寺に於て法相の勉強をした。そして東大寺の戒壇院に登って、鑑真和上《がんじんわじょう》（六八八―七六三）が日本にやって参りまして制定したところの、「四分律」による正式な戒律を受けて国籍僧侶となります。将来を約束されたわけです。

最澄は、いわゆる官僧として将来を約束された人でございます。今なら、有名国立大学を卒業して、将来というものが約束されている。そういう人でございます。その人が、どういう理由か存じませんけれども、自分の故郷ではありますが、比叡山に入ってしまいました。十九歳の青年が、です。その時のことを、ここに書いてあるわけでございます。

この「叡山大師伝」は最澄の弟子の(20)仁忠《にんちゅう》が書いたものでございます。この文章も途中からですが、山の中に入った時のことをちょっとご覧下さい。

註――

(17)　最澄の伝記として最も信頼できる基本文献。『伝教大師全集』五（世界聖典刊行協会）に附録として収録されている。

(18)　唐から来朝した鑑真が七五六年に建立した。鑑真は来朝後、先ず聖武天皇を始め多くの人に授戒し、その戒壇を大仏殿の西に移して堂宇を築いた。これが日本の戒壇院の初めである。

(19)　僧団の規定を記した律典の一つ。六十巻。姚秦《ようしん》の仏陀耶舎《ぶつだやしゃ》が竺仏念《じくぶつねん》らと訳出した。四つの部分から構成されているのでこの名前がある。『大正』二二、五六七頁以下。

時に内供奉の禅師寿興なる者あり。纔《(わず)》かに此の文を見て同じく金蘭を結べり。(21)

「内供奉《ないぐぶ》」というのは、宮中の内道場に於て奉仕する、いわゆる官僧なんですね。この時代は国家仏教の時代でございまして、（わたしには具体的にはわかりませんが）宮中に仏教のいろいろな呪法《じゅほう》を行ったり、修行したりする道場があったようです。そこで何か仏教の行事がある時に奉仕する僧が内供奉でございます。

「内供奉の禅師《ぜんじ》」とありますが、もともとの「禅師」という言葉の起こりは、禅法を主とする者という意味でございますよ。しかし、ここでは、どこまでそういう意味なのかわかりません。例えば、奈良時代の僧の(22)道鏡《どうきょう》は禅師でございますけれども、あの「禅師」には、病気を治すとか、いろんな意味があったということを言う人がございます。とにかくここの「禅師」の意味は、一応はこの禅法を主とする者、としておきます。で、寿興《じゅこう》という人があったという。

「纔《わず》かに此の文を見て同じく金蘭を結べり」の「此の文」というのは、最澄が十九歳にして比叡山に入って間もなしに書いたんだと言われます「願文《がんもん》」というものがございます。

話がちょっと後戻り致しますけれども、奈良の都にいましたならば、興福寺におりまして将来を約束された青年僧が、その立場を捨てて、奈良の都を捨てて、故郷の山ではあるというものの叡山に入ってしまった。

皆さんどういうふうにお考えになりますか。いろんなことを言う人がありますが、ともかく純粋な青年時代の純粋な物の考え方が大事なのだろうと思います。奈良の仏教の堕落のさまを見てとか、いろいろ言う歴史家の人もございます。しかし、それより以前に、わたしは、若い青年僧の非常に純粋な、功利的なるものに一切煩《わずら》わされない心、そういうものがあったと思うのです。この「願文」を見たら皆さんもきっとそう思いますよ。自分の心の中のこれからやろうとすることを吐露した非常な名文です。

この「願文」の中に、大変有名な箇所があります。いいですか、書いたのは十九歳の青年ですよ。

是に於て愚が中の極愚、狂が中の極狂、塵禿の有情、低下の最澄、上は諸仏に違し、中は皇法に背き、下は孝礼を闕けり。謹みて迷狂の心に随ひて三二の願を発す。……〔中略〕……未だ理を照らす心を得ざるよりはこのかた、才芸あらず。(23)

註――

(20) 生没年不詳。八二三年に一乗止観院で出家し、八二四年には義真《ぎしん》、円澄《えんちょう》らと「延暦寺禁制式」を制定したことが伝えられる。「叡山大師伝」の著者に擬せられているが、正確なところは不明。

(21) 「時内供奉禅師寿興者、纔見此文同結金蘭」(『伝教大師全集』五「附録」五頁)

(22) 弓削《ゆげ》の道鏡と呼ばれる、日本史上のいわゆる怪僧。[生]?―[没]七七二。政治的にいろいろ暗躍して法王となったが、その後皇位簒奪までも狙って失敗し、最後は失脚して下野薬師寺に左遷された。

(23) 「於是愚中極愚、狂中極狂、塵禿有情、低下最澄、上違於諸仏、中背於皇法、下闕孝礼、謹随迷狂之心、発三二之願。以無所得而為方便、為無上第一義、発金剛不壊不退心願、我自未得六根相似位、以還不出仮其一、自未得照理心、以還不才芸其二」(『伝教大師全集』一、二頁)(引用部分に傍線)

愚かなる者の最低の愚かなる者であり、この世の中で最低の人間である最澄が、と書いてありますよ。後に親鸞聖人（一一七三―一二六二）は御自分を「愚禿釈親鸞《ぐとくしやくしんらん》」と言います。これを真似したとは申しませんが、最澄にこういう言葉があるのでございます。

こういう言葉を見るならば、青年最澄が山に入った理由というものを、もっと主体的に受け止めるべきだろうとわたしは思います。歴史学者が、奈良の仏教の堕落のさまを見て、と言うのは、それは確かでしょう。こういう人であるから、堕落のさまに耐えられなかっただろうと思います。が、とにかく彼は山に入りました。山に入ってそこで単に遊んでいたわけではない。その時に誓いを立てます。自分が本当に、「未だ理を照らす心を得ざるよりはこのかた、才芸あらず」云々の誓いを立てているのです。

そこに内供奉の禅師の寿興なる者があって「金蘭を結べり」、すなわち交際を、よしみを通じて来たんですね。「金蘭の交わり」と申しますから、非常に信頼している。そして、

　六和欠くること無けれども、一山限り在り。是に於て大師、得るに随って起信論の疏并びに華厳の五教等を披覧するに、猶、天台を尚んで以て指南と為す。[24]

「六和《ろくわ》」というのは六つの和するもの。志しを同じくするところの修行者が六つの点に於て和やかに敬いあうという意味でございます。身《しん》・口《く》・意《い》の三、それから戒に於て、物の見方に於て（見方と言っていいかどうか分かりませんが）、それから施《せ》、食事を得たりすることですね。この三に於て和すると

いう、修行者が和やかに行うことを言うのです。詳しくは辞書をお引き下さい(25)。

このように、山の中にいても六和の欠けることがない。ですから、時に人も行ったり登ったりしたのでしょう。その頃の叡山には、あるいは最澄だけではなくて、定かにはわかりませんけれども、禅をこととする修行者が何人かいたものと思われます。推定ですよ。

で、最澄は山の中にいても遊んでいたわけでなくて、そこで書物を読んでいた。手あたり次第に書物を読む時に「起信論《きしんろん》の疏《しょ》、並びに華厳《けごん》の五教等を披覧」した。「披覧」はひらいて見る。「起信論の疏」というのは、これは「大乗起信論」(26)という書物がございますが、その註釈書、研究書でございます。ここでは具体的に何を言うのかと言いますと、華厳宗の第三祖(27)の大学者である法蔵《ほうぞう》(28)の書いた「起(29)

註――

(24)「六和無缺、一山在限、於是大師、随得披覧起信論疏并華厳五教等、猶尚天台以為指南」(『伝教大師全集』五「附録」五頁)

(25) 六和敬《ろくわぎょう》とも。修行者がお互いに尊敬し合い、修行に励むこと。それに六種を立てる。(1)身業同《しんごうどう》(身慈《しんじ》和敬)、(2)口業《くごう》同(口慈和敬)、(3)意業《いごう》同(意慈和敬)、(4)同戒(同戒和敬)、(5)同施(同行和敬)、(6)同見(同見和敬)の六種。

(26) 仏教の論書。インドのアシュバゴーシャ(Aśvaghoṣa, 馬鳴《めみょう》)の作と伝えられるが、信憑性は低い。大乗仏教の教理を簡潔に述べており、仏教の初学者に広く読まれた。現存するのは、梁の真諦と唐の実叉難陀の漢訳のみ。『大正』三二、五七五頁以下。

(27) 中国仏教の学派の一つ。「華厳経」の独特の世界観を中心に据え、森羅万象総てが相即相関すると考える。唐の杜順《とじゅん》が創始し、智儼《ちごん》を経て、法蔵が大成した。

(28) 唐代の人。賢首《げんじゅ》大師とも。[生]六四三―[没]七一二。華厳教学を大成した。

信論義記《ぎき》」、あるいは新羅《しらぎ》[30]の元暁《がんぎょう》（元暁のことはご存知ですね。中国に勉強に行こうと思って、何か阻まれて行かれなかったといいます）の疏、「[31]起信論疏」等を指すのでございます。

「華厳の五教」と書いてありますが、もちろん華厳宗ですよ。奈良の東大寺は華厳宗であります。[32]華厳経を中心にしております。「五教」と言うのは、普通は「[33]五教章」という書物を指すのですが、この「五教章」という書物のことではないようです。よく分かりませんが、別に「五教止観」という書物が法蔵にありまして、これかとも言われておりますが、ちょっとここのところは疑問にしておいて下さい。よく分かりません。

「起信論」の疏、法蔵の「義記」にしても、元暁の「疏」にしても、こういうものを見るにも、なお天台大師の教義、教釈を尊んで、これを指南としている。これが何を意味するのかと申しますと、これはいわゆる止観のやり方についての問題であります。止観の行法についてこれを指南としているのであります。特に、この法蔵の「義記」の場合には天台大師の「[34]天台小止観」を参考にしております。「大乗起信論」という書物には、非常に大事なところで止観について触れるところがあるのでございます。華厳の法蔵は、「起信論」のそのところを書きます時に、すなわち天台の「小止観」を参照して書いている。また元暁の「起信論疏」を見ますならば、これは「摩訶止観」を参考にして書いているのでございます。

つまり、ここのところで「天台を尚《たっと》んで」と言いますが、ここでは天台の教義、教えそのものを意味しているのではないんですね。これはあくまで止観の行法について言っているのです。続いて、此の文を見る毎に、覚へず涙を下して慨然たれども、天台の教迹を披閲するに由無し。[35]

天台というものについて、最澄は非常に憧憬の念を持ったということです。ということは、最澄は山の中、比叡山の中におって常に坐禅をやっていた。勉強もするけれども、止観というものを非常に大事にした。坐禅というものを大事にした。心を静める行法を大事にやっていたということが、ここから推量される。それが一番大事な心の問題であったらしいということが分かるんです。しかしなが

……………

註——

(29)『大正』四四、二四〇頁以下。

(30)「げんぎょう」とも。新羅の学僧。[生]六一七—[没]六八六。志した入唐を中止した後、妻帯して俗人の生活を送りながら華厳宗の勉強をし、多くの著作をものした。「華厳経疏」「起信論疏」などは日本でも重視された。

(31)『大正』四四、二〇二頁以下。

(32)〈涅槃経」と日本文学〉註(24)を参照されたし。

(33) 華厳の法蔵の著作。詳しくは「華厳一乗教義分斉章」という。釈迦が説いた仏教を、小・始・終・頓・円の五教に再構成している。四巻。『大正』四五、四七七頁以下。

(34) 止観の要義を簡明に説き示した書。「摩訶止観」が「大止観」と呼ばれるのに対して「小止観」と呼ばれる。原題は「略明開矇初学坐禅止観要門」であったと考えられているが、「修習止観坐禅法要」とも称された(『大正』四六はこの書名を採っている)。「摩訶止観」よりも簡略かつ平易に記されているため、後世に止観の入門書として大いに活用され、中国のみならず日本仏教にも多大なる影響を与えた。

(35)「毎見此文、不覚下涙、慨然無由披閲天台教迹」(『天台大師全集』五「附録」五頁)

ら、天台の教迹《きょうしゃく》、天台の書物を見ることができなかったというんです。

ちょっと振り返って中国のことを考えてみますならば、中国そのものでは天台の教学の方が早く発展しております。さっき申しましたように、天台大師智顗が六世紀の人ですから、六世紀のことである。中国では、瑜伽《ゆが》唯識《ゆいしき》の学問、法相宗《ほっそうしゅう》の学問というものはもっと後で興ります。天台の学問が六世紀でありますならば、インドにおける瑜伽唯識の学問が中国で法相宗となりますのは七世紀であります。

この法相の学問、瑜伽唯識の学問の起こりというものは（もともとそういう書物は少し翻訳されてきてはおりましたが）、これは玄奘《げんじょう》三蔵《さんぞう》[36]によります。玄奘が瑜伽唯識の書物を求めて、艱難辛苦して今のシルクロードを渡って（シルクロードはロマンチックでも何でもなかったと思いますよ）、そこを越えてインドへ行った。インドではおもにナーランダ寺におりました。インドの唯識の方では、ヴァスバンドゥ[37]（Vasubandhu, 世親《せしん》）の後を嗣ぐいろんな弟子がありましたが、その中の一人、ダルマパーラ[38]（Dharmapāla, 護法《ごほう》）がナーランダに於て唯識の学問をしきりに講義していた。このダルマパーラ（護法）という人は大学者でございます。玄奘が行ったときには護法は亡くなっておりまして、この人の弟子である戒賢《かいけん》（五二九—六四五）について護法系の唯識を学んできている。その護法系の唯識というものを中心にいたしまして、玄奘、それから玄奘の弟子の基《き》[39]、この人達が中心になりまして、法相宗という学派が成立してまいります。

すなわち、中国に於て教学というものが展開したのは、天台宗の方が早いのであります。しかし、日本に伝わるのは法相宗の方が早い。奈良仏教の一番の中心はこれです。南都六宗《なんとろくしゅう》[40]と申しますけれども、その最たるものは、実は法相宗でございます。それから般若中観《はんにゃちゅうがん》の学問という、インド大乗の二大潮流のもう片方は三論宗《さんろんしゅう》として入ります。日本の奈良時代の仏教というものは、本当に大したものだったと思います。あれ程の高度なインドの大乗仏教の哲学というものが、法相宗として、三論宗として実は入っていたのでございます。

日本では法相宗が何故早いかと申しますと、ちょうど日本から留学僧がまいりました時には、中国に於てこの学問が盛んな時でございました。そこで、この護法系の唯識、護法から戒賢、玄奘へと伝わったこの学問というものが、日本に奈良時代に伝えられるわけでございます。

最澄は唯識の勉強を奈良でしていた。最澄の晩年の書物、南都の法相宗の徳一《とくいち》(41)という人との論争の書物を見ますならば(42)、そういうことが分かってまいります。晩年になって、あんな難しい学問がにわ

註——

(36)〈「涅槃経」と日本文学〉註(11)を参照されたし。

(37) 四、五世紀頃の北西インドの学僧。天親《てんじん》とも訳される。多岐にわたる著作があり、インドのみならず、中国・日本の仏教思想に大きな影響を与えた。中国以来の倶舎宗《くしゃしゅう》の本となる「倶舎論」の著者。

(38) 南インドの学僧。[生]五三〇—[没]五六一。仏教のみならず博く学問に通じ、ナーランダ寺において、唯識学を講じた。「成唯識論《じょうゆいしきろん》」は、護法の唯識学を中心に据えて複数の著作をまとめて玄奘が翻訳したものである。

(39) 中国、唐代の僧。[生]六三二—[没]六八二。玄奘に師事し、「成唯識論」の訳出などに協力した。著作に「成唯識論述記《じゅつき》」など多数。

(40) 奈良時代の仏教は国家の管理下にあったが、その国家が公認した仏教の学問の系統のこと。奈良付近の寺院で分担して研究されたので「南都六宗」という。華厳《けごん》・法相《ほっそう》・三論《さんろん》・律《りつ》・倶舎《くしゃ》・成実《じょうじつ》の六宗。現在のいわゆる「宗派」とは大いに異なる。

かにできるはずがない。若い時に勉強してるんですね。興福寺でたたき上げているんです。

さて、そういうことを前提にいたしまして、続きを見てまいりましょう。

是の時、天台の法文の所在を知れる人に邂逅値遇し、茲れに因て円頓止観、法華玄義、并に法華文句疏、四教義、維摩の疏等を写し取ることを得たり。[43]

この時に、天台の書物がどこどこにあるということを知っている人に会うことができた。「円頓止観《えんどんしかん》」、これは「摩訶止観」の中で一番の止観の完成されたものを円頓止観というのでございます。それから「法華玄義」、これは天台大師智顗が、法華経を中心にいたしまして作り上げたところの仏教概論とでもいうものです。「法華文句《もんぐ》」というのは、法華経の文々句々、今ならば逐語訳みたいなものですね。「法華玄義」が講義であるならば、「法華文句」は講読であります。「法華文句」というのが本来の書物の名前ですよ。それを「文句疏」と言ったのは、これは「法華文句」そのものが疏、註釈なんですね。それで、「法華文句という疏」という意味で「法華文句疏」と言ったのです。それから「四教義」は、仏教を四つのジャンルに分けたところの書物であります。いわゆる[44]教相判釈《きょうそうはんじゃく》の書物です。それから「維摩《ゆいま》の疏」、「[45]維摩経」という経典の註釈などを写し取ることができた。

此れは是れ、故の大唐鑑真和上の将来なり。適ま此の典を得て、精勤して披閲するに義理の奥賾なること、弥よ仰げば弥よ高く、随て鑽れば随て堅く、本仏の本懐、同じく三乗の門戸を開き、

内證の内事、等しく一乗の宝車に付せり。(46)

註――

(41) 天台・真言を批判し、論破して、東国で仏教普及に努めた人物。残念ながら天台・真言側の史料しか残っていないため実像は定かではないが、高橋富雄『徳一と最澄』中公文庫（一九九〇）は、それらの史料を徹底的に検証し、徳一の真実に迫っている。

(42) いわゆる「三一権実《さんいちごんじつ》」の論争。三乗と一乗といずれが真実の教えかということを巡っての論争〈独覚〉「三乗と独覚」（特に三三〇頁以下）を参照）。徳一が「仏性抄《ぶっしょうしょう》」を著して最澄を論難し、最澄は「照権実鏡《しょうごんじつきょう》」を著して反駁したが、論争は、比叡山へ帰った後も続き、決着が付く前に最澄も徳一も死んでしまった。ちなみに徳一は空海にも論戦を挑むが、空海は取り合わず、受け流している。

……………

(43) 「是時邂逅値遇知天台法文所在人、因茲得写取円頓止観法華玄義并法華文句疏四教義維摩疏等」（『伝教大師全集』五「附録」五―六頁）

(44) 仏教の教理は、インドで長い時間をかけて展開してきたが、中国へは時間軸を圧縮して短期間に、或いはインドでの歴史的発展とは順序を異にして翻訳紹介された。中国の学僧たちは、それを翻訳された順序ではなく、経典・論書の内容から判断し整理して、順序次第を独自に考案した。それを「教相判釈」と言うが、ただ残念なことに、客観的な教理の系統的整理ではなく、それぞれの依拠する経典・論書の優位性を証明しようとするものが多く現れてしまった。

(45) 詳しくは「維摩詰所説経」という。『大正』一四、五三七頁以下。

(46) 「此是故大唐鑑真和上将来也、適得此典精勤披閲、義理奥賾弥仰弥高、随鑽随堅、本仏本懐、同開三乗之門戸、内證内事等付一乗之宝車」（『伝教大師全集』五「附録」五―六頁）

これはすなわち、いにしえの鑑真和上《がんじんわじょう》が持ってきたものである。鑑真が中国からまいります時（七五三年）に天台の書物を持ってきたのです。鑑真以前に全く無かったかというと、そうでもないらしい。奈良の正倉院に伝わるところの目録を見ますならば、写されたという形跡はあります。しかしそれは正倉院の文書の中にあることでございまして、一般の人の目には触れないのでしょう。日本に天台の学問が移植されたのはすなわち鑑真による。鑑真という人は、東大寺に戒壇院をつくり、唐招提寺《とうしょうだいじ》を造り、ということをやっているわけですが、それ以外にもこういう書物を持ってきたのでございます。(47)

こういう書物によって、この天台の書物によって、「三乗の門戸を開き」、「一乗の宝車に付せり」。これは、三乗と一乗の問題、いわゆる法華経の思想の解釈です。すなわち、あくまで一乗というものが真実であって、三乗は、即ち「法華経」が説かれる以前の三乗は方便とするのか、あるいは三乗が真実であって一乗は方便とするのか。後者はすなわち南都の法相宗の「法華経」理解であり、前者は天台の「法華経」理解でございます。後にこれが、南都北嶺《ほくれい》の論争の中心になってきます。(48)

ここで申し上げたいことは、最澄、伝教大師が、若くして比叡山に於てこの天台の止観の法門に触れて、これによって自分の仏教的な眼というものを展開していったということです。それからもう一つ。こういうふうな、すなわち華厳宗の学者、最高の学者のものを見ても「猶、天台を尚《たっと》んで以て指南と為す」。それでもなお天台というものを尊んでいる、というふうに書いてある。それは天台の止観の行法であると申し上げましたけれど、こういう言葉が出てくる裏には（これは後の人、仁忠の書いた伝記で、最澄の直接の言葉ではないにしても）、最澄が若くてまだ奈良にいた頃に、唐招提寺に於て、鑑真の弟子達によって天台の教えというものが講義されていた、ということがあるのであります。

ところで「日本霊異記《にほんりょういき》」[49]という書物がございます。これの成立は長いことかかるのでしょうが、平安のごく初期の頃、最澄がちょうど比叡山に入るその頃には、既にこの「日本霊異記」の一部分が書かれていたらしい。この「日本霊異記」の記事を見ますならば、「日本霊異記」の撰述者であるところの景戒《けいかい》（南都の人で、法相宗の寺である薬師寺にいた人です。もともとは私度僧です）が、天台というものに対して、なお「羊僧景戒、学ぶる所は天台智者の問術を得ず」[50]「未だ天台智者の甚深の解を得ず」[51]というようなことを書いている。ということは、最澄と全く同時代の景戒にも、この天台の智者大師というものが非常に偉い人なんだという、そういうものがあったらしい。

最澄は山に入る前にそれを知ってるんですね。法相のすごい学問をやりながらでも、天台智者という何か素晴らしい人が、我われは知らないけれどもいたらしいということを、最澄は知っていたのだろうと思われます。

註――

(47)　そもそも仏教の僧侶として出家するには、僧団で規定されている出家の作法に厳格に従う必要がある。しかし、当時日本には、正式な儀式を行うに足る資格を持った僧侶の人数も、またその知識も不足していた。そこで鑑真がそれを携えて来日し、日本に正規の出家者による仏教を広めようと試みたのである。

(48)　註（42）を参照されたい。

(49)　〈「法華経」と日本文学〉註（23）、及び当該本文を参照されたし。

(50)　「霊異記」下巻序。『新日本古典文学大系』30、一二八頁。

(51)　「霊異記」下巻三十八。同前、一九四頁。

それから最澄の師匠の行表《ぎょうひょう》(52)という人がいる。師匠と申しましても、最澄が若くして近江の国分寺で得度しました時の先生ですが、この人の影響もございまして、法相以外の学問にも目を向けるようになったらしい。そういうような影響もあるのであろうと思うのです。

かくして十九歳の青年僧が比叡山に入ったときに、彼は初め坐禅を非常に重視してやっていた。山に入るということは、そういう意味の仏教的実践であります。仏教的実践と申しましても、社会的な実践というよりは、いわゆる修行の方をいうんですよ。

この止観の法門に於てはいろいろの具体的な様相を観ずると申しましたが、具体的な様相と申しましても、現在の、例えば社会情勢を観察するという意味には展開しない。仏教というものの本来の目的は、自分の心の解脱《げだつ》にあるのでございます。自分の心の迷妄よりの解脱にある。これはインドの仏教だけではなくて、インドの哲学全部に通ずることです。西洋の哲学、philosophyというものは、知を愛することですが、そうではない。解脱なのです。そのことは断っておかなければならないと思うのです。

「紅葉渓聯」

それでは、この「叡山大師伝」の話を一応終わりまして、一つの詩をご覧下さい。「紅葉渓聯」(53)と申す伝教大師の漢詩でございます。いつの頃できたものか、ちょっとわかりにくいのですけれど、どうも伝教大師最澄にはもっとたくさんの詩があったらしい。しかし、それが残っていないのですね。

江戸時代にできた日本天台のいろいろの人びとに関することを記した「天台霞標《てんだいかひょう》」(54)という書物を見ますならば、伝教大師にはもっとたくさんの詩があったのに、これしか残らないのが残念であると書いてあります。

「紅葉渓」、これは紅葉の谷。「聯」といいますのは、今でもお寺さんに、特に禅宗のお寺に行かれますというと、柱に一行ずつ詩が書いてございます。見たことございませんか？　禅宗のお寺の立派な柱に詩を直接書いたり、普通は長細い板をぶら下げて書いてあります。これが聯でございます。「聯」といいますのは対《つい》の詩、お寺の柱に対にして揚げる詩という意味でございます。

等持定裡青苔之地
円覚観前紅葉之林

註――

(52)　奈良時代の僧。[生]七二二―[没]七九七。興福寺で禅・唯識を学び、その後、近江国崇福寺の寺主となり、次いで近江国の大国師となった。七七八年に最澄の師となり、七八〇年に師主として最澄を得度させている。

(53)　『伝教大師全集』五、四八三頁。

(54)　一七七一年に最澄の九五〇年遠忌の記念として、金竜敬雄《きんりゅうけいゆう》が天台宗に関係する僧を中心に、一四〇名余りに関する伝記を補う遺文資料を渉猟して全三巻にまとめて版行した。その後、羅渓慈本《らけいじほん》が増補校訂を行い、一八六二年に最終的に全七編二十八巻、一五六名を採録したものが完成した。集録された人物は、聖徳太子・鑑真など、最澄以前の人物から一三〇〇年間に及ぶ。『大日本仏教全書』41・42（鈴木学術財団編）に収録されている。

なんでもない詩とお思いでしょうが、「等持《とうじ》」は「止観」の「止」でございます。[55]「等持」も「定《じょう》」も同じ言葉ですよ、三昧《さんまい》、サマーディ（samādhi）であります。すなわち心を一境に止め、三昧に心を置くときには、そこは青苔の地である。そこには青々とした青苔の地が広がっていると見るんです。その次の「円覚《えんがく》」というのは、禅宗で大事にする経典に「円覚経」という経典もございますが（禅宗の寺に鎌倉の円覚寺がありますね）、円《まど》かなるさとり。円かに物を観ずる。観ずるんですよ。円かなるさとりの境地で観ずる。その前には紅葉の林が見える。止観の境地が、青苔の地であり、紅葉の林である。いわゆる眼前の風光が自分の止観と一つになって、ここに観ぜられていく。これはご参考までに挙げましたが、よろしゅうございましょう？

さて、最澄に於て、止観ということで言わなければならないもっと大事なことがございます。それは、比叡山に十九歳で入った最澄はですね、二十何歳かで既にお寺を造っているんですね。お寺と言っても建物がどんな物であったか存じませんが、そのお寺の名前は一乗止観院《いちじょうしかんいん》であります。今でも根本中堂《こんぽんちゅうどう》には「一乗止観院」と書いてある。止観と言っても、しかもそれは一乗によっている。思想としては一乗思想を標榜するんです。一乗といいますのはただ唯一の教えということですね。

天台宗は、天台法華宗と申しますのが正しい名前でございます。法華経が中心でございます。法華経の中心思想は一乗思想でございまして、一乗というのは、従来説かれて来たところの諸もろの教法よりもさらにそれを超えて、もっと徹底したところのものです。従来のそれぞれの教法、ある意味で限定されたところの声聞《しょうもん》、縁覚《えんがく》、菩薩という三乗に対して、すべての今までの思想を超絶したところのものです。超絶した徹底した否定の立場に立つ。そのうえで止観というものを目指す行法としてある。一乗は目指されるもの。止観は行法です。それで一乗止観院。これは比叡山の根本中堂です。今でもいらしてごらんなさい、門標にそう書いてございます。

「山家学生式」

それから、これは晩年のことでございますが、最澄には「山家学生式《さんげがくしょうしき》」というものがございます。「学生」という言葉は、別に仏教だけの言葉ではございません。「山家」は比叡山のことでございますが、実はこれは三度に渡って朝廷に差し出されます。初めは「六条式」、次には「八条式」、最後に「四条式」。これは比叡山のいわゆる学則です。このような方法と目的によって、学生を教育したいという彼の願いでございます。(56)

この「山家学生式」の一番の中心は戒律の問題です。これがネックになりましてなかなか認められない。先ほど申しました鑑真和上が将来したところの四分律宗の四分律を捨てて、南都の戒壇に登る

註——

(55)「等持」「定」は、サンスクリット samādhi の訳。広く、心を一つの対象に集中させ、散乱させない状態を言う。「止観」は śamatha-vipaśyanā の訳。心を一つの対象に専注して止《とど》め（止）、それによって正しい慧を起こして対象を観察する（観）こと。近年、タイやミャンマーの南伝仏教系の瞑想法が日本に紹介されているが、そこで行われるヴィパッサナー瞑想と言われるものが、ほぼこれに当たる。

ことなく、東大寺の戒壇に登ることなく、大乗戒のみによって一人前の僧を作り上げたいと言うんですね。[57]「梵網経《ぼんもうきょう》」という経典がありますが、これに説かれている十重戒《じゅうじゅうかい》 四十八軽戒《しじゅうはちきょうかい》（十の重い戒律と四十八の軽い戒ですね）、これがつまりいわゆる大乗戒ですが、この梵網戒のみによって、一人前の僧を作り上げたいと言うんです。

せっかく鑑真和上を呼んで来て、南都に於て日本の国家仏教が中国にも伍せるきちんとした制度を作り上げたにもかかわらず、そういうことを最澄は言うわけです。最澄が生きている間には、これは打打発止《ちょうちょうはっし》と南都の僧達との間に論戦がありまして認められない。しかし最澄が亡くなって一週間程して認められます。比叡山には、後に戒壇ができて、南都と北嶺とはそこでいろんな問題で訣別していくことになるわけでございます。

この「山家学生式」の中で、学生を、今の言葉ならば専攻科に分けました。その第一は止観業《しかんごう》をする。第二番目は遮那業《しゃなごう》。止観業というのは「摩訶止観」の研究です。「摩訶止観」の研究ですけれど、本当に止観をやる。「摩訶止観」の中でも特に四種三昧《ししゅざんまい》を行ずる。いわゆる三昧と申しましても、坐禅だけが三昧ではない。歩きながらの三昧もありますね。今でも比叡山に行かれますと、釈迦堂の前には、常坐《じょうざ》三昧堂と常行《じょうぎょう》三昧堂の二つのお堂が残っています。常行三昧というのは後の浄土教の基になります。常坐三昧はすなわち法華《ほっけ》三昧でございます。[58]この修行は、すなわち止観業です。最澄にとっては、これが本当は一番のメインなんです。わたしは、遮那業というものは、ある意味で最澄にとっては付け足しであろうと思います。

遮那といいますのは、密教の行法をやるのでございます。[59]「大毘盧遮那経《だいびるしゃなきょう》」という経典（いわゆる

「大日経《だいにちきょう》」と言われるのはそれの略でございます)、これは正式には「大毘盧遮那成仏神変加持《じんぺんかじ》経」と申しますが、密教の行法を説いている。これに基づいているのですね。最澄も中国に行きまして密教の勉強をしてまいりました。遣唐使の船に乗って、最澄と[60]空海《くうかい》は一緒に行ったんです。最澄は九ヶ月で帰ってきます。[61]空海は二年ほどいたんですね。密教の勉強に於ては空海の方が上でございます。最澄は晩

註――

(56) 最澄が当時の比叡山の現状を憂えて記した書物である。八一八―八一九年成立。天台法華宗には「摩訶止観」を学ぶ一人と「大日経」を学ぶ一人と、計二人の年分度者が割り当てられたが、比叡山を去る者が多かった。その状況を変えるため、大小乗を比較考究し、大乗が教団として根拠を持つべきことを主張した。ちなみに、この三種の書物が、併せて「山家学生式」と呼ばれるようになったのは江戸から明治にかけてである。

……………

(57) 詳しくは「梵網経盧舎那《るしゃな》仏説菩薩《ぶっせつぼさつ》心地《しんじ》戒品《かいほん》第十」(二巻)という長い名称がある。『大正』二四、九九七頁以下。

(58) 〈阿弥陀経〉と日本文学〉(八二頁以下)の当該箇所を参照されたい。

(59) 真言密教の三部経の一。七巻。大毘盧遮那如来(大日如来)が説法する経典。解脱を求める心を起こし(菩提心)、衆生を憐れみ(悲)、それに勤め励むこと(方便)が必要であると説き、護摩・曼荼羅・印相が詳しく説明されている。『大正』一八、一頁以下。

(60) 真言宗の開祖。[生]七七四―[没]八三五。八〇四年最澄らと共に入唐し、長安の恵果《けいか》(七四六―八〇五)の許で二年間研鑽を積むが、恵果の没後、帰国を決意し、大量の経典と密教仏具を伴って帰国する。入唐の時点では空海は全く無名の僧侶であったが、「虚しく往きて実ちて帰る」という空海の言葉どおり、実り豊かな帰国を果たした。庶民に開かれた教育機関、綜芸種智《しゅげいしゅち》院《いん》を開設したり、讃岐の満濃池を修築するなど活動領域は仏教にとどまらず多方面に渡った。

(61) 最澄は、いろんな意味で中国が気に入らず、官費で書物を渉猟収集して、さっさと帰国してしまう。

年まで空海に頭を下げて密教の教えを請うております。空海はそれに対して、時には失礼にあたるような手紙を返しさえしていますけれどね。

止観業と遮那業に戻りましょう。遮那業が密教であるならば、止観業は顕教《けんきょう》。何故こういうものをやったか。今は詳しくは触れられませんけれど、いろいろ考えられる。京都の南の方にある東寺《とうじ》で行われていた空海の密教を東密《とうみつ》、それに対して天台の密教は台密《たいみつ》。密教を東密と台密というふうに分けますが、東密の方が上手《うわて》であったことは、これは正直なところです。でもこういうものを最澄は最初に考えたのでしょう。あるいは時の天皇桓武天皇[62]の要請もあった、という説もありますが、いずれにしても、遮那業というものを立てるわけです。

学生を教育するところの、いわゆるカリキュラムの二本立てとして止観業と遮那業というものがある。中でも、この比叡山におきましては、止観というものが極めて重要視されてきた。修行の中心でございます。それ以来、止観は天台の山の中に留まらないで、広く（といっても社会のどの辺りまでかは存じませんが）平安時代の人びとの中に瀰漫していったのでございます。どれくらい瀰漫していったのか。もちろん字を読める人は僅かであったでしょうから、ごく一部分、インテリだけであったかも知れません。それにしても、止観、「摩訶止観」の考え方というものが瀰漫していったことは、否むべくもない。

現代のインテリというのはですね、明治時代以来、西洋の学問、文明に学び、そして西洋の学問、文明に眼を開いて、そちらばかり眼をやっておりました。かつての人びとにとっての止観というようなものも、あるいは明治時代のインテリの様相であったかも知れない。ヨーロッパもアメリカも知りませんでしたから。

「文筆眼心抄」

では次に空海を見てみましょう。最澄だけでなくて、当時の新仏教、最も新しい宗教的天才が平安時代に二人出たわけです。その空海に於てはどうであったか。これは実は簡単に言えない問題でございます。しかしそうばかり言っておられませんので、とにかく[63]「文筆眼心抄《ぶんぴつがんしんしょう》」というものをご覧いただきましょう。

「文筆眼心抄」は、空海のいわゆる詩論、文芸論書ですが、大作である[64]「文鏡秘府論《ぶんきょうひふろん》」の要点を纏めたものでございます。空海のかなり後年の作ですが、その一番初めのところに「金剛峯寺禅念沙門《こんごうぶじぜんねんしゃもん》

註――

(62)　〔生〕七三七―〔没〕八〇六、〔在位〕七八一―八〇六。即位してすぐに、奈良朝の仏教政治の弊害を除こうと遷都するが、造営は順調にいかず、漸く七九四年の平安遷都以降安定する。班田収授制を進め、勘解由使を設けるなど、内政に力を注ぐ一方、南都の旧仏教勢力に対する対策もあって、最澄らの新仏教を擁護した。

(63)　一巻。「文鏡秘府論」から抄出して、詩文制作上の作法を示したもの。八二〇年成立。『弘法大師全集』第三輯（同朋舎）、二〇七頁以下。

(64)　六巻よりなる、漢詩文の理論書。四声の理論から、詩の格式、文章論、語彙論まで、幅広く詩文制作上の要点を記す。ほとんどが中国の論書からの引用で構成されており、中国で失われた資料の内容がこの書によって再現できるなど、貴重な文書である。同前、一頁以下。

遍照金剛《へんじょうこんごう》　撰」と書いてございます。空海が自分の名前を書いたところです。「金剛峯寺」はよろしゅうございますね。高野山の中心のお寺ですね。金剛峯寺の人であるという意味です。では「禅念」とはどういう意味か。これは「文筆眼心抄」の序なんですが、その初めに、

余、禅観の余暇に乗じて、諸家の諸の格式等を勘て、文鏡秘府論六巻を撰す。要にして又玄なりと雖も、而も披誦するに稍記し難し。今更に其の要を口上に含する者を抄して一軸の摣鏡と為す。文の眼筆の心と謂ひつ可し。即ち文筆眼心を以て名と為す。(65)

と書いてございます。ここには「禅観の余暇に乗じて」とある。前の「禅念沙門」。これはどういう意味か。わたしは実はこの「禅念」ということについて考えてみたいと思うのです。金剛峯寺はいわゆる高野山でございまして、この高野山というのは、先ほど申しましたが、密教の場所ですね。ここで空海が自分を「禅念沙門《しゃもん》」と称しているということ。「沙門」は出家修行者のことで、シュラーマナ（śrāmaṇa）というサンスクリットの写音でございます。自分を「禅念沙門」と言う時に、「禅念」は固有名詞ではありません。これは普通名詞なのでございます。空海のものを見ますというと、ただ一ヶ所「自分は禅念の意図もなく」というふうに言っているところがあります。一般にはあまり使わない言葉ですが、何故「禅念」という言葉を使っているのか。実はこのことにわたしはたいへん困りましてね。序の文章中には「禅観」という言葉もございます。

高野山は密教の場でございますし、空海は先に申しましたように、いわゆる密教の師として、最澄

などよりもはるかに上に出た人でございます。密教というものには、特有の観法がいろいろございます。代表的なものには、阿字観《あじかん》というものがございます。阿字観というのは、密教では「阿字本不《あじほんぷ》生《しょう》」なんて言いまして、「阿」という字を宇宙の根本というか、そういったものに据えます。宇宙の根本とは、自らの根本でもあります。そこに「阿」の文字を据えて、そしてそれが不生である。もともと生ずることがなければ、滅することもない、不生にして不滅ですが、そういう宇宙の根本を観ずる。こういう「阿字本不生」を観ずるのが阿字観です。

これは悉曇《しったん》では「𑖀」という字、それを漢字の「阿」に宛てているのです。インドの言葉ですが、まずその言葉の根本ですね。すなわち「𑖀」というものは「声《しょう》」の根本です。わたしは密教の勉強が専門ではありませんので、よくは存じないのですが、人間のわたしどもが話す声とか言葉とか、そういうものだけではなくて、風の音もあるいは総《すべ》ての物音も、総て大毘盧遮那仏、大日如来の本性より出るものだという、そういう考え方が密教にはあるのでございます。空海には(66)「声字実相義《しょうじじつそうぎ》」とい

註——

(65)「余乗禅観余暇勘諸家諸格式等撰文鏡秘府論六巻。雖要而又玄而披誦稍難記。今更抄其要含口上者為一軸揰鏡。可謂文眼筆之心。即以文筆眼心為名」(同前、二〇七頁)

(66) 成立年不詳。声と文字とが宇宙そのものであるという、空海独自の思想が展開されている。「それ如来の説法は必ず文字による、文字の所在は六塵その体なり。六塵の本は法仏の三密これなり」。或いは「五大にみな響あり　十界に言語を具す」「六塵ことごとく文字なり　法身はこれ実相なり」など、インド以来の仏教の基本的な言葉の定義を超えて、中国思想の影響を示しつつも、独自の思想を展開している。『大正』七七、四〇一頁以下。また『弘法大師全集』第一輯、五二一頁以下。

う書物がありますが、空海という人を研究してみましたら、面白いですね。
あるいは、こういう考え方は、インドの哲学の中に、[67]声論派《しょうろんは》（Mīmāṃsā）というのがありますね。こちらの方では、声というものを常住なり、とする。そういうものと関係があるんであろうと思いますが、とにかく、こういうふうにして「阿」なるもの、生死の根本なる「阿」なるものを据えて観ずるというものです。この他にもいわゆる密教の観法がいろいろあるのでございます。

「禅念」に戻りますが、わたしはそういうものかなあ、と思いますけれども、なにせ資料が無い。それで実は京都の種智院《しゅちいん》大学に[68]彌永《いやなが》先生という密教の方がいらっしゃる。密教よりも曼荼羅の研究。たいへん優秀な学者です。その方に電話で聞いてみました。「どういうことなんでしょうね」と言いました。そうしたら彌永先生が、あの方は密教の方ですけれど、「いや、わたしは弘法大師の研究者ではないのでよくわからないんですが、じゃあ、勉強して電話します」と言うんです。それで電話をして下さいましてね、ここからは彌永先生の説の紹介であります。

もちろん「禅念」は固有名詞ではない、普通名詞である、とおっしゃいました。「この禅は、いわゆる密教における阿字観とか、あるいは[69]五相成身観《ごそうじょうじんがん》とかいうような密教の観法でしょうか」とわたしが言うのに対して、そうではなくて、「これは大乗仏教におけるところのいわゆる禅観である」とこういうふうにおっしゃるのでございます。

金剛峯寺ということと高野山ということは一つに考えてよろしゅうございますが、空海は東寺の人です。東寺というお寺を空海はいただいたというか、私《わたくし》に使っていいと貰ったわけですね。この東寺にいらっしゃいますというと、例えば、東寺の講堂にはあの見事な立体曼荼羅のような素晴らしい彫刻があります。空海は、この京都の東寺にいたと同時に、後に高野山をひらいて（和歌山県のあの山深い一千メートルの高い所です）、この間を往復しているのです。その時に、ここは空海にとって修禅《しゅぜん》の場所であった。このことを皆さんにご紹介したい。これは、わたしの説じゃないですよ。彌永氏の受け売りですよ。非常にわたし自身も勉強させてもらった。高野山は空海にとって禅を修する場所であったというんです。

「では念とは何ですか」とわたし聞いたんです。すると彌永氏が「精神を集中することでしょう」とこういうふうにおっしゃる。もちろん念仏の念ではない。念仏の念はアヌスムリティ（anusmṛti）ですが、念はスムリティ（smṛti）ですね。これには精神を集中するという意味もあれば、観ずる智慧という意味もあるらしい。そうであれば、「禅念」の意味合いはすなわち禅観であります。こういうふうに見るならば、この禅はすなわち止である。さて、しかしこういう意味に、止観と全く同じに考えていいのかどうか。

ともあれ言えることは、高野山は彼の禅を修する場所であった。あの山の奥に行って心を静め、ものの真実を観ずる。その時には、阿字観というものも行ったかと思いますけれども、彌永氏の言うの

註――

(67) ヴェーダに規定されている祭式の哲学的意義を追究する学派。ヴェーダの言葉（音声言語）の常住普遍性を主張し、普遍的真理は総てヴェーダに内在すると説いた。

(68) 彌永信美。仏教神話学分野の研究者。『幻想の東洋―オリエンタリズムの系譜』青土社、『大黒天変相―仏教神話学（1）』『観音変容譚―仏教神話学（2）』法蔵館、などの著作がある。

(69) 真言の行者が五段階の観法を行じて仏身を成じていくもの。

には、普通の大乗仏教の言うところの禅を修するということだそうです。しかし、空海は止観とは言っていない。何故言っていないのか、というような問題が残ります。

また、空海が最澄に出した手紙の類がたくさん残っております。最澄と空海の手紙のやり取りからいろんな問題があったことが知られる。最澄は、自分の弟子の泰範《たいはん》（七七八？―？）を空海の所へ、密教の勉強にやるのでございます。(70)ところが泰範は、勉強に行って、空海のもとから帰ってこない。いわゆる弟子の泰範の問題をめぐって、空海と最澄の間に屢しば手紙のやり取りがあった。

もう一つには、最澄は密教の諸もろの書物を空海に見せてもらいたい。例えば(71)「理趣経《りしゆきよう》」という密教の経典があります。これに註釈書が作られているのですが、最澄は空海が持っているこの(72)「理趣経釈」を見せてもらいたい、写させてもらいたい。しかし、空海はこれを断っています。密教というものは書物だけでは分からないのだ。だから、わからんものにはやれないという手厳しい手紙があります。こういう問題を通して、やがて最澄と空海の間は交渉が断絶いたします。(73)

この「理趣経釈」の問題にしても、泰範の問題についても、こういう手紙の中で、空海は最澄のことを「止観の座主」というふうに書いています。最澄は一乗止観院を造ってますからね。最澄のことをこう言っている以上、自分に関しては止観という言葉を使わないのかも知れない。

それからもう一つ。空海には(74)「十住心論《じゆうじゆうしんろん》」という書物があります。平安時代の、年号にいたしますと天長年間（八二四―八三四）に、(75)淳和《じゆんな》天皇の命令によりまして、南都六宗に加えて、平安の新興仏教であるところの、天台、真言、その各宗派から、それぞれの宗派の教義の綱要を書いたものを提出させている。それを(76)「天長六本宗書」と言います。

この「天長六本宗書」の一つに数えられるものに「十住心論」という書物があって、これは空海が非常に力をこめて書いたところの全仏教を纏めたものでございます。先ほど申しました教相判釈《きょうそうはんじゃく》の書でございます。広い膨大な仏教の全体を十のランクで纏めております。十のランクに纏めて、一番上、最高のところに真言密教を置くわけです。その中で天台のことを扱うときに、そこに止観ということを言います。「十住心論」の中では、止観が天台の教義、教えです。

註——

(70) 実は、泰範は、空海の許で灌頂を受けた後、自ら空海の許に留まったのを、後から最澄が手紙を出して、師が弟子の教育を依頼したという形をとった、とされている。

(71) 真言密教の三部経典の一。究極の智慧の立場からは、一切法（総ての存在）が本来清浄であって、現実の男女の愛欲もその本性から見ると清浄無垢なものであるとして、苦楽を超越できる境地こそが最終的なさとり（大楽）であると説く。詳しくは「大楽金剛不空真実三麼耶経般若波羅蜜多理趣品《だいらくこんごうふくうしんじつさんまやきょうはんにゃはらみったりしゅぼん》」（一巻）と言う。『大正』八、七八四頁以下。

(72) 詳しくは「大楽金剛不空真実三昧耶経般若波羅蜜多理趣釈」（二巻）と言う。『大正』一九、六〇七頁以下。

(73) 最澄と空海との決別については、近年様ざまな議論がなされており、この二つのエピソードに関しても疑義が呈されている。

(74) 詳しくは「秘密曼荼羅《ひみつまんだら》十住心論」（十巻）と言う。『大正』七七、三〇三頁以下。

(75) 桓武天皇の第三皇子。［生］七八六—［没］八四〇、［在位］八二三—八三三。積極的に良吏を登用し、勘解由使を再設置するなど政治の刷新を図った。また「令義解《りょうのぎげ》」の作成を命じたり、「日本後紀」の編纂を進めるなど、文化政策面にも積極的に取り組んだ。「天長六本宗書」もその一環。

(76) 〈独覚〉「天台法華宗義集」（三〇六頁）を参照されたし。

いくつか申しましたが、こういう理由で、空海は意図的にであろうと思うんですが、高野山に於て修禅をしていたけれども、それについては「止観」という言葉は使わないで、「禅念」と言う。または「禅観」と言う。難しい言葉です。全仏教の中から言うならば、止観と同じものなのだと理解していいのかと思います。あるいはもっと細かに研究を究めていきますならば、高野山で行っていたところの「禅観」というものは、これは阿字観とか、何かの密教の観であるというふうな学者が現れるかもわかりません。しかし今のところはそういう確証は無い。彌永先生に聞いたところではこういうことでした。

高野山というものは、修禅の土地であります。片や比叡山は、最澄にとって天台止観の場所であります。そのようにして、禅という言葉を使っても、止観という言葉を使っても、平安時代以来、仏教の修行の方法の中に、こういうものが非常に強かったということは、お分かりいただけるかと思います。奈良時代のことは申しませんでしたが、奈良時代にもいずれはあったに違いないのでございます。

さて、この「文筆眼心抄」の本文に戻りまして、「余、禅観の余暇に乗じて、諸家の諸の格式等を」云々という「諸家の諸の格式等」というのは、もちろんこれは中国のいわゆる詩論とか、文芸論でございまして、たとえて言うなら、中国は梁《りょう》（五〇二—五五七）の時代に(77)「文心彫龍《ぶんしんちょうりょう》」というものがあり、あるいは唐の時代の(78)王昌齢《おうしょうれい》の「詩格《しかく》」とか、この如きものをさすのだろうと思いますが、それらをいろいろと照らし合わせて考えて、「文鏡秘府論」六巻を作ったというんですね。高野山に於て、彼が禅観を行っていたのだということ、そして禅観の余暇に、このような詩論を作ったのだということですね。

先ほど最澄の詩は一つだけ、「等持定裡青苔之地　円覚観前紅葉之林」、これしか残っていないんだってことが言われていると申しましたが、それに対しまして、空海にはいわゆる「性霊集《せいれいしゅう》」(79)など、膨大な素晴らしい詩があります。なぜ空海はたくさんの詩を作り、このような詩論を作っているのでしょう。空海は字もうまいですね。最大の理由は、空海が、非常に文筆の才能のあったいわゆる才人、芸術家である。そういう才能に富んでいたということでしょう。しかし、それだけじゃあない。空海は出家者ですよ。

先に、宗教と文学とは本質的には違うんだと申しました。本質的に考えるならば、片や仏教というものは解脱《げだつ》を求める。片や文芸の本質というものは、心の叫び、魂の叫びを穿っていくところにあるのであって、その最後のところに、解脱・救済があるか無いかは問題にしないだろうと思います（文学というものの涯も、本当は救済につながって行くんだろうとわたしは思いますけれども）。しかし仏教は違います。

ところが、そういう出家者であるところの空海が、このように多くの詩論を作るという、この原因はどこにあるのか。「止観」という問題であるならば、これは天台流の考え方が主になっているんで

註——

(77) 梁の劉勰《りゅうきょう》の撰。文章に関して、その文体や表現の工夫を論じたもの。古来、文章を書く上で大いに重用された。

(78) 中国、盛唐の詩人。［生］六九八—［没］七五五。「詩家の天子」と称せられ、七言絶句に優れた作品を残している。「詩格」は詩に関する文芸論。

(79) 「しょうりょうしゅう」とも。空海が折おりに作った詩文を、弟子の真済が編輯したもの。詳しくは「遍照発揮性霊集《へんじょうはっきせいれいしゅう》」という。『弘法大師全集』第三輯、三八五頁以下。

すけれども、ここでは少し違う考え方が入ってくるわけです。仏教の言葉で言うならば、現前の対象・事象、風が吹き、花が飛び、葉が落ちてゆくところの、この現前の対象を観ずるという、そういう存在論的なものが仏教にはある。そういうものが根本に関わっていると思います。

もう一つには、空海には「声字実相義」という書物があると申しましたが、声とか言葉とかいうものの根元を大日如来のものとして考えていくという、そういうところにも文芸というものに対する考え方が基本的に関わっているのであろうと、わたしは思うんです。でも、出家者というものは文学を作るために出家者になったのではない。救済を求めて、心の解脱を求めて出家者になっているはずです。片や文学というものは、初めから救済というものを言っているのではない。その二つが結びつくためには、わたしは止観というようなことを一応考えたい。ただ空海の場合には、また別に、声字というものを大日如来の声として一つのものとして考えていく、そういう考え方もあったのであろうと思うのですが、こういうものがあるということを、どうぞたたき台にして、今後の勉強に役立てて下さい。

では「文筆眼心抄」の別な文章です。

凡そ意を置き詩を作むには、即ち須く心を凝してその物を目撃すべし。便ち心を以て之を撃ちて深く其の境を穿つ。高山の絶頂に登るが如く、下万象に臨み、掌の中に在るが如くし、此を以て象を見れば、心中に了に見る。此に当りて即ち用いなば、似ざること有ること無きが如し(80)。

というふうに書いてあります。ここに書いてあることは、実は「摩訶止観」に言うところなどと非常に近いのでございます。すなわち「心を凝《こら》してその物を目撃す」、「心を以てこれを撃ちて深くその境を穿《うが》つ」という、自分の心と対象との関係に於て「摩訶止観」に言うところなどと非常に近いものがある。それでわたしはここに載せたのですけれども、別に「摩訶止観」の影響とばかりは言えない、何故ならば、物を見るのに心を凝すのは当り前だと言えば、それまでですけども、「心を凝してその物を」云々という、こういうところは、すなわち中国は唐の時代の王昌齢の「詩格」に挙げているところと合致いたします。

こういう研究につきましては、「弘法大師空海全集」第五巻の中に、京都大学の興膳宏《こうぜんひろし》先生が、コメンタリーをつけてますのでご覧下さい(81)。興膳宏先生という方は、中国の詩論について、「文心雕龍」なり何なりにたいへんお詳しい方でいらっしゃいます。それから後の方の「高山の絶頂に登りて云々」というところは、すなわち「文心雕龍」という、梁の時代の詩論の中にある。ですから「文筆眼心抄」の冒頭に於て「諸家の諸の格式等を」と言うのはこれに当たります。

註——

(80)「凡置意作詩即須凝心目撃其物。便以心撃之深穿其境。如登高山絶頂下臨万象、如在掌中。以此見象、心中了見。当此即用如無有不似」(『弘法大師全集』第三輯、二一五頁)

(81)「文鏡秘府論」の「如登高山絶頂」に註して、「「文心雕龍」神思篇の「山に登れば情は山に満ち、海を観れば意は海に溢る。我が才の多少ぞ、将に風雲と並び駆けんとす」」、また物色篇の「是を以て詩人の物に感ずるや、類を聯ねて窮まらず。万象の際に流連し、視聴の区に沈吟す」などが思いあわされる」といい、また王昌齢「詩格」も引いて註している。『弘法大師空海全集』五（筑摩書房）、三九〇頁。

わたしは、実は最初これは「摩訶止観」と非常に似てるなと思って取り上げました。ところがこれは「摩訶止観」ではなくて、中国のそういう詩論の中のことが出ているのである。そうするとわたしがここに出すことは、誠に失敗であったということに尽きるのか。でも逆に考えてみるならば、「摩訶止観」というものは非常に中国的に展開したと申しました。その意味に於て、王昌齢などが「摩訶止観」のような考え方を受けているのか。その辺りのことは白状いたしますと、今回のわたしの講義でははっきりいたしません。ただ天台の「摩訶止観」と非常に似ている言葉が、こういう中国の詩論の中にあって、それを空海が承けてきている、ということは言える。

「文鏡秘府論」なり、あるいは「文筆眼心抄」なども、やはり「こちらは仏教学ですから」「こちらは文学ですから」だけでは成り立たない。お互いが、お互いの立場をもっと尊重しながら考えなければ、両方が生きてこないと思うことです。中国の詩論のことも同じように思います。

「源氏物語」

ちょっと中途半端の感がありますが、「文筆眼心抄」のことは、一応これだけにいたしまして、少し話が飛びますけれども、今度は「源氏物語」という柔らかなものをご覧下さい。こういうものをあちらからこちらから拾いましたのは、天台止観というものを中心に考えていく時に、いろんなところにそれが散見できるということ。あちらこちらに散見できるということは、深く根を張っていたということです。これは「源氏物語」賢木《さかき》の巻、です。

どういうところかと言いますと、光源氏が、何か失意のことがあって、雲林院《うんりんいん》に滞在していた時の話です。この物語には「山寺」と書いてありますが、雲林院といいますのは、今の京都では、大徳寺の前のあたりの船岡山の辺りですね。今では公園になってますが、船岡山のところにあったお寺でございます。天台のお寺です。そこで、

六十巻といふ文《ふみ》読《よ》み給ひ、おぼつかなき所〳〵解《と》かせなどしておはしますを、山寺にはいみじき光《ひかり》行ひ出《い》だしたてまつれりと、仏の御面目《めんぼく》ありと、あやしのほう《ふ》しばらまで喜びあへり。(82)

と書いてます。ストーリーのことはともかく、わたしがこれを読んだときに、おやっと思いましたのは、「六十巻といふ文」を光源氏が読んでいるということを、小説の中に紫式部(83)が書いているという事実です。六十巻という文は、註に「天台六十巻の教典。経典の法華玄義・法華文句・摩訶止観各十巻と、その註釈各十巻」と書いてあります。前者はいわゆる天台三大部と一般に言われるものでございます。(84)

註——

（82）『新日本古典文学大系』19「源氏物語　一」三六九頁。
（83）平安中期の代表的女流作家。三十六歌仙の一人。[生]九七八?—[没]一〇一六?　紫式部の呼称は「源氏物語」の登場人物、紫上と、父や兄の官位名の式部とから、という説が有力である。実名は不詳。他に代表作としては、宮仕え中に記した「紫式部日記」がある。

天台法華宗でありますから、総て「法華経」が中心であります。「法華玄義」の「玄」は、奥深いという意味ですから、「法華経」を中心にしたところの仏教概論と言ってよろしい。「法華経」の中心思想を非常に的確に組み立てていく。この天台大師智顗という人は、頭脳が非常に明晰で、話しをするときに全部組み立てて話せたんですね。「文句」は、文々句々のいわゆる註釈でございます。「摩訶止観」は、「法華経」の示すところの究極を自分のものにするための修行、行法のやり方であります。

それから[85]「尺籤《しやくせん》」というのは、「法華玄義」に対するところの註釈でございまして、唐の時代になりまして、荊渓《けいけい》というところにおりましたので[86]荊渓湛然《たんねん》とも、六祖《ろくそ》とも言われる、つまり六祖荊渓湛然が、三大部に対して、それぞれの註釈を書きます。詳しくは「法華玄義釈籤」。「法華文句」に対しましては「[87]法華文句記」。「疏」または「記」と申します。「摩訶止観」に対しましては、「[88]輔行《ほぎよう》」と言います。あるいは「弘決《ぐけつ》」と言うこともございます。こういう註釈をする例はいくつかありますが、この六祖荊渓湛然の註釈書によると非常に便利なのでございます。

こういう天台の難しい書物を、紫式部が小説の中にこともなげに出している。このことは何を意味するかというので、ここに出したんです。でも考えてみて下さい。小説の中で光源氏が読んでるんです。読めますか、こんなもの。

山寺の雲林院に滞在していて、「六十巻といふ文読み給ひ、おぼつかな」い所どころを、難解でわからない所どころを、お坊さんに解説をさせておいでになるのを、山寺にはたいへん面目あることだと、「山寺にはいみじき光行ひ出だしたてまつれり」と喜ぶ。これは小説ですけれど、わたしはこんなことは嫌いです。嫌いだとかそういった変なことを言い出しましたが、「源氏物語」といっても、

郵便はがき

恐縮ですが切手をお貼りください

113-0033

東京都文京区本郷三−二四−六
本郷サンハイツ404

大蔵出版㈱ 行

■ご住所 〒 TEL

■お名前（ふりがな） 年齢 歳

■Eメール

ご購入図書名

ご購入書店名　　都道府県　　市区町村　　書店

本書を何でお知りになりましたか	ご購読の動機
(1)書店店頭で見て	(1)仕事で使うため
(2)新聞広告で(紙名　　　)	(2)テーマにひかれて
(3)雑誌広告で(誌名　　　)	(3)帯の文章を読んで
(4)書評で(紙・誌名　　　)	(4)研究資料用に
(5)人にすすめられて	(5)その他
(6)その他(　　　)	

本書に関するご感想、小社刊行物についてのご意見

本書のほかに小社刊行物をお持ちでしたら書名をお聞かせ下さい

仏教(または宗教一般)についてどのような本をお望みですか
(たとえば著者・テーマについて、など)

最近読んでおもしろかった本

書名　　著者　　出版社

購読新聞	購読雑誌

アンケートの個人情報は、小社出版情報のお知らせに利用させていただきます。
とりあえずお礼までに図書目録をお送りいたしますので、ご活用いただければ幸いです。

書いてあることの総てが立派であるとは限らないとわたしは思っております。紫式部はすごい人物です。何といったってすごい天才であり、貴族の女性であります。しかし、こと仏教に関する限りは、随分失礼な書き方もしてあるように、わたしは思っております。

いささか余談になりましたが、ともかく紫式部が、光源氏という一人の男の人に六十巻という書物を読ませ、わからない所どころをお坊さんに解説させるということ、これは突拍子もないことを書いているのではない。そういうふうに、貴族、知識階級のいわゆるインテリの中に、こういう書物が知られていたということは認めないわけにはいかない。そういうことを実は言いたいために、こんなところを出したのであります。

註――

(84) 実はこの註は旧版岩波大系本の註「天台宗の六十巻。法華玄義・法華文句・摩訶止観各十巻と、尺籤・疏記・弘決各十巻」を無批判に引き継いだものであるが、旧版の註の方がまだましで、そもそも「法華玄義」「法華文句」「摩訶止観」は「経典」ではなく、智顗の講義録である。しかもそれぞれ二十巻あり、註釈は「尺籤」も二十巻、「疏記」は三十巻、「弘決」は四十巻ある。したがってここでは智顗の著作、いわゆる天台三大部を指すと考えるべきであろう。あるいは各書物を十巻にまとめた名所・抄本でもあったか。

……………

(85) 『大正』三三、八一五頁以下。

(86) [生]七一一―[没]七八二。智顗の思想の研究と宣布につとめ、中国天台宗中興の祖とされるが、律・華厳・唯識にも造詣が深かった。晩年は天台山に住した。

(87) 『大正』三四、一五一頁以下。

(88) 『大正』四六、一四一頁以下。詳しくは「止観輔行伝弘決」。

但し、六十巻もあるものの全部を読んでいるはずがない。今、読みましても「法華文句」なんてくどくどしくて読むのもいやですよ。ですから、「法華玄義」なら「法華玄義」に、ここはすごくいいところだといういわゆる名所というものがあります。「摩訶止観」には「摩訶止観」のいいところがあります。あちらこちらのいわゆるさわりがありますね。それを「名所《めいしょ》」と言いますが、こういうインテリ達に読まれたのは、そういうものであったろうと思います。いずれにしましても「源氏物語」の中にこういうものが出ている。

「源氏物語」と同時代の、藤原道長《みちなが》（九六六—一〇二七）の日記であるところの[89]「御堂関白記《みどうかんぱくき》」の中にも、実は天台の三大部のことが出てくるのであります。但し「摩訶止観」の名前が見あたらない。「御堂関白記」の中では、[90]恵心僧都《えしんそうず》と同時代の人で覚運《かくうん》（九五三—一〇〇七）という学者がございました。この人は優れた学者であり、信仰者でもあった。この恵心僧都源信の名前は大変に一般的でありますが、覚運の名前はわりと地味で隠れております。

比叡山では、中古天台と申しまして、平安の末期の頃からの学風として（本当は非常に厳密にやらなくちゃわからないんですが）、恵心僧都の流れと称する恵心流というものと、覚運を一番の基にいたしますところの檀那流《だんなりゅう》というものとの両方があります。覚運は檀那院というところにいたらしい。それで、覚運の流れと称する学風を檀那流と言います。

この覚運の名前が「御堂関白記」の中に出てまいります。覚運が道長の所に「法華玄義」を持って行った。そしてそれを道長が取り次いで、時の天皇の[91]一条天皇の所に「法華玄義」を持って行った、と。それを見ましても、時の天皇がこんなものを読まれたのかなぁ、というふうに思うわけですが、現代のわたしどもが考える以上に、そういうものが、限られた範囲の人であったかも知れないけれども、瀰漫していたということをお考えいただきたいのです。

「古事談」

では[92]「古事談《こじだん》」をご覧下さい。「古事談」と申しますのは、説話集でございまして、源 顕兼《みなもとのあきかね》（一一六〇—一二一五）の撰というんですが、いろんな説話を集めたものでございます。この書物は一二一二年から一二一五年の間に成立したとされています。この書物は説話集でありますが、歴史的にも史実としてもかなり信用が置ける書物であると言われている。その中に良忍《りょうにん》上人（一〇七二—一一三二）に関する説話がございます。この良忍は比叡山の人です。

大原に来迎院という所があります。今は、大原の三千院の上の方にあります。大原と言えば三千院だとみんな思うけれど、これは後から来たんです。もちろん三千院の歴史も古いけれど、後から引越してきたんですね。もともとあの辺りは、この来迎院がずっと占めていた。これがすなわち良忍がい

註——

(89) 道長は関白にはならなかったので、厳密にはこの書名は正しいとは言えないが、近衛家熙が筆写した際にこの名を付け、それがその後流通したためにそのままとなった。

(90) 〈「阿弥陀経」と日本文学〉註（17）を参照されたし。

(91) [生]九八〇—[没]一〇一一、[在位]九八六—一〇一一。

(92) 『新日本古典文学大系』41「古事談　続古事談」所収。

たところであります。良忍は比叡山で出家しましたけれども、比叡山を出まして、いわゆる隠棲して、大原の里に行きます。

平安の天台の仏教は、戒律の問題、また浄土教の問題に於て、いろんな意味で調べなければならない。良忍は、浄土教の中でも融通《ゆうずう》念仏の祖とされます。いろんなことに於て本当は注目しなくちゃならない人なんですね。(93)法然《ほうねん》上人の先生の先生です。法然上人の先生は(94)叡空《えいくう》という人ですが、叡空はこの人のもとで特に戒律の勉強をしている。

さて、この良忍という人は、平安末期に於て、いわゆる(95)融通《ゆうずう》念仏宗という、浄土教の弥陀の信仰の問題に於て一派を立てた人でございます。ところが、この人のことがこのように書かれている。大原にこの良忍上人がいて、

大原の良仁聖人は権者《ごんざ》也。白川院女房尾張局尾張守高階の為遠女なり壮年の時、止観を読まむが為めに、常に歩行ニテ、小女一人を相《あ》ひ具して大原に入る。或る時、女、先に来迎院に参向す。上人例時を読まるる間、暫《しばら》く閑所に居りて、心中に思ふ様《やう》、「深く学問の志《こころざし》有りと雖《いへど》も、女の身にして頻《しき》りに寺に入りて夜宿せむは、上人の奉為《おんた》めに定めて悪名出で来たらんか。還《かへ》りて罪業と為《な》るべし。今は参詣すべからず」と思慮する間、例時畢《おは》りて、上人来たりて云はく、「只今《ただいま》心中に思はしめ給ふ事有るは、学問の退心、更《さら》に有るべからざる儀なり」と云々。件《くだん》の女房遂に出家して大原に住し、来迎院の大檀越と為《な》る、と云々。(96)

この「良仁」の「仁」は本当は「忍」という字を書かなくちゃいけないんですよ。細かな言葉の意味は後で字引を引いてお考え下さい。問題はここのところです。平安末期の話でございますけれども、すなわち、白川院の女房である一人の女性が「摩訶止観」を読まんがために、常に京都から大原まで歩いて、小女一人を伴って通ったという。大原まで随分ございまして、何キロありますでしょうか。十キロくらいありますか。これを見ると、昔の人は足が強いというふうに思いますが、そんなことよりも「止観を読まむがために」通ったということ。

「女、先に来迎院に参向す。上人例時を読まるる間、暫く閑所に居りて、心中に思ふ様」云々と書いてありますが、来迎院に行ったところが、良忍上人は例時を読まれている。これはすなわち、例時《れいじ》作法《さほう》であります。

さて、良忍上人が例時作法を読誦《どくじゅ》されているその間、暫く閑所にいて、別な控えの場所にいて「思う様」、ですね。「深く学問の志有りと雖も」、この女人、尾張局は本当に仏教の勉強をしたいと思う

註――

(93)〈阿弥陀経」と日本文学〉註(70)を参照されたし。
(94) 平安末期の天台宗の僧。[生]?―[没]一一七九。良忍《りょうにん》のもとで研鑽を積み、後、西塔の黒谷に住し、法然の浄土教思想に大きな影響を与えたと言われる。
(95) 良忍が阿弥陀如来から授かったという、「一人一切人、一切人一人、一行一切行、一切行一行」という偈文に基づいて開宗したもの。天台の円融思想を受け継いだものとされる。自他の唱える念仏がお互いに融通し合って、一人の念仏が万人に通じ、お互いにお互いを往生させるという思想。
(96)『新日本古典文学大系』41、三六六頁。

けれども、女身が頻りに寺に出入りして、夜泊まったりしたら、「上人の奉為《おんた》めに、定めて悪名出で来たらんか」と、上人のご迷惑でしょうというのです。「還って罪業と為るべし」。自分は勉強したいと思うんだけれど、それは却って上人のために罪なこととなるであろう。「今は参詣すべからずと思慮する間、例時畢りて、上人来たりて云く」。終って上人が言うのには「只今心中に思わしめ給うこと有るは、学問の退心、更に有るべからざる儀なり」と、心の中を見透かして、お前が心の中に思っていることは、それは学問をおろそかにする心である、と。

しかしこれ、平安末期くらいの女の人の話ですよ。しかも徒歩で大原まで歩いて行って、歩いて帰らなければなりません。京都の都から十キロできかないでしょう。ところが上人は、そんなことをお前がうじうじ考えているのは、学問に対する本当の求道心がないからだと言ったという。そして「件《くだん》の女房遂に出家して大原に住し、来迎院の大檀越《だいだんおつ》となる、と云々」。で、この人は遂に出家して大原に住んで、来迎院の大檀越、来迎院のパトロンですね、そういうふうになったという話。

ここまでわざわざ読みました理由は、平安末期の、永久年間の署名もあるものを見つけたことがございましてね。「出家作法」という一巻の巻物ですが、[97]曼殊院《まんしゅいん》の書庫を整理していて見つけたことがございます。それは印刷にもなったのですが、[98]ほぼ良忍の作であると断定してもいいであろう、とわたしは思ったのでございます。この曼殊院本の「出家作法」を見ますならば、平安時代における一般の人びとの出家願望は、今の人には考えられないものです。ある時以来、夥しい数の女性が尼さんになりたいと思った。そういう出家願望と、それからそもそも出家というものをどのように考えるのか。また出家させる時にお坊さんはどんなふうに考えるのか、という、そういうことがかなり具体的に推測せられるところの資料であると思ったからです。

〔第二講〕

「古来風体抄《こらいふうていしょう》」

先ずここのところから話を始めさせていただきます。「摩訶止観」の冒頭でございます。

止観の明静なること前代に未だ聞かず。智者、大隋の開皇十四年四月二十六日、荊州の玉泉寺に於て一夏に敷揚し、二時に慈霔す。(99)

註――

(97) 京都市左京区一乗寺にある天台宗の寺院。延暦年間に創設された由緒正しい寺院であるが、白土先生は一時期曼殊院に仮寓なさっていた。

(98) 白土わか『出家作法』臨川書店。女性の出家の問題など、詳しくは〈「出家作法」に見る日本的なもの〉を参照されたい。

(99) 『大正』四六、一頁上段。

と書いてございます。夏安居《げあんご》の時、夏の暑い九十日間のことでございます。その夏安居の時に、智顗《ちぎ》が荊州の玉泉寺《ぎょくせんじ》に於て話をしたというんですね。その話をした時のことを、「止観の明静《みょうじょう》なること前代に未だ聞かず」と言っているんです。

そこに「隋の開皇十四年四月二十六日に」とあります。夏と申しましたが、旧暦でございますから昔は四月から夏でございました。四、五、六月が夏なんですね。七、八、九月は旧暦では秋、十、十一、十二月が冬でございます。「荊州の玉泉寺に於て一夏に」というのは、この夏安居にということですね。これを敷き述べ、「二時に」というのは、朝と夕方の二回に渡って講義を行った。その天台大師の述べられるところの「止観」の明静であることは、智顗以前には、これは未だ聞いたことがなかった程のものだ、という章安《しょうあん》(100)の言葉なのです。

これは大変有名な、非常に有名な言葉です。また非常に言葉がいいものですから、天台の「止観」というものを言う時に、特に日本人は好んで言うようでございます。そういう言葉なんですね。それが藤原俊成《しゅんぜい》の「古来風体抄」に、

しかるに、かの天台止観と申すふみのはじめのことばに、止観の明静なること前代もいまだきかずと、章安大師と申す人のかき給へるが、まづうちきくより、ことのふかさも限りなく、おくの義もおし量られて、たふとくいみじくきこゆるやうに、この歌のよきあしき、ふかきこゝろをしらむことも、詞をもてのべがたきを、これによそへてぞ、同じく思ひやるべき事なりける。(101)

と、歌の道に於ても「止観明静前代未聞」ということを、同じくよそえて、これに尋ねて考えているわけです。そして、

さてかの止観にも、まず仏の法をつたへ給へる次第をあかして、法の道のつたはれることを人にしらしめ給へるものなり。大覚世尊法を大迦葉につげ給へり。迦葉、阿難につぐ。かくのごとく次第に伝へて師子に至るまで廿三人なり(102)。

「法《のり》」というのは、仏教におけるところの教え、つまり仏法です。「大覚《だいかく》」とは、大いなる目覚めた人。「覚」はめざめるですよ。言うまでもないことですが、「覚」はインドの言葉では「ブッダ(buddha)」で、目覚めたる人。この人から次第次第に教えを伝えた、というのです。いいですか。「止観」というけれども、それは世尊《せそん》(103)以来、釈尊《しゃくそん》以来次つぎと伝わってきたものである、という次第を「摩訶止観」の中に書いています。ただ、ここで問題になりますのは、仏教というものは伝統的なものでございまして、いわゆる師資相承《ししそうしょう》されるものなのでございます。皆が先生であり弟子でございます。師から弟子に受け継がれてゆくものです。

註――

(100)〈「阿弥陀経」と日本文学〉註(20)を参照されたし。
(101)『日本歌学大系』第一巻、四一五頁。
(102)同前。

ですから仏教に於てはですね、突然阿弥陀さまを夢に見て、そこに宗教的啓示を得たから、自分は悟った、ということは許されないのでございます。そのこともなお、師匠によって確かめられなければならない。厳格な師資相承のものなんですね。そういう師資相承のものなんだけれども、ここでは天台大師智顗の説く止観の明静なることは「前代にも未だ聞か」れない程のものがあったと言うのです。

師資相承なのだけれども、飽くまでそうなのだけれども、しかしその人その人における、個人におけるさとりがある。個人個人というものは、ここで師資相承の伝統を承けながら、そこに個人個人のさとりというものが加わっていくんだろうと思います。個人個人のさとり方の違いです。そういう自由なものが許されるのだと思う。けれども、あくまでそれは師資相承の伝統の上にあるのですね。それが、この「摩訶止観」を見ますというと次のように言うてあるわけなんです。

然るに流れを挹《く》んで源を尋ね、香を聞《たず》ねて根を討つ。論に曰く「我が行に師保《しほ》無し」と。経に云はく「莂《べつ》を定光《じょうこう》に受く」と。書に言はく「生まれながらにして知るものは上なり。学びては次に良なり」と。法門浩妙たり。天真独朗とせん。藍より青しとやせん。[104]

と書いてあるのですけれども、ここの所で「流れを挹《く》んで源を尋ねる」というような言葉も、大変一般に言われる言葉でございます。「論に曰く、我が行に師保《しほ》無し」というのは、この「論」は[105]「大《だい》智度論《ちどろん》」でございまして、「我が行」の「我」とは釈尊でございます。釈尊が「我が行に師保無し」

と言っているのですね[106]。

先ほどわたしは仏教とは師資相承のものでなければならないと申しました。師資相承であって、個人的にはそれぞれの目覚め方があるはずだけれども、あくまで師によってそのさとりの内容が確かめられ、そこで試験に合格しなければならないと申しました。しかし釈尊自体は「師保無し」なのですね。

また別にまとめて言おうと思うのですが、独覚《どっかく》という言葉が仏教にございまして、これは後にはあまり良い意味では使われない。しかしながら釈尊自身はすなわち独覚でございます。どういうことか

註――

(103) 仏教の開祖の呼称。「世尊」は世間の中で最も尊い人、というほどの意。歴史上の人物であるブッダの呼称として、シャーキヤ（釈迦）族の王子として誕生したゴータマ・シッダールタがブッダとなったということで、釈迦仏、釈尊、ゴータマブッダ等、様ざまな呼称が工夫されている。また、多くの経典が仏・如来の十号として、如来・応供《おうぐ》・等正覚《とうしょうがく》・明行足《みょうぎょうそく》・善逝《ぜんぜい》・世間解《せけんげ》・無上士《むじょうし》・調御丈夫《じょうごじょうぶ》・天人師・仏・世尊を挙げる。総じてブッダの尊称である。

……………

(104) 「然挹流尋源聞香討根。論曰。我行無師保。経云。受莂於定光。書言。生知者上。学而次良。法門浩妙。為天真独朗。為従藍而青」（『摩訶止観』巻一。『大正』四六、一頁上段）

(105) 「摩訶般若波羅蜜経」（大品般若）の註釈書。ナーガールジュナ（龍樹）の著作と伝えられる。クマーラジーヴァ（鳩摩羅什）の訳のみが現存する。『大正』二五、五七頁以下。

(106) 「大智度論」巻一に「我行無師保志一無等侶。我行摩訶般若波羅蜜。今自致作仏。是我所尊即是我師」（『大正』二五、六五頁上段）とある。「師保」は教え助けるもの、の意。

と申しますと、お釈迦さまという人は修行の道を求めて城を出たと言います。いわゆる出家ですね。カピラヴァストゥ(107)を出ましてやがてラージャグリハ（王舎城《おうしやじよう》、当時の北インドにおける文化・思想の中心です）へ行って、そしていわゆる婆羅門《ばらもん》の行者の一番最高に優れている人の所へ行って教えを聞く。そこで釈尊がやっておりますのは、すなわち瞑想、坐禅の行であります。師のウッダカ・ラーマプッタという婆羅門の行者で最高の人がやっていた行法を釈尊もやるのでございます。しかしウッダカ・ラーマプッタという人の境地に留まらないで（これは当時のインド思想界の最高の人びとの到達した境地ですけれども）、釈尊はこの人の許を出ます。大変難しい問題ですが、釈尊という人は、ここには飽き足らないのでございます。

釈尊のさとりは、本来絶せるところでございます。あらゆるものを超え、一切の現象と非連続の場所でございます。絶せるところ。そこに目覚める。その意味に於て釈尊は独りさとったのでございます。仏教はここから始まるわけでございます。そこで、ここに「我が行に師保無し」とあるのでございます。

しかし何度も申しますけれども、釈尊はすなわち超絶の世界というもの、その境地に立ち到った。あらゆる物を超えた境地。しかしこの境地に立って見るならば、この境地というものは絶してはいるけれども本来は普遍的な境地であって、自分独りだけの境地ではない、ということになるのでございます。だから、そこで「莂《べつ》を定光《じようこう》に受く(108)」ということが出てくる。この「莂」というのは、これは記別と申しまして、お前はやがて目覚めることが出来るという予言でございます。仏教というものはそういうものなんですね。ちょっと話が混乱してきましたが、この予言を定光如来に受けているところいうふうに言った。すなわちこの「経に云はく」は「法華経」であります。次の「書に言はく」は中国の「書経[109]」ですが、「生まれながらにして知るものは、上なり。学びては次に良なり」。その次の「法門浩妙たり。天真独朗とせん。藍より青しとやせん」云々の辺りは「天真独朗」あるいは「藍より出でて藍より青し」というような、大変に一般に流布して言われるところであります。この辺りの所は皆さん御自身でよくお読みになって御自分の勉強の材料にして下さい。

何度も申しますが、この「止観明静、前代未聞」ですとか、「天真独朗」とか、それから「藍より青し」とか、こういうよく言われる言葉が「摩訶止観」の冒頭にあるのでございます。日本人は昔からこの辺りの箇所が大変好きです。よく昔のものに出てくる箇所なのでございます。

さて、今申しましたこと、仏教というものは師資相承でなければならない。といって、一方では、釈尊は無師独悟である。師無くして独りさとった、という。このことをよく考えなければならない。すなわち釈尊の時代の婆羅門たち、またどの思想家も超えたところのすなわち超絶する世界に自分は

註――

(107)　ゴータマブッダの出身部族であるシャーキヤ（釈迦）族の都。

(108)　「定光」は燃燈仏《ねんとうぶつ》とも。原語ではディーパンカラ（Dīpaṅkara）、ゴータマブッダが前世定光仏の許で修行していたとき、遠い未来に於て解脱し釈迦仏となるであろう、と定光仏によって予言された。「燃燈仏授記」として知られる物語で、様ざまな経典に説かれている。

(109)　五経《ごけい》の一。古くは「書」または「尚書《しょうしょ》」と言ったが、宋代以降「書経」という。伝説では、孔子が古の聖王の記録を蒐集し編纂したものであると伝える。

立ち到ったのだという、その意味に於て「我が行に師保無し」でございます。しかしこの場に立ち到って見るならば現実の世の中の先生とか何かというものを超えて、この場はもっと普遍の場所である。時も場所も超えた普遍の場所に立ち到っている。別な言葉で言うならば、それは時も場所も超えた永遠世界に通じるものである。釈尊という人は、そういう超絶の世界、あるいは永遠の世界に立ち到った。そして永遠の世界に於てものを考える。その考えたことを人びとに伝える。それがすなわち仏教におけるところの教法でございます。「摩訶止観」は続けて、

> 行人、若し付法蔵を聞かば、則ち宗元を識らん。大覚世尊、劫を積みて行満ち、六年に渉りて以て見を伏し、一指を挙げて魔を降したまへり。始は鹿苑、中ごろは鷲頭、後は鶴林なり。法を大迦葉に付す。迦葉、舎利を八分して、三蔵を結集す。法を阿難に付す。阿難、河中にて風三昧に入り、四に其の身を派つ。法を商那和修に付す。……法を毱多に付す。……法を提迦多に付す。[110]

とここに書いてございますように、釈尊が行をやってさとり、法を大迦葉《だいかしよう》[111]に付した。迦葉は、お釈迦様が亡くなった後に釈尊のお骨を八つの国に分け与え、そして釈尊の教えというものをそこで纏めた。そして阿難《あなん》[112]からさらに次々と法が伝えられる。大迦葉から阿難に行き、それからこういうふうにして、伝統的に師資相承されていったのである。師資相承なのであって、決して自分の独りよがりの思いではない。それは仏教では許されないんだ、と。そこに伝統がある。

しかし、それらの人びとがいかなる意味によってさとるかは、それぞれの面々のそれぞれの才能と

か性格とかによってさとるのだ、と。しかしさとったところの内容というものは普遍的なものだったのですから、それに通じなければならない。そういうことを言うのであります。

釈尊のさとりというものはいわゆる普遍的なものである。しかし現象世界を超絶した境地、その意味に於ては釈尊は独覚であって、師匠というものはない。しかしその立場に立ってみるならば、それは現実の先生とか何かの問題ではない。永遠なるものにこれは直面している。そこから仏教が始まる。そうすると、仏教における師資相承とは、その永遠性がここに受け継がれていくことになる。その永遠に立ち到るためには、人にはそれぞれのさとりようがある。そういうものだろうと思うんですが、そういうことがここに書いてあるのでございます。

ところが藤原俊成は、「古来風体抄」に於て、日本におけるところの和歌の道の伝統を言う、その時に、釈尊のさとりの伝承と和歌の道というものを結びつけて来るのはどうか、と思うことなきにしもあらずですが、しかしながら藤原俊成その人にとって仏教とはどのように考えられていたかということですね。これは「新古今和歌集」の撰者ですが、この平安末期における歌の道というのも伝統的なものを受けてきているし、また諸もろの歌論というものを受けてくるのだ、というその伝統を言わ

註――

(110)「行人若聞付法蔵。則識宗元。大覚世尊積劫行満。渉六年以伏見。挙一指而降魔。始鹿苑。中鷲頭。後鶴林。法付大迦葉。迦葉八分舎利結集三蔵。法付阿難。阿難河中入風三昧四派其身。法付商那和修。修手雨甘露現五百法門。法付毱多。多在俗得三果。受戒得四果。法付提迦多。」(『大正』四六、一頁上段)

(111)〈仏典に現れた女性達〉註(49)を参照されたし。

(112)〈仏典に現れた女性達〉註(50)を参照されたし。

んがために、仏教の伝統を言ってるんです。ただし仏教でいう師資相承とこれとを直ちに結びつけるのは少し違う面が有るのかもしれない。

「古来風体抄」は先ほどの文章に続けて、

　此法を伝る次第を聞くに、たふとさもおこるやうに、歌も昔よりつたはりて、撰集といふ物もいできて、万葉集よりはじまりて、古今・後撰・拾遺などの歌のありさまにて、ふかく心得べきなり(113)。

と言います。このような和歌の伝統を大事にせよという藤原俊成の言葉。歌人ですから当然ですね。

そして、

　たゞし彼は、法文金口の深き義なり。これは浮言綺語のたはぶれには似たれども、ことのふかきむねもあらはれ、これを縁として、仏のみちにもかよはさむため、かつは、煩悩すなはち菩提なるが故に、法花経には、若説俗間経書略之資生業等皆順正法といひ、普賢観には、なにものかこれつみ、なにものかこれ福、罪福無主我心自空なりととき給へり。よりていま歌のふかき道を申すも空仮中乃三諦に似たるによりて、かよはしてしるし申すなり(114)。

と、ただし仏教に於ては、金口《こんく》の法文《ほうもん》、仏法の文である。「金口」と言うのは釈尊の口。それから出たところの深い意味合いである。しかし歌に於ては「これは浮言綺語《ふげんきぎょ》のたはぶれには似たれども」というこの「浮言綺語」ということ、これはここでは「浮言」と言うてありますけども、一般には「狂《きょう》言綺語《げんきぎょ》」と申します。

「古来風体抄」のこの文章を見ますというと、いろんな問題がここに一遍に出て来るんですね。この二、三行の間に。「浮言綺語のたはぶれ」ということ。これは中国の唐時代の白楽天《はくらくてん》(115)の言葉から来る。白楽天の文学論がここに入って来ている。その次の行の「これを縁として、仏の道にも通はさむため」というのも、これは白楽天の文学思想、文学観がここに導入されている。(116)その次の「かつは煩悩《ぼんのう》すなはち菩提《ぼだい》なるが故に」は、仏教における「煩悩即菩提《ぼんのうそくぼだい》」。これも日本の文学論に入って来る。これも出てくる。それから次に「法花経には、若説俗間経書略之資生業等皆順正法といひ」というこれは「若し俗間の経書を説くも」(「略之」と間が省略されていますが)、「資生業等皆正法に順ず」と読みます。「資生業等《ししょうごう》」は、この世の中の生業《なりわい》、生活の道です。それも皆仏教の正法に順ずるんだという。これは諸法実相《しょほうじっそう》の考え方。(117)その次には「普賢観《ふげんかん》には、なにものかこれつみ、なにものかこれ福、罪福

註——

(113)『日本歌学大系』第二巻、四一五—四一六頁。

(114)同前、四一六頁。

(115)楽天は字《あざな》。白居易《きょい》という。中唐の代表的詩人。〔生〕七七二—〔没〕八四六。彼の詩文を編輯した「白氏文集」は白楽天の在世中から日本へも伝わり、「文選《もんぜん》」と共に日本人に親しまれた。「長恨歌」や「琵琶行」など有名な作品が多い。

(116)〈狂言綺語と煩悩即菩提〉を参照されたい。

無主我心自空なり[118]ととき給へり」。これは[119]「観普賢経《かんふげんぎょう》」という経典の中における罪の問題。罪の意識に対する考え方[120]。この二、三行の間に、平安以来の日本文学におけるいろいろの理念、文学的理念がぞろぞろと出てくるのでございます。

このことにつきましては、「狂言綺語」というもの、それから「法華経」の「若説」云々の「諸法実相」ということは、また別に、これを取りまとめて説明しなければ、ここでは一寸間に合わないことなのでございますが、いずれに致しましても、仏教と文学観との間の大事な問題がここにはぞろぞろと出て来るのでございます。

そして最後の所の「よりて、いま、歌の深き道も、空仮中《くうけちゅう》乃三諦に似たるによりて、かよはしてしるし申すなり」というこの「空仮中」は、天台大師の「法華玄義」とか「摩訶止観」の中に出てくるところの非常に大事な考え方であります[121]。一切のものは空である。これは大乗仏教で言うことでございますね。一切のものは空である。実体を持ってはいない。このチョークならチョークというものが、チョーク性というものを持って実在しはしないんだと言うんですね。これを論理を以て置き換えるならば、一切のものは縁起によってここにある。縁起というのは、種々なる条件がここに相寄り相集まってここにあるのであるという、これは仏教の最も基本の考え方です。

一切のものは空である。わたしどもが考える如くに実在性を持ってはいない。例えば本当に常識的なことを申しますが、ここにこういう黒板拭きなるものがある。しかし考えてみるならば、プラスチックと、布と、皮と、こういうものとからできている。これによって仮に黒板拭きができている。それなら皮というものが、プラスチックが、布があるではないかという時に、この存在性をも、あくまで縁起によって考えていくのでございます。こういったことが、インドで二世紀に活躍した論師、ナーガールジュナ（龍樹）の「中論《ちゅうろん》」[122]という書物の中に事細かに書いてあるわけですね。

例えばここに、燃料にするところの芝の束がある。あるいは葦でもかまいません。束芦といいますね。一本一本の葦を束ねて、屋根に葺くのか壁に葺くのか燃料にするのか存じませんが、こういうものがあるかと思うけれども実は無い。これは判るところですね。一本の縄と、それから十本なら十本の、百本なら百本の葦にこれは分解されるのであって、こういうものがすなわち存在性というものを空中に建てている。ところが「中論」を見るならば、この一本の縄というものも、さらにこれを分解していくのです。縄というものの存在性は何も無い。あらゆるものは縁起によって個々に仮に生じているのである。こういう論理を建てるのでございます。縁起によってものの存在というものを考える。

註――

(117)〈諸法実相〉を参照されたい。

(118)「如是法相不生不滅。何者是罪。何者是福。我心自空。罪福無主。一切法如是。無住無壊」（『大正』九、三九二頁下段）

(119)詳しくは「仏説観普賢菩薩行法経《かんふげんぼさつぎょうほうきょう》」（『大正』九、三八九頁中段以下）と言う。普賢菩薩を瞑想の対象とする方法、六根の罪を懺悔する方法とともに、それ等の功徳を説いた経典。この経典を智顗は「法華経」の結経と位置づけた。

(120)〈「法華経」と日本文学〉（一一二頁）を参照されたい。

(121)註（12）を参照されたし。

(122)〈諸法実相〉の註（5）を参照されたし。

では何が条件を結びつけるのでしょうね。でも中観《ちゅうがん》仏教では空なるものとするんですよ。

しかし、ものは、一切はそこにある。この「有《う》」ということを「仮《け》」という言葉で言ったのはクマ[123]ーラジーヴァ（Kumārajīva, 鳩摩羅什《くまらじゅう》）という人です。元のプラジュニャプティ（prajñapti）という言葉、ここにそのように我われに知らしめられてある、我われにそのように認識されるように知らしめられてある、という言葉を「仮有《けう》」、仮にあると訳した。現象として現れている一切、すべてのものは、様ざまな条件が整って仮にかりそめに有るものである、と言います。翻訳というのは非常に大事なものでございます。この人の翻訳語というものは、うんと洗ってみなくてはならない。

わたし、仏教には本来存在論的なものがあると申しました。それが止観というものと結びつき、文学や芸術論の根底にある一つの要素となったと申しましたけれども、一方ではこの羅什の翻訳に負うところも非常に大きい。羅什という人はなおかつそういう面を強めたのでございます。「仮に有る」と訳した。この羅什が「仮」と訳したのは、本当は仏教学上の大きな問題なのでございます。ものを空であり、仮であると見る。そのことが中である。これはインド的な考え方です。中国の天台大師の「摩訶止観」はそうではない。

天台大師の考え方は、空である、仮であると一遍に摑もうとする。それを中という。違うんですよ、少し。インドだというと、空であり、仮であり、それが中である、とこういうふうに申します。空であるものが仮であり、空であり仮と見ることが中である。ところが智顗になりますというと、一切のものは空である。しかし、あるではないか。空であり、仮であるものを、これを一遍に把握すること、これが中だというふうになってくるんです。

こういう「空仮中」を承けて、歌の道も「空仮中」の三段になっている訳なんです。ともあれ、ここで言えることは、俊成が歌の道を考える時に、その時に仏教で言う空とか仮とか中とかいうことを理念としようとしたということですね。この態度をお考えいただきたいのです。

それから「狂言綺語」という言葉。これは白楽天がその詩集の中で言っております。白楽天は唐の詩人ですが、仏教に非常に心を入れている。禅をやりますが、しかし、片や文学の道を止めることが出来ない。白楽天の詩に有名な「長恨歌《ちょうごんか》」というのがあります。「源氏物語」の中にも引かれておりますけれども、(124)玄宗《げんそう》皇帝と(125)楊貴妃《ようきひ》の物語ですね。白楽天は「長恨歌」を作るというような、本来解脱の道を求める仏教に於てはあまり喜ばれない、離れるべきところのこういうふうな詩集を作った。その人が、片や仏教に心を入れている。

註——

(123) 六朝時代の翻訳僧。[生]三四四—[没]四一三？ 厖大な量の仏典を翻訳したが、従来の翻訳と一線を画しており、彼以前の訳を「古訳」と称する。ちなみに羅什訳からを「旧訳《くやく》」、玄奘訳を「新訳」と称して、翻訳の時代区分とするが、古くは西晋以前のものを「旧経」、羅什以降を「新経」と言った。

(124) 唐の第六代皇帝。[生]六八五—[没]七六二、[在位]七一二—七五六。クーデターによって政権を奪取し、治世の前半は善政を敷いたが、後半は政治に倦み、楊貴妃にかまけて政治に疎かになり、安史の乱を招いた。逃げ延びる途上、軍に背かれ楊貴妃は殺害されるが、乱の終息後、長安へ帰り、その地で没した。

(125) [生]七一九—[没]七五六。初め玄宗の第十八子寿王の妃となるが、見目麗しかっただけでなく、歌舞音曲にも優れ、また聡明であった。後玄宗に宮中に召され、寵愛を一身に受ける。一族は高位高官に取り立てられ、楊国忠は宰相として権力を掌握し、いわゆる宰相政治を行い、安史の乱を招くことになった。蜀へ逃れる途上、楊貴妃は殺害された。

この人が晩年になりまして、自分の作った詩を集めまして「白氏長慶集《はくしちようけいしゆう》」[126]と言われますが、その詩集を香山寺の経蔵《きようぞう》に納めるのでございます。その時に、

我有本願、願以今生世俗文字之業、狂言綺語之過、転為将来世世讃仏乗之因、転法輪之縁也。[127]

（我れに本願有り。願くは、今生の世俗の文字の業・狂言綺語の過を以て、転じて将来世世の讃仏乗の因・転法輪の縁と為んことを。）

自分の詩集、「狂言綺語」のたはぶれを以て、それをすなわち仏法を讃える因としよう。どうですか、これは。「煩悩即菩提《ぼんのうそくぼだい》」というか……。

「煩悩即菩提」というのは大乗仏教で言うことであります。展開された大乗仏教に於ては、我われがさとりの道に入るためには、この生身を持った人間としては、煩悩を通してしかできないんだという自覚であります。ここではそれが文学の上に生かされてきている。文学というものはそういうものであるかもしれない。文学に筆を染めるということは、止むにやまれずして人間の煩悩を書き上げることであるのかもしれない。悪いと言われても、書かなくてはいられないことであるかもしれない。白楽天は、いうなら「長恨歌」を書くような人でございます。その道を通してしか自分は歩けないんだという。煩悩というものを見つめて行く道です。その道を通して、やがてそれを経蔵に入れる。経蔵に入れて仏乗を讃える因としようという、こういうものがあるのでございます。

白楽天が切実に禅をやって、文学と宗教の道との相剋を一所懸命、一代かかって苦しみながら考え

たように、平安時代の日本人がこれを切実なものとして受け入れたかどうか。日本のものの中には、いとも簡単にこのことが言われているのでございます。俊成がそうとは言いませんが、この「煩悩即菩提」の問題も、それから「法華経」の「諸法実相」の問題も、ここにあるのです。このことは、別に改めてじっくり考えるべき問題なのでございます。

「毎月抄」

次に[128]「毎月抄《まいげつしょう》」を見てみましょう。これは藤原定家の書いた歌論の書でございます。俊成の問題は、これを見た上で後から振り返って考えようと思いますが、この「毎月抄」を見ますならば、ここにですね、

註――

(126) 厳密には「白氏文集」の前半五十巻部分を「白氏長慶集」と言う。この部分は八二四年に元稹が編んだ。後に自選の後集二十巻、続後集五巻を加えた（自ら編集作業を計七回したという）。その後半を「白氏文集」と言い、また全体を一括して「白氏文集」と言う。

(127) 「白氏文集」三六〇八。楽天の仏教への関心は晩年になるほど強くなり、「六讃偈」（三六一一―三六一六）の序に「楽天常有願。願以今生世俗文筆之因。翻為来世讃仏乗転法輪縁也」と記すなど、人生の終焉に臨み、他世の縁を祈願する楽天の姿を浮き彫りにしている。

(128) 書翰体の歌論書。奥書によれば一二一九年の成立。貴人の和歌の添削指導に添えた歌論であるという。毎月の消息であるというところからの命名。「定家御消息」あるいは「和歌庭訓」とも言う。

さてもこの十体の中に、いづれも有心体にすぎて歌の本意と存ずる姿は侍らず。きはめて思ひえがたう候。とざまかふざまにてはつや〳〵つゞけらるべからず。よく〳〵心をすまして、その一境に入りふしてこそ稀にもよまるゝ事は侍れ(129)。

定家は和歌に十のスタイルを並べておりますが、その中でこの「有心体《うしんたい》」というものを一番最高にしている。ここにある「有心体」というものも、定家以後「古来風体抄」と並びまして日本の歌論、連歌論《れんがろん》、それから能楽論《のうがくろん》の中などにも影響するものでございます。実はこの「有心体」について書いてありますことは、これは「摩訶止観」に言われることと極めて近い。例えば「よくよく心をすまして、その一境に入りふす」というような、そこに心を専らにするということは、「摩訶止観」に「正修止観《しょうしゅ》」と申しまして、どういうものを、どのようにして観ずるかということを論ずるところがございます。ここに於ていわゆる「一念三千《いちねんさんぜん》」(130)というようなことが言われてくるのですが、正しく止観というものを修める修め方、そこに説かれるところの止観の様相に極めて近いのでございます。例えば「摩訶止観」では、

若し一境を発するに究竟して成就す。成就し已れば謝して更に余境を発するに、余境も亦究竟して成ず(131)。

というふうに説かれております。定家はこのことを、あるいは少し先にある、

此道をたしなむ人は、かりそめにも執する心なくて、なを《（ほ）》ざりによみすつること侍るべからず。(132)

ですとか、それから、

蒙気さして心底みだりがはしき折《おり》は、いかにもよまんと案ずれども、有心体出来ず。(133)

というふうに言う。この辺りに言うところは、「正修止観」、正しく止観というものを修める、その前段階に「二十五方便」というものがあるのですが、その「二十五方便」の中に言われるところと通じてくるのでございます。心のぼんやりしている時には、その心を調えなければならない。

第四に五事を調ふとは、所謂る食を調へ、眠を調へ、身を調へ、息を調へ、心を調ふるなり。前に喩ふる所の如く、土水調はずば、器と為すに任せず。五事善《ととの》はずば、禅に入ることを得ず。(134)

註

(129)『日本古典文学大系』65「歌論集　能楽論集」一二八頁。

(130) ある一瞬の心に、全宇宙（三千世界）が包含されている、という思想。智顗の世界観の代表的な表現。

(131)「摩訶止観」巻五上「若発一境究竟成就。成就已謝更発餘境。餘境亦究竟成」（『大正』四六、五〇頁中段）

(132)『日本古典文学大系』65「歌論集　能楽論集」一二八頁。

(133) 同前、一二九頁。

こういう所を見るならば、後のちの歌論、連歌論、能楽論の中に影響が出てくる「有心体」というものに、止観というものが大きく作用していることが見て取られます。

それからもう一つ申します。和歌に十体ある、こういう言い方は、実を申しますとわたしの専門ではございませんけれど、空海の「文鏡秘府論《ぶんきょうひふろん》」や「文筆眼心抄《ぶんぴつがんしんしょう》」などの、ああいう詩論との繋がりに於て考えられなくちゃあならんと思う。定家にしても、俊成にいたしましても、空海のああいう詩論の影響を受けてきている。同時にそれは心よりはすなわちスタイルであります。和歌に十体あると、いろいろと和歌のスタイルというものを比べ分類してくる。そういうやり方に於ては空海のものを受けている。しかしその心根というか、歌に対する態度、作家の姿勢態度という場合には、すなわち「止観」であります。そのようにわたしは理解します。

この藤原定家の日記に「明月記《めいげつき》」[135]というものがあります。これは印刷されておりますが、京都の御所の北にある冷泉家《れいぜいけ》の（冷泉家というのは藤原定家の後々の家です）蔵の中から藤原定家の「明月記」の自筆本が出てきたというようなことがございましたが、この「明月記」を見ますと、この人が晩年になりまして「摩訶止観」を人に書いてもらい、自らも筆写している。晩年になって初めて読んだというのではないんだろうと思います。何日もかかって筆写し、さらに人から別本を借りて、自分が写した所の「摩訶止観」を校正しているのでございます。今と違って印刷じゃございません。コピーじゃございませんから、筆写したものを、よその人のものを借りて、これを全部一言一句校正している。そういう記事が「明月記」の中に出てくるのでございます。

「沙石集」

「毎月抄」だけでなくて、いろんなものを見ますならば、例えば鎌倉時代の説話集であるところの「沙石集《しやせきしゆう》」(136)、もちろんこれは無住一円《むじゅういちえん》(137)ですね、これを見ましても、この「止観」の問題は判ることでございましょう。

鳥羽ノ院登山御幸《ごかう》ノ時、前唐院《ぜんたうゐん》ノ宝物御覧ズル時、(138)

註――

(134)「摩訶止観」巻四「○第四調五事者。所謂調食調眠調身調息調心。如前所喩。土水不調不任為器。五事不善不得入禅」(『大正』四六、四七頁上段)

…………

(135)〈「法華経」と日本文学〉註(71)を参照されたし。

(136)仏教説話集。一二七九―一二八三年の成立。後に繰り返し著者によって加筆訂正されたので諸本が伝えられている。平明な文体で仏教へと誘うもので、宝玉ともいうべき仏教を身近な石や砂に例えて説く、というのが書名の意味。

(137)臨済宗の僧。[生]一二二六―[没]一三一二。尾張長母寺の開山となり、尾張伊勢地方の布教に努めた。

(138)『日本古典文学大系』85「沙石集」四六九頁。

「山」とはもちろん比叡山です。「前唐院」というのは、これは慈覚大師円仁《じかくだいしえんにん》（七九四—八六四）が唐から持ってきたものを納めておく蔵でございます。本当は比叡山の大講堂の後ろ辺りにあったらしい。この前唐院に対しまして、後唐院というのがあります。これは円仁に対しまして円珍《えんちん》(139)、智証大師《ちしょうだいし》円珍が持ってきたものが納めてある。続けて、

諸人不レ知物三アリ。信西入道三ナガラ此を申ス。一ハ杖ノ崎《(先)》ニ円ナル物、綿フク〳〵ト入タル物有。信西云、此ハ法杖也。坐禅ノ時痛ノ所アレバ腹胸何《(など)》ヲツカウル物也。二ハ手鞠の様ニ円ナル物、ナグレバ声アリ。此ハ禅鞠《ぜんきく》ト申也。坐禅ノ時、頂《いただき》ニヲキテ、ネブリカタブク時、落バ鳴ニヨリテ、眠ヲサマス物也。三ハ木ヲ十文字ニサシタル物有。此ハ助老《じょらう》ト申テ、坐禅時老僧何《(など)》ノヨリカヽル物也。大体脇足ノ如シト申ケルニ、諸ノ僧俗感ゼズト云事ナシ。山僧只学バカリニテ、坐禅修行ウスクシテ名ヲモ知ヌナルベシ(140)

まあ面白い説話ですけれど、「禅鞠」はこういう丸い石なんですね。丸い平らな石を、止観の坐禅の時に頭にのっけてやります。眠れば落っこちます。それを禅鞠と申します。坐禅修行を致しますときにはこういう様ざまなものを用いまして心を集注させたという、その話が書いてありますので、これを一寸出したのでございます。思想的には問題はございません。

「おくのほそ道」など

次に「おくのほそ道」(141)。これは奥州の出羽《でわ》三山、羽黒山《はぐろさん》・湯殿山《ゆどのさん》・月山《がっさん》の出羽三山に芭蕉（一六四四—一六九四）が行きました時の話ですが、出羽三山へ行って泊まっているんですね。そしていい俳句もたくさん作ってますが、これは羽黒山に登ったときのものです。

月山《ぐわつさん》・湯殿《ゆどの》を合《あはせ》て三山とす。当寺武江東叡《ぶかうとうえい》に属して、天台止観《てんだいしくわん》の月明らかに、円頓融通《ゑんどんゆづう》の法《のり》の灯《ともしび》かゝげそひて、僧坊棟《むね》をならべ、修験行法《しゆげんぎやうぼふ》を励《はげま》し、霊山霊地《れいざんれいち》の験効《げんかう》、人尊《たふとび》且恐る。(142)

「武江東叡に属して」、すなわち江戸の東叡山に属していて、天台宗のお寺であったために「天台止

註——

(139) 天台宗寺門派の祖。[生]八一四—[没]八九一。八五三年に入唐し、八五八年に帰国。八六二年には再興した園城寺の別当となり、八六八年には天台座主となる。その後、円珍の門流は天台の主流派を形成する。天台教学上密教の優位を唱え、台密の全盛期を築いたが、後この一派は延暦寺を去って園城寺へ移り、山門派と寺門派の対立を生むこととなった。

(140) 『日本古典文学大系』85「沙石集」四六九—四七〇頁。

(141) 松尾芭蕉の俳諧紀行文。一六八九年三月〜八月の五ヶ月間の旅の記録。没後一七〇二年に刊行された。

(142) 『日本古典文学大系』46「芭蕉文集」八八頁。

観の月明らかに、円頓融通の法の灯かゝげそひて」云々というのですが、いまちょっと考えただけでも面白いですね。「天台止観の月」ですよ。「止観」によって月がそこに観察される、というよりも観照される。芭蕉もまた「天台止観」というものに馴染んでいたのだろうとわたしは思います。

そのことは、その次の「三冊子」というものにも、これを伺うことが出来ます。「三冊子」というのは服部土芳《はっとりどほう》（一六五七―一七三〇）という、芭蕉の門人が書いた俳論集でございまして、ここには芭蕉自らの言葉が書いてあるんですね。その中で、

松の事は松に習へ、竹の事は竹に習へと師の詞のありしも、私意をはなれよといふ事也。此習へといふ所を己がまゝにとりて、終に習はざるなり。習へといふは、物に入つてその微の顕れて情感ずるや、句と成る所也。たとへば、ものあらわにいひ出でても、そのものより自然に出づる情にあらざれば、物我二つに成りて、その情誠に不至。私意のなす作意也[143]。

というふうに書いてある。この辺りに、いわゆる俳句というものを作る心構えの中にも、これは仏教の「止観」であります。ここには非常に興味深いところがある。

「私意をはなれよ」とは、我《が》を捨てよです。そして「松の事は松に習へ」。我を捨てて、対象をありのままに見るんでしょうけれども、対象そのものとなりきる。そこに「私意」と書いてありますが、いわゆる我であり我執《がしゅう》であります。仏教でいう「無我」ということが、このような言葉になってきたのでありましょう。

「物我二つに成りて、その情誠に不至」物と我と二つになっては駄目なんだという。物と我とはそこで一如《いちによ》にならなきゃならない。非常に禅的でもありますけれど、対象と我。すなわち我はその時に我執を離れてある。「止観」でいうなら「止」ですね。いずれにせよ「止観」の系統だろうとわたしは理解しますけれど、でも「我が」という堅い心、それを離れて「松の事は松に習へ、竹の事は竹に習へ」と、私意を離れるその時に、そこに対象は自分に真実の姿を現してくるんだという。真実の姿がそこに読み取られていくんだという。

岩波の大系本のこの箇所に対する頭注（一二）をご覧下さいますというと、

伊賀上野の梢風尼の句集『木葉集』に「翁常に教給ふは松のことは松に習ひ、竹のことは竹に習ふ。唯風雅は□（私か）のなきこそ誠とやいはん」とある。

芭蕉の風雅の道に於て要請されてくるものも、おおまかに言えば仏教であります。対象を観ずるというその観ずる時に、その「観」は、対象と我とが離れていてはいけない。心を静かにして私意を離れる。我執というものを離れる時に、そこに対象なるものが如実に自分に浮かび上がってくる。言葉がちょっと足りないですが、これが実は芭蕉俳諧の句作の根本であろうと思います。これはやっぱり「止観」であろうと思うのです。

註――

(143)『日本古典文学大系』66「連歌論集　俳論集」三九八―三九九頁。

では、次にちょっと変わったものをご覧下さい。(144)「茶湯一会集《ちゃのゆいちえしゅう》」という、これは茶道の書物でありあます。この書物の作者は井伊直弼《いいなおすけ》（一八一五―一八六〇）です。幕末のあの井伊大老のことでありあます。あの人は若い時は部屋住で、滋賀県の彦根、琵琶湖の辺りにいた人ですが、やがて幕府に入って大老になり、なかなかの辣腕を振るいますが、可哀そうに、やがて桜田門外に於て水戸浪士によって殺された人ですね。本来は、あの彦根城の一角にあって、お茶などに親しんだ風流人であった。この人に「茶湯一会集」という非常に優れた茶道の手引書がある。道具はこんなものを使ったらよろしい、というようなことが書かれてある。

この「茶湯一会集」は、今でも良く読まれるものです。その書物に、こういうふうに書いてある。

花は専ら有為転変、飛華落葉を観ずる事なれば、強《あなが》ち珍花を賞するにあらず、また何を入れずという事なければ、園中に時を得たる花を亭主みずからきりてそのまま入れたるこそ、志しの深きも知られてあわれなるものなれ、花店などにある切置きの花は、とても席上へは出されぬ事なり。(145)

云々と書いてあります。「花は」は、お茶の花です。お茶席に生ける花でございます。いわゆる茶花、茶室に客を迎える時に生ける花のことでありますが、花を観賞することは、すなわち「有為転変《ういてんぺん》、飛華落葉《ひけらくよう》」を観ずることなのだ、とある。総ての物事が、花が散り、葉が落ちるように転変する、そういうこの世の無常を観ずることなのだ、といいます。それも、さりげなく、と。これもやっぱり「止観」であろうと思うのです。

もう少し説明をしなければなりませんが、次に止観について若干の補足を致しまして、足りないところはまた別に改めて申し上げたいと思います。

〔第三講〕補説

止観

大分説明を飛ばし飛ばし致しまして判りにくかったろうと思うんですが、少しその意味で補足をしながら申し上げたいと思います。「止観」というのは（これは一般に言うことですよ）、「止」は心の散乱を止めることで、シャマタ（śamatha）の訳語、定心《じょうしん》とも言います。「三昧」はサマーディ（samādhi）と

註――

（144）茶事の一会の次第を順に述べたものであるが、「余情残心」「一期一会」など、後半部に井伊の見識を説き、茶の湯が到達した境地を示すものとして高く評価されている。この講義より後に出版されたものであるが、手に入れやすいものとして『茶湯一会集・閑夜茶話』戸田勝久注解、岩波文庫（二〇一〇）がある。

（145）前掲『茶湯一会集・閑夜茶話』、四五―四六頁。

いうサンスクリットの写音です。ですから別の言葉です。こういうことは漢訳の上でのことですね。「三昧」の原語はサマーディであり、「禅定」の場合はディヤーナ（dhyāna）、同じ意味の言葉でも別の原語です。あるいはインドの言葉にヨーガ（yoga）というものがある。ヨーガといい、ディヤーナといい、サマーディといい、厳密にはいろいろの違いがありますが、心を統一する。精神を一つの物事に専ら注ぎ込むことです。

　これは仏教の古い言い方ですが、仏教というのは、ずっと長い時間を経て、一つの哲学を持っていますので、古来学者によって研究されてまいりました。そのためにいろんな難しい煩瑣な哲学というものを持つに至っているし、またいろんなことが教科書的な一つの定義を持って語られることが往々にあるのでございます。そういう教科書的にこれはこうだというふうに定義されたものをその言葉通りだけで解釈していくと、ものの本筋が見えないということは往々にあるのですが、でもやっぱり便利ですから使います。このことを仏教では「心一境性《しんいっきょうしょう》」と言います。「一境」というのは一つの対象ですね。「心一境性」というふうに、心を一つ所に専注するというようなことが言われるわけです。

　これは既に申しましたように、仏教だけではない。インドは古来宗教哲学の国であります。日本人が縄文式だの弥生式だのと言うているその時に、既に高度な哲学を持っていた民族であります。こういうものは仏教以前の問題であり、ウパニシャッドに、それから仏教以外の諸もろの哲学に、あるいはジャイナ教に、そういう所でも行われているところの解脱への道なのでございます。仏教の目的は解脱にあると申しましたが、仏教だけではなくて、これはインドの諸もろの哲学・宗教の等しく目指すところであります。

インド的発想では、我々を迷妄の存在であるというふうに考えるんですね。この迷妄を超えた境地に到る。これがすなわち解脱であって、インドのものの考え方であります。ですから、サマーディといい、ディヤーナといい、ヨーガというけれども、それは皆解脱への道筋の修行の方法なのでありま す。大筋で言うならば、仏教もそれにかわるものではない。ですから、釈尊と申しましたが(146)、ゴータマ・シッダールタという人が修行を始めた時に、その修行の方法はこれであった。そのことは、釈迦の伝記を綴った経典が多々ございますが、その仏伝によって見るところや、古い経典によって見ても、明瞭に判るんですね。

古いパーリ経典、または古い阿含経《あごんきょう》の中に、釈迦の修行の時のことがいろいろと書いてあります。それを見ますというと、何でこんなことをしたんだろうというようなことが書かれています。例えば修行の時に先ず食餌を摂らない。断食をする。また一日に穀物の何粒かしか食べないとか。それくらいは宜しい。あるいは鼻からの息をどんなふうに調息《ちょうそく》するとか、呼吸を耳から入れるとか、あるいは一日中一本の足で立っているとか。そういうことが経典の中に出てまいりまして、それを読んだ時に、わたしはただ変なことが書いてあるなと思ったんです。

ところが、これはテレビの話ですが、教育テレビで、インドのガンジス河の上流辺りに現在なおヨーガ行者がいるということですね。彼らが現に行っている修行が、古い仏伝の中に書いてある釈尊が行ったというものと非常に似てるんです。こちらは書物で読み、片一方はテレビでやっていたことな

註――
(146)　註(103)を参照されたし。

んです。これを見て驚きましたね。二千年経っても三千年経っても同じことが行われている。ゴータマ・シッダールタとてインドの人でございます。インドの人というか、今のネパールの人でございますけども、(147)同じ修行から始まっているわけでございます。

しかし異なるところはですね、彼はカピラヴァストゥを出て山の中に入ってしまったわけではない。最初はラージャグリハ（王舎城《おうしやじよう》）、現在のラージギルへ行く。そこはかつて思想・文化の中心であった。そこへ行って婆羅門達に教えを請うた。婆羅門の最高の行者と言われるウッダカ・ラーマプッタという人の所へ行って教えを請うた。その人達も皆行者《ぎようじや》、修禅者《しゆぜんしや》であります。高野山は修禅の場であったと申しました。やはりこの人達も、高野山の修禅とは意味が少し違いますけれども、皆修禅者であります。そこへ尋ねて行って道を問うた。先ず先生に訊ねた。しかしその人達の言うところではなお飽き足らなくて、ゴータマ・シッダールタは自分で一人で山の中に入って行ったという。

これは皆仏伝に書いてあることを言ってるんです。そして六年の間苦行をする。先ほど申しました変なことをやっていたと仏伝に書いてある。経典の中に書いてある。(148)そういうインドの人達のやっていたことを彼もやりまして、やがて彼は至り着く。それはこのゴータマ・シッダールタの、いうなれば宗教的自覚、覚醒です。

こんな話を長いことしましたのは、この「三昧」や「定」なるものは、仏教だけではない、他でもやっていることである。しかし「止観」というのは、これは仏教の特色だと申します。この「止」というのは、これはシャマタ（śamatha）という言葉であり、それを仏教が大変重視する。ですからこれは仏教の特色なのだと申しました。そうしますと、このシャマタというのは、これは心を静かにならしめるという言葉ですからディヤーナ（dhyāna）と近い。ディヤーナというのは、漢訳では静慮《じょうりよ》ですね。おもんぱかりを、心の動きを静めるという意味（「静慮」は意訳でございまして、「禅」はディヤーナの写音である「禅那《ぜんな》」という言葉の縮約形でございます）。「止（シャマタ）」はこれに近い。しかしこの「止」という言葉は仏教に特徴的な言葉であります。

このシャマタ（śamatha）とヴィパシュヤナー（vipaśyanā）、「止」と「観」というものは、仏教に特徴的なものであって、これは仏教の特色であるという時には、何も釈迦、釈尊から仏教の全てが始まるのではないという考えもあるかも判りませんけれども、やはりそれは釈尊の宗教的自覚、釈尊のさとり、そこにおける問題がここに含まれているんだろうと思う。そういうことを学者がおっしゃっているかどうかわたしは知りません。しかしそうでなければ、判り得ないと思う。

後のちには、一般にどこにでも書いてありますよ。シャマタは心の散乱を防ぐことである。心を一境に立てて、心一境性に置くことである。そしてヴィパシュヤナーは、真理を、真実を観ずることである。どこにもそう書いてある。でも初めからそういうふうに分かれていたんじゃないんだろうと思う。「止」であることは、この場合のこれはまぁ三昧と言ってもいいわけですけれど、ただ心を静か

註──

（147）ゴータマ・シッダールタが誕生したというカピラヴァストゥが、現在のネパール領内にあったということで、このように話されているが、シャーキヤ族の系譜も未詳であり、インド内部であったという主張も今だ根強い。

（148）釈尊の苦行の様子は様ざまな経典で説かれるが、「中阿含経」204 羅摩経（『大正』一、七七五頁以下）、及びその平行経「中部経典」26「聖求経」に詳しい。パーリ聖典からの現代語訳が片山一良訳『パーリ仏典　中部根本五十経篇Ⅱ』（大蔵出版）に収められている。

にならしめるということですね。わたしどもだって、夜寝られなければお布団の中でじーっとこうしております。しかしこれは三昧なんてものじゃない。それの前段階ですらない(149)。

ただ心の散乱を止めるという一般の意味よりは、「止」が「観」であるという、そういう意味を考えないと、本当は本来の仏教の意味が出てこない。「止」が「観」であるということは、それは釈尊の場合ですよ。わたしは何度も申したのでございますが、超絶の境地である。差別を、現象を、我われの思念を、あらゆる具体相を、人間としての迷妄を、喜びも悲しみも、全てを超絶した世界である。それが判らないと、本当は仏教というものは生きてこないわけです。インドの仏教以外の哲学など、ウッダカ・ラーマプッタや何やらの許を出たと申しましたけれども、彼らにも、超絶の世界を予感する、あるいは垣間見ることはあったのであろうと思います。しかし予感や超絶の世界を垣間見ることではない。その超絶の世界にたち至った時に、その超絶の世界に於て、すべてのものが(何だかわたしは鈴木大拙先生の言葉を借りて言っているみたいだなぁと思いますが)、すべてのものが活潑に、そこに全て動かなければならない。観ぜられなければならない。それが本来の止観というものなんだろうと思います。

わたし、実は夕べもどういうわけか寝ていませんので、ちょっと話が支離滅裂になっておりますが、わたしは、釈尊のさとりの内容が大乗仏教に於ては空と捉えられているわけだろうと思いますけれども、厳密に言っていいかどうか判りませんが、釈尊という人は、数学の言葉を借りるならばゼロなるものを、ただ垣間見たんじゃないのです。ゼロという言葉はインドの言葉ではシューニヤ(śūnya)ですね。仏教で言う「空《くう》」と同じ言葉ですよ。

これに対して、1、2、3、……という数の世界がある。これがすなわち我われの差別の世界であり、具体相を持った人間の生きている姿であるんですけれども、このゼロなるものはここに直結はしない。どんなにしたって絶対に繋がらない。どんなに小さくてもゼロではない。わたしどもの念々の考え方をもってしては直結はできない。だからこれは非連続だと言うんです。非連続だけれども、まったくの断絶ではない。断絶ではないけれど、直結はしていない。それは予感によって、あるいは垣間見るということはあり得るかも知れない。禅宗の僧堂に於て、只今でも坐禅をし、修行をしている人達は、ここに至らんがためでございます。ここに到るには、禅宗に於ては直観によるという。わたしはお釈迦様だってそうだろうと思う。

これをインド大乗の言葉をもって「怖畏の深淵」とも申しました。怖るべき処。怖しいのです。だって絶対の否定。その意味に於て「怖畏の深淵」であります。何もかも無に帰してしまう。その「怖畏の深淵」に立った時に、釈尊は、予感とか何かではない。このゼロの境地に於て、ここで活潑にものを把握し、ものを観じ、摑み取り、そのゼロの境地に於て、ゼロでありながら、ここに具体的にものを見通し観察することが出来る。そういう境地なのだろうと思う。ですから、このゼロが我われの人間存在の根底であります。人間存在だけではない。存在というものの根底の形式。しかし、これが

註――

(149)　三昧（samādhi）周辺の言葉は大層ややこしいので、読者諸兄姉は専門の書物ないし辞書に当たって一度確認なさることを強くお勧めする。実は、日常の精神活動中にも、微弱であるにせよこの「三昧」は働いているとする考え方もある。

ゼロとしてだけあっては、ゼロとしてだけ垣間見られていては、ゼロとして予感されているだけでは、なおこちらに止まるのでございます。わたしは釈尊という人は違うんだろうと思う。これを垣間見る、予感するということは、これは別に仏教でなくたってできることなんです。

先ほど仏伝の話を致しましたが、仏伝を読んでみますならば、釈尊が悟った十二月八日の未明（十二月八日ということは経典には書かれておりません。これは日本仏教で言うことですが）、さとりを開かれたという宗教的自覚、宗教的覚醒、目覚めですね。その時に自己存在というものの本源を徹見する。自己存在の根底を徹見する。禅宗の言葉でいうならば「脚下照顧《きやつかしようこ》」(150)であります。その時に、これも禅宗の言葉で言うなら「見性成仏《けんしようじようぶつ》」(151)というのがあります。ゼロが自分の下にある。脚下にこれを徹見する。ゼロが取り除かれてしまう。この非連続性が取り除かれてしまって、皆各おのキャラクターを持った、各おのの具体相を持った、それぞれの実存的人間というものが、このゼロを把握してここにある。

釈尊のさとりの時に、彼はすなわちゼロの徹見というよりもゼロのところに立つ。いいですか。超絶の世界。仏教の書物によるならば、その時に釈尊はいわゆる縁起の道理を繰り返し繰り返し考えた、観ぜられたということが書いてあります。ゼロの立場に於て、この縁起の立場に立って、その境地から縁起の道理を観ぜられた。縁起というのは、ものの存在は単一に存在性をもっているものではない、あれこれの条件が相依り相待ってそこにあるんだということですね。釈尊のさとりというのは、縁起の道理をさとったことである、とそういうふうに言ってしまうのは、少し短絡的であります。これは存在の論理であります。単に論理をさとることが釈尊のさとりというようなものではないだろうと思う。

でも仏教の学者の書物には書いてありますよ。学者というものは書物を読まなければなりませんから、どうしても書物にだけ能を取られます。そこが難しいところです。禅宗の道場にいる人は書物を読まないから、どうしても自分自身の考えだけになるようです。わたしはどちらでもないものですから、批評的な立場で言うようです。縁起の道理、これは論理であります。存在形式の論理です。存在形式の論理というものは、「止」が徹底した、その立場に於て感ぜられるものであります。

もう一つだけ付け加えます。縁起というものは、種々なる条件が相依り相待ってそこにあるのである。それがすなわち空なることであって、ものはそこに実在性というか存在性というか、そういうふうなものを以て固定してあるというものではない、ということですね。では何故そんなことを言うかと申しますと、わたしどもは、何でも固定してものを見がちでございます。あれはこう、これはこうと、自分自身の偏見によってわたしどもはものを固定する。それではものの実態は見えないのだという、そういうことを知らせたいために、このような論理に展開する。

ものは、種々なる条件が相依り相待ってそこに起こっているというなら、では種々なる条件を結び

註――

(150) 足元に気をつけよ、つまり、外に何かを求めるのではなく、自分自身をしっかり省察せよ、との意。鎌倉時代後期から南北朝時代の臨済宗の僧、孤峰覚明（一二七一―一三六一）の言葉と伝えられている。

(151) 前注と同じような意味で用いられる。自分自身の内にある仏としての本性を見抜くことがそのまま仏果を得ることである、との意。「直指《じきし》人心《にんしん》、見性成仏」とも言う。

つけるのは何でしょう、と思うんです。存在というものは、これは種々なる条件が相依り相待ってあるとは、みんな書いてある。相依り相待ってある。しかし羅什の言葉でいうなら、相依り相待ってある姿を「仮《け》」と訳すんだと。原語ですと「かくの如く知らしめられてある」というプラジュニャプティ（prajñapti）というのを「仮」と訳した。または「仮名《けみょう》」「仮設《けせつ》」と訳した。この世はすべて仮なるものである（儚い「仮」。そういう意味では本来ないんですが、そういうふうになってくるわけです）。では何が結びつけるのか。わたしは結びつけるものは、これはゼロであると思う。ゼロは全てを否定する。しかしゼロはすべてをそこに現成《げんじょう》せしめる。

釈尊のさとりの内容というものは、すなわちこのゼロの徹見。まったき否定の徹見。超絶の世界と、それからすべてのものをそこに現成せしめる、その辺りのことが観ぜられた。そうでないとおかしい。

その流れが仏教の中に於て、だんだん現れてきます。言葉の上で、阿含のどの辺りの古いところで出てくるのか判りませんけれども、最初期の経典と言われている「スッタニパータ」[152]にはどうもないらしい。ですが段々に現れてまいります。それから「止観」に。それから仏教の修行者の修行の仕方に現れてまいります。「止や観」であるものが、やがて「止と観」となる。

こういうふうに分析的に、さっき申しましたように、仏教の学問は哲学的にいろいろと考えられてまいります。あるいは煩瑣《はんさ》[153]哲学的に考えられていく。血みどろな涙ぐましいほどの努力をもって人びとはいろんなことを考えました。だから仏教の勉強は難しいんです。本当に十年やったって、若い学者の方に失礼ですが、十年やったってどこかをつついたくらいのものだろうと思います（わたしは年だけとっていて勉強しておりませんので、こんな偉そうなことは言えませんがね）。大変でございます。

この「止観」ということが、インドの仏教に於ても、段々アビダルマ的に、いわゆる分析的に研究されていく。仏教の教法を、教えを、存在の理法を分析的に研究する。煩瑣哲学です。こういうものがある。それをアビダルマと申しますが、それだけではなく、(154)「瑜伽師地論《ゆがしじろん》」等の中には、「止観」という訳語はあまり使わないで、「舎摩他《しやまた》」「毘鉢舎那《びばしやな》」という写音語をもって充てておりますが、その言葉が頻繁に出てきます。これだけではございませんよ。

この「止観」というもの、これが仏教の特色なのだと申しましたが、「止」よりもむしろ「観」の面が仏教では発達してまいります。「観」というものは、この我われの心、あるいは存在の理法、その対象としての諸もろの現象というものを具《つぶさ》に観察していく。その観察していくところの前提として心の散乱を止める、それが「止」だというふうになっていく。非常に平板になってまいります。元もとはそんなところに発しているのではないと思うのですが。

しかしいずれに致しましても、心の散乱を止めて、対象（自分の心もその時は対象であります）を観察するという、こういう態度というものは、少しずつ変貌をとげながら仏教の中に伝承されまして、中

註――

(152)　初期経典の中でも最古層に属する物とされる。パーリ語で書かれており、「経集」と訳される。入手しやすい翻訳としては、中村元『ブッダの言葉』岩波文庫（一九八四）がある。

(153)　元もとはスコラ哲学に対する蔑称。一つ一つの概念の区別を厳密に行うので、あまりにも煩瑣であるということで名づけられた。

(154)　インド大乗仏教、瑜伽行派の論書。観法の対象、修行法、その果報が詳細に述べられている。漢訳（玄奘《げんじよう》訳）とチベット語訳で伝えられるが、近年サンスクリット語原典が発見された。『大正』三〇、二七九頁以下。

しましたように、これが中国に伝わる。中国に伝わりまして、これが特に天台大師智顗《ちぎ》によって中国的に、インド的なものから全く中国的に展開していく。そして最終的には智顗に於て「摩訶止観」という書物になっていく。

この「止観」というものが、中国の文学に、特に日本の文学の中に影響を与えます。心を静かにして対象を観察する。その対象を自分のものにする。そういう態度というものが、日本人の文学を作る創作の態度に於て、あるいは文学論の中に、また芸術論の中にかかわったのだと思います。

独覚——飛華落葉を観じてさとるもの

飛華落葉

今日は「独覚《どっかく》—飛華落葉《ひけらくよう》」というテーマでお話したいと思います。何故こういう題を特に掲げたかと申しますと、先日、「茶湯一会集《ちゃのゆいちえしゅう》」の「花は専ら有為転変《うゐてんぺん》、飛華落葉《ひけらくよう》を観ずる事なれば、強ち珍花を賞するにあらず」という、井伊直弼《いいなおすけ》の文章を出しました。(1) 要するにこの文章の目的は、茶道に於てお茶室に生ける花の心得を書いただけのことでございます。ですがここに書いてあることは、仏教学的にたいへん意味のあるところですので、このことから敷衍して、今日はお話を致したいと思います。

　これを見ますと、とにかく有為転変のはかなきものを見るのであって、強ち珍しい貴重なものを見るのではないと言う。すなわち、散る華、落ちる葉を観ずるという、つまり無常なるものを尊重しよ

註——

（1）〈止観〉註（144）（145）を参照されたし。

うという、そういう日本人の姿勢が一つ。それから、その書物の名前の「茶湯一会集」の「一会」というのは、これはもちろん仏教の言葉でして、特に禅宗で使う言葉でございます。「一会」というのは、読経《どきよう》とか何かの法要の会座《えざ》のことです。会座というのは、多くの人が一所に相い集って法要とか読経をする、その会座のことで、特に禅宗で用いる言葉でございます。

「一期一会《いちごいちえ》」などと申しますが、相い会《え》するのも一期のことである。一生に一度のことなんだ、という。ですから、今の、ただ今のこの会座、この触れあいを大事にしましょうということなんです。こういう仏教の言葉が茶道の中にも入っている。お茶の中には特に禅宗が入りますので、こういう言葉が入っております。

ではこの「飛華落葉を観ずる」ということについて。これは今申しましたようにお茶室に花を生ける。その花は、ダリアの花でもなく、バラの花の豪華なものを好むわけでもない。ましてや造花の、散らない花ではない。すぐに散ってしまうような野の花や何かを観ずるんだ。こういうふうに具体的なことです。

しかし、「飛華落葉を観ずる」と何気なく書かれていることが、本当はこの一語だけを以てしても、日本人の仏教に接する態度というものを良く示している言葉のように思えて仕方がない。それでこの問題を敷衍して取り上げるわけでございます。

それでは「愚秘抄《ぐひしよう》」をご覧下さい。これは歌論でありますが、藤原定家《ふじわらのていか》に擬せられている。定家の作というふうに記されていますが、厳密に学問的には定家のものではない。しかし別に定家のものであってもなくてもよろしいんです。とにかく中世の日本人の書いたものです。

又飛花、落葉を見て世の無常を悟り、はかなきならひを夢になずらへん道心者などは、さるためしも侍りなん。(2)

と書いてあります。

次は謡曲から。謡曲といいますのは室町時代の産物でして、本当は、謡曲の中における仏教を、言葉の上からも、思想の上からも、これを整理し、分類し、体系化してみるということをやらなくてはならないのです。これは、大変大事な仕事だと思います。大変なもんだから誰もやらないんです。これは「柏崎《かしわざき》」(3)というものです。

つらつら世間の幻相を観ずるに、飛花落葉の風の前には、有為の転変を悟り、電光石火の影のうちには、生死の去来を見る事、始めて驚くべきにはあらねども、幾夜の夢と纏はりし、仮の親子

註――

(2)　『日本歌学大系』四「愚秘抄」二九四頁。

(3)　謡曲。四番目物。狂女物。柏崎何某の妻が行方不明の我が子を探して物狂《ものぐるい》となり、諸国を放浪するが、信濃の善光寺で再会を果たす。

の今をだに、添ひ果もせぬ道芝の、露の憂き身の置き所、誰に問はまし旅の道、これも憂き世の慣ひかや。(4)

「飛花落葉の風の前には、有為の転変を悟り、電光石火の影のうちには、生死の去来を見る」という、これは、正しく仏教の無常観であります。飛花落葉というものは有為転変、無常に喩えるものですから、ここに使われている。

次に(5)「関寺小町《せきでらこまち》」をご覧下さい。

関寺の鐘の声、諸行無常と聞くなれ共、老耳には益《やく》もなし、相坂《おうさか》の山風の、是生滅法《ぜしょうめつぽう》の、理《ことわり》をも得ばこそ、飛花落葉の折々は、好ける道とて草の戸に、硯を鳴らしつつ、筆を染て藻塩草、書くや言の葉の枯れ枯れに、哀《あわれ》なる様にて強からず、強からぬは女の歌なれば、いとどしく老の身の、弱り行く果ぞ悲しき。(6)

「理をも得ばこそ、飛花落葉の折々は」云々と書いてございます。ここでいう「飛花落葉の折々は」というのは特に無常というわけではないんです。仏教から、もはや日本人の風流の道に移しとられている。

次に見ていただくのは「専応口伝《せんおうくでん》」。専応というのは、(7)池坊《いけのぼう》専応《せんおう》であります。十六世紀前半に活躍した華道の家元です。その専応の口伝です。本来は口伝というのは、仏教に於て言われることで、特に平安末期の頃に強くなりました。密教の影響も受けまして、教えの極致というものを書物に書き表わさないで、師より弟子に口を以て伝える、言葉を以て伝えるのであります。ですから本当は一人一《いちにんいち》授《じゅ》です。本来は一人に授けるものです。本当に授けていいという弟子がいるとき、彼がこれを授ける器であるという時に限って授ける。特に日本天台の中ですが、平安末期のものを読みますというと書いてあるんです。これを伝える器が無いならば、弟子にそういうものが無いならば、伝えてはいけない、と書いてある。これがすなわち口伝。まあ密教の影響もあるんですが、そういうことがある。

やがてこの口伝は、口から口に伝わっていかなければ隠滅してしまうというので、筆で書いて別に伝えることがある。その記したものを「切紙《きりがみ》」と申します。この口伝をすなわち切紙によって、相承して残していくということが行われまして、例えば、それの代表的なものに、日本天台の場合では、

註――

(4)『新日本古典文学大系』57「謡曲百番」四〇九頁。(原文にある曲節上の記号とルビは、却って見づらくなるので省略した)

(5) 謡曲。三番目物。老女物。近江の関寺の僧に、老女(実は小野小町)が請われるままに歌物語をし、やがて関寺の七夕祭りに趣き、稚児の舞に誘われて舞を舞う。

(6) 前掲「謡曲百番」三一〇頁。(括弧付きのルビは註釈者)

(7) 戦国時代の京都頂法寺(六角堂)の僧で、立花師。[生]一四八二―[没]一五四三。立花を造形芸術にまで高めて、立花の体系化をはかり、池坊が立花界の主流となるきっかけを作った。晩年の口伝書「池坊専応口伝」は代々家元に継承され、池坊華道の基本となるものとして「大巻」の名で呼ばれ、現在でも門弟に授けられている。

作者は「伝源信」となっておりますが、そうかどうか怪しいものですが、ともあれ「三十四箇事書《さんじゅうしかのことがき》」(8)などというのが残っております。切紙が三十四枚あるのでございます。元もとは口伝なのです。しかし口伝では隠滅してしまう。例えば、わたしが授けるとしましても、弟子が思うようになってくれる前に、わたしが死んでしまうと、そこで隠滅する。それを恐れて口伝が文書に記されるということが起こってくるのでございます。

この「専応口伝」もその通りなのです。口伝なら文献に書かなければよろしいのに、自分のところの教えの極致なるものを書くんですね。その中に、

霊雲は桃花を見、山谷は木犀をきゝ、みな一花の上にして開悟の益を得しぞかし。抑《そもそも》是《これ》をもてあそぶ人、草木をみて心をのべ、春秋のあわれをおもひ、本無《ほんむ》一旦《いったん》の興をもよをすのみにあらず、飛花落葉の風の前にかゝるさとりの種をうる事もや侍らん。(9)

ここに現れているのは、中国の禅宗です。これ何気なく書いてありますけれど、皆さん後でゆっくりお読みになって下さい。飛花落葉の風の前にさとりの種を得るんです。飛花落葉を見て、「これはきれいですねぇ」とか、「形良く生けられてますねぇ」だけに留まらない。飛花落葉を観じて、さとりにいこうとする。こういう態度があります。

独覚

では飛華落葉とは何か、ということです。この問題については、いろんなことから言ってまわらなくてはいけません。わたしの話が途中から言ったり、元から言ったりしますので混乱しますが、普通、仏教で飛華落葉と言うのは、独覚という人について言われる。仏教には独覚と称する者がある。独覚または縁覚《えんがく》、因縁覚《いんねんかく》、辟支仏《びゃくしぶつ》。これは厳密には違う意味になりますが、実は同じジャンルの仏教者です。仏教の修行者と言っていいんでしょう。この元の言葉は、プラティエーカ・ブッダ（pratyeka-buddha）。そうしますとこれはおわかりになりますね。「辟支仏」はこの発音を写したもの、写音です。漢字には意味がない。プラティエーカ（pratyeka）のプラティ（prati）という言葉は、「～に対する」とか、「～に向かう」という意味。エーカ（eka）は「一人」ですね。つまりプラティエーカというのは「一人で」という意味。ブッダは「目覚めたる者」。ですから「一人でさとった者」、そういう言葉ですが、あるいはこういう言葉が別にあるんですね。プラティヤヤ・ブッダ（pratyaya-buddha）。これは「一人で」という意味ではない。「縁によって」ですが、「因縁覚」というのはこれから来るのかと思

註――

（8）『日本思想大系』9「天台本覚論」一五一頁以下。

（9）『日本思想大系』23「古代中世芸術論」四五〇―四五一頁。（原文にあるルビは却って煩瑣になるので省略した。括弧付きのルビは註釈者）

いますが、こういう言葉もある。しかし普通は、「一人でさとったもの」で、これが「独覚」にあたります。このことだけをまず知っておいて下さい(10)。

それでは、このプラティエーカ・ブッダというものを定義する時に、「飛華落葉」という言葉、また「飛華落葉を観ずる」ということとの関連をどの辺りまで遡れるか、ということですが、その前にちょっと申し上げます。現在でも皆さんが仏教学の辞典をお引きになりますというと、多分「独覚」の項にいろんなことが書いてあるかもしれませんが、普通の定義と致しましては、こう書いてある。十二因縁を観じてさとるもの。二番目には、飛華落葉を観じてさとるもの。但し、これらの両方に共通することは、いずれも無師独悟である。師無くして独り悟るんだということです。それから、独《どく》住《じゅう》である。これは住むという意味ではなくて、留まる、独り居る(11)。

わたしが今申しますのは、大乗仏教が展開して後の、大まかな定義を言っております。無仏の世に、仏教徒にとって自分達の指導者であるお釈迦様も生きていらっしゃらない、この世には我われの指導者が誰もいない。本当の指導者がいない、その無仏の世に、しかもなお、師無くして独り悟っていく(ただし、中国天台などでは、釈尊《しゃくそん》が生きている時に十二因縁を観じて悟る、という考え方もあります。ちょっと細かい言い方が違うところもあるということだけ知っていて下さい)。その人は独住である。この独住ということについても、独住ではなくて、何人かのグループでいるという話もあるんですが、とにかく、先ず大まかなことを知っておいて下さい。そうでないというと、この話はどこから説明していいのか分からないことになるのです。

そして彼は飛華落葉を観ずる。今、問題にしようとしておりますのはこれですね。でも皆さん、これを見ても随分違うとお思いになりませんか？　十二因縁というのは、これは原始仏教以来言うところの仏教の教理です。人間という生存を、仏教では迷妄の存在、根本的に迷いというものにつきまとわれている存在なのだと考えます。その人間の迷妄的存在を十二に分析していく（十二因縁という考え方もあれば、あるいは十に考えるものもある。別に十二にこだわらなくてもいいんですけれども）。我われの存在、こうやって生きている存在は、普段気がつかないけれど、よく考えてみれば、これは迷妄の存在である。キリスト教でいう原罪に似ていますが、原罪とは違います。罪ではなく、これは、根本的な愚かさであります。根元的につきまとう愚かさ。これが無明《むみょう》です。無明ということが根本にあって、我われの存在というものが規定される。そして最後に老死という現実がある。

　この無明より行《ぎょう》（行為）があり、それ故人間の迷いがあり、欲望があり、人間の生存があり、やが

註――

（10）実は語源についても現在議論が戦わされている最中で、未だ決着がついていないのであるが、ともあれ **pratyeka** の俗語形と **pratyaya** の俗語形が似たような形（pacceka）になるので、そこから混乱が生じたとされている。

（11）一般的な辞書の記述を挙げると、法蔵館の『〔新版〕仏教学辞典』では、大まかな定義として「仏の教えによらないで自ら道を覚り、寂静な孤独を好むために、説法教化をしないとされる一種の聖者」とし、岩波書店の『〔第二版〕仏教辞典』では「師なくして独自にさとりを開いた人をいい、仏教のみならずジャイナ教でもこの名称を用いる。十二因縁を観じて理法をさとり、あるいはさまざまな外縁によってさとるゆえに〈独覚〉という」としている。ちなみに両者共に「独覚」ではなく「縁覚」で立項している。説明文中に「飛華落葉」の言葉を出すのは『仏教学辞典』。

て我われの誕生、現実の生があり、老や死がある。こういうふうにまいります。[12] ではこの無明を滅する時にはどうやって滅するのか。これは根本仏教におけるところの大問題であります。どうやって滅するのかを言うために、仏教にはすなわち「道《どう》」なるものが立てられます。サンスクリットではマールガ（mārga）と申しますが、その道とはすなわち道諦《どうたい》でございまして、[13] 四《し》諦《たい》の中に道というものが立てられております。

十二因縁では「老死」という言葉で我われの迷妄なる存在、苦なる存在を申しましたが、四諦では直接「苦」と申します。苦ということ、苦悩というものは、我われの無明によって生ずる。根源的な愚かさによって我われの苦悩が生ずる。苦悩の起こってくる理由を、集諦《じったい》というんです。この苦悩を脱却する、すなわち解脱《げだつ》の状態を滅諦《めったい》といいます。人間の苦悩を、人間の根元的な闇さを、どうにもならない根元的な、キリスト教で言うならば原罪の如く我われにつきまとうところの実存的なその闇さというものを捨てるために、ここに道諦というものを立てる。たいへんな大問題でございます。仏教というものは、本当はこの道諦から出発するのです。ここから出発するために、仏教は智慧というものを大事に致します。あるいは仏教は智慧の宗教だと言ってもいい。そのためにやがて大乗仏教では般若《はんにゃ》波羅《はら》蜜《みつ》を言います。[14]

ともあれ道というものが立てられていく。無明を如何に滅するのか、ということで道が立てられていくのであります。ですからこの十二因縁を観じてさとるということは、我われの無明より始めて、根元的な迷妄の存在という因縁を、次第次第に観じることですね。観じることによって我われがその迷妄を脱せる人間になってくる。このように、独覚というものは、十二因縁を観ずることによってさとるのです。

それからもう一つが、この飛華落葉を観じてさとる、でございます。「飛華落葉を観ずる」という言葉はどうも経典の中には出てこないらしい[15]。これに似たことは出てまいりますが、しかし、これは

註——

(12) いわゆる十二因縁の十二の要素を「十二支」と言う。即ち、無明《むみょう》、行《ぎょう》、識、名色《みょうしき》、六処《ろくしょ》、触《そく》、受、愛、取、有《う》、生《しょう》、老死の十二である。人間の現実である老死という苦なる存在の原因を次々と手繰って遡り、根源的な原因である愚かさ／迷い（無明）に至るまでを体系的に示したもの。各支の意味は辞書などに当たって調べられたい。

(13) 「四聖諦《ししょうたい》」とも言い、四種の聖なる真実のこと。仏教の教えの基本的な体系を示しており、ブッダが成道後、鹿野園《ろくやおん》で初めて法を説いたときに、先ずこの四諦の教えが示されたとされる。第一は、我われのこの迷いの生存はその総てが苦であるということ（苦諦《くたい》）。第二は、苦には必ず原因があるが、衆生の飽くことなき欲望が苦を引き起こしているのであり、しかもそれは他ならぬ自分自身の無知に根ざした欲望であるということ（集諦《じったい》）。第三は、その欲望を滅した状態こそが苦の消滅した究極の理想の境地（涅槃）であるということ（滅諦《めったい》）。第四は、その理想の境地に到達することは、八正道《はっしょうどう》、仏道によって可能であるということ（道諦《どうたい》）。

(14) 般若波羅蜜は、六波羅蜜、十波羅蜜に含まれる項目であり、これは初期仏教の時代から形成された概念である。大乗仏教のみの主張ではないので注意。但だ、大乗仏教では菩薩行の構成要件として六波羅蜜行を極めて強調しているということである。

(15) パーリ経典のうち「ジャータカ」中に極めて似た表現があることを阿賀谷友宏君から教えてもらった。「そこで、この人の前に黄ばんだ葉（花）が落ちた。彼はその黄ばんだ葉（花）において滅と衰とを確認し、三相（無常・苦・無我）を思惟し、大地を鳴り響かせながら、辟支菩提を生じさせた」(J. III, p. 239) とある。ここで「葉（花）」と訳している palāsa は、枝の先に付いているもの、つまり花と葉の両者を意味する語であり、この文章が正しく「飛華落葉」を意味するところが興味深い。

言うなれば、まことに日本的です。日本人の好きな言葉です。それで先程来申しましたように、こんなに多くのものに出てくる。そこで、飛華落葉という言葉はどんなところに出てくるかということを捜してみましたが、そのものずばりの言葉は、どうも中国の文献には出てこないようです。[16]

「天台法華宗義集」

さて[17]「天台法華宗義集《てんだいほっけしゅうぎしゅう》」という書物がございます。これは[18]義真《ぎしん》という人が書いたものです。この義真という人は、伝教大師最澄《さいちょう》が中国に渡ります時に付いて行った人です。元もとは奈良の法相宗《ほっそうしゅう》、興福寺の僧なんです。最澄が入唐《にっとう》致しますのは、いわゆる国費留学生として参りましたが、さらに通訳が要ります。最澄は中国の言葉が出来ない。そこで通訳として奈良にいた義真を連れていったんです。行きまして、最澄と一緒にいろんな勉強をしている人でございます。それで最澄亡き後、比叡山を任されるわけなんですが、この人の書いたものに、この「天台法華宗義集」というのがございます。

これはどういうことで書いたかと申しますと、「天長六本宗書」の話をしたと思うんですが、淳和《じゅんな》天皇の時に、奈良の六宗と、真言と天台の各宗の綱要書を提出させたことがあります。[19]その書物は、今全部残っているわけではありませんけれど、大変に貴重な書物であろうと思います。平安初期における日本仏教というものの粗方、大体の様相を知るのに、これらを勉強することは大変にいいことでございます。律宗のものなどは極く一部しか残っておりません。法相宗のものは全部残っております。それから、空海《くうかい》の[20]「十住心論《じゅうじゅうしんろん》」。これは膨大な書き物でして、空海の、仏教全体に対する見解というものをこれによって知ることができるわけです。その時に義真が天台宗の綱要書として作ったものが「天台法華宗義集」でございます。

この書物は、『大正大蔵経』[21]の中にも、もちろん『大日本仏教全書』[22]にも載っております。短いも

註――

(16) 後述で智顗の「摩訶止観」があげられるが、似た表現は同時代の慧《え》遠《おん》（五二三―五九二）の著作中にもある。「如辟支仏得道因縁経中広説。如払迦沙思風動樹而得悟道」（「大乗義章」巻十七末『大正』四四、八〇七頁上―中段）

(17) 『大正』七四、二六三頁以下。

(18) 平安前期の天台宗の僧。［生］七八一―［没］八三三。入唐中、台州龍興寺に於て最澄とともに円頓戒を受け、越州では密教の付法も受けた。最澄没後に大乗戒壇院設立の勅許を受けた際に最初の伝戒師となり、また後の天台座主《ざす》に当たる僧首となった。

(19) 〈止観〉註（76）及び当該本文を参照されたし。

(20) 詳しくは「秘密漫荼羅十住心論《ひみつまんだらじゅうじゅうしんろん》」（十巻）という。『大正』七七、三〇三頁以下。

(21) 詳しくは『大正新脩《しんしゅう》大蔵経』という。日本で編纂された大蔵経。高楠順次郎・渡辺海旭らが中心になって、一九二四～一九三四年にかけて刊行された。正編五十五巻、続篇三十巻、別巻十五巻の計百巻からなる。インド撰述の経・律・論の漢訳、中国・日本撰述の章疏などを収めている。

(22) 江戸時代までに成立した日本仏教に関わる文献を集大成した全集。高楠順次郎・望月信亨らが中心になって、一九一二～一九二二年にかけて刊行された。仏教のみならず、歴史・文学・美術研究に欠くことのできない希覯文書が多く輯録されている。当初全百五十巻で刊行されたが、後に鈴木学術財団によって、全百巻に再編されたものが出版された。本書で示すのは、この新版の巻数である。

のですが、本当に要領よく纏められている。読んだところで、面白くないような書物です。そして中国天台の域を一歩も出ていないではないか、とこういうふうに思われる。日本天台の思想というものは、中国天台とずっと変わってまいります。けれど、この書物を読む限り、中国天台の[23]「法華《ほっけ》玄義《げんぎ》」とか、あるいは[24]「摩《ま》訶《か》止《し》観《かん》」というものの域をまだ出ていないのではないかというふうに思われるんです。しかしその分類の仕方に於て、項目のたて方に於て、これが後の日本天台に大きな影響を与えているのです。

ここにいろいろと分類して書いてあるそのことが、比叡山に於て、後に論義《ろんぎ》として展開します。比叡山は昔から「論湿寒貧《ろんしつかんぴん》」と言われますように[25]、本当は叡山のお坊さんは勉強するのが一番の根本なんです。この論義はインドから中国、日本に伝わるものですけれども、日本天台の論義の項目というものは、これは「天台法華宗義集」が一番の元になる。その意味で非常に重要な意味を持つ書物でございます。

その天台の綱要書の中に、

次言辟支仏者。梵語歟漢語歟。答。梵語也。問。漢語云何。答。此翻縁覚。生於仏世聞説十二因縁頓悟支仏故。問。約此支仏有幾種耶。答。且有二種。生於仏世。如前所説。若出無仏世只観華飛葉落頓悟支仏。[26]

「次に辟支仏と言うのは梵語か漢語か」という質問に「梵語なり」と答えています。仏教の書物、論書というものは、インド以来いつでも問答体になっています。論義の形式でございます。ディスカッションなんです。その論義ということについては、ちょっと皆さんのご注意をひいておきますけれど、仏教だけではありません。キリスト教では、カトリックの中に於て今なおありますし、殊に中世に盛んであったらしい。カトリックの修道院の中に於て、中世の修道師達がラテン語で行っていた。それから仏教圏内に於ては、今なおチベットで行われている。いわゆる問答体というのは、こういう論義の形式です。

「ここには縁覚と翻ず」。梵語、サンスクリットで辟支仏というのを縁覚というふうに翻訳している。「仏世に生じて十二因縁を説くを聞き」とありますね。これは、わたしさっき「無仏の世に於て」と言いましたね。しかし中国天台に於ては、仏の世に生まれて、仏よりその教えを聞いて悟るんだという。これは、中国天台の[27]「四教儀《しきょうぎ》」などにも出ております[28]。中国天台の解釈です。

註——

(23)〈止観〉註(11)を参照されたし。

(24)〈止観〉註(2)を参照されたし。

(25)「論」は「論義」のこと。即ち仏教教義の勉強。「湿」は湿度。比叡山は一年を通じて湿度が高く、冬の「寒」さは格別で、極めて過ごしにくい所であるが、その環境でも清「貧」に甘んじ、一心に勉学に励む僧侶の様子を言ったもの。

(26)『大正』七四、二六五頁上段。

(27)詳しくは『天台四教儀』。高麗の天台僧諦観の著。天台教義の要綱を簡潔に纏めており、仏教の入門書としても広く用いられた。『大正』四六、七七三頁以下。

「仏世に生じて」は、お釈迦様が生きていらっしゃる時に生まれて、です。十二因縁をお釈迦様が説くのを聞いて頓悟《とんご》するのです。その場で悟る。「支仏」は辟支仏です。そういうふうに悟るんだという。「問ふ。この支仏に約して幾ばくの種　有りや」。この辟支仏という者については、幾種類有りますか、というのに、「答ふ。且つ二種有り。仏世に生ずるは前に説くところの如し」。二番目は、「若し無仏の世に出《いで》なば、只だ華飛葉落を観じて頓悟せる支仏」。これが、わたしは日本の仏教における一番最初に出てくる例であろうと思います。いわゆる日本の従来の学者が、辟支仏の定義として大まかに言うのは、ここに依る。日本天台ではこういうふうに出て来るんです。

今は「華飛葉落」という言葉を義真に見たんですが「摩訶止観」の巻十をちょっと見て下さい。

> 華飛び葉動ずるが如き、少の因縁を藉《かり》て尚ほ支仏を證す。何をか況や世間の旧法をや。然るに支仏　正なりと雖も、華葉は終《つ》ひに正教に非ず。外の外道、密に悟れども而も其の法門、但だ諸見に通ず。正法に非ざる也[29]。

「華飛葉動」の如き、そういう小さな因縁、小さな理由によって、小さな事柄によってという意味ですね、「尚ほ支仏を證す」、辟支仏としての悟りを得ることができる、と書いてございます。そしてその次を見ますというと、「然るに支仏は正なりと雖も、華葉は終ひに正教に非ず」と、辟支仏は華飛葉動を見て、一応仏教でいうところのさとりを得ることができるけれども、本当は、華とか葉っぱとかというものは、ついに仏教本来のものではないのだ、ということを言っております。

今は「華飛葉動」など、「飛華落葉」の言葉だけに関わって言いますが、「摩訶止観」の中に、辟支仏というものをこのように言っているということが、やはりあるのであります。

「真言宗教時義」

では次に[30]「真言宗教時義《しんごんしゅうきょうじぎ》」を見てみましょう。この「真言宗教時義」というのは、[31]安然《あんねん》という人が書いたものです。安然という人は、八四一年より九〇一年に生きていたことは確かですが、何時死んだのかわかりません。比叡山における九世紀半ば以後の大学者です。五大院《ごだいいん》というところに居りましたので、五大院安然と普通申しますが、その五大院はどこにあったか分からないんです。この前申し

……………

註

(28) 縁覚が仏から教えを受けることに関して「次明縁覚。亦名独覚。値仏出世。禀十二因縁教。……因観十二因縁覚真諦理。故言縁覚。言独覚者。出無仏世独宿孤峯。観物変易自覚無生。故名独覚。両名不同。行位無別」（『大正』四六、七七七頁上段）などとある。

(29) 「摩訶止観」巻十下「如華飛葉動藉少因縁尚證支仏。何況世間旧法。然支仏雖正華葉終非正教。外外道密悟。而其法門但通諸見。非正法也。」（『大正』四六、一三六頁下段）

(30) 『大正』七五、三七四頁以下。

(31) 円仁、遍昭らに学ぶ。入唐を目指したが果たせず、ひたすら勉学に打ち込んだ人物。浩瀚な著作をものして、台密の完成者として知られる。著作として「教時義」の他、「菩提心義抄」「悉曇《しったん》義記」「斟定草木成仏私記」などがある。

ましたように、比叡山は焼けてますので。

五大院の五大は、密教の言葉です。密教の五大というのは、地大《じだい》、水大、火大、風大、空大の五大、いわゆる五種の構成要素です。宇宙における総てのものの構成要素です。空大というのはこれは大乗仏教でいうあの空ではないですよ。空間とか虚空《こくう》とかいう意味でございます。[32]

「真言宗教時義」と書いていますが、この「真言宗」というのは、これは高野山、東寺の真言宗ではありません。そういう意味ではなくて、台密《たいみつ》における密教を顕教よりも上なるものとして考えた。こういう時があったのであります。

この安然という人の学問はいろんな意味で面白い。安然が戒律について書いたものがございます。簡単に戒律についてと申しておきますが、[33]「普通広釈《ふつうこうしゃく》」というのがある。この「普通広釈」という書物を読みますと、戒律論を展開する時に、戒律の問題を離れて、非常に注目すべき思想がたくさんある。この辺りになって日本天台の思想というものは非常に日本的になってくる。中国天台の域をはるかに出て来るのであります。日本天台の思想を本覚思想《ほんがくしそう》という人がよくあります。自分は、そのままで本来としての仏であるという、そういう思想ですね。この本覚思想のようなものも、確かにこういうところに明瞭に読みとることができます。

安然の「真言宗教時義」の「真言宗」というのは、弘法大師の真言宗ではない。「密教」という意味でございます。「真言」は大日如来の言葉という意味です。「教時義」というのは[34]教相判釈《きょうそうはんじゃく》です。つまりこれは安然におけるところの教相判釈の書物でございます。その時に、この人は密教を一番上に置いているのです。

最澄は止《し》観業《かんごう》と遮那《しゃな》業《ごう》に於て、これを同格であり、表と裏であり、両方を扶け合うものとして考え、密教と顕教の言うところは、最澄に於ては相反しない。お互いを相互的に裏付けるものとして最澄は考えようとした。しかし繰り返しますが、最澄はどうしても密教の勉強が足りない。そのために最澄は弟子の[35]円仁《えんにん》に中国に行ってもらいます。慈覚大師《じかくだいし》円仁は中国に密教の勉強に行きました。この人は足掛け十年も中国にいて、大変苦労して帰ってくる。この円仁が中国に行ったのは、足らざる密教を

註——

（32）本来は「五大」ではなく「四大」と言う。四大は仏教の基本的物質観の一つで、「四大種」とも言い、総ての物質存在を構成する四種の要素のこと。地・水・火・風大の四種を言い、その本質は順に、堅さ（堅）・水気（湿）・熱（煖《なん》）・動き（動）である。地大にはものを保持する働きがあり、水大には収め集める働き、火大には成熟させる働き、風大には動かし成長させる働きがあるとされる。これら四種の要素が様ざまな割合で各種各様に結合して物質を形作り、それぞれの要素の含まれる割合によって物質の性質が決定される。この大種それ自体と、それによって構成された物質的存在（四大所造色）とを合わせたものが「色《しき》」である。密教ではこの四種に、物質が存在する場としての虚空（真空／空間）を加えて「五大」と言うのである。更に密教では識を加えて「六大」と言うこともある。このような物質観は古代には広く世界に認められ、古代ギリシアでは、有名な医者ヒポクラテス（B. C. 460-377）とその学派が、四種の原素、火・空気・水・土の体系を創始しているし、また、古代中国では、木・火・土・金・水の五行説が行われた。

（33）詳しくは「普通授菩薩戒広釈」（三巻）という。『大正』七四、七五七頁以下。

（34）〈止観〉註（44）を参照されたし。

（35）天台宗第三代座主。［生］七九四―［没］八六四。詳しくは〈「阿弥陀経」と日本文学〉註（15）及び当該本文を参照されたし。

補うためでございました。

円仁の後には円珍《えんちん》(36)が参りました。あの三井寺の祖になった円珍が参りまして、なお密教というものを取り入れた。こうして比叡山に於て密教をどんどんどんどんやった。やがて安然になりますというと、とうとう密教が上になったのであります。

ついでに申しますが、密教が非常に盛んになってくると、これでは叡山の学問というもののバランスがとれない。その時に恵心僧都《えしんそうず》(37)の師匠であるところの良源《りょうげん》(38)が現れて、天台の学問の方向を修正し、本来の論義というものを盛んに致します。論義の項目そのものは、先ほどの「天台法華宗義集」から始まるんですけれども、論義の研究にはこの人をやらないといけない。

では「真言宗教時義」に戻りましょう。これを読んでみますというと、ここにはっきりと「飛華落葉」という言葉が出てくるのであります。いろんな意味で安然という人は仏教を日本的にした人ですが、恐らく、この辺りが一番最初ではないかと思う。

問ふ。前に一仏中に、一切六大皆仏身たりと云へり。若し爾らば、実業、六趣、四乗、六大等の声も亦一時説の中に摂すや否や。答ふ。小乗の婆沙倶舎論等に説く。「伊沙山に五百の独覚有り。時に群猿有りて、先ず比丘の囲遶行道するを見る。彼の猿、之を学んで以て威儀を現ず。時に五百人、彼を見て道を悟る」と。又「独覚人、飛華落葉を以て聖果を證す」と。又、大乗中の楞伽経に説く。「或る仏土は光明を以て仏事を作す。或る仏土は香を以て仏事を作す。或る仏土は味を以て仏事を作す。或る仏土は声を以て仏事を作す。今娑婆世界は声を以て仏事を作す」と。十住断結経に云く。「上方寂漠世界の如来眷属、皆臥眠に入りて法を説くに成道す」と。又云く。「仏滅度の後、像法已に尽く。樹下を経行するに皮を割く。声を聞きて即ち仏道を成ず」等云云と。[39]

議論の詳細は今は取り上げません。「答ふ」のところからご覧下さい。「小乗《しょうじょう》」「小乗仏教」というのは、あまりいい言葉ではございませんが、昔の学者はこういうことを申しました。大乗仏教以外の仏教をこのように言ったのです。「婆沙《ばしゃ》」というのは「[40]大毘婆沙論《だいびばしゃろん》」という書物です。それから「倶《く》舎《しゃ》」は「[41]倶舎論」ですね。

註――

(36)《止観》註(139)を参照されたし。

(37)源信のこと。〈「阿弥陀経」と日本文学〉註(17)を参照されたし。

(38)比叡山中興の祖。元三《がんざん》大師と称される。[生]九一二―[没]九八五。他宗との論義に勝利して、比叡山の学問のレヴェルの高さを世に示した人物。なお良源は角大師とも称されて、角を生やした怖しい容貌で図像化され、その絵図は魔除けの護符として使われている。

(39)「問。前一仏中云一切六大皆為仏身。若爾実業六趣四乗六大等声亦摂一時説之中耶否。答。小乗婆沙倶舎論等説。伊沙山有五百独覚。時有群猿先見比丘囲遶行道彼猿学之以現威儀。時五百人見彼悟道。又独覚人飛華落葉以證聖果。又大乗中楞伽経説。或仏土以光明作仏事。或仏土以香作仏事。或仏土以味作仏事。或仏土以声作仏事。今娑婆世界以声作仏事。十住断結経云。上方寂漠世界如来眷属皆入臥眠説法成道。又云。仏滅度後像法已尽。経行樹下割皮聞声即成仏道等云云。」(『大正』七五、四〇八頁下段―四〇九頁上段)

(40)詳しくは「阿毘達磨大毘婆沙論《あびだつまだいびばしゃろん》」(二百巻)という。『大正』第二十七巻一冊が全てこれに充てられている。

(41)詳しくは「阿毘達磨倶舎論」(三十巻)という。世親(ヴァスバンドゥ)の著作。『大正』二九、一頁以下。

「伊沙山に五百の独覚有り。時に群猿有りて、先ず比丘の囲遶行道《いにょうぎょうどう》するを見る」。群れた沢山のグループの猿がいた。「比丘《びく》」は独覚ではありません。比丘というのは二百五十の律（いろんな律がありますから二百五十に限りませんが）、正式な戒律を受けて、それで出家をした者です。「囲遶行道」は、ぐるーっとこういうふうに回りながらお経か何かを唱えるのをいうのです。

「彼の猿、これを学んで以て威儀を現ず。時に五百人、彼を見て道を悟る」。いわゆる猿真似というけれど、猿が真似をしたのですね。「五百人」は、今度は独覚です。山の中に居た五百人が、比丘の真似をして威儀を正した猿たちを見て、それで仏道をさとった、そして独覚となったというのです。

その次に、「又独覚人、飛華落葉を以て聖果を證す」とありますが、「婆沙論」や「倶舎論」には、この「飛華落葉」という言葉はないんです。とすれば、この言葉は安然がここに挿入している言葉であります。飛華落葉によって「聖果《しょうか》」というのは聖なる結果です。さとりと言ってしまえばそれまでですけれど、何故わたし、言葉を選ぶかと申しますと、独覚のさとりというものが何であるかということは重大な問題でございまして、大変議論されております。

「又大乗中の楞伽経《りょうがきょう》に説く。或る仏土は光明を以て仏事を作す。或る仏土は香を以て仏事を作す。……」。「楞伽経」[42]という経典があります。これは大乗の経典ですから「大乗中の楞伽経に説く」。仏土というものを光明を以て飾り、香を以て荘厳し、なんて書いてありますね。そして「今娑婆世界は声を以て仏事を作す」と。

それから、「十住断結経《じゅうじゅうだんけつきょう》に云く。上方寂漠《じゃくまく》世界の如来眷属《けんぞく》、皆臥眠に入りて法を説くに成道す」。

「十住断結経」[43]という経典は、華厳系の経典であります。その経典の中に、上方の寂漠世界に於て、如来とか眷属が皆「臥眠に入りて」法をそこで説くその時に、成道するんだと言う。

「又云く。仏滅度《めつど》の後、像法已《ぞうほうすで》に尽く」の「仏滅度」と言うのは、仏がこの世から姿をお消しになるという意味です。仏教には正像末《しょうぞうまつ》の三時という考え方があります。(44) 正法《しょうぼう》と言うのは、千年とも五百年ともいいますけれど、お釈迦様がおられてから千年程の間は正しき教法が伝わっている。それで千年経ちますと、「像」はそれに似た形として残っている。しかしそれも過ぎると、もはや総《すべ》ての教法もなくなって、世の中が乱れてくる。いわゆる末法《まっぽう》でございます。その像法が已に尽きて、末法に入る時に、「樹下《じゅげ》を経行《きょうぎょう》」しまして、その時に、木の皮が割ける音を聞いて、そこではっとして成道するということです。樹下を経行するというのは（禅宗では「経行」は「キンヒン」と読みますよ）、普通はお経を唱えながら歩くという意味ですが、それだけではなくて、静かに歩くという意味もあります。その時に木の皮が割ける。ばりっと割ける音を聞いて成道する。非常に禅的でもありますけれど、こういうことを言うのでございます。

註——

(42) 如来蔵思想と阿頼耶識《あらやしき》思想とが結合されたインド大乗仏教の経典。サンスクリット原典（*Laṅkāvatārasūtra*）と漢訳三本（『大正』一六、四七九頁以下、五一四頁以下、五八七頁以下）とがある。

(43) 詳しくは「最勝問菩薩十住除垢断結経《さいしょうもんぼさつじゅうじゅうじょくだんけつきょう》」という。『大正』一〇、九六六頁以下。

(44) 様ざまな解釈がなされているが、基（六三二—六八二）の「義林章」では、教え（教）とその実践（行）とその結果（證）の三つが揃っている時代を正法、證が失われて教・行の二つのみの時代を像法、教のみが伝わっている時代を末法としている。平安中期以降の日本で末法思想が広まり、浄土教系の諸宗や日蓮宗で強調されるが、中国でも浄土教のみならず、〈「涅槃経」と日本文学〉で関説される三階教などはこの三時説を極めて重視した。

ところで、先ほどの「摩訶止観」では「然るに支仏は正なりと雖も、華葉は終に正教に非ず」云々と、花びらが飛び葉っぱが落ちるというようなことは、これは本当の仏教、お釈迦様の教えにも無いし、そういうことは仏教では正道ではないんだろう、そういうふうに言うんです。

ところが安然の言うのには、そうではないと言う。天地、自然、飛華落葉、総ては大日如来の世界の中にある。それはすなわち大日如来の世界である。大日如来の、言うなれば法体《ほったい》である。これは密教の考え方でございます。飛華落葉も天地自然も総ては大日如来の法体に他ならないんだと言う。だから飛華落葉を観じてさとるということは、それは仏教として認められるんだと言う。そういうことを「真言宗教時義」では言うのでございます。「華葉」などという、飛ぶ花や何なにを見て、これを相手に仏道を成ずるということは、これは仏教の正道とは言えないものではないか。こういう疑問に対しまして、安然は「真言宗教時義」に於て、密教的なものの考え方を以て、ここできちっと解決を付けてゆくのであります。

「横川首楞厳院二十五三昧起請」

この「飛華落葉」という言葉はよく使われる言葉であるらしくて、恵《え》心僧都《しんそうず》源信の書いたものの中にも、「飛花落葉」という言葉を使っている例があります。[45]「横川首楞厳院二十五《よかわしゅりょうごんいんにじゅうご》三昧起請《ざんまいきしょう》」というものがございます。叡山の横川の首楞厳院、比叡山の中の一番の中心の寺院ですが[46]、そこに恵心僧都は所属する。住むのは恵心院です。そこに於て二十五三昧というのが行われた。例えば[47]慶滋保胤《よししげのやすたね》とか源為憲《みなもとのためのり》(48)とか、その人達が恵心僧都を中心にいたしまして、ここに念仏の結社を作ります。それがすなわち二十五三昧会《にじゆうござんまいえ》です。起請の言葉というのは、約束の言葉です。この言葉は、恵心僧都が作ったのかあるいは慶滋保胤が作ったのかわかりません。(49)文章を見てみますというと、非常に綺麗な文章でありまして、あるいは慶滋保胤の作かもわかりませんが、その中にも、

註――

(45)『大正』八四、八七八頁以下。「観無量寿経」に説かれる「臨終の時に十念を具足して南無阿弥陀仏を称名するならば、仏の来迎を得て浄土に往生することができる」という教説に基づいて、同志の二十五名が契りを結び、平生から浄土の行を修め、毎月十五日の夕に集まって念仏三昧を行じ、ひとしく浄土往生を期す、という「二十五三昧会《にじゆうござんまいえ》」が平安中期に発案されたが、この「横川首楞厳院二十五三昧起請」が書かれてからは、迎講《むかえこう》といわれる運動にまで展開し、そののち長く盛行することとなった。

(46)比叡山延暦寺の中核を為す三塔の一つということ。八二九年に円仁の開創した首楞厳院（横川）と、円澄が八三四年に創建した西塔院と、東塔（根本中堂）とを合わせて三塔と言う。

(47)〈阿弥陀経〉と日本文学〉註（16）を参照されたし。

(48)平安中期の漢詩人。[生]九四一―[没]一〇一一。詩文の才に秀で、前記の勧学会などに参加する。多くの著作をものするが、「三宝絵《さんぼうえ》」や「世俗諺文《せぞくげんぶん》」などは特に有名。

(49)この「横川首楞厳院二十五三昧起請」が書かれる前に「起請八箇条」というものが慶滋保胤によって起草されている。八箇条からなる盟約であり、この二十五三昧会に結縁したものは、日頃からたがいに策励して念仏を勤修し、またその臨終においては、一同が集まって念仏し、その死を看取るというものである。「横川首楞厳院二十五三昧起請」はこれを殆ど踏襲し、それを十二箇条に拡大したものであり、作者にも疑念が残る。

或は飛花落葉の時、或は清風朗月の夜、若しは独り閑室に在るも、心を運んで西方を観念すべし。[50]

とあります。これは別に独覚のこととは書いていない。あるいは飛花落葉の時、飛ぶ花、落つる葉を見る時も、あるいは清風朗月を見る時に於ても、あるいは一人部屋にいる時でも、西方の極楽世界を観じて弥陀を念じよ、という。慶滋保胤の文章であるのかもわかりませんが、こういうものが『恵心僧都全集』の第一巻に収められております。[51]

釈尊のさとりと独覚

わたしがこんなことを申しますのは、日本の仏教者は、恵心僧都等も含めて、飛華落葉という言葉が大変に好きで、好んで使ったということを、まず申したいのです。大変に好んで使いました。仏教者でなくても、謡曲とか、あるいはお花とかお茶とかそういうものの場合にも、美しい言葉ですから、あるいはセンチメンタリズムな響きを持って、風流の響きを持って、それをよく使ったのでしょう。しかし仏教者が使う場合にはそれだけではない。それだけではないように思うんです。それらの話を、話がどこまで行くかわかりませんけれど、続けてみたいと思います。

さて、独覚を飛華落葉というようなことに結び付けるのは、今までの話を纏めますと、中国の「摩訶止観」に見える。他にもあるかも分かりませんよ。[52]しかしこの表現はインドにはもちろんありません[53]。それから日本で特にこの表現が好んで用いられる。それについて、一つの理由は、いわゆる花鳥風月という風流を好む日本人の好みに合っているということですね。ここに申し上げたような例は、本当に一部でございまして、皆さんもいろんなものをお読みになっているときに、たくさんお気付きになることと思います。日本人の感性に応じて、そのように用いられるようになったわけなんですが、この問題に絡みましてもう少し説明させていただきます。

この独覚、プラティエーカ・ブッダ（pratyeka-buddha）にしても、プラティヤヤ・ブッダ（pratyaya-buddha）にいたしましても、まことに大まかな筋からしか言わないと申しましたけれど、実は、独覚あるいは縁覚、どちらを申しましても、これは本当はいろいろ研究しなければならない仏教学上の課題なのでございます。わたしは専門に勉強したわけではございませんので、仏教学上の本当の専門的なことにはあまり立ち入ることができないのでございます。ただ、こういう考え方があるんですね。独覚というのは、お釈迦様が、釈尊がさとりを開かれる時の姿なのだという説もある。お釈迦様は（これは経典などによるところですよ）、さとりを開かれたけれども、人びとに説法しようとはしなかった。仏典によると、菩提樹の下でさとりを開かれたと書いてありますが、そのさとりを開かれてから、

註――

（50）「或飛花落葉之時。或清風朗月之夜。若独在閑室。運心可観念西方」（『大正』八四、八七九頁下段―八八〇頁上段）

（51）『恵心僧都全集』第一巻、三五五頁。

（52）註（16）を参照されたし。

（53）註（15）を参照されたし。

ムチャリンダの木の下に行って（無花果の木のようなものだと言いますが）、あるいは別の木の下に行って、釈尊は自分のさとりの内容を、心の風光ですか、それを味わっておられて、説法はなされなかったのだ、とこういうふうに言われている。この時のことを、開悟のまま人びとに説法をしない、この姿がすなわち独覚である、とこういうふうに言います。

ですから、独覚とか縁覚の定義は、先ほどわたしは「無師独悟」とか「独住」とか申しましたけれど、もう一つには、人のために説法しない、他のために説法しない、ということでした。[54] ですから、これは釈尊の開悟の時の姿を言うのだというふうに言われるのです。釈尊がさとりを開いたまま、説法しないというのを独覚と言うのならば、それでは、後に独覚と言われる人びとと、釈尊のさとりとは同じか否かという問題がいろいろとあるようでございます。

一人さとるという意味に於て、言葉の意味では独覚です。でもわたしは違うのではないかと思う。説法をしたかしないかではないのです。止観《しかん》の場合に於ても、いわゆる観に於て釈尊は縁起の道理を観ぜられたということを申しましたけれど、やはり違うのであろうとわたしは思います。何故かと言いますと、まず違うことの理由の一つは、釈尊がウッダカ・ラーマプッタとかアーラーラ・カーラーマとかいう婆羅門のところを出たと申しましたが、仏伝《ぶつでん》に記すところによるならば、例えば心をですね、無所有処《むしょうしょ》とか非想非非想処《ひそうひひそうじょ》におくことが出来ていた。[55] 何も無いところに、差別の相を超えて無差別のところに行く。あるいは自分の想いというものが宇宙と一体化していく。[56] これはインドの哲学でも、[57] シャンカラなんかの哲学でも言うわけでございますね。ところがこれにゴータマ・シッダールタは飽き足らないで、これが窮極のものではないというんで、師の下を出て、そしてウルヴィルヴァーの山の中に入ってゆくのです(58)。

後の空《くう》の思想は、学者によりましては、初期の仏教と非連続に出てきたと言いますが、そんなことはないとわたしは思います。全き空の立場に於て、その空はこういうものではない。何も無いところ

註——

(54) この定義も後世の一般的なものであるが、実は説法する辟支仏の姿が初期仏教文献中に生き生きと描かれている。そのことについて、まだ調査中ではあるが、阿賀谷友宏君の仮説を紹介しておこう。辟支仏も確かに説法をするが、その説法は、飽くまで供養の果報などの世間的な事柄に限定されており、辟支仏の説法を聞いて出家を志す者はあっても解脱する例はなく、ブッダの説く出世間的な解脱へと導く教えとは異質なものであるのではないか、とのことである。

(55) 後に四無色定《しむしきじょう》として纏められる禅定の種類。無《む》所有《しょう》処《しょ》定は、この無限の空間に、我も我がものも、何物も全く存在しない状態をイメージする定。非想非非想処《ひそうひひそうじょ》定は、禅定に入っている想いが存在しないとも、存在しないのでもないとも判別できない状態にある定。

(56) 前記四無色定の一。識無《しきむ》辺処《へんじょ》定という。無限の空間に識が遍満している状態をイメージする定。ちなみに残る一つの空無辺処定は、空間が無限であることをイメージする定。後に体系化され、禅定の深まる度合いに随って、空無辺処定、識無辺処定、無所有処定、非想非非想処定の順に並べられる。

(57) インドのヴェーダーンタ学派の思想家。[生]七〇〇頃?—[没]七五〇頃?　ウパニシャッド以来の思想を徹底させて不二一元論を主張した。無明の滅尽としての解脱を説き、その仏教との類似から「仮面の仏教徒」と呼ばれることがあるが、ヴェーダーンタ哲学を深化した功績は大きい。多数の著作を残しており、その影響は現代にまで及んでいる。

(58) この林中で六年間五人の比丘とともに苦行に励んだと伝えられる。

にあるのではない。鈴木大拙先生の言葉だけれども、それは活潑潑地《かっぱつはっち》でなければならない。(60)観として積極的に働かなければならない。それが、いわゆるそれまでのインドの哲学との違いであろうかと思うのです。

そう考えてくる時に、釈尊は、確かに山の中で一人さとったから、その意味で独覚です。しかしそのさとりの内容というものは、そんなに弱くない。梵天勧請《ぼんてんかんじょう》と申しまして、世界の主である梵天が現れて、さとりを開いたゴータマ・シッダールタに、人びとに説法せよ、と勧めた。そのように言われてから、ブッダは改めて世間を観察し、自分の説法によって解脱へ向かうものもある、ということで説法を始めた、と仏伝は言うのですが、その時に独覚の域を脱したと言うのかも分かりませんが、それ以前にです、この段階におけるさとりというものは、そんなに弱いものではない。

存在の根底ですよ。その存在の根底というものに足をつっこんだということは、これは恐ろしいことですよ。戦慄すべき体験です。ものすごい天才でなければ触れられない世界だろうと思う。わたしどもだったら、存在の根底に足をつっこんだら精神が破壊されるかも知れない、それくらいの世界じゃないでしょうかね。それくらいのものがこの中に籠められていなかったら、二千年も三千年も続きますか。

では独覚の問題に戻ります。さっき申しました、この人びとの最も大まかな定義は、だいぶ後ののです。先ず、二世紀から三世紀頃に作られている「大智度論《だいちどろん》」という書物の中で、独覚というものは十二因縁を観じてさとるもの、という定義が出てくるんです。(61)二世紀から三世紀、仏教の書物の上では、そんなに古いことではない。ここに於て、独覚なるものは十二因縁を観じてさとる。釈尊の教えによるいわゆる迷妄の存在についての分析でございます。

二番目には、現前の事象を観じて、すなわちそれによってさとる。こういう考え方が、この辺りで成立するのでございます。いずれにいたしましても、独覚というものは無師独悟である。一般的には仏がいない、お釈迦様がいない、そういう無仏の世に於て一人さとるもの。その時には「大智度論」にありますように、十二因縁を観じるとか、または現前の事象によってさとる。そういう流れが、これが飛華落葉となるのでございます。この流れがずっと、中国の書物、それから日本へ来まして、そして安然の書物あたりで定着致します。そしてこの飛華落葉には密教的な解釈も入ってくる。そして他のために説法しない、ということ。これはやっぱり釈尊の伝記に基づいているのかもしれません。他のために説法せず、ですね。これはいわゆる自利です。自利は自分本位です。こういう人びとを独覚という。他の為に説法せず、自利を本位とする。

註――

(59) 仏教思想家として国際的に活躍した禅僧。[生]一八七〇―[没]一九六六。若くして渡米し、精力的に禅思想を欧米に広めた。

(60)「活潑潑地」は、魚がぴちぴちと撥ねるように、極めて勢いのよいさま、気力が充実している様子を表す語で、出典は「中庸」。ここで白土先生が鈴木大拙の言葉と言っているのは、大拙が空の境地、さとりの境地をこの語で表現したことから。

(61) これは、例えば「大智度論」巻第三十一に「復次衆生有二種。一者著世間二者求出世間。求出世間有上中下。上者利根大心求仏道。中者中根求辟支仏道。下者鈍根求声聞道。為求仏道者説六波羅蜜及法空。為求辟支仏者説十二因縁及独行法。為求声聞者説衆生空及四真諦法」(『大正』二五、二九五頁中段)などとあるのを指すか。

それからよく山中に入る。こういう要素がある。この山中に入るというのは、ちょうどインドには仙人というのがございました。リシ（ṛṣi）と申します。インドには山中の修行者が、仏教以外にもございました。そういう観念が、ここに入ったのであろうと言いますが、しかし実際に具体的に、山中に入って、そこで一人、現前の事象によって、落つる葉でも花でもよろしい、鳥の鳴き声でもよろしい、そういう現前の事象を観じて、何をそこに得ていくのか、どうぞ皆さんお考え下さい。それが独覚というものです。

三乗と独覚

わたしが今日申したいことは、実はこれからなのでございます。日本の仏教に於ては、独覚ということが言われる時に十二因縁というような、こういう仏教の教理的なことよりは、現前の事象を観ずるという具体的な、こちらの方が非常に流布してきた、そういうことは言えるであろうと思います。今から日本の仏教に入りますが、その前にちょっと申し上げておかなくてはいけないことがございます。

それは日本でも中国でもそうでございますけれども、この独覚というものはただ「独覚」とのみ言わないで、「独覚乗《じょう》」とか「縁覚乗」と言う。ご存知のように、仏教では二乗とか三乗とかと言うことがございます。「乗」は乗物という意味です。向こう岸に、迷いの岸よりさとりの岸に、迷いを離れる世界に連れていく乗物です。すなわち「教え」という意味でございます。二乗という場合は声《しょう》聞乗《もんじょう》と独覚乗、あるいは縁覚乗というふうに申します。三乗というのは、それにさらに菩薩乗《ぼさつじょう》というものを加えたものです。こういうものを二乗とか三乗とか言います。

これはもちろんインドにできたことでございまして、そして特に「法華経」という経典は、一乗ということを力説しようとする、強く一乗ということを言おうとする経典として現れました。一乗とは仏乗、いわゆる大乗です。大乗の教えを以て、本当に最も直接的に人びとを大乗のさとりの世界に導いていくんだということを言う。「法華経」は、この一乗ということを言う。

声聞乗とは声聞に対する教え、声聞に対する教えというよりはその教えによって人びとが声聞になる。逆に言うならば、その人を声聞たらしめる教えということです（同様に、縁覚乗は人を縁覚たらしめる教え、菩薩乗は人を菩薩たらしめる教え、こういうふうに言いまして、三乗は有縁《うえん》なる教えです）。声聞という言葉は、インドではシュラーヴァカ（śrāvaka）と申しまして、意味は声を聞くもの、ですね。元もとはお釈迦様の声、説法を聞いて修行する人のことを声聞と申しました。しかし、お釈迦様はいつまでも生きておりませんから、その後は、お釈迦様の教えを一所懸命勉強して修行する、真面目なスチューデントであります。

これに対しまして、縁覚というのは、無師独悟でございます。この縁覚にも種類がございまして、一人でいる人、それから山に入っても五百人のグループでいるという、そういうのはあるんです。細かに言ったら煩雑ですからもう止めますが、ともかく、一人で現前の事象を観じて、自分でさとりを開こうとする人。そういう修行者[62]。

それから菩薩という、この人びとは声聞縁覚とは別でございまして、他の二乗は自分の修行ですが、こちらは、他のために、利他をこととして、大乗の教え、特に[63]六波羅蜜《ろっぱらみつ》の教えを実践する学びですね。

こういう教え、最も直接的に、総ての人が仏になれるというか、なろうとする教えですね。これをまた仏乗とも申しますが、こういうことを申します。

その時に、「法華経」では、一乗こそが真実であって、この三乗はここに行くための方便であったという、こういう建て前に立っているわけなのでございます。ところが、「法華経」における一乗と三乗の問題を巡りまして、仏教界ではいろんな主張が出てくるのでございます。

大乗仏教もかなり後になってまいりますというと、特に瑜伽《ゆが》唯識《ゆいしき》の学派におきましては（中国では法相宗になります）、唯識という、ただ識のみがあるという、物は我われの思うようには実在しないのである、自分の心の投影を見ているんだという、そういう説がございます。この唯識学というものは、わたしどもの心の奥に阿頼耶識《あらやしき》というものを立てます。心を分析しまして、心の根元を阿頼耶識として、その阿頼耶識によって我われは輪廻するという。輪廻、サンサーラ（saṃsāra）というインドの考え方に基づいております。輪廻するというならば、何が輪廻するのかその主体がなければならない。その時にその主体は我われの根元であるところの阿頼耶識である。第八識であります。[64] 言うなれば、わたしどもの潜在意識。奥の奥の第八識で輪廻する。大変面白い問題なんですけどね。この阿頼耶識からの救いがなければ、宗教の救いはない。阿頼耶識からの救いがすなわち宗教の救いというものである、と唯識では言うのでございます。

「源氏物語」の中に、六条御息所《ろくじょうのみやすどころ》という方がおります。今の言葉で言うなら皇太子の未亡人です。この方はいわゆる才色兼備である。賢い、綺麗である。この人のところに光源氏という大変困った人が言い寄る。凄い人を書いたもんですね、紫式部[65]も。光源氏みたいな人が現在いたら、社会の顰蹙《ひんしゅく》を買いますのに。不思議な時代ですね。そんな光源氏がこの人に言い寄る。言い寄って遂に理無《わりな》き仲になる。ところが彼女は賢明で勝ち気ですから、非常にそれを自分で苦しみ、恥じる。しかも光源氏はそれから行かない。この人が賢ければ賢い程、この人の思いは奥に入ってゆく。遂には生霊《いきすだま》となって光源氏の正妻である葵上《あおいのうえ》にとり憑き、葵上をお産の時に殺してしまう。

ところが、六条御息所は自分では気がつかないんです。自分では自分が生霊になっていることに気がつかないが噂が出る。葵上がお産をなさっている所に、いろんな所のお寺のお坊さんが行って、みんな密教の修法《しゅほう》をやって拝んでいるわけです。そこに生霊が出る。具体的に何かがどこかにいるらしい。それでその生霊を調伏するために憑人《よりまし》を呼ぶ。青森県の恐山《おそれざん》に行ったら今でもあるんじゃありま

註――

(62) 少しニュアンスが違うが、アビダルマでは部行《ぶぎょう》独覚と麟角喩《りんかくゆ》独覚との二種の独覚を立てる。前者は、声聞であった者が仏の教導を離れ、独りで修行して解脱する者のことで、後者は、長期間独力で善根功徳を積んで解脱する者である。前者を「部行」と言うのは、声聞時代共同生活を体験していることから。ちなみに麟角喩は本来「犀の角のように独りで」ということであるが、漢訳者が麒麟《きりん》（想像上の動物）と誤解したもの。

(63) 彼岸へ到達するための六種の行。布施・持戒《じかい》・忍辱《にんにく》・精進《しょうじん》・禅定・智慧の六種を言う。

……………

(64) 唯識学派では、心の分析を推し進めて、眼・耳・鼻・舌・身・意の六識を汚染するものとして末那識《まなしき》（第七識）を立て、その全体を支える根底として阿頼耶識を立てるので、阿頼耶識のことを第八識と言う。

(65) 〈止観〉註（83）を参照されたし。

せんか。その憑人に生霊が現れて、すごくいろんな恨みごとを言う。そういうことがありますから、御息所の噂が立つ。そうすると、喪心状態だから自分では思わないのに、その噂が耳に入る。しかも、葵上のところでお坊さんが調伏の行《ぎょう》をする時に香を焚く、その香の移り香が御息所の着物や髪から匂う。それで本人も気づき、悩み苦しんでやがてこの人は死にます。死んだ後には死霊となって、今度は紫上を病気にする。こういう話が出てまいります。救われない話でしょう？　そこで、六条御息所の娘で中宮になった人が、地獄の炎に苦しむ母親のために僧侶を集めて念仏の法会などをする。物語ではそう書いてある[66]。

どうですか。わたしは宗教と文学とは違うと申しました。物語には決して救われるなんて書いてない。書かないところが紫式部の偉いところですよ。救われぬとも、救われるとも書いてないんです。救われて目出たし目出たし、なんて書いてないのでございます。生霊となり、死霊となる。その凄惨さからの救いが無い。本当は宗教というのはそこからの救いを求めるのでございます。「源氏物語」では書いていない。書いていなくてよろしいんです。わたしは「源氏物語」の全部が好きなわけではないけれど、紫式部はたいへん凄い人だと思います。

話があちこち行きましたが、話をもとに戻しましょう。この瑜伽唯識の学派に於て、わたし、今から言いますことは瑜伽唯識のインドの書物にも出ておりますが、特にインドよりも中国の法相宗に於て強く強調されることに、人間の阿頼耶識というものには、それぞれ種子《しゅうじ》というものをみんな持っている。それは例えて言えば癖のようなものです。わたしどもが日常具体的に行ったり、考えたりする、それがみな心の奥に影響していく。だから恐いんですね。わたしどもが日常思ったりする、それが皆種子として蓄えられる。それによって人びとの人格形成が違うというわけです。

　先ほど申しました声聞といい、縁覚といい、菩薩という、そういう人びとは修行のやり方が違う。ある人は一所懸命こつこつ勉強する。ある人は山の中に入って修行する。ある人はボランティア活動をする。そういう人間の違いというものは阿頼耶識における種子の匂いづけによって、これは異なるのであるという。阿頼耶識によって異なるのだから、この人達は結局は声聞は声聞であって、独覚は独覚である。すなわち「法華経」は一乗と言うけれども、仏にはなれない者もいるんだ、とこう言うのです。

　これは、一部分はインドの瑜伽唯識の書物によっているんですよ。「[67]瑜伽師地論《ゆがしじろん》」とか「[68]解深密《げじんみつ》経《きょう》」とかに少しは出てくるんですが、こういうことを強調するのは中国の法相宗に於て強調するのでございます。法相宗の初めは[69]玄奘三蔵《げんじょうさんぞう》。「大唐西域記《だいとうさいいきき》」でご存知ですね。インドに行ってきました玄奘三蔵を弟子の[70]基《き》などが助けまして、ここに中国の瑜伽唯識、すなわち法相宗の学問が成立するわけ

註――

(66) 大層有名な一段であり、謡曲「葵上」（四番目物）となり、浄瑠璃、箏曲のほか地唄、長唄等にもなっている。

(67) 〈止観〉註（154）を参照されたし。

(68) 『大正』一六、六八八頁以下。

(69) 〈「涅槃経」と日本文学〉註（11）を参照されたし。

(70) 〈止観〉註（39）を参照されたし。

です。誰でもが仏になれるわけではない、こういうものの考え方、これを五性各別《ごしょうかくべつ》と申しまして、すなわち声聞定性《しょうもんじょうしょう》、それから縁覚定性、菩薩定性、それから不定性《ふじょうしょう》、無種性《むしゅしょう》と、このように五種に分けます。声聞定性の人はどんなに修行しても、教えを聞いても声聞の器である。縁覚定性の人は縁覚と定まっている。[71]菩薩定性というのは、これは一所懸命に修行することによって、やがて仏になることができるのである。それから不定性というのは、この人はまだ声聞とも縁覚とも菩薩とも決まっていない。この人の阿頼耶識の状態というものは、一所懸命、心がけ次第によって、俗な言葉で言うなら、今では小乗の様相を呈しているけれども、大乗に心を向けて心を翻すことによって、この人もやがて成仏できるのである。無種性とは無仏性《むぶっしょう》でございます。根元的に救われないもの。こういうことを言うのです。

これを五性各別と申します。こういう説があるんです。五性は各別であって救われない者もある。この学説に対しまして、既に、玄奘また基の時代に、これに対抗致しまして、そうではないんだと、すなわち一乗思想というものが中国で展開いたします。無仏性というけれど、結局は総てのものに仏性があるのであって、これは[72]「大般涅槃経《だいはつねはんぎょう》」とかその他の経典で言いますが、総てのものには仏性があるし、そして今は声聞乗であり、縁覚乗であるけれども、その人達も勉強し、また心を翻すことによって仏となれる。またもう一つはですね、仏の救いによって、如来は決してほっとかないんだ。これで総ての人が仏となって行くのであって、五性各別なんてことではないんだ、と。

こういう華やかな論争が繰り広げられます。面白いですね。昔の人は大真面目でやってます。時代錯誤だと思いますか？　わたしはこの話を聞きますと、大学の授業でやるときは難しいなぁと思います。書物を読むと難しいですから、言葉の字面にだけ執《と》らわれますとね。いいですか、成仏出来ないものがあるんだと言っても、それは人をけなすことではないんです。人間存在というものに対する真に厳粛な受け止め方でございます。しかしながら、いや、そうではない。いかなる者も仏になれるんだ。如来はほっとかない。すなわち総ての者には仏性があるのだから、総ての者は仏と成り得る、云々と。ちょっと言葉が危ないですけれど、これはいわゆる理想主義であります。

この論争は、やがて中国に於ては玄奘や基の門下の人、慧沼《えしょう》という人と、天台の法宝《ほうぼう》という人、この人たちの間の論争が非常に華やかになります。[73] この論争が、日本に於て受け継がれることになるんです。

法相宗は、すなわち奈良の仏教、南都六宗と言いますが、奈良仏教の中の最も大きなものです。興

註――

(71) 言わずもがなであるが、つまり、声聞定性の人が最終的に到達できるのは阿羅漢果であり、縁覚定性の人は辟支仏果である、ということ。

(72) 〈「涅槃経」と日本文学〉を参照されたい。

(73) 慧沼は、中国唐代の僧。法相宗の第二祖ともされる。[生]六四八―[没]七一四。義浄の訳場に参加し、多くの経典の翻訳に関わった。基《き》の思想を継承し、特に彼の著作「成唯識論了義灯《じょうゆいしきろんりょうぎとう》」は、法相宗に於ては、基の「成唯識論掌中枢要《しょうちゅうすうよう》」、智周の「成唯識論演秘《えんぴ》」とならぶ三箇疏《さんがのしょ》の一つとして重視されている。「成唯識論了義灯」に於ては円測《えんじき》らの説を、「能顕中辺慧日論《のうけんちゅうへんえにちろん》」では法宝の説を強く批判しており、基の学説の正当性を主張している。特に、法宝の「一乗仏性究竟論《いちじょうぶつしょうくきょうろん》」の「一切皆成仏説」を批判し、五性各別《ごしょうかくべつ》の立場から「一分不成仏説」を主張した「能顕中辺慧日論」は、後の日本での徳一と最澄の論争（三一権実《さんいちごんじつ》論争）などに大きな影響を与えた。

福寺にしても薬師寺にしても皆法相です。東大寺は華厳宗ですが、大きな所は法相宗と三論宗です。最澄も法相の勉強をしておりましたけれども、あの人はやがて一乗思想の方に転向いたします。そして天台へ。天台の教学というものは、総ての者が仏になれるんだという考えに立ちます。こちらは真に理想主義です。皆手をつないで仏になれるんだと言う。如来はすべて捨て給わないんだと言う。

片や日本の法相に於ては徳一《とくいち》[74]という人が出ます。徳一という人は、もともとは奈良の興福寺の僧で法相の勉強をした論客であったらしい。ところがこの人がどういう事情かで奥州の会津にまいります。この会津に行った理由については、いわゆる恵美押勝《えみのおしかつ》の乱を起こしました藤原仲麻呂《ふじわらのなかまろ》[75]の息子であるという説がございまして（学者によりましては年代がちょっとずれますから違うという説もございますが）、そのことに触れて他の者は皆殺されますが、この人は会津に逃れたという説があります。いずれの事情かはっきりいたしませんが、ともかく奈良の都を出て会津にまいりました。只今の福島県の会津でございますけれども、会津を中心にして大いに教線を広げたのでございます。只今筑波大学がある筑波山にもお寺を造る。あの辺りまでの膨大な教線を張ったのでございます。

その会津の徳一と都にいる最澄との間に論戦が始まるのでございます。最澄は都の京都の比叡山にいるんです。たいへん恵まれております。書物もたくさんあります。最澄はいろんなことを致します。南都の法相宗に対抗して、すなわち天台の一乗仏教思想を標榜いたしますし、同時に戒律に関しましても、南都には鑑真《がんじん》和上（六八八―七六三）が中国からやってまいりまして、いわゆる四分律宗《しぶんりつしゅう》による受戒の正統があります。ところが最澄は、南都で戒律を受けなくても比叡山で受ければいいようにしようとする。しかも比叡山に於ては、いわゆる梵網戒《ぼんもうかい》（大乗の菩薩戒ですね）によって受戒すれば一人前の僧侶になれるようにしようとする。昔は皆国家の承認を得てのことでございますから、勝手にはやれないんですね。そういうことを言い出します。

徳一は会津にいましたが、けしからんと思うわけです。後世のものですが、いろんな説話みたいなものに書かれてます。とっても面白いんですね、本当か嘘か知りませんが。何に書いていたか忘れましたけれど、徳一が、最澄というのはけしからん、全部南都に反抗していろんなことを言う。それでやっつけなくちゃならんというわけでしょうが、会津と南都の奈良の間を行ったり来たりしてるのかもわかりません、牛に乗って、その牛の角の間に小さな小机を置いて物を書いている。それを読むとおかしくなりましてね、さもありなんと思います[76]。

徳一という人は会津にいて、どうやって書物を手に入れたのか存じません。持って行ったんでしょ

註――

(74) 〈止観〉註(41)を参照されたし。

(75) 奈良時代の公家。[生]七〇六―[没]七六四。太政大臣にまで登り詰めるが、道鏡を寵愛する孝謙上皇との関係が険悪化し、近江へ逃走する道中、塩焼王《しおやきおう》を今帝《いまみかど》として擁立するが、追撃を受け斬殺された。恵美押勝は藤原仲麻呂の別名。

(76) 註釈人もこの図像を見た記憶があるが、今書物を審かにしない。そこで、全くのムダ知識であるが、徳一と牛の話を一つ紹介して責めを塞ぐこととする。大同二年(八〇七)、徳一が福島県は柳津《やないづ》に虚空蔵菩薩を祀ったと言われている。安置するための御堂を建立する際、どこからともなく数頭の赤牛が現れて建材の運搬を手伝い、完成すると姿を消した。これが福島県の民芸品「赤ベコ」の由来とされている。徳一と牛とは何かしら縁があるようである。

う、きっと。書物がなければあれだけ書けるはずがない。ともかく、徳一は最澄に対して手厳しい論難の書を書きます。これはちょうど、中国の慧沼の後を受け継ぐことになります。最澄は法宝の後を受け継ぐことになる。ここで五性各別と一乗との仏教学上の論戦が受け継がれることになる。仏性《ぶっしょう》論争というものは、この辺りが最も盛んであります。この辺りの論戦のこと細かなことは、初期の日本仏教を研究する上にやらなければならんことでございますが、これをやるためには、いわゆる瑜伽唯識の学問が要る。最澄の書いた物を読みますというと、天台学者だというけれど、唯識のことを良く知ってるんですね。年をとってからあんなに俄に勉強できないから、最澄は南都の興福寺にいる時も、その後も勉強したに違いないんです。

　繰り返しますが、最澄は縁覚なるものも成仏できるんだという、そういう考え。徳一、こちらは出来ないんだという、そういう考えです。この論争は、決してここで切れたわけではない。長いこと南都北嶺の論争は続くんですよ。平安の中期に於ても、宮中に於て、[77]村上《むらかみ》天皇が「法華経」を書写されて、それの法要があった後に論義があるんです。昔はどこでもやったんですね。その論義の時に、南都と北嶺の学者の大論戦があった。[78]良源《りょうげん》とそれから奈良の[79]仲算《ちゅうざん》、唯識学者です。この論戦にはたいへん有名な話がございましてね。年号は応和の時代ですので、これを「応和《おうわ》の宗論《しゅうろん》」と申します。これは法華十講でございますから、「法華経」を五日に分けて、一日に朝と夕方です。その時に南都から と北嶺からと学者が出て、真ん中には判定をする人があります。そして論戦をやる。

　その時の論戦の内容は、「法華経」方便品の中に「一として成仏せざるはなし」という有名な言葉があるんですが、この言葉の解釈をめぐって論戦になったというんです。[80]その時に南都の人に北嶺が負けそうになった。脇にこの良源は付き添いで行ったかで、自分の番ではなかったんですが、良源は聞いていられない。何というつまらんことを言うんだ、というのですね。それで論戦を買って出ます。良源という人は、それこそ弁舌さわやかで、今度は南都の方が負けそうになりました。興福寺の人が負けそうになった。興福寺といいますのは藤原氏の氏寺でございます。これは宮中のことでございますから藤原氏の人がいますね。藤原氏の人が、これは大変なことだ、えらいことになった、というので、藤原氏のお公家さんが馬を駈けて、夜中に奈良まで行って、まず春日神社に祈誓を込めます。いい学者を授けて下さい、藤原氏の名折れである、と。そして神の御告げでもないでしょうが、仲算のところへ行った。興福寺にいる仲算。ところがこの人はそういう華やかな席に出ない人なんですね。いい学者です。しかし出ないと言うのを無理矢理引っ張ってきた。それでこの良源と仲算が論戦をする。面白いでしょうねぇ、聞いていたら。時の叡山の論客と、片やこれは唯識学者。この二人の論戦になる。一昼夜たっても終わらなかったといいます。

註――

(77)［生］九二六―［没］九六七、［在位］九四六―九六七。親政を敷き、奢侈を禁じたり、朝廷の整備を進めるなど、後に「天暦《てんりやく》の治」と称されるが、地方では盗賊が跋扈するなど、律令政治の矛盾が露呈し始めていた。

(78) 註(38)を参照されたし。

(79) 平安中期の法相宗の僧。［生］？―［没］九六九／九七六？　奈良興福寺の空晴に師事。九六三年(応和三年)の法華経講論では南都仏教側の代表として、北嶺天台宗の代表良源と議論を戦わせた。

(80)「妙法蓮華経」方便品に「一切諸如来以無量方便／度脱諸衆生入仏無漏智／若有聞法者無一不成仏／諸仏本誓願我所行仏道」(『大正』九、九頁中段)という一節がある。

この次第を書いたものを読みますと、叡山関係のものを読みますというと、その時に良源が勝ったと書いてあります。南都関係のものを読みますと、仲算が勝ったと書いてあるんです。仲算は村上天皇に覚えがよかったというので、本当のことはわかりませんが。その時に、最後に仲算は「無一不成仏」の訓み方を変えて、「無の一は成仏せず」と訓んだという逸話があるんです。「無の一」というのは、無仏性なるものの一人、その一人のみは成仏しないんだ、と「法華経」のこの部分は訓むべきであると言ったという。これは笑い話なんでございますが……。(81) ですから、この成仏するしないの問題は南都北嶺の長い間の課題でございました。

日本仏教の独覚的要素

ところが、最澄の孫弟子でございますけれども、先ほど申しました円珍《えんちん》という人がございます。円珍というのは良源よりも先で、実はこの人のお母さんは弘法大師の姪だと申します。弘法大師の姪の子供なんですが、円珍は、先ほどの「天台法華宗義集」を書いた義真の弟子になったのでございます。円珍の年代は八一五年から八九一年。この人も中国に行って密教の勉強をし、それから現在のすなわち三井寺の祖となった人で、後に智証大師と諡《おくりな》されます。

さて、円珍の著作の中に(82)「辟支仏義集《びゃくしぶつぎしゅう》」という書物がございます。中国に行って来た後の書物ですよ。この人に何故こういう書物があるのか。最澄と徳一の論争から言うならば、いわゆる五性各別の中での声聞とか縁覚、それから無仏性の者、これらは成仏出来ない。しかし天台一乗思想から言うならば出来るんだってことを書いたらよさそうなのに、何故この中の辟支仏、縁覚だけを取り上げているのか。この書物を見ますならば、もちろん最澄と徳一の論争のことにも序論に触れていますが、わたしはこれを見ます時に、なぜこういう書物があったか。五性あるのに何故これだけを、とどうしても思うのです。

独覚というものは、今申しましたように、山中に入る。あるいは飛華落葉を観じる。何か現前のこと、風の音でもよろしい。木の皮の裂ける音でもよろしい。猿の鳴き声でもよろしい。そういう具体的なこと。日本仏教に於ては、十二因縁を観じてさとるというような仏教の教義的な理論的なことよりも、もっとそういう具体的な、というか、そういうことを対象にしての修行の方法というものが、日本人に向いていたというか、好まれていたというか、そういう傾向があったのではないかとわたしは思う。

もう一つ申しますが、この円珍よりも少し後になりますが、相応《そうおう》（八三一―九一八）と言う人が叡山にございます。円珍より十六歳程、年若いのですが、この相応という人は、比叡山に今でも行われておりますところの廻峯行《かいほうぎょう》というものの開祖とされている。叡山では南谷というところ、無動寺という

註――

（81）　余計なことであるが、「一として成仏せざる無し」と訓むのが正しい。仲算の訓みは、山門の標語にある「不許葷酒入山門」を「許さざれども葷酒《くんしゅ》山門に入る」と訓む類い（これも言わずもがなであるが、正しくは「葷酒の山門に入るを許さず」と訓む）。

（82）　二巻。『大日本仏教全書』38、一三〇頁以下。

ところの人でございますけれども、「法華経」の「常不軽品《じょうふぎょうぼん》」というところを読んで感ずるところがあって、毎日花を持って根本中堂にお参りに行ったそうです。「常不軽品」というのは、常不軽菩薩という人の話でございまして、この人は水を引っかけられても、馬鹿と言われても、人の所に行って、「あなたは当来の仏、未来の仏である」と言って、人を拝んで歩いたという、そういう菩薩の話です。そこのところを読んで、相応は本当に「常不軽品」を大事にする。これはまた中国の三階教《さんがいきょう》(83)に於て重んずるところでありますが、ここを読んで感ずる所があった。無動寺というのは、根本中堂から少し歩いて下の方でございます。今は坂本のケーブルカーのある所。そこから毎日一本の花を持って、何年間も根本中堂にお参りに行ったという。そういう人なのでございます。

この人がやがて比良の山の方の葛川《かつらがわ》というところに不動明王を祀りまして、そこを開く。そして叡山とか葛川を経めぐって歩くところの廻峯行というものができた。今でもやってますね。千日の行ということで千日廻峯行。叡山の行といったら廻峯行だと思っている人が多ございますが、とんでもないことです。ただしテレビ等では番組になりやすいですよね。頭にこんなものをつけて、そして白鷺の飛ぶが如くに歩く。えらいことですよ、毎夜毎夜歩くのは。しかしあの行は何でしょうか、ということです。

相応和尚は毎日一本の花を持って捧げに行ったという。一本の花だから飛華落葉と言う、そのような意味じゃないんですよ。ただ叡山における廻峯行、山を経めぐって歩いて、これはお参りして歩くんですが、山を経めぐって歩いて自然に触れて、そこでさとりを開くという。それが目的でございます。この廻峯行というものは、あるいは修験道《しゅげんどう》とも言われている。皆、山野を跋渉《ばっしょう》しております。これは日本の山岳宗教と仏教とが結びついたと言えばそれまででございますけれども、どうもその根底にこの縁覚的なものがあるのではないか。

もっと緻密に言わなくちゃいけないんですが、こういう日本仏教における縁覚的なもの、あるいは山岳仏教と言ってもそうかも分からない。山は神の宿りたもうところだからだけではない。何かそういうようなところから考えたいのでございます。高野山というものは修禅の山であったと言いました。高野山は修禅の場所であった。しかし、真言宗の人達はみな、現在なお弘法大師は高野山の奥に常在してらっしゃるとおっしゃる。ところが(84)「遍照発揮性霊集《へんじょうはっきせいれいしゅう》」、これは弘法大師の詩文を集めたものですが、こういう詩文集を見ますならば、例えば巻二にこういう詩がございます。

沙門勝道歴山水瑩玄珠碑 並序

沙門遍照金剛撰(85)

これはこういう碑を建てたのでしょうが、「沙門遍照金剛《しゃもんへんじょうこうごう》」は空海の密教の名前です。これを見ま

註――

(83) 中国、隋の信行（五四〇―五九四）の開いた一派。繰り返し弾圧を受けるが、宋の時代まで四百年間にわたって行われた。仏法には三種の階梯があるとして、末法の時代には仏・法・僧の三宝に帰依して、総ての善を修すべきであるとする。〈「涅槃経」と日本文学〉（六六頁以下）を参照されたし。

(84) 〈止観〉註（79）を参照されたし。

(85) 『弘法大師全集』第三輯、四一一頁。

すならば、奥深き山を経めぐって歩いて修行する。「玄珠《げんじゅ》」、奥深き珠とは人間の心です。それを磨く。

詩の部分をご覧下さい。

鶏黄《けいおう》 地を裂き　粋気《すいき》 天に昇る
蟾烏《せんう》 運転し　万類 跰闐《へんてん》せり
山海 錯《まじ》はり峙《そばだ》つて　幽明 阡殊《みちこと》なり
俗波《ぞくは》は生滅して　真水は道《だう》の先なり　［其一］
一塵 嶽《がく》を構へ　一滴 湖《こ》を深うす
埃涓《あいけん》委《つも》り聚《あつま》りて　神都を画餝《しょく》す
嶺岑《れいしん》　梯《かけはし》せず　鸑鷟《がくぞく》図ること無し
皚皚《がいがい》たる雪嶺《せつれい》　曷《たれ》か矚《み》　誰か廬《を》らむ　［其二］
沙門勝道《しゃもんしょうどう》　竹操松柯《ちくそうしょうか》あり
之の正覚《しょうがく》を仰ぎ　之の達磨《だちま》を誦《じゅ》す
観音に帰依し　釈迦を礼拝《らいはい》す
道《だう》に殉じて斗藪《とそう》して　直《ただ》ちに嵯峨に入る
龍《りよう》のごとくに絶巘《ぜつけん》に跳り　鳳《ほう》のごとくに挙りて経《へ》過《す》ぐ
神明威護して　山河を歴《へ》覧《み》る　［其三］
山也《また》崢嶸《さうくわう》たり　水也泓澄《わいたい》たり

綺花　灼灼《しやくしやく》として　異鳥嚶嚶《あうあう》たり
地籟天籟《ちらいてんらい》　筑《ちく》の如く箏《さう》の如し
異人　乍《たちま》ちに浴して　音楽時に鳴る　〔其四〕
一たび覧《み》て憂を消《せう》す　百《もも》の煩ひ自から休《きう》す
人間《じんかん》に比《たぐ》ひ莫《な》し　天上に寧ろ儔《ともがら》あらむや
孫興《そんきよう》　筆を擲《な》げ　郭《くわく》が詞《こと》豈《あに》周《あまね》くせむや
咄《つたな》い哉《かな》、志を同じくして　何ぞ優遊《いういう》せざる　〔其五〕(86)

空海がこういう詩を作っている。こういう詩を見る時に、飛華落葉等というそんなセンチメンタルなものよりももっと超えて、わたしは日本仏教の独覚的な要素というもの、日本的に展開している独覚的な要素を感じるのでございます。

そしてこういうものを見ても見なくても、あるいはさっきの廻峯行の話であっても、飛華落葉がセンチメンタルと申しましたが、本当はセンチメンタルではないのかもしれない。雪の日も、寒い日も、風の日も、毎日毎日、山を経めぐって歩く時に、その自然がどんなに大変なものか。また自然の移り変わりというものが、どれ程こちらの心に響くものか。そのことが人間の願いとか、人間が求める宗教的なさとりといえばそれまでですが、そういうものを求めていこうとする時に、こういうやり方が

註——
(86)『弘法大師全集』第三輯、四一五—四一六頁。原文は漢文。

あってもいいんだろうと思います。だから、飛華落葉というセンチメンタルなようなものではない。そういうやり方が日本仏教の中に展開する。わたしはこれを、敢えて日本仏教におけるところの、独覚的な要素と言うのでございます。

特に日本人は自然が好きでございます。これは弘法大師が書いたものですが、弘法大師の場合にもこの天地自然はすべて大日如来の法体でございます。本当言いましたら、弘法大師というのは、若い時にどこにいたんだかわからないでしょう？　どこか室戸岬のあたりで坐禅を組んでいたとも言うし、そういう要素がどうも日本人の仏教にはあるように思えて仕方がない。どうでしょうか。

それからもう一つ。日本の仏教には、あるいは文学にも、隠者という人たちがよく言われます。平安時代には[87]能因《のういん》法師とか、あるいは[88]西行《さいぎょう》法師が有名ですね。しかし、いいですか、彼らは自分は独覚だと思ってはないんですよ。みんな、誰も思ってない。西行を考える時には密教を考えなくちゃならんという学者ももちろんあります。しかし、いろいろ具体的にそういうことはございますが、大局から見た時には、独覚という、そういう見方があってもいいのではないか。

あるいは[89]鴨長明《かものちょうめい》は「方丈記《ほうじょうき》」を書きました。しかし鴨長明の場合にも自分は独覚だとは思っていない。鴨長明もちゃんとした仏教の修行をしようと思っている。ですけれども、鴨長明の[90]「発心集《ほっしんしゅう》」を見ますと、中に「樵夫《しょうふ》独覚ノ事」というものが出てございます。樵の人が子を連れて山の中に入って、飛華落葉という言葉は言ってはないけれども、木枯らしが吹きすさび、木の葉の散る様子を見て、そこで無常を観じて、念仏の門に入ったということを書いております。これを「独覚ノ事」として出している。

厳密にはいろいろありますよ、独覚的要素というものは。しかし、いわゆる日本の文学、あるいは宗教に於て隠者と言われる人の一部に、そういうものがあるのではないかと思う。では、そういう隠者と言われ、あるいは山野を跋渉する人、また廻峯行に趣く人の、そのさとりの内容というものは何でしょう。こちらは推し量って、単に風流とかセンチメンタリズムとか言えませんね。山野とか山野の自然というようなものに触れていく時に、その時にそこで感得されるものは、非常に崇高な一つの極点であろうと思う。

飛華落葉の話ではないんですが、例えば、美しい花を見た時に綺麗だなと言う。しかし綺麗だなぁだけでは済まない。あの花だのこの花だの、花というのは何か理屈ではない。花なら花の持っている、そのものの持っているところの美しさ、美というものを、本当に見通した時に、その美というものは非常に崇高というか。本当に美というものの極致というものは、これは芸術家の言うことで、わたし

註――

(87) 平安中期の歌人。中古三十六歌仙の一人。[生]九八八―[没]？　出家して自由な立場で活躍し、陸奥や甲斐などを旅した。

(88) 平安末期～鎌倉初期の歌人。[生]一一一八―[没]一一九〇。陸奥から中国・四国地方まで旅をし、その体験を歌に詠み込んだ。「新古今集」には九十四首採録されている。

(89) 「かものながあきら」とも。鎌倉前期の歌人。[生]一一五五―[没]一二一六。後鳥羽院に召されて和歌所寄人《よりゅうど》となったが、五十歳で出家し、日野の外山《とやま》に方丈の庵を営み、専ら著作に励む生活を送った。随筆の「方丈記」以外にも、説話集「発心集」や歌論書「無名抄」などがある。

(90) 全八巻。『大日本仏教全書』91、一七二頁以下。「樵夫独覚ノ事」は巻三（一九二頁）に出る。

の言うことではないですが、ただし、通ずるものがあると思う。その意味に於て、独覚という人はあるものを突き抜けている。普通の理屈も議論も何も突き抜けた所。美というものは崇高なものですよ。尊厳なもの、厳粛なものです。そういうところに至るのではないかと思う。

その意味に於て、この自然、あるいは密教の言葉を借りるならば大日如来の法体を通して、存在の極相というもの、存在の極致に触れるんだろうと思います。独覚とはそういうものだろうと思うんです。日本における独覚。ですから、独覚というものは決して二乗として貶ぜられるべきではない。そういうものがどうも日本における独覚のように思う。それを簡単な言葉で言えば、「飛華落葉を観じてさとるもの」であります。ただし、仏教で言うところの、仏教が目指すところのさとりというものは、それに留まらないのかもしれない。なお非常に観念的でもある。しかしこういうものによって、存在の極致というものに至り及ぶだろうと思う。それは芸術家の目指す所と同じですよ。芸術の尊厳と。でも、そんなことを言っては悪いのかもしれない。あるいはもっと神秘的な体験が、宗教的な神秘的な体験がこの人びとによって多分得られていくのでしょう。だから釈尊のさとりと違うとか、同じとかうっかり言えませんね。ちょっと分からない。これ以上言えません。

でも、仏教の目指すところはやっぱり宗教でございますから、大乗仏教に於ては、それがさらに如来の救済として現れる。慈悲です。そことの違いだと思う。これはわたしの解釈ですよ。本当は、修験道や廻峯行と結び付けると乱暴と言われるかもしれない。そりゃあ、いろんな研究の仕方がございます。しかし大局から言ったならば、日本仏教を研究する上で仏教で言う独覚的な要素を外せない。そうでしょ？　そういう傾向が日本仏教の中にはあるのでございます。その意味で日本人というのは自然が好きで、平板な言葉ですが、風流人なのかもしれない。風流人と言うからには、あるいは日本の独覚の中には、どなたかの言葉を借りますならば、遊びがあるのかもしれない。楽しむ心。遊びと楽しみもある。いろんな要素があります。

飛華落葉という言葉、いま見ましたのは極く一部でございます。面白い言葉だと思いませんか。好きなんですよね、日本人はこういう言葉が。わたしがこういうことを言う発端になりましたのは、わたしは、京都は一乗寺にある曼殊院《まんしゅいん》というお寺で日本天台の勉強をいたしました。「四教儀」か何か読んでいたんです。その時に年をとった老僧がわたしに向かってこう言うんです。「縁覚とは十二因縁を観じてさとるもの、飛華落葉を観じてさとるもの」と。その時に、「なんとまぁ、飛華落葉を観ずるだなんて、魅力的な言葉を言うものだなぁ。それにしても十二因縁と飛華落葉では随分違うけれども、なんでこんな違うことを一遍に言われるんだろうなぁ」と、わたし若い時に思いました。

大谷大学でのわたしの先生に山口益《すすむ》(91)という大学者がございます。インド仏教に於て世界的な、あの恐い先生が「縁覚とは十二因縁を観じ、飛華落葉を観じてさとるもの」と、また大学の教壇で言われ

註――

(91) 仏教学者。[生]一八九五―[没]一九七六。一九二七年より一九二九年までフランスに留学して、サンスクリット、チベット語等を学び、当時の文献学研究の先端の方法論を身につけて帰国し、日本の仏教学研究に大いに裨益した。主に中観系の文献を研究し、一九五五年から一九六一年にかけて『北京版西蔵大蔵経』を影印刊行（鈴木学術財団）し、チベット語文献を用いてインドの大乗仏教を研究する「仏教チベット学」を提唱した。著作は多数に上るが、『佛教における無と有との對論』山喜房佛書林（一九四一）や『般若思想史』法藏館（一九五一）は未だに読み継がれている。また近年『大乗としての浄土』大法輪閣（二〇〇七）が出版されるなど、評価は今なお高い。

るんですよね。定義だと言うんです。その時も不思議に思いましてね。不思議だなぁと思っておりますので、それでまたいろんなもの読んでいくうちにたくさん出てくるんです。

そんなことから、飛華落葉と独覚。それと同時に中国の法相と、それから中国の慧沼と法宝との論戦。引き続いての最澄と徳一との大論戦。あの辺りのところから見ると、さらに円珍が「辟支仏義集」というものを書いている。それには縁覚は成仏できると書いてあるんです。何故、縁覚だけを擁護するのか。この時にどうも平安の初期以来、もっと先かもしれませんが、日本仏教には縁覚的な要素があると気づかされたわけです。しかも、「飛華落葉を観じて」というのは、義真が既に「天台法華宗義集」にちゃんと言っていることでございます。

つまり、どうも日本仏教の中には独覚的な要素というものが、しかも十二因縁を観じてさとる、というような論理的なこと、仏教の教理的なことから入るよりも、飛華落葉を観ずるというような現前の事象に触れ、その中に身を置き、それを観じてさとるという、宗教的な真実に行き着こうとする態度が、日本人の中にはあるんじゃないかと思うんです。廻峯行にも、それから修験道にもそういうものが見えてくるし、あるいは、高野山で修行していた空海その人の中にも、あれほどの大学者でも、そういう要素がある。最澄だってそうでしょう。

これは広げれば限りがないことですけれど、いわゆる隠者の文学と言われるもの、そういう人の中にも、考えてみる必要のあるものがあるんじゃないでしょうか。その時には縁覚は単に成仏できるとか、できないとかの問題ではなくて、縁覚というよりは独覚ですが、この人達がそういう現前の事象に触れ、または山野を経めぐって歩くことによって得たものは何なのか。ある時は存在というものの極致に至り、あるいは美の極致に至ったであろうし、あるいは、そういう宗教的な神秘というものに触れていった。空海は宗教的神秘に触れた人ですよ。

それからもう一つございます。円珍が「辟支仏義集」というものを書いて独覚を擁護したと申しました。実はこの円珍という人は、二十四歳の時に黄不動《きふどう》を感見しているんです。黄不動というのは、皆さんご存知でございましょう。国宝の平安時代の黄不動[92]。京都の曼殊院にもございます。これ、仏教美術の展覧会などでよく展示されますね。黄色い膚で、大きくて、すごい不動です。そのもとは円珍が感見したものでございます。叡山の山の中で、二十四歳、現在なら二十三歳の青年が、そこに黄不動を見た。その黄不動をそれを誰かに描いて貰ったかどうか存じませんが、その大きな黄不動。それが日本の黄不動というものの一番のoriginでございます。曼殊院のものはそれのコピーなんですよ。この黄不動は三井寺の奥深くにございまして、普通出さないんです。ですからこれを写した平安末期のコピーである曼殊院の黄不動ばかりが表に出ております。

ともあれこの黄不動は円珍二十四歳の時の感見、宗教的感見でございます。円珍の仏教学はこの黄不動の感見に始まり、ここに終わる。この時にこの人の宗教的体験というものはもう終わったのかもしれない。それは言うなれば学問でも何でもない。言うなれば、彼は独覚であります。この人は後に

註――

(92)　園城寺の秘仏「不動明王画像」を、青蓮院の青不動・高野山の赤不動に対して「黄不動」と呼ぶ。円珍が感得したものを画工に描かせたものと伝えられるが、容貌魁偉、堂々とした体軀を全身黄色に着色した特異な像である。曼殊院に蔵されるものは転写本として最も古く、これも国宝に指定されている。

勉強いたします。それは密教の学問ですが、わたしはこの人の源はここにあると思う。叡山の山の中で、二十四歳の青年が感見したところの黄不動。それがこの人の宗教的体験の初めであり、終わりです。そして学問はここに根ざす。

わたしは、あの人が書いた「辟支仏義集」の中で独覚というものを擁護する時の考えの原点が、この黄不動にあるように思えて仕方がない。そして、それより十六歳程年の若い相応が、一本の花を持って毎夜毎夜根本中堂に通ったというんですが、それが廻峯行《かいほうぎょう》の起こり。廻峯行というのは比叡山の山の中を毎晩二十キロメートルも三十キロメートルも経めぐって歩くんです。飛ぶように歩くといいますけれど、何年も何年も続ける。大変なことですよ。しかしそれらは正に自然の中で行う行でありまして、それはこれと対比しております。

補　説 ——まとめとして

「飛華落葉」と「独覚」ということで申し上げました。お話が「飛華落葉」ということに止まらないで大分大きくなってしまいましたが、考えてみますと、ああいう「飛華落葉」という言葉に代表されるような自然とか、天地草木とか、あるいは現前の様相とか、そういうものを媒介として仏道を修行しようとする、そういうことが日本仏教の中に大きなウェイトを占めております。このことには日本人の民族性というものが大きく関わってきているように思うのです。よく、日本人は自然が好きだと申しますけれども、日本人というのは、やはり日本という風土から来るものでございましょうが、他の民族、例えば中国の人よりも、インドの人よりも、朝鮮半島の人よりも、情緒的な、いわゆるエモーショナルなものが、非常に大きい、そういう特徴を持つ民族のように思います。

ですから、「法華経」という経典が日本人に受容されて行く時にも、日本人のそういう特徴が大きな影響を与えております。例えば、「梁塵秘抄《りょうじんひしょう》」(93)の中に、次のように詠われております。

沙羅や林樹の木《こ》の下《もと》に
帰ると人には見えしかど
霊鷲山《りょうじゅせん》の山の端《は》に
月はのどけく照らすめり(94)

「永遠の仏」とは言わないで、のどかに山の端を照らす月に置き換えてある。わたしは、これは大変な傑作だと思いますし、そのように申し上げました。入滅した釈尊と言わないで、それをのどかに山の端に掛かる月という言葉に置き換えた。そこに、やはり日本人のいわゆる情操、エモーションというものの素晴らしさを見るように思います。

そういうことが、自然を相手に仏道の修行をしようとする独覚の態度の中にも見られるように思わ

註

(93) 〈「法華経」と日本文学〉註(53)を参照されたし。

(94) 『新日本古典文学大系』56「梁塵秘抄　閑吟集　狂言歌謡」五九―六〇頁。

れます。これは、もちろんインドの書物の中にも、「大智度論」とか「十住断結経」のような経論釈の中にもございます。インドでは、仏教以外にも仙人というものがございます。インドの言葉でリシと言うんですね。いわゆる山中に住む行者のことでございます。インドは宗教哲学の国でございますから、ずっと古くから山の中にそういったリシたちが住んでいた。その意味では釈尊とてリシの一人であったかも知れない。釈尊が山の中に入って修行するという時には、一人でなくて、何人かのそういう人がどうも一緒にいたらしい。

話が仙人ということからちょっと外れますけれども、実はチベットの伝承の中にこういうのがございます。釈尊が、いわゆるさとりを開かれたというその時に、釈尊はこういうふうに言ったと書いてます。「自分が見つけた道は自分一人の道ではない。自分だけが見つけた道ではない」と。チベットですから白皚皚《がいがい》たる雪がある。その雪原の上を誰かが通った足跡がある。その足跡を自分も歩いて行くのだと、そういうふうな言葉がございます。わたしはその言葉からしても、さとりの内容といった時に、それは普遍的なのだということを申すのでございますけれど、白皚皚たる雪原の上に足跡がある。それを自分も踏み行くのだと言った。その道を先に行ったのは古の仙人、古仙であります。[95]

仏教では後に「過去七仏」という思想が現れる。そしてこの過去七仏の教えとして、「諸悪莫作《しょあくまくさ》、衆善奉行《しゅぜんぶぎょう》」という教えがあります。「諸もろの悪は作すことなかれ、衆もろの善は奉《う》け行え」と訓みますね。これは[96]「日本霊異記《にほんりょういき》」の序にも出てきます。要するに悪いことはしてはいけないんだ。いいことをしなさいという。この「七仏通誡偈《しちぶつつうかいげ》」というのは大変有名な言葉でして、今でも仏教では使うことであろうと思います。[97]この言葉は過去仏の言葉です。過去仏の言葉というのは、お釈迦様の前から、いわゆる全仏教に通ずる教えという意味で言うのでございます。

このようにインドでも釈尊が山の中に入ったということ。それからウルヴィルヴァーの山の中に六年居たということ。そしてまたインドでは、仏教でも、仏教以外にも、いわゆるリシと申しますが、この人びとがおりました。それはやはり一種の独覚であります。中国にもそれはあるでしょう。しかし中国人の羽化登仙《うかとうせん》の道はもっと現実的であります。いずれにせよインドに仙人というものが有りますが、日本に到って、インドの仙人とはまた別な、好んで山中に入り、山を跋渉し、また時には自然を相手にし、時には飛華落葉を楽しみながら修行をする人びとがいた。そこにはいろんな要素が入りますが、こういう山中で自然を相手にして修行する。もちろん自然だけじゃないですよ、山の中に入って念仏もやれば、いろんな仏道の問題も考えるのですが、この独覚的な要素というものが、それが

註——

(95)　この喩えの類型は様ざまな形で仏典中諸処に説かれるが、例えば「雑阿含経」に、ブッダが十二因縁の法に辿り着いた際に「譬如有人遊於曠野。披荒覓路、忽遇故道古人行処。彼則随行、漸漸前進、見故城邑古王宮殿。園観浴池林木清浄。彼作是念。我今当往白王令知。即往白王。大王。当知。我遊曠野。披荒求路、忽見故道古人行処。我即随行。我随行已。見故城邑故王宮殿、園観浴池林流清浄。大王可往居止其中。王即往彼、止住其中。豊楽安隠、人民熾盛。今我如是。得古仙人道、古仙人逕、古仙人跡、古仙人去処。我得随去」(『大正』二、八〇頁下段)と述懐している。

(96)　〈「法華経」と日本文学〉註(23)及び当該本文を参照されたし。

(97)　通誡偈は全四句からなり、上の二句に「自浄其意《じじょうごい》、是諸仏教《ぜしょぶつきょう》」と続く。後半二句は「自らその意を浄めよ、これ諸仏の教えなり」と訓む。

日本仏教の一つの特色であろうと思う。中国とも違う、日本仏教のそういう特色の基底には、日本人の民族性の、このエモーショナルなものがあるように思うのですが、どうでしょう。

この民族性というものは、時間が経ったからと言って、そんなに変わるものではございませんで、千年も二千年も、基本的にはあまり変わっていないと思われます。このごろは皆ヨーロッパナイズされ、アメリカナイズされまして、世界が皆段々に同じくなって来ているとは言いながら、まだまだ違う。独覚ということを、「飛華落葉」という簡単な言葉に要約致しましたけれど、日本仏教というものを考える上で、大変大きな問題であるように思います。そのようなことで、少しつけ加えさせていただきました。

諸法実相

「実相」または「諸法実相《しょほうじっそう》」ということは、中国以来、また日本に入りましてからでも、いろんな所に現れてきます。斎藤茂吉《もきち》(1)の短歌論の中にも、意識するかしないかの如くにこの言葉が使われておりますが、では「実相」または「諸法実相」ということが、本来仏教ではどんなふうなものなのかをちょっと振り返って考えてみたいと思います。

この講義では「法華経」の「方便品」の中から、「諸法実相」ということにからまる箇所だけを取り上げますが、これから読みます文章はクマーラジーヴァ(2)（Kumārajīva, 鳩摩羅什《くまらじゅう》）の翻訳の「妙法蓮華経《みょうほうれんげきょう》」(3)です。

わざわざ羅什訳と申しましたわけは、この「諸法実相」という言葉も、実は羅什に拠って定着した

註――

（1）〈「法華経」と日本文学〉註（67）を参照されたし。

（2）〈「法華経」と日本文学〉註（1）を参照されたし。

（3）『大正』九、一頁以下。

言葉だからです。羅什という人は、インドの経典が中国語に置き換えられる時に大変に大きな役割を果たした人でありまして、羅什の翻訳したものの中にはインドの原典にないものが往々にしてある。羅什の思想が、その翻訳されたものの中に入っていることは注意しなければなりません。

羅什はたくさんのものを翻訳しておりますが、この羅什の翻訳したものの一つに「大智度論《だいちどろん》」(4)というものがあります。「中論《ちゅうろん》」(5)も羅什訳です。「中論」が、空《くう》の徹底的な否定の論理、形式論理学を用いて徹底的な空の論理を言うのに対し、「大智度論」は、空より有《う》をいう。空そのものに止まるのではなく、そこを出て、この世界、有の世界に戻ってきた、その境地から示されていると言われますけれども、これは「般若経《はんにゃきょう》」(6)の註釈書です。この「大智度論」というものの中にも羅什の思想がある。羅什の思想が各所に見られる。「諸法実相」ということを考える時には、羅什という人を抜きにしては考えられないのです。ともあれ「方便品」の一節です。

止みなん、舎利弗。また説くべからず。所以は如何(7)。

「止みなん」は止めなさい、「舎利弗《しゃりほつ》」は仏弟子のシャーリプトラへの呼び掛けです。「舎利弗くん」です。舎利弗が皆の代表になって釈尊《しゃくそん》に「貴方が今説こうとしていることを早く言って下さい」と説法を頼んでいる時のことです。世尊《せそん》は「いや説くべきではない」と。どういう理由に依るかと言うならば、

仏の成就したまへる所は第一希有、難解の法なり。唯、仏と仏とのみ、乃ちよく諸法の実相を究尽したまへり。(8)

いわゆる宗教的自覚によって成就された所は第一義である。仏と仏とのみが、すなわちよく諸法の実相を極め尽くしているのである、と。これも仏教で普通に言われることですが、「唯仏与仏《ゆいぶつよぶつ》の境界である」などと言います。ただ仏と仏のみが諸法の実相を知る。ということはどういうことか。仏が二人いて、二人の仏だけが、暗黙の内に判っているという、そういう意味にとっても構いませんけれど、仏というのは、仏陀とは目覚めたるもの、という意味ですから、真理に目覚めたる人は一人であるはずがない。万人が本当は誰でも仏に成ることが出来るわけです。釈尊はそのお手本です。本当に

註――

(4)「摩訶般若波羅蜜経」(大品般若経)の註釈書。百巻。ナーガールジュナ(龍樹)の著作と伝えられるが、原本は伝わらない。極めて広汎な文献の引用、詳細な解説がなされ、仏教全般の百科事典的な役割を果たす文献として、中国・日本では「大論」「釈論」などと呼ばれて重視された。『大正』二五、五七頁以下。

(5) 龍樹の作った偈頌(詩)に青目《しょうもく》が註を付けたもの。縁起するものは総て空であると観る空観こそが仏教の説く中道であると主張している。『大正』三〇、一頁以下。

(6)「般若経」は一般に般若波羅蜜《はらみつ》を説いた経典群の総称。先ほどの「大品般若経」の他、「道行般若経」「金剛般若経」「般若心経」等多数存在するが、今は「大品般若経」のこと。

(7)「止舎利弗。不須復説。所以者何」(『大正』九、五頁下段)

(8)「仏所成就第一希有難解之法。唯仏与仏乃能究尽諸法実相」(同前)

目覚めたるもの、超絶の世界に到り得たもの、その人が、この「諸法実相」というものを極め尽くしておられるのである。では「諸法実相」とは何かというと、

所謂る諸法の、是くの如き相、是くの如き性、是くの如き体、是くの如き力、是くの如き作、是くの如き因、是くの如き縁、是くの如き果、是くの如き報、是くの如き本末究竟等なり。(9)

これが諸法の実相である、というふうに羅什は訳すのです。「諸法実相」という時に、最も根本になるものは、「法華経」のこの箇所です。ただし「実相」という言葉を羅什は「法華経」の中でだけ言っているわけでない。「中論」の中にも「実相」なるものが入っている。それから「大智度論」の中にもたくさん出てくる。「諸法実相は羅什」と申しましたけれども、こういうものを調べてみますと、「諸法実相」と漢訳されているサンスクリットの言葉は様ざまでございまして、いろんな元の言葉を羅什は「実相」または「諸法実相」という言葉で十把一からげにして、これを纏めているのです。

それからもう一つ。羅什が翻訳しましたのは五世紀ですけれども、五世紀よりももっと早く、中国の翻訳の中には既に三世紀の頃にも「実相」という言葉が現れている。羅什が一番先に使った言葉ではないのだけれども、しかし羅什に於て「実相」と「諸法実相」というものの考え方が纏められた。そこで羅什の思想を本当は調べなくてはならないわけですが、そこまでなかなかできません。

この「実相」という言葉、判ったような、判らないような言葉ですね。斎藤茂吉が「写生」とか「実相に観入」であるとかいった言葉を使う。森鷗外《もりおうがい》（一八六二―一九二二）も「実相」ということを言

う。「実相」という言葉は、仏教の語でございます。以前、三世紀から五世紀くらいまでの中国の書物を調べて見たことがあります。徹底的に調べてみたのですが、中国の文献にも辞書にも載っていないんですね。どうも仏教の中の言葉であるらしい。だから仏教語と言ったんです。「止観」もそうですけれども、そういう言葉のようです。(10)

「所謂《いわゆ》る諸法の」は「諸もろの存在の」です。「是くの如き相」の「相《そう》」というのは、表に現れた姿。特色というか、徴相とか、表相とか、ラクシャナ（lakṣaṇa）と言います。「性《しょう》」というのは内なる姿、本質、本性。だいぶ言葉はぼんやりしてますが、「性」はスヴァバーヴァ（svabhāva）でしょうか。それだけならまだ宜しいんですが、困ったことに「如是体《にょぜたい》」と言う。「体」というのは中国仏教でよく使う言葉です。こないだ三崎良周《みさきりょうしゅう》先生（一九二一―　）とその話をしたんですが、漢語の「体」という言葉に当たるインドの言葉はないらしい。何気なく訳されておりますけれども、今「体」というのは、仮に日本語では「本質」というふうに訳しますけれど、どうもこれはインドの言葉にはないらしい。いずれにせよ「体」は中国仏教で言う言葉です。まぁこの辺りが羅什です。

それから「如是力」。「力《りき》」といったらよく仏教でいう功能《くのう》、能力というものです。「作《さ》」というの

註――

（9）「所謂諸法如是相。如是性。如是体。如是力。如是作。如是因。如是縁。如是果。如是報。如是本末究竟等」（『大正』九、五頁下段）

（10）この「実相」の訳語に関する議論について、詳しくは、白土わか「「実相」訳語考」（『大谷学報』37巻3号）を参照されたい。

は働き、作用です。「因」は原因です。直接的な原因。それから「縁」は、ものが起こってくる時に「因」を助けるところの縁、助縁《じょえん》です。「果」「報」は「因果応報」なんていう時の「果」であり「報」です。そして「是くの如き本末究竟等《ほんまつくきょうとう》」の「本末」というのは一番先の諸法の「如是相」が「本」であり、「末」は最後の「如是報」であります。それらを「究竟」ということで、締めてそこに十有ります。[11]

実はこの訳文というのは、明らかにこれは羅什の創作であります。ただし羅什が使った元もとの梵《ぼん》本《ぼん》、サンスクリットの原典は今見ることができない。羅什は亀茲《きじ》の人でございますから、羅什が使った書物は「[12]胡本《こほん》に似たり」と書いてある。中央アジアの仏教というものは、誠に勉強しにくいのです。全て流砂の中に埋もれてしまっている。シルクロードは、今考えられているようにロマンチックなだけではなくて、商売人の通る道でもあっただろうし、求法僧《ぐほうそう》の通る道でもありましたが、仏教というものが流伝《るでん》して仏教の花が咲いた所でもある。建物や壁画だけではない。モニュメントだけではない。

羅什が、亀茲の言語に訳された「法華経」から翻訳したのかどうか判りませんが、しかしながら、どうも今見られる限りの梵本を見る限りこういう訳は出てこないんです。「法華経」の梵本からの翻訳は、サンスクリットをお読みにならなくても、岩波文庫の中に岩本裕《いわもとゆたか》先生（一九一〇―一九八八）が出してますね。岩波文庫の中に非常に安直に見ることが出来ます。[13] 実は、この部分はサンスクリットでは非常に簡単に書いてあるだけなんです。しかも「諸法実相」という言葉はないんです。ないというか、「諸法実相」とは書いてない。「一切の諸法」と書いてあるだけです。サンスクリットではサルヴァ・ダルマ（sarva-dharma）です。これは私が昔サンスクリットから訳した自分の翻訳です。

一切の諸法は、実に如来こそ一切の諸法をも知りたもう。またもし何らかの法あらば、それらの諸法とはその如き諸法である。またそれらの法は見られる如き諸法であり、またそれらの諸法はかの相あるものであり、それらの諸法はかの自性あるものであって、（後略）

これをざっと申しますならば、一切の諸法は如来のみが知るのである。それは是《か》くの如く見られる法であり、是くの如き相あるものである、云々。これだけしか書いてない。(14) ところがここに関しまし

註——

（11）「如是本末究竟等」は「是くの如き本末は究竟して等し」と訓む。すなわち、以上述べた「相」から「報」までの九つの要素は究極的に平等である、ほどの意。智顗《ちぎ》はこれを「十如是」と解釈し、独特の思想を展開した。

（12）「胡」は、初め北方の異民族を指した語であるが、南北朝以降はいわゆる西域の異民族、特にイラン系の民族を指して使われた。

（13）坂本幸男・岩本裕訳注『法華経』上・中・下、岩波文庫（一九六二―一九六七）。これは鳩摩羅什訳の読み下しとサンスクリットからの和訳を見開き頁に対照させて提示しており、閲覧に便利なように工夫されている。

（14）ちなみに、当該箇所の岩本訳を揚げておこう。「如来は個々の事象を知っており、如来こそ、あらゆる現象を教示することさえできるのだし、如来こそ、あらゆる現象を正に知っているのだ。すなわち、それらの現象が何であるか、それらの現象がどのようなものであるか、それらの現象がいかなるものであるか、それらの現象がいかなる特徴をもっているのか、それらの現象がいかなる本質を持つか、ということである。それらの現象が何であり、どのようなものであり、いかなるものに似ており、いかなる特徴があり、いかなる本質をもっているかということは、如来だけが知っているのだ。如来こそ、これらの諸現象の明白な目撃者なのだ。」（前掲書、上、六九頁）

て、羅什はこのように十のものを並べるのでございます。具体的に、そういう十の「相」「性」「体」とか「力」「作」とか「因」「縁」とか「果」「報」とか。存在というものがこのようないろんな性格を持っている。性格というか、属性というか。こういうものを持っている。このようにしてある。しかしその各相を持ちつつそれは本来として平等である。これが羅什の翻訳であります。いろいろなキャラクターを持ちつつ、属性を持ちつつ、しかも一切の諸法というものが本来として平等である、すなわち空である。これが羅什訳「法華経」の「方便品」に言う所です。

「諸法実相」の翻訳の原語として調べて見ますと「如《によ》」とか、「法性《ほっしょう》」とか、「実際《じっさい》」とか、皆仏教の言葉ですが、存在に於てそこに変わることなき一つの普遍性というもの、こういうものを羅什は全部「実相」と訳している。「法華経」に於ては、特に「諸法実相」という時にはこういう面がある。諸もろの各相というか、各おのの種々なる属性を持ちながらそれらは本来として空である。大変簡単に申しましたけれども、羅什の「実相論」というものの大体の所が、これで出てくるんですね。

次に見ますのは「法華経」の「法師品《ほっしぼん》」です。この文章は、[15]「古来風体抄《こらいふうていしょう》」の中に俊成《しゅんぜい》が引用しているものでもあります。そこでも「実相」というものが出てくる。ここでは「実相」はどのように考えられているかといえば、

諸の所説の法は、其の義趣に随って皆実相と相違背せず。若し俗間の経書、治世の語言、資生の業等を説かんも皆正法に順ぜん。[16]

「所説の法」という内容をもっと詳しくしないという判らないわけですが、皆「実相」と相違背しないのである。「俗間」は俗世間のことです。「経書」は「けいしょ」と読みますが、例えば四書《ししょ》五経《ごけい》のような中国における聖人、賢人の書物のことです。仏教のものなら「きょうしょ」と読みます。「治世」はいわゆる生業《なりわい》です。その「語言」、普通の生活の営みにおけるところの言葉。「資生《ししょう》」も「治世」も同じような意味でございます。生業の仕事。それらが「皆正法《しょうぼう》に順ぜん」。それらも皆正法なのである。言い換えるならば、これらが皆「実相」なのである。

「実相」というものが、「方便品」から更にこのように「法師品」に於て最も具体的に説かれる。羅什訳の「法華経」に於て、このように「実相」というものが展開するのでございます。

そういたしますと、[17]天台大師智顗《ちぎ》の[18]「摩訶止観《まかしかん》」では「漸次《ぜんじ》止観」でもなければ、「不定《ふじょう》止観」でもなく、直ちに「円頓《えんどん》止観」を得ると言います[19]。そこでは「実相」を縁とするのである。その「実相」というのは、

註——

(15)〈止観〉註(3)を参照されたし。

(16)「諸所説法随其義趣。皆与実相不相違背。若説俗間経書。治世語言資生業等。皆順正法」(『大正』九、五〇頁上段)

(17)〈「法華経」と日本文学〉註(14)を参照されたし。

(18)天台宗の根本聖典。二十巻。止観(坐禅)という実践的な観点から仏道修行を体系化したもの。いわゆる法華懺法もこの書物中に説かれている。『大正』四六、一頁以下。

境に造るに、即ち中にして、真実ならざること無し。縁を法界に繫ぎ、念を法界に一にせば、一色一香として中道に非ざるもの無し。[20]

「境《きょう》に造《いた》るに」すなわちメディテーションで何物かを対象に致しますが、それは中《ちゅう》であって、真実でないものはない。「縁を法界《ほっかい》に繫《つ》ぐ」。法界とは即ちさっきの一切諸法の世界であります。「念を法界に一つにするならば」、念を法界にする、すなわち「止観」であります。その時に「止観」の世界に於ては「一色一香《いっしきいっこう》として中道に非ざるもの」は無いのである。[21] 何を対象にしてもすべてのものが真実であって中道である、と言うのです。

「法華経」におけるところの先の「法師品」の文章を引きまして、[22]「法華《ほっけ》玄義《げんぎ》」では「治生産業皆是実相」ということを力説してくるのです。[23] この世の中の生活の営み、それから生きる生活の術、産業、皆これ実相に他ならない。こういう意味の現実肯定であります。これが問題ですが、いわゆる「実相」というものを考える時に、たとえ現実肯定であっても、それは念を法界に専らにする時の話です。ただ何でもかんでも「実相」だからいい、という現実肯定ではない。現実肯定と申しましても、一遍「止観」の世界に於て、空性《くうしょう》に於て洗われなければならない。何でもそうです。空性に於て洗われて、そこから観ぜられた時に、そこに実相が現れるのです。

「法華経」方便品の、その「諸法実相」の文章の所は、天台大師智顗が大変に重視いたしますが、ここを十如是《じゅうにょぜ》の文といいます。すなわち存在の様相です。ここの所から「一念三千《いちねんさんぜん》」という教義が、天台大師智顗に於て出てくるのであります。というのは、「摩訶止観」の「正修止観《しょうしゅしかん》」、そこに於て、この「一念三千」というものが観ぜられている。我われの一念に、「介爾の一念」に、ふとした瞬間的な心の上にも、すなわち三千の様相、全宇宙に繋がり、我と宇宙とが、常に等しき三千の様相を相い具しているのだ、と言うのです。(24)

天台は「具《ぐ》」であります。そういう考えがあります。今は略しておきますが、十界ですね。地獄か

註――

(19) 漸次止観は、戒・定《じょう》・慧《え》の三学の次第に従って順次実践し身につけていくもの。不定止観は、行者の機根に従って順序次第を固定させずに行じるもの。円頓止観は、実践の開始から実相を対象として行じるもの。

(20) 「摩訶止観」巻一上に、「円頓者。初縁実相造境即中無不真実。繫縁法界一念法界。一色一香無非中道」(『大正』四六、一頁下段)とある。

(21) 「色」は目が見る対象としての色形《いろかたち》、「香」は鼻がかぐ匂い。この二つで、人間が認知する世界を代表させているのである。即ち、人間が認識する全世界はそのままで例外なく中道である、との意。

(22) 詳しくは「妙法蓮華経玄義《みょうほうれんげきょうげんぎ》」(二十巻)。「摩訶止観」「法華文句《ほっけもんぐ》」と共に天台三大部の一つに挙げられる。「法華経」の真意をその題目から明かそうとしたもの。『大正』三三、六八一頁以下。

(23) この表現は「法華玄義」中に何カ所も現れるが、例えば、巻一上に「如一切世間治生産業。皆与実相不相違背。一色一香無非中道。況自行之実而非実耶」(同前、六八三頁上段)などとある。

(24) 「摩訶止観」巻五下に「夫一心具十法界。一法界又具十法界百法界。一界具三十種世間。百法界即具三千種世間。此三千在一念心。若無心而已。介爾有心即具三千。亦不言一心在前一切法在後。亦不言一切法在前一心在後」(『大正』四六、五四頁上段)とあるが、この構想が天台の最重要なものと見做されるのは、湛然の「止観輔行伝弘決」以降のことである。

ですこれで百ら餓鬼、畜生、修羅、人、天、声聞《しょうもん》、縁覚《えんがく》、菩薩、仏の十界にそれぞれの十界があり、これで百か、この百界がそれぞれ十如是を具えて千如となり、この千如を三世間(25)に配して三千となります。ともかく一念三千ということは、三千ということが別に問題なのではなく、宇宙全体のあらゆる様相というものが、我《われ》の一念の中に具しているんだというものの考え方です。これは「摩訶止観」における「正修止観」の非常に大事な眼目になります。この「止観」に於ては、「一境三諦《さんたい》」とか「空仮中《くうけちゅう》の三諦」とか、(26)「一念三千」は非常に大事な中心の命題になっております。

「諸法実相」ということが、「法華経」方便品のここの所を中心にして展開します。つまり、繰り返しますが、「諸法実相」という概念が、羅什によってここで作り上げられていった。原語としてはいろんな言葉があるけれど、それを「諸法実相」という文字に置き換えて、羅什がその概念というものを作り上げていったのです。

しかし羅什に於ては、「法華経」のこの場所は、「諸法実相」は飽くまで「諸法の実相」なのです。是くの如き相、性、体、力、作、因、縁、果、報、これをもっているところの「諸法」の「実相」なのであります。ところが中国にまいりますともちろん「法師品」の影響もあるでしょうけれども、天台大師智顗になりますというと、「諸法は実相」になります。展開します。諸法、すなわち諸もろの存在は、そのまま「実相」である。「諸法は」に変わる。そういうふうに展開してくる。この「諸法は実相である」というものの考え方が、その後の中国並びに日本人の上に強く影響してくるのであります。

註——

(25)　五蘊世間・衆生世間・国土世間の三。

(26)　実は、智顗に於ては、この「一心三観」の方が中心課題であったと考えられている。これから出発して十界互具や一念三千の思想へと展開させたのである。〈止観〉註(12)を参照されたし。

狂言綺語と煩悩即菩提

では「狂言綺語《きょうげんきぎょ》」ということについて取り上げてみましょう。既にご紹介しました[1]「古来風体抄《こらいふうていしょう》」の文に、

ただし、かれは法文金口の深き義なり。これは浮言綺語のたはぶれには似たれども、ことの深き旨も現はれ、これを縁として仏の道にも通はさむため、かつは煩悩すなはち菩提なるが故に、[2]

云々というものがありましたね。「浮言綺語」は、「狂言綺語」と普通一般には申しますが、平安時代の非常に大事な文学観の一つでございます。これを考えます時に、そこに[3]「白氏長慶集《はくしちょうけいしゅう》」を出しておきましたが、[4]元は白楽天の言葉なのでございます。「狂言」というのは、これは、箍《たが》の外れた、道理に外れた言葉という意味で、別に仏教だけの言葉ではもちろんありません。一般の漢語でございます。「綺語」というのは、心にあまり誠意がなくて、飾りたてた言葉という意味ですが、この綺語というのは、仏教の十善戒、または十戒という中に入っているのでございます[5]。この仏教の戒律に背く言葉、

偽りの飾りたてた言葉、そういう意味なのです。

では、この「白氏長慶集」の巻七十一に収めてありますところを、ちょっとまぁ読みにくいですが、皆さん一緒に見て下さい。「香山寺《こうざんじ》白氏洛中集記《はくしらくちゅうしゅうき》」というものです。そこに、

白氏洛中集とは、楽天、洛に在りて著す所の書なり。大和三年の春、楽天始めて、太子の賓客たるを以て東都に分司たり。ここに及んで十有二年。その間の賦・格・律・詩、凡そ八百首あり。合して十巻となす。今、龍門の香山寺の経蔵堂に納む。それ、狂簡斐然の文を以て、支提の法宝

註――

（1）〈止観〉註（3）を参照されたし。

（2）『日本歌学大系』第二巻、四一六頁。

（3）〈止観〉註（126）を参照されたし。

（4）〈止観〉註（115）及び当該本文を参照されたし。

（5）仏教語の場合は「キゴ」と読む。十善戒は十善業道とも言う。苦なる結果（果報）をもたらす十種の代表的な悪い行為（十悪）を犯さないこと。身体に関して三、言葉に関して四、心に関して三数える。即ち、①生き物の命を絶つこと（殺生《せっしょう》）、②盗むこと（偸盗《ちゅうとう》）、③よこしまな性行為（邪淫《じゃいん》）〔以上身体〕、④偽りを口にすること（妄語《もうご》）、⑤無益なおしゃべりに打ち興じること（綺語《きご》）、⑥汚い罵りの言葉（悪口《あっく》）、⑦人と人の仲を裂くような二枚舌を使うこと（両舌《りょうぜつ》）〔以上言葉〕、⑧貪り求めること（貪欲《とんよく》）、⑨怒り憎むこと（瞋恚《しんに》）、⑩仏教以外の邪な考え方に従うこと（邪見《じゃけん》）〔以上心〕の十種の悪を離れてあることを言う。因みに、五戒に含まれる飲酒《おんじゅ》がここに収められないのは、飲酒それ自体が罪なのではなく、飲酒によって引き起こされる各種の悪行が罪であるからであると説明される。なお、沙弥・沙弥尼の守るべき「十戒／十法」とは別物なので注意。

蔵に帰依するとは、意に於ていかん。(6)

「分司」というのはこれは役名、宮の役名でございまして、御史台《ぎよしだい》とかいう、そういう役所があって幾つかに分れている。(7) そこを司る人だという意味だそうでございます。「ここに及んで十有二年」。十二年間、そこにいたということです。「その間の賦・格・律・詩」。これは詩のいろいろなスタイルですね。それが「凡そ八百首あり。合して十巻となす」。十二年間、洛陽の都に於て、八百首の詩をものし、それを十巻とした。太子の賓客ですから、わりと恵まれていた晩年ということでしょう。白楽天という人は、西暦にいたしますと、七七二年から八四六年の人であります。この白楽天の詩というものは、一般に「白氏文集」あるいは「白氏長慶集」と言われております。「長慶」は年号で、長慶年間に纏めたという意味です。

「龍門の香山寺の経蔵堂」の「経蔵」と申しますのは、これはすなわち仏教では非常に大事にするところの、お経を収めている蔵であります。今でも、多くの寺に経蔵というものがございますが、この経蔵に自分の八百首の詩集を十巻としてこれを収める。「狂簡斐然の文を以て」は、常軌を逸した、いわゆる狂言綺語です。飾りたてた文を以て「支提の法宝蔵に帰依する」。「支提」というのはどういうふうに訳しましょうか。サンスクリットのチャイティヤ (caitya) です。「支提」というのはこの写音でございまして、ストゥーパは卒塔婆、塔ですね。それと同じように使うんですが、お寺の中の建物、ここではお寺全体、つまりお寺ですね。その法宝蔵に狂言綺語を以て帰依するというのは、それはどういう意味であるのか、と。その詩文中には、楊貴妃と玄宗皇帝の物語である「長恨歌」を初め、狂簡斐然の文ばかりですね。そういうものを以て帰依するというのはどういう意味であるのか、ということでございます。

その次にある言葉が、

我れに本願あり。願はくば今生世俗文字の業、狂言綺語の過ちを以て、転じて将来世世、讃仏乗の因、転法輪の縁となさん。(8)

「白氏長慶集」には、ここの他にもこれと同じような願文がございます。ありますが、この「狂言綺語の過ちを以て、転じて讃仏乗の因としたい」と記したこの後に、白楽天は自らの詩文の創作の筆を折ります。彼の一生の創作活動の最後に、このように自分の詩文、これを集めて龍門香山寺の経蔵の中に入れる。これは大変なことでございます。どこのお寺に於ても、経蔵というのは最も大事な、いわゆる聖典の入っている場所です。そこに狂言綺語であると自分で言う、その自分の詩作をここに

註――

(6)　原文は漢文。「白氏洛中集者、楽天在洛所著書也。大和三年春、楽天始以太子賓客分司東都。及茲十有二年矣。其間賦格律詩凡八百首、合為十巻、今納于龍門香山寺経蔵堂。夫以狂簡斐然文、而帰依支提法宝蔵者、於意云何」

(7)　御史台は中国の官吏監察機構。秦の始皇帝が官僚制度を整備した際に、管制を行政・軍事・監察に分けた。その制を以後ほぼ踏襲したが、唐の御史台には台院・殿院・察院があって、それぞれに侍御史・殿中侍御史・監察御史が配属された。ともあれ中央・地方の官吏を監察糾弾することを任務とした官僚の管理機構である。

(8)　原文は漢文。「我有本願、願以今生世俗文字之業、狂言綺語之過、転為将来世世讃仏乗之因、転法輪之縁也」

収めた。そして将来世世に於て讃仏乗の因とすることを願う。

「将来世世」ですよ、今生だけではない。白楽天は八世紀から九世紀前半にかけての人ですが、白楽天のような人でもですね、今生だけではない、この世だけではない未来、来世というものを思うわけであります。これ以後さきほど申しましたように、創作の筆を折って、ひたすらに仏門に帰するということになるんですが、白楽天はご存知のように、禅をよくした人でございます。禅というものをやりながら、この人は文学の創作活動というものをしています。この時に、彼にとってこの世だけではない、来世からその次の世まで仏の道に携わる、そういうことが文学とどういう関連を持つのか。

「我れに本願あり」と言っています。ここでいう本願は、元もとの願いという意味であります。いわゆる浄土教でいう阿弥陀如来の本願という意味ではありません。我れには元もとの願いがある、と言うのです。今までやってきたのは世俗の世間の文字の業であり、狂言綺語の過ちである。「長恨歌」のように誰かが誰かに想いを募らせただの、人間の欲望の世界をそのまま、いろんなそういうことを書いてきた。それはこの世の中の狂言綺語の過ちだというふうに達観するのです。しかし、狂言綺語の過ちは狂言綺語の過ちなんだけれども、それを捨てるのではない。捨てるのではなくて、それを「願はくば今生世俗文字の業」を翻すことによって、仏乗を讃える因としようと、こういうわけであります。

この「白氏文集」は、白楽天がまだ在世中に、既に日本に伝わったと言われております。日本で非常に速やかに人びとに好まれたんです。日本人好みの詩集なんですけれども、「源氏物語」の中にも「白氏文集」が出てまいります。で、ここの問題ですが、仏教と文学との接点というか、その問題の意義は、皆さん如何でしょう。この狂言綺語というものを捨ててはいない。捨てるのなら経蔵になんて入れません。どう考えるべきなんでしょう。と言いますのは、ちょっと「和漢朗詠集」(9)をご覧下さい。それは言うまでもなく藤原公任《ふじわらのきんとう》(10)の編纂したものでございます。もちろん元は漢文ですね。そこに、

願はくは今生《こんじやう》世俗の文字《もんじ》の業《ごふ》　狂言綺語《くゐやうげんきぎよ》の誤りをもって　翻《かへ》して当来世々《せせ》讃仏乗《さんぶつじよう》の因　転法輪《てんぼふりん》の縁とせむ(11)

とありますね。これ「朗詠」ですから、中国の詩文の中からや、もちろん日本の和歌も入りますよ、非常に名文句を持ってきて並べております。皆さんがそれを朗詠したのでございます。その時に、この「狂言綺語の誤りをもって……」が朗詠された。どのような気持ちで朗詠したんだと思われます

註――

(9) 二巻。諸説あるが、十一世紀初めに成立。当時流行していた朗詠用に和歌・漢詩文を撰集したもの。和歌二一七首、漢詩句五八七首を収める。朗詠のみならず作文の参考書としても用いられ、様ざまなジャンルの文学に取り入れられた。

(10) 平安中期の文人。[生]九六六―[没]一〇四一。有職故実に通じ、また漢詩、和歌、管弦総てに優れた才能を発揮して「三舟の才」を謳われた。多くの歌集を編纂し、また「新撰髄脳」や「和歌九品」などの歌学書を残している。

(11) 「願以今生世俗文字業狂言綺語之誤　翻為当来世々讃仏乗因転法輪之縁」(『日本古典文学大系』73「和漢朗詠集　梁塵秘抄」二〇〇頁)

か？　わたしは、これはほんの推察ですけれど、日本人は、我われが文学をやるのは讃仏乗の因となるんだというふうに、案外簡単に考えたのかもわかりません。その狂言綺語という言葉の流布の状態については、次の今様歌《いまようた》を見て下さい。後白河法皇が撰んだという「梁塵秘抄《りょうじんひしょう》」(12)ですが、平安末期以来の人びとの口に介していたところの今様歌ですね。今の流行歌のようなものですが、その中に、

狂言綺語の誤ちは、仏を讃むる種として、麁き言葉も如何なるも、第一義とかにぞ帰るなる、(13)

これは、誰が作ったかはわからないけれども、平安末期の民衆の間に歌われたものです。でもこの時には「麁き言葉も如何なるも、第一義とかにぞ帰るなる」と。「和漢朗詠集」にしても「梁塵秘抄」の今様歌にいたしましても、ここには根幹に、仏教への信仰というか、仏教を尊重しようとする気持ちが、平安の末期にもあったことだけはよくわかります。その時にこの狂言綺語の誤ちといわれる、いわゆる世俗の文字の業であるところの文学も歌もすべてが讃仏乗の因となるという。でもどうなんでしょう。

わたしの説明は誠にぼんやりしていますけれども、白楽天がここにこのような言葉を言う時、自分の文学を狂言綺語の誤ちであると言いきっているその時に、そんなに簡単にこれが経蔵に納められるものとは思っていない。これをただお寺の縁側に置いたのではない。何故お寺の最も神聖な場所である経蔵に納めるまでになったのか。白楽天の、文学者であり仏教者である二層の人格、人格の二面性が、どういうふうにここに考えられるのかということを、皆さんお考えいただけたらと思います。

一つ考えられることは、彼は禅をやった人です。禅をやるということは、誠に徹底して否定の門をくぐらなければならない。参禅しまして、師匠の許に行った時、一挙手一投足、箸の上げおろしから否定されてくる。あるいは、師匠より公案、宿題をもらって、それに対していろいろ思弁を加える。日常の行動並びに公案、あるいは禅堂における修行の厳しさによって、また一挙手一投足の動きに於て、また食べ物に於て、日常的なるものすべてに於て否定の門をくぐらなければならない。禅と言うものはそういうものです。

総てのもの、別に文学だけではない、自分の様ざまな日常性の総てのものが一旦否定されねばならない。これは禅のみでなく、仏教全体に於てそうなのですが、一旦否定されたものは蘇らなければならない。単なる否定ではない。この否定されたものが仮に文学であるならば、世俗の文学の業であるならば、白楽天にとって止むに止まれぬ創作活動というものが、仏教的には狂言綺語の過ちであった、それが絶対の否定をくぐって浮び上がってくる。自分にとって迷えるものであっても、自分にとってはそれしかない切実なるものである。それしかない切実なる営みであったものに於て、それは自分にとっての生命である。その意味に於て、こうして振り返ってみる時に、それは自分にとってはそれしかない大事なものとして、その意味に於てこれは再び光を放ってくるのかも知れない。そういうものでなければ経蔵の中には入れられないでしょう。単に中途半端なプロセスのものであるならば収める

註――

(12)〈「法華経」と日本文学〉註(53)を参照されたし。

(13)『新日本古典文学大系』56「梁塵秘抄　閑吟集　狂言歌謡」六五頁。

ことは出来ない、というふうにわたしは理解いたします。

あるいは別の面から言うならば、「煩悩即菩提《ぼんのうそくぼだい》」であります。[14] こういうものの考え方が日本だけではなくて、中国に於てある。まだ白楽天が生きている間に、この「白氏文集」が、日本にいち早く入りまして、これはこの講義には直接関係はないですが、平安時代における「白氏文集」の影響というのは、莫大なものがありますね。

話をもとに戻しましょう。彼は禅をやった人であります。禅というものは総てを否定する。総てを否定して、やがて帰ってこなければ大乗仏教ではない。それから、止観に於ても、単に心にちらちらしたのを落ちつけます、なんていうものではない。とことんまで滅し尽くされた後に、そこに蘇ってくる。蘇ってくる時に自らの作った、しかも一所懸命、精魂込めて、文学者の生命を賭けて作ったものは、自分という人間が展開していく時に、誤ちは誤ちながら、そこに切実な光というものとなる。そういうものじゃないんでしょうか。

ですから、白楽天における文学観というものは、本当に凄いんだと思います。それが日本に入った時に非常に趣味的になる。「和漢朗詠集」は朗詠したものですから、藤原公任のような文学的な貴族が、そんなに痛烈な意識をもってしたものではないでしょう。ただ重ねて申しますなら、平安時代初期から平安末期にかけて、日本人は非常に仏教を尊重しようという気持ちが強かったと思うんです。現在のわたしどもが想像する以上に、仏教に対する造詣も深かった。そこのところを、平安時代の人の心になってものを考えないと分かりません。今のこの非常に理性的な考えを以てものを律している我われには分からないですね。紫式部だってそうですよ。「諸法実相」という言葉で紫式部の文学観を括っていいかどうかは別として（ある意味では当たっているだろうと思うんですけれども）、その仏教のこなれ方はたいしたものです。そういう仏教というものを尊重しようという気持ちは非常にあったと思います。

ところが、そういう気持ちはあったけれども、例えば「狂言綺語の誤りをもって」云々と言う時に、白楽天自らが考えたような熾烈なものは、藤原公任にも紫式部にもわたしはないと思う。[15] ある意味に於ては、いつでもものが展開していく時にはそういうものでございますね。ですけれども、とにかく白楽天は禅をやっていた。参禅していた。禅とは否定の門でございますから、そういうものを考えなければいけないのではないかなというふうに思います。

「狂言綺語」という言葉は度たび出てまいります。[16]「三宝絵詞《さんぼうえことば》」を見てください。これは比叡坂本の[17]勧学会《かんがくえ》の話です。比叡山の麓、琵琶湖の坂本での勧学会です。慶滋保胤《よししげのやすたね》は、出家する前に恵《え》信僧都《しんそうず》

註——

(14) 本来、煩悩と菩提とは相対立する概念であり、煩悩は、菩提＝智慧の働きによって生じないよう抑制されるべきものであるが、大乗仏教では、空性を介在させて、逆説的にこの二者が相即不二の関係にあると説く。「生死《しょうじ》即涅《そくね》槃《はん》」とともに大乗仏教の特徴を表す表現としてよく知られている。

(15) ある種皮肉な現象でもあるが、この罪の意識は民間へと弘まり、紫式部は綺語をもって「源氏物語」を創作した罪で地獄へ堕ちたとされ、これは謡曲「源氏供養」などにも反映している。

(16) 〈「法華経」と日本文学〉註（34）及び当該本文を参照されたし。

(17) 平安中期から後期にかけて、大学寮の学生と天台の僧とが合同で催した法会。九六四年に始まり、慶滋保胤の出家で中絶し、その後何度か再興されるが、平安後期には断絶した。

を中心にして、あるいは源 為憲《みなもとのためのり》とかと勧学会なるものを作りました。今の言葉で言うならば仏教同好会みたいなものでございます。そしてその勧学会が解散されますと、恵信僧都を中心にして念仏の結社を作ります。これが[18]二十五三昧会《さんまいえ》。メンバーの誰かが死にそうな時には、皆でそこに行って念仏してやる。いわゆる臨終正念《りんじゅうしょうねん》ですよ[19]。ちゃんと迷いなく行くべきところへ行かれるように、と。ともあれこの勧学会の話でございまして、

十五日ノ朝《あした》ニハ、法花経ヲ講ジ、夕《ゆふべ》ニハ弥陀仏《みだぼとけ》ヲ念ジテ、ソノ、チニハ暁ニイタルマデ、仏ヲホメ、法《のり》をほめたてまつりて、ソノ詩ハ寺ニヲ《お》ク[20]。

と書いてあります。いわゆる勧学会というのは、皆が月に一回ですが集って、朝は「法華経」を講じ、夕方は念仏をする。

比叡山には、いつの頃からか、「朝題目の夕念仏」という言葉がございます。朝は、法華三昧堂に於て「法華経」の法華三昧をやるのでございます。既に平安の末期にははっきり「朝題目の夕念仏」という言葉が見えます[21]。

ちょっと余談になりますが、この「題目」という言葉。何故「題目」と言うのか。「朝題目」と言うからといって「南無妙法蓮華経」と唱えていた訳ではないんです。法華経の勉強をするときに皆が必ず読んだ[22]「法華玄義」という書物は、この題目の一字一字についてこと細かに述べているのでございます。特に「妙法蓮華経」の中の「妙」の一字については、長いスペースを費やして説明するので

ございます。そういうことからして、この「法華経」の勉強をするという時には、「法華経」の行をする時には、「題目を」というふうに言うんであろうと思います。そこから来たんだろうと思いますが、朝は法華三昧を修し、夕べは念仏をする、それを「朝題目の夕念仏」と言い慣わしているのでございます。

「夕には弥陀仏を念じて。そののち暁にいたるまで」、つまり徹夜で、「仏をほめ法をほめたてまつりて」。いわゆる讃仏です。讃法。そしてその詩は寺に納めた。詩を作る同好会だと言うんです。

又居易ノミヅカラツクレル詩ヲアツメテ、香山寺ニオサメシ時ニ、「願《ねがはく》ハコノ生《しよう》ノ世俗文字ノ業。狂言綺語ノアヤマリヲモテカヘシテ、当来世々讃仏乗ノ因、転法輪ノ縁トセム」トイヘル願ノ偈誦シ、(23)

註――

(18)〈独覚〉註(45)を参照されたし。

(19)仏教では死に臨むときの最後心を種々議論しているが、とりわけ平安時代には、人が死に臨むときに、乱れない平静な心で阿弥陀如来を念ずることが重視された。死に臨む人がいる場合、近しい人が寄り集まって共に念仏を唱えたり、阿弥陀仏の絵像や木像の手に五色の糸を結び、その糸を死に臨む人に持たせるなど、正念に住するための様ざまな手立てが考えられた。

(20)『新日本古典文学大系』31「三宝絵　注好選」一七三頁。

(21)例えば「栄華物語」などにも現れる。

(22)〈「法華経」と日本文学〉(二八―二九頁)、〈謡典の中の仏教思想〉(三九六頁以下)を参照されたし。

云々というふうに書いてございますが、後は省略させていただきます。こういう、仏教に心を寄せ、文学に心を寄せる人びとに、どのような厳しい宗教的な自覚というものがあったのかというと、それはあるいはもっと朧気なものであったかも知れない。仏教に対する憧れとか、賛美というものが先に出ていて、厳しい求道心のようなものは希薄であったかも知れない。日本の平安時代の仏教には往々にしてそういう傾向があります。何も人間はラディカルであることばかりがいいわけではありませんけれども、ですね。

では(24)「袋草紙《ふくろぞうし》」をご覧下さい。この「袋草紙」というのは、これは藤原清輔(25)という人の書いたものです。平安末期の歌論書でございます。その中に丁度恵信僧都について、

恵信僧都は、和歌は狂言綺語なりとて読み給はざりけるを、恵心院にて曙に水うみを眺望し給ふに、沖より舟の行くを見てある人の、「こぎゆく舟の後の白波」と云ふ歌を詠じけるを聞きて、めで給ひて、和歌は観念の助縁と成りぬべかるけりとて、それより読み給ふと云々。さて廿八品ならびに十楽の歌なども、その後読み給ふと云々。(26)

と書いてあります。狂言綺語と言って否定していたが、和歌もいいものだ、とそれ以来自らも詠み始めた、と。実際に歌が残ってございます。(27)

ともあれ、「平家物語」の中に出てくるところのもとはここにある。面白いですね。先ほどご紹介しました「梁塵秘抄」の、

狂言綺語の誤ちは、仏を讃むるを種として、麁《あら》き言葉も如何なるも、第一義とかにぞ帰るなる。

平安末期の民衆というものは、こういう仏教の中の言葉を素直に受け止めている。変な智慧とか、知識とかによってスポイルされていない。こういう受け止め方は、今まで挙げてきたものの中で一番いいのかもしれない。「梁塵秘抄」にはこの講義ではこれ以上触れませんけれども、「梁塵秘抄」の中に述べられているところのいわゆる仏教歌謡というものには、たいへん優れた芸術的価値があると言えましょう。

では次の「沙石集《しゃせきしゅう》」(28)をお読みになって下さい。序文の冒頭です。

…………

註——

(23)『新日本古典文学大系』31「三宝絵　注好選」一七三頁。

(24)「ふくろのそうし」とも。上下二巻。一一五七—一一五八年の成立。歌会や撰集のしきたり、歌合わせの故実など、和歌の儀式的側面をきめ細かに記している。上巻巻末には「雑談」と題して歌人の逸話などが記載されており、史料的価値の高い書物である。

(25)平安後期の歌人。[生]一一〇四—[没]一一七七。「古今集」その他の実証的な研究をし、後代へ大きな影響を与えた。

(26)『新日本古典文学大系』29「袋草紙」一一一頁。

(27)『恵心僧都全集』五（六四一頁以下）に「詩並歌」として収録されている。

(28)〈止観〉註(136)を参照されたし。

夫《それ》麁言《ごんなん》軟語《ご》ミナ第一義ニ帰シ、治生産業《ぢしやうさんごふ》シカシナガラ実相ニ背《そむか》ズ。然レバ狂言綺語ノアダナルタハブレヲ縁トシテ、仏乗ノ妙《たへ》ナル道ニ入シメ、世間浅近《せんごん》ノ賤キ事ヲ譬トシテ、勝義ノ深キ理《ことわり》ヲ知シメント思フ。(29)

「第一義」というのは、仏教で言う勝義諦《しようぎたい》であります。世俗《せぞく》諦、世俗の真理に対しまして言われる勝義諦ですね。(30)「麁言軟語」は狂言綺語です。ここには実相もあれば、狂言綺語も出てまいります。いずれにせよ総てのものが実相に背かず、第一義に帰するのである、総てのものが仏道へ向かう契機となるのである、と言っております。

ともあれ、今回ここでわたしが申し上げたいことは、日本の文学論の中では「狂言綺語」ということがいともたやすく言われておりますが、しかし白楽天に於ては、そんなにたやすいものではなかったであろうということです。もっと真剣に取り組むべき、あるいは深刻に受け止めざるを得ない問題であった。こういう問題を考えて欲しい、ということです。わたしの話はまことに至らなくて、資料もごく一部ですが、お示しいたしましたので、どうぞ皆さんご参考にして下さい。では、これで終わることにいたします。

註――

(29) 『日本古典文学大系』85「沙石集」五七頁。

(30) 真諦と俗諦とも言う。実はいろいろとややこしいのであるが、誤解を恐れずに大枠のみを記せば、世間一般に認められている考え方や軌範が俗諦、そこから超出していく勝れた目標、それに至る道が真諦である。しかし、真俗問題はインド仏教以来様ざまに議論されてきており（『倶舎論』を書いた世親は独特の議論を展開し、本質的には一切法はすべて自性《じしょう》を保持するという意味で勝義であると位置づけ、但し言語表現されるものはすべて世俗とした。これに衆賢が詳細な論駁をし、一方では独自の定義をした龍樹の二諦論が継承され、展開する等々）、一筋縄でいくものではないが、ともあれ最澄は、仏法を真諦、王法を俗諦と位置づけた。

謡曲の中の仏教思想

わたしは京都に住んでおりまして、時に観世会館へ能を見に行くことがございます。ここ金沢は加賀宝生《ほうしょうりゅう》流の土地でございますが、京都は観世でございます。(1) 観世で現在行われるのは二百番です。現行の二百番は、これは整理したものでございまして、かつては五百番ございました。室町時代の作品であるところの謡曲文学というものは、沢山にあったわけでございます。さて、先ずわたしが皆さんに申し上げたいのは、この謡曲というものは、一番先に文学として見るべきだということです。節もなにも付けないで、先ず文学なのです。

ところで、この中には、夥しい仏教の言葉、夥しい仏教の思想、考え方、仏教の様相が出てくるのでございます。あの二百番なり、五百番なりの中の仏教の言葉、考え方を、仏教のいろいろな様相を、どんな法要をやったとか、それらを書き記していきますならば、それは非常に大事な仕事であろうと思います。『謡曲に現われたる仏教』(2) なんていう研究がないわけではないけれど、まだまだでございます。わたしも若い時に大変大きな希望を持ちまして、やろうと思ったのですけれども、とうとう出来ないでしまいました。しかし、謡曲というのは、室町時代のいろんな仏教の様相を知る手がかりの一つでございます。

それで、謡曲というか、お能を、実は度たび見にいったのでございます。ところが、お能を拝見致しておりまして、何時も少し違うんじゃないか、という考えが無いわけではなかった。大変失礼な言い方でございますが、例えば一つの例を申しますならば、現代の人で、もう亡くなりましたが、片山博道《ひろみち》（一九〇七―一九六三）という京都の観世の家元の方が、「世阿望憶《ぜあぼうおく》」という題であったかと思いますが、そういう新作能を作りまして、それが京都で上演されたことがあります。(3) わたしはそれを見ておりまして、何か違うんじゃないかと感じられてなりませんでした。

これは世阿弥の能楽論の「九位」(4) から取られているのですが、いわゆる世阿弥の能においていろいろ理想とするタイプというものを九つに調べ分けまして、そこに女性が出て来るんです。世阿弥という人は、晩年佐渡に流されるんですね。本当でないという説もありますが、七十歳を過ぎて佐渡から

註――
（1）観世・宝生以外に、金春《こんぱる》・金剛・喜多の計五流がシテ方にあり、他にワキ方三流（下懸宝生・高安・福王）、狂言方二流（大蔵・和泉）、囃子方四流（笛方・小鼓方・大鼓方・太鼓方）がある。しかし、これ以外にも、重要無形民俗文化財に指定されている、古式の流れを酌む黒川能なども現在に伝えられている。
（2）花田凌雲著『謡曲に現われたる仏教』第一書房、一九八七。
（3）一九六二年、世阿弥生誕六〇〇年記念の年に、第十三回京都薪能で試演された。これに多少手を加えたものが、一九八九年に同じく京都薪能で博道の次男慶次郎により再演された。
（4）『日本思想大系』24「世阿弥　禅竹」一七三頁以下、『日本古典文学大系』65「歌論集　能楽論集」四四七頁以下。

帰って来て、一生を振り返って考えた時に、茫洋《ぼうよう》と寂しい。その時に、自分がかつて理想として作った能の九つの位が、それが女性の形をもって出される。大変美しい女性がずらっと出てくるんです。世阿弥の能楽論に於ての理想というのは「妙花」となっている。世阿弥にとっての一番最高の理想であるこの「妙花」という女性は、そこでは誠に美しい。本当に上臈《じょうろう》の姿を持って世阿弥の想い出の中に出て来ている。美しいに違いないんだけど、想い出の回顧の中の美しい女性、それだけじゃあないんですよ、本当はね。

そのようなものを見てますというと、いろいろと実は言いたくなる。ところがわたしは仏教学をやってますから、「また仏教のことを言いだす」と嫌われますのでね、口を噤《つぐ》んであまり言わない。ところがまたその後にお能を見ましてね、こんどは観世、東京の今の家元が京都へ来てやりました。あれは何でしたかね、「敦盛《あつもり》」(5)でしたか。謡曲の中には「平家物語」が素材として沢山入ります。ですから、平家の公達《きんだち》が出てきますね。沢山出てきます。

お能というもののスタイルは大体決まってますから、どこどこのお坊さんが船に乗って屋島に行った。ここは昔の源平の古戦場で、そこを見たくて、今なら観光旅行でございます。そしてそこで、「ここは、ああ源平の戦いの古戦場であるなぁ」と思っていると、そこに一人の老人が出てきて、その辺りの昔の戦いのさまを語る。お坊さんはその話を聞いて、そこで眠ります。すると夢の中に(あるいは目が覚めると)、そこに先ほどの老人が今度は生前の姿で出てくる。これは二重構成になってます。そこに出てくるのは、今度こそ亡霊として、義経(一一五九—一一八九)にしても、敦盛(一一六九—一一八四)にしても、知盛《とももり》(一一五二—一一八五)にしても、源氏の武将にしても、あるいは平家の公達にしても、出てきて、その合戦の時の姿形のまま、薙刀や何かを持って、その修羅道《しゅらどう》の苦しみを見せる。修羅道の戦いのさま、刀で打ち、切り合う、その苦しみを見せる。そして最後にそのお坊さんに向かって、自分が成仏できるように、と供養を願う。

修羅道の苦しみと申しましたけれども、これはお能、謡曲における非常に面白いものなのです。どんなに勝ち戦であっても、負け戦であっても（義経は勝ちます。敦盛は負けるわけです。知盛も負けるわけです）、戦場で死んだ人は修羅道に（地獄とは書いてない）落ちるのです。修羅道に落ちた者は、毎日そこで合戦を繰り返さなければならない。可哀そうですね。

ところがですね、お能は元もと非常に優れた演劇なのですが、わたしはその時に観世の演能をじっと見てまして考えたんです。修羅道に落ちて、いわゆる地獄のさまと等しいような苦しみを見せるならば、西洋の芝居ならこの武将は絶叫いたします。わたし、実は二年ほどフランスに居りまして、友達が芝居に連れて行ってくれるんです。で、度たび芝居を見ました。

あれは誰の作品でしたか。題を一寸度忘れしましたけれど、その時の芝居は、ある戦争の武将の芝居でございました。フランスとイギリスのあのいわゆる三十年戦争か何かの時のお話でした。やはりそういう武将が出てきて、そして彼が死ぬ時のことをやるのですが、わたしは目を覆いました。見てられない。ギャーッと絶叫する。彼らは魂の底から声を出す。それも舞台の床には、リアルな、イン

註――

（5）世阿弥の作。二番目物。熊谷直実がまだ年若い平敦盛を討ち、無常を感じて出家し、敦盛の菩提を弔うために一ノ谷にやって来る。そこに敦盛の霊が現れ、最期の苦患の様を物語る。

クか何かでしょうが、血がザーッと流れている。何ぞ隔たることの相い遠き、です。なぜこんなに違うのか。絶叫しますよ、フランスだけでなくて、西洋の演劇は。

ところが世阿弥の能楽論を見ますというと、こういうのはいわゆる(6)修羅物《しゅらもの》というものですが、その時には、人の気に障らないように、見よいようにせよ、ということを書いてある。これは技術の面のことでございますが、こんなにもなぜ違うんでしょう。でも、ただ人の見よいようにというなら軽薄になるはずでございます。人の心を打ちながら、修羅道の苦患《くげん》を（地獄・餓鬼《がき》・畜生・修羅の修羅です）、修羅道のこの苦しみを見せる。昔の戦、負け戦でも何でも、昔の戦のことを再現して見せながら、なぜ絶叫しないのか。日本の芝居では抑制してしまう。なぜなのか。そこのところを考えないというと、判らないと思う。

こんなことをわたしが態わざ言います訳はね、今は亡くなった人を言うとなんですが、観世寿夫《ひさお》（一九二五―一九七八）という人が天才であると言われていた。観世寿夫という人は、フランスの演劇の役者でも演出家でもあるジャン・ルイ・バロー（一九一〇―一九九四）と大変に仲が良かった。ジャン・ルイ・バローも非常に優れた人ですが、このジャン・ルイ・バローと観世寿夫が一緒にやろうということになった。ジャン・ルイ・バローとやるということは、日本のお能に代表されるいわゆる東洋の芝居と、西洋のそれとを、お互いに、お互いを見ながらやろうとしたわけです。それは大変いいことです。合体してやろうというそのこと自体は。

ただその前に、修羅物だけを言いますけれど、なぜこれほど抑えた演技が、抑えていて人を感動せしむるのか。なぜなのか。東洋の思想とか、そういう自分達が受けてきた伝統というものの意味を、もう一歩も二歩も三歩も掘り下げてみなければならない。それが足りないと思うのです。考えなくちゃならない。そりゃ人間は同じですよ皆。でもその違いというものを考える。違いを知るというよりは、このところを考える。それからの問題であるようにわたしは思うのでございます。

時に、時間があるとちょっとテレビなどで聞くんですけれども、堂本[7]さんという方が演劇というもののいろいろの要素についてよくおやりになっていらっしゃるようです。大変良く勉強なさる方で、わたしはきちんと判りませんが、ただ気になるのは、あの方が、あの頃はいろんな宗教というものが入っていたから、と言うんですね。あの方がもちろん大変に優れた人であることは事実ですけれど、わたしは、これを、文字通り老婆心で言いますけれど、仏教の果たした役割というか、室町時代というあの時代に於て仏教はどうであったのか、どのように浸潤していたのかを、現代の知性を離れて、

註——

（6）江戸時代以降、能を五番立てで行い、狂言を二、三番挿むということが正式の番組となったので、能を五種類に分類し、演能の順序をそれに従って組むこととなった。
一番目、脇能《わきのう》（神霊の夢幻能）「高砂」「竹生島」など
二番目、修羅物（武士の霊の夢幻能）「敦盛」「清経」など
三番目、鬘《かずら》物（女・貴公子の霊や老木の精などの夢幻能）「井筒」「西行桜」など
四番目、雑《ぞう》物（他の分類に属さない総ての能）「求塚」「恋重荷」など
五番目、尾能《きりのう》（鬼畜物が多いが、貴公子物の夢幻能等も）「融」「羅生門」など

（7）堂本正樹（一九三三― ）は、劇作家。演劇の評論家でもあるが、同時に多くの三島作品の演出を手掛け、また、新作能の作者として数多くの作品を発表している。

その時代になって考えてみなくちゃならない。確かにあの時代にはいろんな宗教が入り乱れていて雑然としていた。ですから、確かに謡曲文学の中にいろんな宗教のスタイルが入ってございますけれども、もっと仏教のことを考えてみる必要があるんじゃないかということでございます。

「世阿望億」の「妙花」というものから、お話が随分ずれてしまったわけですが、この「妙花」というのは、世阿弥の書きました「九位」というのに出てございます。この「九位」というものがいつごろ書かれたものかと言いますと、世阿弥という人は、西暦にしますと一三六三年から一四四三年の人です。但しこの年号も一寸怪しいところがあるわけですが、十四世紀から十五世紀の前半に活躍した能楽師であります。この人は能楽師であって、幾つかの能も作っておりますけれども、沢山の能楽論、いわゆる芸道論というものを作っているんですね。その芸道論を見てまいりますというと、世阿弥は非常に仏教というものに近い。しかし近いと申しましても、仏教の言葉を自分流に解釈しておりまして、かなり知識的にどうかなぁと思うことが無いわけではない。ですから仏教学者ではない。しかし仏教に非常に近いことだけは判ります。

さて「九位」ですが、この書物は、どうも彼が大体六十五歳の少し前の頃に作られたものであるらしい。応永三十五年（一四二八）以前に作られたもので、かなり晩年のものであることは確かなのです。この人は晩年に沢山のことをやっているんです。この「九位」で世阿弥は、能を上三花と中三花と下三花とに分けています。このように全部で九つの位に分けているんですね。

この分け方、何で九に分けるのかというと、いわゆる「九品《くほん》」というのが仏教にはございます。「観無量寿経」(8)という浄土教の経典の中に、浄土に往生する人が、人の信仰の浅深などによって往生の仕方が九つの類に別れるという「九品」というのがありますが、しかしそれから直接に世阿弥に入っているわけではないらしいんですね。この「九品」というのは、平安中期の藤原公任《ふじわらのきんとう》(9)に「和歌九品」(10)というのがございます。和歌を九つの等級に分けるものです。これは別に浄土には関係ないんですが、「観無量寿経」からの言葉を引いてまいります。

わたし、言葉と申しましたけれど、中国では「観無量寿経」以外にも、「九品」といいまして、あることはあるんですよ。但しその場合には「きゅうひん」と読みまして、字引をお引きになると書いてあると思いますが、ものを九通りに分類することです(11)。「観無量寿経」という経典が翻訳される時に、中国の言葉を入れたのだと思います。しかし、「観無量寿経」という経典の翻訳というものも大変難しい問題でございましてね、インドで出来たのではないというような議論もございます。「観無量寿経」という経典そのものに問題があるのですが、しかし、今「くほん」あるいは「くぼん」と呉音で読む時には「観経」から来ている。この公任の言う「和歌九品」にはそういう伝統がある。これが世阿弥の上にも来てるんだと思うのです。

世阿弥は、ここでいろいろの能の持っているところのスタイルを九つに分けていて、その一番最上

註――

(8) 詳しくは「仏説観無量寿仏経」。浄土三部経の一つ。『大正』一二、三四〇頁以下。

(9) 平安中期の歌人、歌学者。中古三十六歌仙の一人。［生］九六六―［没］一〇四一。

(10) 『日本古典文学大系』65「歌論集　能楽論集」三一頁以下。

(11) 九卿ないし官吏の九つの階級を指すことが多い。

のもの、お能の中のスタイル、風格に於て最上のものを「妙花風」としているのであります。

妙花風　新羅、夜半、日頭明なり。

妙と云ぱ、言語道断、心行所滅なり。夜半の日頭、是又言語の及ぶべき処か。如何。然ば、当道の堪能の幽風、褒美も及ばず、無心の感、無位の位風の離見こそ、妙花にや有べき。(12)

始めからこういうことを申します。この「新羅《しんら》、夜半《やはん》、日頭《にっとう》明《あきらか》なり」というのは、これは禅の言葉であります。新羅《しらぎ》の国で、昼日中じゃありません、真夜中に太陽が明らかに照っている、という意味でございます。これはすなわち禅の言葉でありまして、当時の禅僧の間で言われたところの、言うなれば、禅の公案であります。臨済禅の(13)「碧巌録《へきがんろく》」にも出ております。新羅の国で、夜中に太陽が明らかである。これは全くの矛盾であります。この矛盾というもの、この矛盾の言葉を以てしか表わしえない、矛盾の言葉を以てしか説明のつかない、理性や悟性では把握のしようのない、それがすなわち禅が摑もうとするところのものであります。「碧巌録」に発するところの公案に書いてある、そういう所を能というものは目指しているんだという。能に於て最上の「妙花風」というものは、そういう所を本来は目指してるんだという。

「妙花風」の妙とは、「妙と云《いっ》ぱ、言語道断、心行所滅《しんぎょうしょめつ》なり。夜半の日頭、是《これ》又言語の及ぶべき処《ところ》か」。もちろん申すまでもなく、これはいわゆる美であります。美しさであります。お能というのは芝居ですから、芸術ですから、美しさが要求される。美です。表に現れる華やかな美です。何が美しいか。お能に於ては幽玄と美。この幽玄は、藤原俊成の歌道論の「古来風体抄」等に発する幽玄なのですね。[14] もちろん幽玄というのは、元もとは仏教や何やで言う言葉です。[15] 幽玄と美とがお能というもののの中の大事な要素なのであります。

幽玄というのは、本当は奥深いという意味なのですが、だんだん変わってきています。お能でも何でも奇麗でございます。お芝居なのだから、当然といえば当然です。しかし、単にそれではいけないんだということだろうとわたしは思います。「妙花」というこの妙とは何かというならば、「言語道断、心行所滅」であるという。「言語道断、心行所滅」というのは、これは全くの仏教の言葉、仏教の思想でございまして、「言語道断」は、言葉の道も絶え果てて、「心行所滅」は、個々の心行、心の働きが滅する所、という意味でございます。

この言葉は、仏教では特に「般若経《はんにゃきょう》」[16]から出発するところの諸もろの哲学に於て言われるんですね。「般若経」といいましても、いろいろな「般若経」がありますが、「般若経」の「般若」というのは

註——

(12) 『日本思想大系』24「世阿弥　禅竹」一七三頁。

(13) 詳しくは「仏果圜悟禅師碧巌録」という。『大正』四八、一三九頁以下。

(14) 〈止観〉の冒頭部分（二一二頁以下）を参照されたい。

(15) 語源的には、先ず幽冥の国を指す言葉であったが、後に老子・荘子などが説いた奥深い境地を比喩的に指すようになり、次いで仏教のさとりの境地を指す言葉としても用いられるようになった。それが日本では芸道にも転用されたのである。

(16) 般若波羅蜜を説いた経典の総称。「大品般若経」「小品般若経」「金剛般若経」「般若心経」などがある。

「般若波羅蜜《はらみつ》」、インドの言葉でプラジュニャー‐パーラミター（prajñā-pāramitā）の般若であります。プラジュニャー（prajñā）、これは智慧であります。パーラミター（pāramitā）は、彼方《かなた》に行きたる、彼岸《ひがん》に行ける、ということなんですが、彼方に行きたるところの智慧、これがいわゆる「般若波羅蜜」です。その智慧の経典です。それを「般若経」と簡単に言うわけですが、多くの種類があります。その般若系の哲学において「言語道断、心行所滅」と言うのです。

すなわち「言語道断、心行所滅」というのは、プラジュニャー‐パーラミター、彼岸に行ける智慧によってのみ把握される、いわゆる悟りの境地であります。迷いの世界である此岸《しがん》より、迷妄の存在であるところの我われの此岸より彼方に導くところの智慧、それによってのみ把握されるというか、感得されるというか、證せられるところ。それが「言語道断、心行所滅」なのです。言葉の道も絶え果てて、心の働きも滅するところ。言葉も及ばず、心の働きも及ばぬところ。それは般若系と申しましたが、特に龍樹《りゅうじゅ》[17]の「中論《ちゅうろん》」の中でしばしば語られる。龍樹は、インドの言葉でナーガールジュナ（Nāgārjuna）と言い、二世紀から三世紀にかけてのインドの仏教哲学者でありますが、徹底して空《くう》の哲学を標榜した人であります。それがここに入っている。

「夜半の日頭、是又言語の及ぶべき処か」。そうですよ。夜中に太陽が照っていると言われたって、言葉を以て、認識を以て、悟性を以て考えられない。そこで「如何《いかん》」と言うと「然《しかれ》ば、当道の堪能《かんのう》の幽風、褒美も及ばず、無心の感、無位《むい》の位風の離見《りけん》こそ、妙花にや有《ある》べき」と言います。「堪能の幽風」というものは、最も行き極まった奥深きところは、褒める言葉も及ばないし、「無心の感」、心で思うことも絶している感であり、「無位の位風」と言われるものです。無位というのは、そうですね、これは禅宗の言葉に「無位の真人《しんにん》」という言葉があります。(18) 仏とは人間の悟った位であると言うけれども、人間も仏も、そういう言葉によって語られるところの位というものは、本当は人間の心の位ですから、そういう人間の位も仏の位も、何もかも超越したところの赤裸々なる、裸なるところ、これを無位の真人と言います。禅の言葉です、みんな。禅がここに入る。

「無位の位風の離見こそ」。この「離見」が問題でございますけれどね。これも本来は仏教の言葉です。見を離れること。「見」とは我われの見解、インドの言葉でドゥリシュティ（dṛṣṭi）と言いますが、思惑とか、見解。そんな意味に取っておきますかね。世阿弥は変なところに使っているんです、「離見」という言葉を。それで国文学の方はいろいろと難儀をなさることがあるらしい。仏教では「見」というものをたいへん諌めます。我見《がけん》とか、あるいは有見《うけん》。物を有《う》とする、存在すると考える見解。あるいは無見《むけん》。存在しないんなら無であると考える。有とするのも、無とするのも一つの見解である。これはわたしどものいわゆる思想ですね。これを離れなければならない。

古い経典の中に、ある人がお釈迦さんに聞いた。未来は有りや無しや、と。我われが死んでから後

註

(17)〈諸法実相〉の註（5）を参照されたし。

(18)「臨済録」に「赤肉団上に一無位の真人有り。常に汝等諸人の面門より出入りす。未だ證拠せざる者は、看よ看よ」（『大正』四七、四九六頁）とある。「赤肉団」というのは人間の肉体のこと。我われの身中には、位のつけようがない、世間の価値判断では何とも価値を決めることのできない真人、本来の面目というものがある、ということ。

に未来の世界はありますか、と言うんです。それは誰もが見たいところであります。未来は有りや無しや。お釈迦様は何も答えなかったという。(19)有りとするのも一つの偏った見解である。その偏った見解を辺見《へんけん》という。(20)辺というのは、端っこや隅のことを言います。無しとするのも辺見である。どうします？　一体、未来は有りや無しや、どうやって把握するんですか。プラジュニャー－パーラミターでしか、把握できないんですよ。いいですか、この離見というのは、そういう意味で見解を離れること、それが「妙花」である。さぁ難しいことになってきましたね。

ところで「遊楽習道風見《ゆうがくしゆうどうふうけん》」というものがございます。「九位」よりも少し先に作られたものであると言われています。その「遊楽習道風見」にも大体同じようなことが出ておりますので見てみましょう。

若、堪能其人の態は、かやうに言はれぬ感もあるやらん。天台妙釈にも、「言語道断、不思議、心行所滅之処、是妙也」と云り。かやうの姿にてやあるべき。(21)

と書いてある。「堪能《かんのう》」というのは、これは芝居の技術ですね。それがうんと上手にやったその人の態《わざ》には、「かやうに言はれぬ」言葉で言えないような、一つの風格というものが出てくるであろう、と言うんですが、問題はその次にある「天台妙釈」です。この「妙」に就きましてはここに出したものだけではなくて、世阿弥の「花鏡《かきょう》」という能楽論の中にも「妙所之事」とある。(22)ここでも妙の問題がある。「妙」が問題になるのでございます。

それでは「天台妙釈」とは何か。天台妙釈という書物は無いんです。ただ、天台の妙なる釈だという意味であります。いいですか、それはどういうことを申しますかというと、[23]鳩摩羅什《くまらじゅう》は、インドの言葉で「サッダルマプンダリーカ-スートラ」（*Saddharmapuṇḍarika-sūtra*）というのを「妙法蓮華経《みょうほうれんげきょう》」と翻訳しております。この冒頭の「サット sat-(sad-)」という言葉を羅什は「妙」と訳した。[24][25]竺法護《じくほうご》訳に於ては「正法華経《しょうほけきょう》」と訳されております。この場合、sat- は「正」です。

註――

(19) 議論することに意味が無いとして、釈尊が応えなかった問が十四無記《むき》として整理されている。即ち、①世界／アートマン（我）は、常住であるか、②無常であるか、③常でありかつ無常であるか、④常でも無常でもないのか、⑤有限であるか、⑥無限であるか、⑦有限でありかつ無限であるか、⑧有限でもなく無限でもないのか、⑨如来は死後存在するか、⑩存在しないか、⑪存在しかつ存在しないか、⑫存在するのでも存在しないのでもないのか、⑬命《みょう》と身《しん》は同一であるか、⑭異なるか、という十四問である。基本的にインド思想界に一般的であったアートマン（我）にまつわる議論を無意味として退けたのである。

(20) 厳密には、辺見は、アートマン（我）は死後も常住であるとする常見《じょうけん》／有見《うけん》と、アートマン（我）は死後断滅すると考える断見《だんけん》／無見《むけん》との二つを意味するが、広く極端な両極の見解、というほどの意味でも使われている。

(21) 『日本思想大系』24「世阿弥　禅竹」一六六頁。

(22) 「花鏡」妙所之事に「妙とは「たへなり」となり。「たへなる」と云ぱ、かたちなき姿也。かたちなき所、妙体也」（『日本思想大系』24「世阿弥　禅竹」一〇一頁）とある。

(23) 〈「法華経」と日本文学〉註（1）を参照されたし。

(24) 「サッダルマの冒頭のサット」というのは少し分かりづらいが、サンスクリットの連声の法則で、“sat ＋ dharma” の場合、sat の最後の “t” が、後ろに続く “d” の影響で有声化して “d” となり、“saddharma” となる。

(25) 〈「法華経」と日本文学〉註（4）を参照されたし。

“sat”、これは“asti”「ある」という言葉の現在分詞です。わたしはあまり冒険的なことは言わないことにいたしますけれど、“asti”というのは、これは英語ならいわゆるbe動詞ですね。その現在分詞でございます。いわゆる現在分詞の形容詞的用法と言われるものですね。「正しい」とか、あるいは「聖なる」とか訳す人もいる。これを羅什は「妙」と訳した。この「妙」について、[26]「法華玄義」という書物で長いスペースを割いて[27]天台大師智顗《ちぎ》がそれを説明しているのです。もちろん「妙」だけではなくて、「妙法蓮華経」という題名の全部についてだんだんに説明しますが、この「妙」の説明に最も多くのスペースを割いている。天台妙釈とはそれであります。

世阿弥が直接に「法華玄義」の勉強をしたかどうかは分かりません。しかしながら世阿弥が、天台妙釈にもこの「妙」の字をこのように言っている、ということが分かるためには、世阿弥は仏教学者ではないわけですから、誰かお坊さんに聞いているか、あるいはその場で誰かが読んでいるものを聞いたか、いずれにいたしましても、世阿弥の耳目に触れて、彼がそういう「妙」ということを理解し、自分の能に当てて考えていることは確かでございます。こちらの「遊楽習道風見」を見ますというと、世阿弥が、妙花風というものを自分の能楽における最高の理念としたことが分かります。

最高の理念と申しましたけれども、これは世阿弥が年をとってからのものです。テレビでたまたま聞いたのですが、堂本氏は、「これは自分が能を実際に出来なくなったから、彼は教育者になっている」と言っていましたけれど、そうではないと思う。やらないけれども、年をとってものを考えるというのは（わたしも自分が年とったからですが）、かなりものに目が行くようになるはずでございます。世阿弥はその年になって、もう自分ではやっていないでしょう。しかし彼が、非常に高度というか、深い自覚というものをそこに裏付けさせていったことは間違いない。それは世阿弥がやったというよりは、室町時代という時代性が持っていた一つのものであるかもわからない。世阿弥だけではない。能楽では世阿弥がそれをやったということでしょう。こういうものが「妙花」というものである。そういうことを、もう一遍謙虚に我われは考え直してみなくちゃならない。わたしが仏教学を専門にしているところから、引きつけて言うものではないと思う。

この「法華玄義」の巻一に、「妙」について言うことに、こんなことがございます。

言う所の妙とは、妙は不可思議に名づく。(28)

「不可思議」というのは、これは思議すべからざること。普段から「不思議だ」って言いますが、もともとは仏教の言葉ですよ。思い測ることができない。「言語道断、不可思議、心行所滅」です。心行所滅の、言うところの妙とは、不可思議である。また、巻一の別のところですが、こういうふうに書いてある。

註

(26)〈止観〉註(11)を参照されたし。

(27)〈「法華経」と日本文学〉註(14)を参照されたし。

(28)「所言妙者。妙名不可思議也」(『大正』三三、六八一頁上段)

秘密の奥蔵を発《ひら》き、これを称して妙となす。(29)
言ふところの妙とは、褒美不可思議の法なり。(30)

「褒美も及ばず」というふうに世阿弥は言っておりましたね。これはどういうふうにとるんでしょうかね。素直に読むなら、褒美と不可思議とを同格にして、褒め讃えるべきものであり、思議すべからざる法なり、ですね。次は「法華玄義」の巻二です。

二に妙を明かさば、(31)

ここから、また「妙」についてずっと連続的にやっていくのですが

妙を不可思議と名づく。……〔中略〕……是の法は示す可からず。言辞の相寂滅せり。(32)

とありますが、言辞の相も寂滅する、そこで絶え果ててしまうという。こういうようなものが天台妙釈の例であります。こういうことを言いたいためなんです。

世阿弥が理想とした、晩年に彼の芸術が結晶していった、一つの理想として妙花、妙花風というものを考える。その時にそれは飽くまで花なのであります。これが仏教との違いであります、芸術ですから。仏教では花なんて言いません。しかし、これが芸道というものでしょう。その芸術と、あるい

は文学と仏教とは本来違う、本質的には違う。しかし、ここに於て、仏教の「言語道断、心行所滅」なるところ、仏教の目指すところと、芸道の彼の理念とがなぜ結びつくのか、お考え下さいませ。片方は芸道でございますから、手を動かし、足を動かし、声を上げねばならない。舞を舞わなくてはならない。その時に、この「言語道断、心行所滅」というものが本当に凝然として彼方か根底にあって、そして、ここに手を動かし、足を動かすという。二分しているのではないのでございます。分裂していない、それを「妙」と言う。これは究極の真理なのだけれども、本来は活動し、動かなければならない。ただ、心を自らに置く時に、それを一つの大地として、そこに花が咲く。そういうものなんですね。

それから「妙」という言葉はさっき申しましたようにサット（sat）であります。問題は「言語道断、心行所滅」。これは空なるところなんです。空なるところは即ち発動と申します。すなわち、その意味に於て有《う》、サットです。ここで発動しなければならない。空でありながら有に発動する、難しいで

註——

（29）「発秘密之奥蔵称之為妙」（同前、六八一頁下段）

（30）「所言妙者。褒美不可思議之法也」（同前）

（31）「二明妙者。一通釈。二別釈」（同前、六九六頁中段）

（32）「妙名不可思議。不因於麁而名為妙。若謂定有法界広大独絶者。此則大有所有何謂為絶。今法界清浄。非見聞覚知不可説示。文云。止止不須説我法妙難思。止止不須説即是絶言。我法妙難思即是絶思。又云。是法不可示言辞相寂滅。亦是絶歎之文。不可以待示不可以絶示。滅待滅絶故言寂滅」（同前、六九七頁上段）（傍線部が本文中の引用箇所）

すね。わたし自身も、どこまで根底を摑んで言っているのか、ちょっと怪しいようですけれど。そういうものの考え方が、室町時代にはあったということ。そのことを認識しなければならない。

ただ室町時代にいろんな宗教があったからというわけではないんです。もっと芸道の奥深くに、そういうものに根ざしたものがあったというか、そういうものに思いを致さなければならないんだろうというふうに思うんです。その意味に於て、能楽のあの厳しさは冷えたるものなのですよ。(33)やがて芭蕉が冷えたるものと言うけれど。(34)

それから例えば、妻がいろいろ夫を慕うというようなこと。(35)わたし、なぜこんな例を言うかと言いますと、ある若いご婦人をわたしは観世会館にお誘いしたことがある。若い奥さんです。その人がわたしに手紙を寄越して、何の能でしたか、妻が夫を慕うその思慕の情に打たれました、と書いてあってちょっと不思議に思ったことがある。実はそんな思い以前の問題が分からないというとお能は分からないと思う。能が表現しようとしているのはそんな生のリアリティじゃないんです。

あるいは子供を亡くす。子供を捜して歩いて物狂《ものぐるい》になっていく百万《ひやくまん》という母親とか、(36)いろんな例がありますね。大概物狂になった時に、お能では笹をもたせてそのことを示しますが、物狂になりながらそぞろ歩く、それが物狂です。西洋の芝居なら狂気の人は絶叫します。リアリティを追求するものだから。ところが日本の能は違う。そうではない。そこに即ち空に徹見することの意識が無ければ、能のリアリティ、西洋のリアリティともつかず、中途半端になるのでございます。そうではなくて、お能のリアリティは、それ以前の空性というものから現れてこちらに出てくるものなのです。

だから何度もいいますが、修羅道の苦しみを受ける武将が、あのように惻々とそれを舞いながら、なぜ我われの心を打つのか。ギャーッとは言わない。そのように妻が夫を慕う時にもそんなリアリティではない。しかし空性に現れながら、なおかつそこに揺るがない人間の心情が出て来るんです。揺るがないんですよ、人間というのは。狂言綺語《きょうげんきぎょ》ということでも、一遍それを超えなければならない。一遍それを超えてきた時に、例えば白楽天《はくらくてん》(37)にとって自分の詩は最早揺るがない。だからそれをお寺の経蔵に納めることもできる。

どうも東洋の芸道というものは、仏教に近づいた芸道というものはそういうものである。生じゃな

註――

(33) 世阿弥の「花鏡《かきょう》」に「さびさびとしたる中に、何とやらん感心のある所なり。これを冷えたる曲とも申すなり」とある。

(34) 不明を恥じなければならないが、註釈人は、芭蕉が「冷えたるもの」と述べる文献を詳かにしない。ただ、室町時代の歌人、心敬（一四〇六―一四七五）が「さゝめごと」で次のように述べていることを紹介して責めを塞ぐこととする。「昔の歌仙にある人の、歌をばいかやうに詠むべき物ぞと尋ね侍れば、「枯野のすゝき、有明の月」と答へ侍り。これは言はぬ所に心をかけ、冷え寂びたるかたを悟り知れとなり」（『日本古典文学大系』65「歌論集能楽論集」一七五頁）

(35) 例えば、世阿弥作の「砧《きぬた》」。訴訟のために都へ出ている夫を、留守の妻が砧を打って寂しさを紛らせるが、遂に恋い死ぬ。

(36) 「百万」は、古作「嵯峨物狂」を世阿弥が改作したもの。四番目物。男が迷い子を拾い、嵯峨大念仏へ連れて行くが、そこへ百万という名の狂女が現れ、我が子を慕って狂い舞う。やがて男の連れた子が我が子であると知って、正気に戻る。

(37) 〈止観〉註（115）を参照されたし。

いんですよ。生じゃないから意識的という意味ではなくて、空性に現れたもの。いいですか。こういうふうに言うなら、これは実は徹底してるんですね。お能だってそうです。そういう意味に於てこの妙花というものがある。本当に、芝居もすべて忘れて、一遍室町時代の人になって、そういうことを考えてみないとはんちゃらけになる。(38)

世阿弥には変な仏教知識があったから、世阿弥が仏教の言葉を使うと変な使い方の言葉もあります。でも、世阿弥のパトロンであった足利義満（一三五八―一四〇八）が禅が好きだったから、世阿弥も禅をやったなんて、そんなもんじゃない。そんなものなら出てきませんよ、妙花なんて。それでは世阿弥が可哀そうです。

さて「十問最秘抄《じゅうもんさいひしょう》」(39)というものがあります。これは二條良基《よしもと》(40)の歌論ですが（歌論とだけは言えませんが）、ある人に与えた書物です。二條良基という人は、早くから世阿弥に非常に目を掛けた人なんですね。その書物の中にある「義堂《ぎどう》和尚の申さるゝも」という言葉が注目される。義堂和尚というのは、これは義堂周信《しゅうしん》（一三二五―一三八八）と申しまして、南禅寺にいた人です。いわゆる五山文学のたいへん有名な人です。この義堂周信の言葉がある。こういう義堂周信のところへもあるいは他のところへも世阿弥は出入りしたのでございます。

晩年のことですが、六十歳位の時に世阿弥は出家しております。世阿弥という人は大和の人ですから、話のついでに言いますが、今でもそのお寺は残っておりますが、大和の磯城というところに補巌《ふがん》寺《じ》という曹洞宗《そうとうしゅう》のお寺があります。ここで出家してるんです、入道《にゅうどう》(41)になってるんです。わたし、実は若い時に世阿弥の論文を書いたことがございましてね、その時に観世の人に連れて行かれて、この補厳寺に行ったんです。ここに世阿弥に関する過去帳があるんですね。曹洞禅の勉強を六十歳ぐらいにしたんだと思ってたら、そうではないんですね。どうもそれよりずっと若い時から、臨済禅の義堂周信のところに行ったりして、禅に入っている。義堂周信といったら臨済禅の師として大物です。ところが、

義堂和尚の申さるゝも、其の時の風体に好む様に、詩も成りもて行くなり。諸人面白がらねば、いかなる正道も曲なし。たとえば田楽・猿楽のごとし。(42)

と書いてあります。猿楽《さるがく》とはお能のことであります。田楽《でんがく》とか猿楽とか、連歌とか詩とかにまで、五山文学の大家ですから言うんでしょうけれども、それならこの義堂周信は、こんな猿楽などの、本来

註――

(38)　中途半端になること。

(39)　『日本古典文学大系』66「連歌論集　俳論集」一〇七頁以下。

(40)　南北朝時代の公家。［生］一三二〇―［没］一三八八。乱世に政治家として活躍したのみならず、和歌・連歌をよくし、師の救済《ぐさい》と共に「菟玖波集《つくばしゅう》」を撰し、また多くの連歌論書・歌論書を著し、特に「筑波問答」は後世に影響を与えた。

(41)　本来は、出家して僧や尼になることであるが、転訛して、髪を剃り僧衣を身につけるなど僧形を取るが、在家のままで信仰生活を送るものを意味して使われる。

(42)　『日本古典文学大系』66「連歌論集　俳論集」一一三頁。

は仏教の戒律では喜ばれそうもないようなことばかりにかまけている生臭坊主かというと、(43)そう言ってはいけない。これはさっき申しましたように、禅の悟りというものは、空《くう》を徹見することにあるんです。空です。しかしこの空に決して滞ってはいけない。こういうふうに、空より有《う》に転じます。禅というものはそういうものですよ。空より有に出なければならないのでございます。そしてこのように、諸もろの芸道にまでそれが行くのでございます。

その義堂周信の所にも、世阿弥は若い時から出入りしていたのでございます。そしてこの他にも若い時から禅を中心に仏教の勉強をしております。ですけれど、禅だけでもない。世阿弥の作った謡曲を見てましても、かなりいろんなことを知っていたはずでございます。どのようにして勉強したのか具体的には分かりませんが、彼の書いたものを見てそう思うのでございます。

こうして、この妙花ということを中心にいたしまして、世阿弥の能に対する理念は、空なる所を一つの大地として、すなわち有に出向かなければならない。そこに有の花が咲く。そういう厳しい美です。それが本来のものであるということを、ちょっと端折って申し上げたのであります。

「妙花風」ということで申し上げたのですが、やはり能楽に関しまして、もう一つ二つ、わたしが気がついているところを申し上げておきます。

能というものの形式は、二つの場面になっているのが普通ですね。能の一番目という、神のものにしろ、二番目の修羅のものにしろ、三番目は鬘物《かづらもの》、四番目は現在物(44)と言われるものが多いですが、それから五番目が、これが鬼畜物ですが、いずれにせよ能というものは概ね二つの場より出来ている。

初めは、誰か僧が旅を続けて、或る場所に行く。そこの所に老人、あるいは女性が出てきて、その人にその地にまつわる物語をする。それでこの僧がそこで寝ると、その僧の夢に、この老人が実は、「弓八幡《ゆみやわた》」(45)のような神ものでございましたら、この老人は八幡宮の神であったとか。あるいは女性であったならば、例えば「葵上《あおいのうえ》」では御息所《みやすどころ》であったとか。というように、後場《のちば》にその人の本性が出てくるのが普通ですね。その点からいたしまして、能というものは、本質的に夢幻能であるというように言われます。

能は、概ねこういう二つの場の形式を持っている。そうではない四番目の現在物というものは、むしろ能に於てはみ出しているものであると言える。その四番目物の代表作は「安宅《あたか》」ですね。「安宅」というのは義経が追われまして、弁慶がお供をして安宅の関を越えて、やがて東北の平泉へ落ちのびて行く、あの場所でございますけれど、本は「義経記《ぎけいき》」(46)などにあります。これは後に歌舞伎の「勧進《かんじん》(47)

註――

(43)　出家者は、律によって歌舞音曲を楽しむことが禁じられている。信者も、六斎日《ろくさいにち》にはその類いを控えることになっている（八斎戒）。

(44)　主人公が現実に生きている人物として登場するもの。シテが直面《ひためん》（素顔）で舞を舞うか、戦いを演ずるもの。「安宅《あたか》」や「小袖曾我《こそでそが》」など。ただし、一般に字義通りに解釈されるようになり、「熊野《ゆや》」や「俊寛《しゅんかん》」なども現在物とされるようになった。

(45)　世阿弥作の神物。男山八幡の神事の日に、宣旨を受けた臣下が参詣すると、弓を持った老人が現れてそれを渡し、実は自分は八幡宮の末社の神であると名告り姿を消す。臣下が帰ろうとすると、先程の神が本来の姿を現し、舞を舞う。

帳《ちょう》」になります。概ねお能というものは、この夢幻能と現在物という二つのスタイルで形成されているのでございます。

ともあれ夢幻能のこの二つの場ということに戻りまして、「法華経」では、迹門《しゃくもん》というものと本門《ほんもん》というものがあります。この迹門と本門も、それも「法華経」の構成を先と後に分けた言葉でありまして、これも天台の言葉です。天台は日本のものに強く影響していますよ。この考え方は、仏教では即ち[48]本地垂迹《ほんじすいじゃく》説の元となります。仏教が日本に入ります時に、仏教という宗教は他のものと融和して入ってまいりました。どうしてか仏教は他の宗教をつぶさないんですね。それが特色でございます。

キリスト教のような宗教でございましたならば、ヨーロッパに入ります時に、いかなるその他の神がみも許さず、敢えて言いますが、その地の神がみを全部払拭してその中に入って行きます。キリスト教はただ一人の神、ただ唯一なる神以外は拝まない。それは非常に純粋なことでございますけれども、そのために、極く希《まれ》な例外はありますけれども、ヨーロッパを歩いてみましても、どこを歩いてみましても、キリスト教以外のものはヨーロッパにはないのでございます。キリスト教の中では、カトリックとか、プロテスタントとか、あるいはギリシャ正教とかそういう違いはございますよ。しかし、広い意味におけるキリスト教以外はない[49]。

ところが仏教というものは、大まかに言って、キリスト教と比較しまして、いい意味では非常にゆとりがある。相手を撲滅しない。相手と融和して、相手を取り込んでいく。インドに於ても仏教は、インドの神がみを何なに天と称して、仏教の守護神として取り入れる。撲滅はしない。チベットに仏教が入りますというと、在来のボン[50]教という宗教と結びつきまして、そこにはラマ教が出てくる[51]。チベットに最初入った仏教は密教でございますが、チベットではラマ教になる。中国に入りました時でも、道教やらを取り込む。道教というのは、仏教がだいぶ加味されているんだと思います。

日本に入りました時でも、日本の神がみとの戦いがあったというのは、[52]物部《もののべ》氏とのあの争いの時だけで、それ程は例外はないんだろうと思います。日本の神がみと融通し、融合し合う。その融通し、融合する時に、やがてここに奈良時代から本地垂迹説というものが出てくる。日本には日本の神があります。八百万《やおよろず》の神がある。その神がみはインドに於ては仏であり、某《なにがし》の菩薩であり、某の明王《みょうおう》であるが、それが日本ではこのような姿形をとっている。これがいわゆる本地垂迹説ですね。日本のお稲荷さんは、インドにおけるところの[53]茶吉尼天《だきにてん》を神体としますね、守護神である。こういうふうになり

註——

(46) 室町中期の軍記物。作者未詳。源義経個人の生涯を描き、他の軍記物と一線を画している。
(47) 謡曲「安宅」に講談の「山伏問答」を組み込んだもの。一八四〇年、七世市川団十郎が初演。

……………

(48) 本地である仏・菩薩が、衆生を救うために姿を変えて日本に現れた（垂迹）と看做す考え方。
(49) 実は、その地その地の神がみが、様ざまに姿を変えて、キリスト教文化圏の中に生き続けていることが、近年の研究から明らかにされてきている。
(50) 仏教が流入する以前にチベットにあった宗教。仏教の影響を受けていない形態が一部に残っているとされるが、概ね七世紀以降流入した仏教の影響を蒙っている。
(51) 近年は、何故か「ラマ教」ではなく、「チベット仏教」という呼称を用いる学者が多い。
(52) 上代の大氏族の一。軍事・警察・裁判を担当し、大伴氏と共に朝廷に仕えたが、仏教の導入に反対して、蘇我氏と皇族の連合軍と戦って敗れた。

ます。例えば、密教の大日如来は、日本では天照《あまてらす》大神《おおみかみ》になるんだとか、あるいは、阿弥陀如来は日本の神では熊野の神であります。熊野信仰というのは非常に古いんですが、それは阿弥陀如来だという。

　こういう本地垂迹説というものが出来て参ります。やがてこれが逆になる時代もありますよ。日本の中世になりまして、日本の神がみの方を先に本地であるとする考えも日本では出てまいります。しかし、ものの発生の順序に於てこのようになる。この発生の元は「法華経」の解釈であります。

「法華経」には、普通は二十八品《ほん》あります。「品」は今の言葉で「章」です。二十八章と言いましても、本当は羅什が翻訳しました時には二十七品でございました。後に、唐の時代になりまして、[54]「添《てん》品《ぼん》法華経」と申しまして、一つの品が加わりました。それは「法華経」の中の「提婆《だいば》達多《だった》品《ほん》」です。

　この二十八品を、先の十四品と後の十四品とに分けるのでございまして、この時にこの前半迹門《しゃくもん》の中心は「方便品《ほうべんぼん》」でございます。「方便品」には諸法実相《しょほうじっそう》論やあるいは一乗《いちじょう》思想などが出てくる。「方便品」にはこういう教え、教理というものが説かれるのでございます。そして「譬喩《ひゆ》品」などに於ては、こういうことを具体的に説明するためにいろいろの喩え話、[55]「三車火《さんじゃか》宅《たく》の喩《たとえ》」とか[56]「長者窮《ぐう》子《じ》の喩」とか、いろんなそういう喩えばなし、いわゆる説話が説かれます。具体的に具象の話をする仏教の説話でございます。これが「法華経」の前半、迹門でございます。

　それに対しまして、後半、本門《ほんもん》の中心は「如来寿量品《にょらいじゅりょうぼん》」でございます。後半には「如来寿量品」の他に「観世音菩薩普門品《かんぜおんぼさつふもんぼん》」が重要ですね。独立した経典として普通「観音経《かんのんきょう》」と言われております。[57]いろんなものも出て参りますが、その中心は「如来寿量品」でございます。ここでは、永遠の仏というか、釈尊は死んだと思っているけれども、なお永遠の仏として[58]霊鷲山《りょうじゅせん》に於て我われに法を説き続け

ているのである、そういう信仰が説かれております。(59)

前半は、釈迦が、こういう譬喩やいろんな言葉を借りて人びとに説法をする、そういう説法をするところでありますす。「法華経」というものの眼目であるところの経意はこの辺りに尽きるのでございます。しかし後半になりますと、「如来寿量品」ですが、これは一転いたしまして、ここに教えを説いていた釈迦、インドで出現して、カピラヴァストゥに生まれて、出家して悟りを開き、人びとに教えを説いた釈迦。「法華経」もこれは釈迦が説いたことになっている、その釈迦は、実は本来としては永遠の仏の現れであった。キリスト教に似てきてますね、その辺り。

註――

(53) 夜叉や羅刹の一種で、人の死を六ヶ月前に察知してその心臓を食らうという。また、荼吉尼《だきに》法を修する者には通力を与えるとされる。

……………

(54) 詳しくは「添品妙法蓮華経」。『大正』九、一三四頁以下。

(55) 〈「法華経」と日本文学〉註(55)を参照されたし。

(56) 「信解品」に説かれる譬喩で、法華七喩の一つ。離ればなれになっていた親子が、長い年月の後、漸く巡り会うが、立派な父の姿を見て恐れおののく零落した息子の様子を見て、父は敢えて名乗りをせず、窮乏生活を送っていた息子を取りあえず下僕としてわが家に住まわせ、次第に重要な仕事に馴れさせて、ついには財産の総てを相続させた、という物語。教え導くにも方便次第が必要であるとの喩え。

(57) 〈「法華経」と日本文学〉註(28)を参照されたし。

(58) 〈「法華経」と日本文学〉註(61)を参照されたし。

(59) 前註の当該本文を参照されたい。

永遠の仏なるもの、仏性というもの。永遠なるもの、それが現れているのである。永遠なる仏は霊鷲山だけではない。我われが本当に法を聞こうと願うならば、仏はこの我われの傍らに立ち給うであろうという。これは信仰であります。本来「法華経」は前半が大事なんですよ、もちろん。しかしこういうふうになる。後半を天台大師智顗《ちぎ》は本門と申しました。前半を迹門と申しました。後半が本であり、前半は本からの迹であります。日本の仏教でも、日蓮宗はこちら、本門を大事にします。しかし仏教学的には迹門が大事なのですね。

ところが、これがさっき申しましたように、本当の信仰上というか、永遠性を持った永遠の仏がインドに生まれて、八十年の生涯を以て我われに法を説いたんだと、そういう考え方、これが即ち本地であります。これの考えが本地であった。「法華経」のこういう考えから、こういうふうな日本の本地垂迹説に至るには、飛躍があります。各地に伝播して行くときには飛躍があります。もともとの仏はインドの仏である。それが、中国でも日本でも各地にいろんな神として現れたんだという考え方、こういう考えが起こる。考え方の形成ですよ、いいですか、こういうふうになってくる。

そうすると、能楽に於て二つの場の形式をもっている、その後場に、そのものの本性が出てくる。これは「法華経」のこの構造と同じではないか、とこういうふうに思う。こういう能楽の形式がいつ頃どのようにして定着したのか、わたしはそういうことはちょっと詳しくは言えないのですけれども、この本地垂迹の形式が、能楽に於ても、そうであるということを考えてみたら面白いんじゃないかと、そういうふうに思いますので、先ほどの「妙」ということについて、少し註釈を加えたのであります。

「出家作法」に見る日本的なもの

本日は、天台宗の話ばかりするではないか、と言われるかもわかりませんが、その通りでございまして、なぜかと申しますと、日本の文学とか芸術というものを考える時に最も関係が深いのは、いわゆる日本天台、比叡山の天台の仏教学、学問でございます。文学に関しましても、これが一番関係が深いのでございます。もちろん真言宗の空海《くうかい》の[1]「文筆眼心抄《ぶんぴつがんしんしょう》」とか、そういう詩論が日本の歌論の中に、スタイルとして影響を及ぼすということはございますが。

ともあれ、平安時代の日本天台の学問が、日本の文化、文学に最も関係が深いのでございます。ところが鎌倉時代になりますと、いわゆる鎌倉仏教、法然《ほうねん》、親鸞《しんらん》、あるいは日蓮《にちれん》、道元《どうげん》、あるいは栄西《えいさい》、そういう鎌倉仏教の諸宗というものが、等しくここから出ている。思想的にはそういうふうに鎌倉の諸宗に分かれる。法然の浄土教、親鸞の浄土真宗、栄西の臨済宗、道元の曹洞宗、日蓮の日蓮宗。現在の仏教界をリードしている鎌倉の諸宗というものが何故ここから出たか。この日本天台というもの

註——

（1）〈止観〉註（63）を参照されたし。

は、そういう多くのバラエティを思想的に孕んでいたのでございます。今回のわたしの講義は仏教学ということではなくて、いわゆる仏教と日本文学というような講題でございますので、そちらの方に講義は入りませんけれども、そういう様相は面白いですね。本当はやらなければならない問題であります。

ところで鎌倉諸宗というものとジャンルは違いますが、今申しましたように文化とか、いわゆる芸術、そういうものに最も関係が深いのも天台でございます。ご存知のように比叡山は織田信長（一五三四―一五八二）の焼き討ちによりまして、いわゆる元亀年間の兵戦（一五七一）によりまして、全山壊滅しております。建物で残りましたのは、瑠璃堂《るりどう》という建物一つだけ。今、西塔の釈迦堂の後ろの方にある瑠璃堂という建物が一つだけ残って、後は壊滅した。

織田信長に焼き討ちされた当時、比叡山は、根本中堂のある東塔、それからずっと行きまして釈迦堂を中心とするところの西塔、それからさらにずーっと行きまして横川《よかわ》。こういうふうに大きく三つの地域に分かれているわけですね。ところが信長は三千の堂塔、三千というのは大まかな言い方でございますけれども、三千の堂塔を焼き払った（実際に三千あったとは思えませんが）。その戦の時に、今はバスターミナルがある、横川から出るところに仰木口《おおぎくち》というところがございまして、ここに豊臣秀吉（一五三六―一五九八）がいた。秀吉という人は利口な人でございましてね、この時、坊さん達がいろんなものを持ち出すのを見逃したと言います。

いろんなものがその時に持ち出された。例えば、たいへん有名な「二十五菩薩来迎図」、今は高野山にございます。これは「往生要集《おうじょうようしゅう》」に本を発します。臨終の人が手を合わせて弥陀を念ずると、その時には阿弥陀さまが二十五人の菩薩衆をお連れになって、その菩薩方は笛をふいたり鼓を打ったりして、お迎えにくるという。その「二十五菩薩来迎図」を初め、みんなそういうふうにしてここを逃れて、転々としていたわけですね。あるいは、この横川からこちらの方は琵琶湖になっていますが、この琵琶湖の畔の坂本に来迎寺というお寺があって、そこにも叡山関係のものが流れて行っている。ここも恵心僧都《えしんそうず》縁《ゆかり》のところですよ。あるいは、どっちから行ったか存じませんけれども、大原の来迎院。今では三千院の高いところにある、あの大原の来迎院には、最澄《さいちょう》に関する資料、最澄の戒牒《かいちょう》(2)とか、度牒《どちょう》(3)とかいうようなものが残っている。

　こういうふうにしまして、中には外に出ているものもあるんですけれども、しかし比叡山一山の文献、仏像、そんなものをみんな持ち出すわけにはいきません。どう思われますか？　比叡山の根本中堂、一乗止観院《いちじょうしかんいん》の御本尊は薬師如来です。あのお薬師さんは伝えるところによりますと、最澄が山に入って自分で木を刻んで作ったものといわれています。焼けたのでしょうか、焼けなかったのでしょうか、分かりません。その辺りのことはどなたもおっしゃらない。まあ言わない方がいいのでしょう、皆さんが尊ぶべきものを。そうでしょう？　学問というものはラディカルに掘っていくものですけれ

註——

（2）受戒したことを国家が証明する書類。いわゆる一人前の僧侶になったことの証明書。鎌倉仏教の成立以降は、各教団が独自の戒牒を発行するようになったが、本来国家が管理して発給した物。

（3）「度縁」とも。出家したことを国家が証明する書類。仏教が国家主導で導入されて以来、日本では出家を国家が管理しており、とりわけ古代・中世には官僧に種種の特権があった。

ども、掘らなくていいこともある。ですが、粗方のものは、あるいは焼けたのかも知れません。一山のものが粗方焼けてしまっている。その焼けてしまったために、比叡山に絡まることは分からないことがいっぱいあります。例えば、親鸞聖人（一一七三―一二六二）に関する文献は、比叡山には何も残っていない。比叡山の堂僧であったといいます。堂僧というのはそんなに偉いお坊さんではありません。常行三昧堂《じょうぎょうさんまいどう》とかそういうお堂に勤めて、いわゆる法要のことをやる僧です。お経を称えたり、お線香を上げたり、蠟燭を灯したり、そういうことをやる。いわゆる学生《がくしょう》、学問をこととする僧侶は、大概は貴族出身でございます。こういう人と相対する堂僧であった。そういう堂僧であったことが分かったのは、これは西本願寺から、親鸞の妻であった[4]恵信尼《えしんに》の手紙が出てきたのですね。その手紙の中に、自分の夫が「比叡の山に堂僧つとめておはしましけるか[5]」という仮名で書いたものが出てくる。それで、ある時堂僧であったということが明瞭なんですが、しかし比叡山にいたこと、勉強したこと、あるいは勤めたことはいわれておりますけれども、比叡山そのものには何も残っていないんです。これは親鸞の例をとっただけでございましてね、これほど大事な問題でありながら分からない。

　ですから織田信長のやりましたことはね、坊主憎けりゃ袈裟まで憎いのかもしれないし、また比叡山の僧侶も政治に加担致しまして道を誤ったのかもしれませんけれど、でも大局から見るならば、大変な日本の文化上の損失である。建物が焼けるのはまだよろしいですよ。大事な文献というものの大半がそこで無くなってしまっているわけでございます。

さて、話があちこちしましたが、こうやって比叡山が焼けてしまった。何がしのものは持ち出してあちこちに散逸している。ところが幸いなことに、京都、それから京都から坂本の大津の方にも行きますけども、門跡《もんぜき》(6)寺院というものが残っております。曼殊院も門跡寺院でございますし、その他に例えば三十三間堂《さんじゅうさんげんどう》の脇に、三十三間堂を守っている妙法院という寺がある。妙法院門跡。ちょうど幕末の頃の三条実美《さんじょうさねとみ》(7)たちの七卿落《しちきょうおち》といいますのはあそこから出ている。それから大原にあるところの三千院門跡。それから三条粟田口《あわたぐち》の青蓮院《しょうれんいん》門跡。慈鎮《じちん》(8)和尚慈円《じえん》のいたところですね。青蓮院の山号は華頂《かちょう》

註――

(4)　越後に流罪中の親鸞と結婚したと伝えられる。[生]一一八二―[没]一二六八？　親鸞が京へ戻ってからは越後に住し、親鸞との間にできた娘、覚信尼に出した書状（恵信尼消息）が十通残っている。

(5)　原文「ひへのやまにたうそうつとめておはしましけるか」

(6)　平安末期以降、皇家や摂関家の子弟などが住持となっている寺院またはその住持を指す言葉。平安末期頃から寺院勢力が増大し、上流公家の子弟で出家する者が増加し、彼らは特別の待遇で迎えられた。その中でも、天皇家や摂関家などの出身者のみが入寺する特定の寺院が現れ、門跡と呼ばれた。明治に入って門跡制度は廃止されたが、寺院の呼称としてはそのまま用いられている。

(7)　幕末・明治期の公家。[生]一八三七―[没]一八九一。幕末、尊王攘夷派として活躍し、徳川家茂《いえもち》に攘夷督促の朝命を伝えるなど先鋒として活動するが、一八六三年の政変で失脚し、七卿落の一人として長州、太宰府へと落ちた。王政復古から復活し、太政大臣にまで昇り詰め、臨時内閣総理大臣を勤める。

(8)　鎌倉初期の天台宗の僧。九条兼実の弟。[生]一一五五―[没]一二二五。一一九二年以降、四度天台座主になる。その著「愚管抄」で独特の歴史観を展開している。歌人としても優れ、「新古今和歌集」には西行に次いで多くの歌が収録されている。

山《ざん》であります。あの辺り一帯がずーっと青蓮院だったんです。

ところが(9)法然房源空《ほうねんぼうげんくう》が比叡山を下りまして、四十歳半ばの時に京都に出て参りました。比叡山を捨てて民衆のための念仏を説き始めた。そしてこの人の許にはいろんな人が、お坊さんも来れば、学者も来れば、一文不知《いちもんふち》の(10)尼入道《あまにゅうどう》ってあんまりいい言葉じゃないけれど、何も分からないそういう尼さんや、いろんな人びとが出入りしたのでございます。そういう法然を青蓮院の慈円はかばいました。慈鎮というのは諡《おくりな》ですよ。慈円の兄は(11)九条兼実《くじょうかねざね》です。九条兼実も非常に法然を大事にした人でございます。慈円は、今の円山《まるやま》公園の辺り、あの辺りを全部領していたわけですけれど、あの辺りの一角、吉《よし》水《みず》というところに、比叡山の圧迫がある法然をかばいました。吉水の草庵にみんながその道を聞きに来た。若き日の親鸞もここへ通ったんです。

親鸞は二十九歳の時に山を出まして、そして京都の六角堂に百日の間参籠したといいます。そして参籠の後に、(12)聖覚《せいかく》法印という人に導かれて吉水へやってきた。(13)吉水の草庵でこの人は法然の教えを聞いたんです。法然を一生の師と仰ぐようになったのはここなんですね。(14)

知恩院《ちおんいん》も山号を華頂山と申します。同じでしょう？　この間、青蓮院に法要があって参りました時に、誰かが「ここも華頂山と言うんだなぁ」と言っておりましたが、そうではないのですね。現在では青蓮院は片隅に小さくなって、これ全部、知恩院になってますが、ああいうのを「庇《ひさし》を貸して母屋を取られる」と言うんだと思いますが、ともあれこれらの門跡寺院の中でもこの青蓮院の文書が最も豊かでございます。

門跡はもっとあるんですよ。山科《やましな》にある毘沙門堂《びしゃもんどう》。こういうようなものを(15)五ヶ室門跡というんですが、それ以外にも大津の滋賀院《しがいん》や、興福寺の一乗院、園城寺《おんじょうじ》の聖護院《しょうごいん》など沢山ございます。こういうところが、比叡山そのものは焼けてしまったけれども、幸いに多くの役に立つものを保存してくれております。失っているところもありますけれども、焼けずに最も多くの文献を擁しているのは青蓮院と曼殊院であります。

註——

(9)〈「阿弥陀経」と日本文学〉註(70)を参照されたし。

(10)在家のままで髪を剃って尼僧の姿となり、仏門に入った女性。

(11)平安末期から鎌倉初期の公卿。〔生〕一一四九—〔没〕一二〇七。摂関家の子弟として順調な昇進を果たすが、後白河院や平清盛などからは一定の距離を保ち続ける。しかし源頼朝の挙兵後は接触を保ち、平氏滅亡後は、頼朝の引き立てで摂政にまで登り詰める。晩年はいろいろあって不遇であったが、法然との関係や、和歌の道など、記すべき事の多い人物である。また、その日記「玉葉」は四十年間にわたって記録され続けており、激変の時代を記す貴重な歴史史料となっている。

(12)鎌倉時代の天台宗の僧。「しょうかく」とも。〔生〕一一六七—〔没〕一二三五。なかなか複雑な人物。青蓮院門跡の執事として慈円を輔佐し、また唱導に優れており、安居院流《あぐいりゅう》の基礎をつくった。法然・親鸞とも交流があったが、延暦寺が専修念仏の弾圧を上奏する際にはそれに荷担する(嘉禄《かろく》の法難)。また彼は「唯信鈔」を著しているが、親鸞はこの書を大いに門弟に勧め、「唯信鈔文意」を書いている。

(13)この聖覚と親鸞の話は江戸時代中期に作られた「親鸞聖人正統伝」に出る。江戸時代のベストセラーと言われ、現在にもその影響が残っているが、史実としては信頼されていない。

(14)吉水の跡地は、現在安養寺というお寺が名のっている。

(15)妙法院・三千院・青蓮院・曼殊院・毘沙門堂の五ケ寺をこう言う。

青蓮院は曼殊院よりも古い、由緒のある門跡でございまして、この青蓮院に蔵している書物をこれを俗に吉水蔵《よしみずぞう》と申します。吉水とさっき申しましたが、それを書物では吉水蔵と呼びまして、本当は日本天台の学問を致します時には、吉水蔵を全部開けてみなければ分からない。それなら開けてみればいいじゃないかと言われますが、なかなかむつかしゅうございまして、大学の図書館じゃないんです。全部整理もされておりませんし、その中の書物は埃にまみれていて、今、文化庁が入りましてやっているようでございますが、一つずつやっているんですね。

それから京都で吉水蔵と並ぶというか、吉水蔵よりは少ないですが、この曼殊院のもの。これは曼殊蔵、または曼殊院蔵といいます。妙法院にももちろんあるんですよ。これは円融蔵《えんにゅうぞう》と申します。この円融蔵は今、整理したものは見せてきているらしい。それから、三千院の近くの来迎院のことを申しました。最澄の度牒や戒牒が保存されている。

日本天台の学問のためだけに申しますなら、大切なのは来迎院の書物。これは如来蔵と申します。如来蔵の文献は、こういう葛籠に納められている。幾つあるかわかりませんが、これは現在見ることができません。もちろん蔵の中で見られなかった。現在は京都国立博物館の修理所の方で、一つ一つ文献を解いては裏打ちすることをやっているのでございまして、これが如来蔵。こういうものも、この若い住職がだんだんに見せるようにしたいと言っておりました。ここからは[16]「日本霊異記《にほんりょういき》」の古い写本が出てきてございまして、ここにもたくさんございます。

ちょっと書物のことでついでに申しますね、坂本に西教寺《さいきょうじ》というお寺がございます。この西教寺といいますのは、天台宗の真盛《しんせい》派ということですが、ここにもたくさんの、特に戒律に関するもの、または論義に関するものがある。この西教寺の書物を西教蔵と言います。

まだまだ寺の蔵の中には文献が眠っていますが、わたしどもは学問のためとはいっても、なお自由に見られないんです。整理も出来ていないし、全部開放もしておりません。開放したらいいのになぁと思いますが、しかしまた無くなってしまうということもあるので、保存する、守るお寺の方の気持ちもあるし、こちらで見たい気持ちもある。しかしこういうものは全部、早く文化庁なり何なりの手で、みんなでやって、そして見られるようにしたらいいんですが……。ともあれ、比叡山は焼き討ちにされても、辛うじてこういうところに残っている文献をわたしたちは見ることができるのでございます。

さて、この曼殊院というお寺の蔵の中を、今から十数年位前になりますか、全面的に整理したことがございます。わたし、その時にお手伝いしましてね。最初はもう大変で大変で、経蔵と宝蔵を開けました。宝蔵とはいわゆる宝物。宝物と申しましても、この曼殊院というのは普通のお寺じゃないんです。いわゆる良尚《りょうしょう》[17]親王というような桂宮《かつらのみや》[18]のお子さんの、これで出家者なのかなぁと思うほど、風流の生活をしておられた。そこには例えばお茶の道具等がある。素晴らしい利休（一五二二―一五九一）の作もありますしね。いっぱいあるんです。絵画も、黄不動の国宝のものもあるんですが、わたしどもにはそういうものよりも文献ですがね。でもそういうお宝の方を大事にするんです、皆さん。

註――

（16）〈「法華経」と日本文学〉註（23）及び当該本文を参照されたし。

経蔵を開けましたところが、お経もそうですけれども、いわゆる文献がごじゃごじゃ。埃は凄いし、真っ暗ですし、その埃を払うだけでも大変でした。その時にやったのは、まず曼殊院の文献の中で密教のもの。密教では実際に不動明王とか大日如来などの前で行法を致します。その実際の行法のやり方が書いてある。こういう密教の儀軌《ぎき》が、平安時代以来のものがざっくりと入っている。

例えば、「源氏物語」の中に「阿弥陀の大呪」[19]と書いてある。弥陀信仰と申しましても密教的な弥陀の信仰があった。それを、光源氏がこれを「誦《ずん》じ給ふ」と書いてある。この「阿弥陀の大呪」、それが曼殊院の文献の中にありました。他では見たことがない。そういうものが出てくるということです。ですから、ああいう儀軌の類についても、全部ではないですが、それの半分くらいのものは、京都の文化財保護課から出ているところの『曼殊院文書調査研究報告書』[20]の中に出ておりますから、どうぞご覧下さい。

さて、その時にわたしは密教の儀軌を毎日毎日調べていた。ところがそこに新聞記者が来ましてね、朝日の記者が「なにか新聞種になるようなものはないですか」と来てはるんです。それで、わたしは手をとめて、困ったなぁこれは、と思って見回すと、脇に黒い葛籠があった。上に菊の御紋みたいな紋が入ってるんです。持ってきてそれを開けたんです。開けましたら、いわゆる巻物、巻子本《かんすぼん》が五つか六つ位入ってました。その時わたしはびっくりしました。これはいいものだと直感しました。

それに「出家作法」と書いてある。これを見た時に、これは凄いと思った。それで朝日の記者に、「これは平安末期のものである、出家作法である、どうも女性のための出家作法らしい」と申しました。そうしたら朝日の記者が「何を書けばいいんですか」と言うんですね。それでわたしが適当に書いたものを記者が要約する。だって向こうは仏教は素人でしょう、仕方ないですよ。それが朝日新聞に載りました。実はそうして偶然の如くに曼殊院の蔵の中から出てきたのです。

さて、これは巻子本でございます。縦が一八・二センチ、横が五七三センチ、この長さの、ちゃんと裏打ちされたもので、巻子本でございました。そして「出家作法」と外題になっております。さて、冒頭に、

永久年中　一条の阿闍梨の誂へに依り抄出し録せしめ給ふところなり(21)

註――

(17)　良尚入道親王と呼ばれる。［生］一六二三―［没］一六九三。江戸時代前期の京都曼殊院の門跡。一六三四年に曼殊院で得度し、一六四六年には天台座主に任じられる。一六五六年、現在の京都御所近くにあった曼殊院を洛北一乗寺村へ移転し、伽藍を整備している。狩野探幽・尚信兄弟に絵画を学び、池坊華道を修め、また古典に通じるなど文化人としても知られた人物。

(18)　正親町《おおぎまち》天皇の皇孫、智仁《としひと》親王を祖とする世襲親王家。

……………

(19)　「鈴虫」の巻に、「例の渡り給て、「虫の音いとしげう乱るゝ夕べかな」とて、我も忍びてうち誦《ずん》じ給ふ阿弥陀の大呪、いとたうとくほの〴〵聞こゆ」（『新日本古典文学大系』22「源氏物語　四」七五―七六頁）とある。この「阿弥陀の大呪」は、阿弥陀如来根本陀羅尼のこと。

(20)　京都府教育委員会『曼殊院古文書・聖教目録（京都府古文書等緊急調査報告書）』（一九七五）のことか。

というふうに書いてある。「永久年中」というのは、西暦に致しますなら、一一一三年から一一一八年までの間でございます。平安末期であります。その永久年中に、二条の阿闍梨《あじゃり》の誂《あつら》えによって抄出せしめたものであると、こういうことになっている。それで、この永久年中、平安末期に作られたものであることは明瞭であります。二条の阿闍梨に誰かが頼まれて、こういう出家作法というものを作ってあげた。それを写したものということでしょうけれども、この写本自体が、書体やら何やらからして、わたしは平安末期のものであり、鎌倉まで下るものではないと思う。その意味に於て、現存の日本天台の出家作法の中で最も古いものであります。

それで、わたしは青蓮院に行きまして、青蓮院の御門跡は、東伏見慈洽《ひがしふしみじこう》(一九一〇―)という方で、今の皇后さまの弟さん、貴族ですが学者です。学者でございますのでね、こちらが学問的に目的を持ってこれこれと言うと、きちんと応じて下さるんです。わたしどもが直接蔵に入るなんてことは出来ません。今は文化庁が入っておりますけれどね。

はっきり言って、日本天台のものは、ここの蔵の中を開けてみなければ全貌は出てこないのです。それほど大事なんです。わたし参りましてね、率直に、曼殊院にこういうものがありますけれども、吉水蔵にはどのようなものがございますでしょうかって尋ねるしかない。入れないんだから。そうしましたら御門跡がご自身で蔵の中に入って、いろいろ捜して持って来るんです。そういうものを調べました。

仏教は師資相承《ししそうしょう》でございますから、戒律もずっとこう伝わってくる。その戒脈の書物のようなものも、巻物ですが、そこにはある。そういうものなどをいろいろ見せてもらったのですが、粟田口の青蓮院吉水蔵のものよりも、この曼殊院のものの方が古いし、書体もいいもののようでございます。たいへん面白い。いろんな意味で、これはもっと研究されるべき資料であろうと思います。

では、これに関しましてもう少し申し上げましょう。これを作った人、いわゆる二条の阿闍梨の誂えによって抄出した人というか、この「出家作法」を記した人は誰か。本来は分からないのでございます。しかし、後で内容を申し上げますが、これは良忍《りょうにん》の作であろうというふうにわたしは思うわけです。

良忍は、「止観」のお話をした時に、[23]「古事談」の中にある、大原の来迎院の良忍のもとに、白川院の女房、尾張の局が歩いて「摩訶止観《まかしかん》」の講義を聞きに行ったという話を紹介いたしました。すなわち良忍という人は大原の来迎院にいた人でございます。また融通《ゆうずう》念仏の祖にもされるのですが、この人は平安末期の比叡山に於て、いろいろなことで大事な人というか、注目すべき人です。その一つは、すなわち戒律の問題に於て、もう一つは浄土教の問題に於てです。

戒律の問題におきましては、もちろん叡山の戒律は最澄から始まるんですが、諸もろの叡山における戒が、いろんな人を経て、この良忍に於て一度集約されている。その意味で大事な人でございます。

註——

(21)「永久年中依二条阿闍梨誂所令抄出録也」(『出家作法　曼殊院蔵』〔京都大学国語国文資料叢書21〕臨川書店、一九八〇、三頁)

(22) 香淳《こうじゅん》皇后(昭和天皇の后)のこと。

(23)〈止観〉「古事談」を参照されたい。

そして、この間も申しましたが、良忍のもとにはいろんな戒律上の弟子が出来まして、その中に叡空《えいくう》[24]という人がいる。この叡空という人は良忍の戒脈を受けている。戒律に関する学問も、いろんなものを受け継いでいる。この叡空という人は比叡山の黒谷《くろたに》におりました。

黒谷といいますのは、比叡山においでになりますと、あの西塔の釈迦堂から左の方になります。

さて、この黒谷はいわゆる別所《べつしよ》[25]と申しまして、叡山の中での隠れ住む場所です。その黒谷に叡空は居た。この黒谷の叡空のもとに法然房源空は入ります。この人は面白い人ですね。比叡山の本当はメインの場所におりまして、「扶《ふ》桑略記《そうりやつき》」[26]を作った皇円《こうえん》[27]のもとで、その弟子であったのに、その学者のもとを出まして、源空は黒谷の別所に入ります。別所に入りまして叡空の弟子になる。

わたしは、叡空の許に行ったから、法然があんなに思うように伸びたと思う。彼の学問というか、宗教は非常に独創的であります。わたしは、あの人が「扶桑略記」を書いた皇円のもとにいては、あんなに伸びられなかったと思う。比叡山の中にいましたならば、当然論義というような学問もやらなければならない。比叡山には比叡山の厳然たるものがあります。そういうものから外れて別所に入る。法然はこの叡空の庇護のもとに伸び伸びと勉強しているように思えて仕方がない。

法然は智慧第一の法然房と言われる。本当か嘘か知れませんが、一切経《いつさいきよう》を何度も読んだと言われる[28]。そういう法然にして、なお叡空より伝えられた戒律の問題というものが一生付きまとうのです。ですから法然における戒律の問題は、仏教学の方の一つのテーマでございます。法然は、戒律よりももちろん念仏が勝ちます。この人が、「往生要集」におけるところの地獄とか極楽とか、そういうものを完全に捨てたように、戒律を全部捨てているならば、その後にも現れてこないはずです。ところが法然の弟子達は、この戒律の問題を法然よりもむしろ広げてまいります。わたしは弟子の方が古いんだと思う。先生の方が新しい。

この法然の弟子達の戒律を黒谷流と申します。その黒谷流の戒律は現在なお連綿と伝えられ、浄土宗に於ては受戒というものがあるのでございます。親鸞には無い。親鸞は、法然がなお浄土教と戒律というものをくっつけていたのに対し、戒律というものを払拭してしまいます。浄土宗の人びとは戒律を取る。親鸞は、法然における浄土教の純粋なる信仰だけを取るのです。面白いですね。ですから真宗に於ては、受戒ということは無い。

さて、良忍という人は比叡山では大変大事な人ですが、良忍の著作は無いというのが今までの学界での常識でございます。良忍の著作は一冊も残っていないというのが定説なのでございます。ところが、どう考えてみてもこれは良忍の作ではないかと思えますので、敢えてこんなことを申しました。

註――

(24)〈「阿弥陀経」と日本文学〉註(133)を参照されたし。

(25)修行者が所属している本寺から離れて草庵を結んでいる場所。また、一定の地域に多くの草庵が集まっている場所を指して言う。特に浄土信仰が盛んになってからは各地に別所が形成された。

(26)もと三十巻。現存するのは十六巻分と抄本のみ。神武天皇から堀河天皇までの編年体の通史。史書や仏教書から材料を蒐集し、記載した多くの記事に典拠を明示している。但し、皇円撰述説には疑義が呈されている。

(27)平安時代後期の天台宗の僧。[生]?―[没]一一六九。顕密に通じた学僧。

(28)親鸞をはじめ多くの弟子たちが、三回または五回、多い伝承では八回読んだことを法然自身から聞き、また記録にも残している。

龍谷大学にもう亡くなられましたが、天台学者の佐藤哲英（一九〇二―一九八四）という先生がおられる。ある時、佐藤先生が印度学仏教学会で発表なさる時に会場に入りましたら、そこで「良忍には著作が無い」と何度もおっしゃるんです。わたしはこの「出家作法」の作者は良忍であろうと考えているわけです。ですからもう少し満を持して、いろんな証明をしてから後で発表しようと思っていましたのですが、あんまり「無い」っておっしゃるもんですから、先生が廊下に出てから先生をつかまえて、わたしは「ありそうですよ」と、後からちゃんとしてから言えばいいのに、つい言ってしまいました。そうしたら先生、目の色が変わって。そりゃそうですわね、あの大学者が、わたしよりずっとずっと先輩の大学者が、「無い」と断言なさっていたのですから。

そしたら、融通念仏宗の方で良忍上人の八百年の御遠忌の記念として『良忍上人の研究』[29]を出すから、お前が書け、とおっしゃる。これは良忍上人じゃないかと推定しているだけなのに、やいのやいのとおっしゃるので、結局これを入れまして、その時に簡単な解説を書きました。そして出てきたのを見ましたら、「良忍上人作」となっているので、わたしは実は大変驚いていて、いささか困るのでございます。ここにわたしの名前はないからいいようなものだけれども、ね。そういう経緯《こと》でございます。ただ、良忍ではないかと、わたしはそう思います。

では本文に戻りましょう。

永久年中　二条の阿闍梨の訛へに依り抄出し録せしめ給ふところなり

とある。では二条の阿闍梨とは誰か。二条はもちろん京都の地名でございます。これも、わたし、仏教文学会から頼まれまして話したことがあります。その論文を『仏教文学』という雑誌の創刊号に出したことがあります。[30] そこでわたしは、「二条阿闍梨が如何なる人であるかは、今は知る事ができないが[31]」と論文に書いているんです。ところが、その後考えてみましたら、これは良祐《りょうゆう》[32]であろうと思う。良祐という人は、一般には三昧阿闍梨とも言われておりますが、大原の勝林院にいたという。三千院より右手の奥の方に入って行きますと来迎院です。三千院の前を通り過ぎて、左手にずっと奥に行きますと、勝林院というお寺があります。昔の大原は来迎院と勝林院で占めていたんです。三千院は後から入っていったんですよ。この勝林院は、法然上人が比叡山の人達と論争をやったというあの有名な場所でございます。良祐はこの勝林院にいた人です。

三昧阿闍梨という、この阿闍梨というのは、インドの言葉でアーチャーリヤ（ācārya）ですけれども、特に日本で阿闍梨という場合は、今でも比叡山の阿闍梨さんなんて言いますが、これは密教の師を申します。密教の師であって、しかも人に教えを授ける資格のある人でございます。この三昧阿闍梨は、

註――

(29) 融通念仏宗教学研究所編『良忍上人の研究』、大念仏寺、一九八一。

(30) 「永久年中書写本「出家作法」をめぐって」『仏教文学』創刊号、一九七七、二二三頁以下。

(31) 同前、二二三頁。

(32) 平安中期―後期の天台宗の僧。天台密教三昧流の祖。生没年不詳。

ですから密教の人でございます。日本天台の密教には幾つもの流がありますが、三昧流という密教の祖とされる人です。

先ほど粟田口の青蓮院のことを申しましたが、青蓮院の密教は三昧流でございます。ところが文献を見てみますと、この良祐阿闍梨が二条堂というところに住まいしたことや、二条堂に於て青蓮院の覚快法親皇《かくかいほっしんのう》（一一三四—一一八二）か誰かのために密教の法を授けたというような記録などもございまして、それらのところからいろいろと推定いたしますと、ちょうどその頃にこの京都の二条堂に居たらしい。そのようなこともございまして、すなわち良祐阿闍梨を指すのであろう。片や大原の来迎院、片や勝林院ですが、まぁそんなふうに思います。とにかく、二条の阿闍梨のためにしたということですね。

さて中に入ります。いちばん初めのあたりは儀礼であります。

先灑水　次に三礼　次に如来唄　次に表白《ひょうびゃく》(33)

どうぞ後で詳しくご覧下さいませ。続いてそこに言葉が出てきますのは表白でございます。これ、仏教の儀礼ですよ。

謹しみ、蓮花台上摩訶毘盧遮那《まかびるしゃな》如来　千花千百億諸釈迦牟尼《しゃかむに》仏　西方極楽化主弥陀と種々の覚を敬ふ〔随事に之を改むべし〕(34)

そのあたりのところは、これはいわゆるサンプルですから、「随事に之を改むべし」、いろいろ変えなさいということです。

十方三世応正等覚者　舎那所證の心地戒品　八万十二顕蜜《ママ》聖教(35)

「ママ」と書いておりますのは、「顕密」の密は普通は「密」ですね、般若波羅蜜の時は「蜜」ですが、これは字が間違いだから。

文殊・弥勒等の諸大菩薩摩訶薩埵　妙海王子等の若干の菩提薩埵　羅云《らうん》・優婆離《うばり》等の諸賢　聖《げんじょう》衆　一代教中の護法の善神　殊には南岳天台を始め　三国伝灯の伝戒師・資大師等の聖□□　別しては我が山東西楞厳満山の三宝乃至尽空を奉る〔等云々〕(36)

註——

(33)「先灑水　次三礼　次如来唄　次表白」（前掲『出家作法　曼殊院蔵』三頁）

(34)「謹敬蓮花台上摩訶毘盧遮那如来、千花千百億諸釈迦牟尼仏、西方極楽化主弥陀ト種覚随事改之」（同前、四頁）

(35)「十方三世応正等覚者、舎那所證心地戒品八万十二顕蜜聖教」（前掲『出家作法　曼殊院蔵』四頁）

(36)「文殊弥勒等ノ諸大菩薩摩訶薩埵、妙海王子等ノ若干ノ菩提薩埵、羅云優婆離等ノ諸賢聖衆、一代教中ノ護法善神、殊ニハ奉始南岳天台ヲ、三国伝灯の伝戒師資大師等ノ聖□□、別テハ我山東西楞厳満山三宝乃至尽空等云々」（同前、四—五頁）

「等云々」と割註がしてあるのは、省略してあるということですね、抄出ですから。詳しくは後でお読みください。続いて、

　夫れ出家は是れ出離《しゆつり》生死の基なり　故に諸仏菩薩囧羅《けいら》を落して仏の道に入り給ふ　袈裟《ママ》は亦た無上福田の衣なり　故に泥洹《ないおん》を志す者　之を着て以て魔軍を破す　何に況んや一切衆生仏性を備へたりと雖も　大乗の禁戒に非れば　之を顕はすこと難く　真如の冥薫暫くも廃することなしと雖も羯磨《こんま》の儀式に依り発心修行する処なり(37)

「泥洹《ないおん》」はインドの言葉、サンスクリットではニルヴァーナ（nirvāṇa）、涅槃と同じ言葉。「羯磨」、これはサンスクリットのカルマ（karma）、「業」と訳される言葉ですが、ここでは受戒の儀式であります。戒律を授ける儀式。その次を特に注意してご覧下さい。

　而るに女大施主・桃顔暗に老いて無常の観自ら発御の間　禅定大夫人薨御の剋《とき》に臨んで　堅固の大菩提心いよいよ肝に染《(み)》む給へり　之に依って吉日良辰を撰んで　仏像を顕はし奉りて経巻を写し三智五眼の證明の前に花の簪《かんざし》を落して如来の御弟子と成り給ふ(38)

女性ですよ、「女大施主・」と書いてありますのは、誰か固有名詞をそこに入れるんだろうと思います。何某というように。これ、サンプルですから。

ここでは、具体的に誰なのか本当は分からなくちゃあならないと思うんですよ。日本史の方か、あるいは仏教史の方でもですね、お考え下さい。わたしも考えてみようと思いまして、いろんな日記などを見ましたけれど、分かりません。というのは、それを見ますと「女大施主」、女性なんです。その人が年をとってきた。桃の貌《かんばせ》もここに老いて、そして無常の観を自ら起こしている。その時に「禅定大夫人薨御の剋に臨んで」、禅定大夫人というのは既に出家している女性がお亡くなりになった。薨御、というんですから相当の地位の人です。

これが誰か、いろいろの日記など探りましたが、あるいは永久年中の頃に亡くなった人としましては、中宮[39]篤子《とくし》ぐらいかなぁ、と思ってみたりもいたします。篤子内親王、分かりませんよ。でもその人の薨御の時に臨んで、というのはその人が死ぬ時ではないんでしょう、出家させるのにそういう形

註――

(37)「夫出家者是出離生死之基也。故諸仏菩薩落囧羅而入仏道。袈裟《ママ》者亦無上福田衣也。故志泥洹《ナイヲン》ヲ者、着テ之以テ破魔軍ヲ。何況一切衆生雖備タリト仏性ヲ、非レハ大乗ノ禁戒ニ、顕コト之ヲ難ク、真如ノ冥薫暫クモ雖无シト廃スルコト、依羯《コン》磨ノ儀式ニ発心修行スル処ナリ」(同前、五―六頁)

(38)「而ニ女大施主・桃顔暗《クラ》ニ老テ無常ノ観自発御之間、禅定大夫人臨テ薨御剋ニ、堅固ノ大菩提心弥染肝《ソムキモ》ニ給ヘリ。依之撰吉日良辰ヲ、顕仏像ヲ奉、写経巻ヲ、三智五眼ノ證明ノ前ニ落テ花ノ簪《カムサシ》ヲ、成如来ノ御弟子ト給」(同前、六―七頁)

(39) 後三条天皇の第四皇女。[生]一〇六〇―[没]一一一四。賀茂斎院となり、退下の後はひっそりと暮らしていたが、三十歳近くになってから、十九歳も年下の甥である堀河天皇の皇后となる。堀河天皇自身がこれを強く望んでの入内であったとされ、ともに聡明で文雅を愛した天皇との仲は睦まじかったようである。それだけに、一一〇七年堀河天皇が若くして崩御した際の悲嘆も大きく、それを機に出家する。出家後も天皇が崩御した堀河院で菩提を弔う余生を送った。

をとった。ですから「禅定大夫人」。

いいですか、ちょっと申しておきますけど、この平安時代というのは男女共に出家願望の強かった時であるということですね。そうでないというと、ご覧になりまして、何故こんなこと言ってるんだと訳が分からなくなります。「源氏物語」もご覧くださいな。紫式部(40)その人が出家しようかしまいか悩んでいるのが分かります。「源氏物語」の中の人びともみんな出家しようとする。(41)浮舟《うきふね》は遂に出家しました。(42)紫上《むらさきのうえ》は出家しようと思うけれども光源氏が許さない。そういう社会現象がありました。

別に「源氏物語」だけではございません。平安の初期より時に平安の中期に強くなってきている。何でしょうか、これは。この出家願望があるからこんな「出家作法」のようなものがあるんですよ。それがないと、平安時代のもの、鎌倉時代のものにしても、現代の知性や考え方では捉えられない。例えば(43)三世《さんぜ》の因果と言ったって、今の知性から言うならどうなるのでしょう。ただその時代の人はそう思っていたのでございます。自分の考えを押しつけては分からない。良い悪いではないんです。ただこういうものがあるんだということです。

ここでは、中宮篤子かなとは思います。他にも候補者はありますよ。とにかく「禅定大夫人」とか「薨御」とか、こういう言葉を使われる女性であって、その人の周辺にいるところの女性であろうと思うんですが、あるいは分からないかもしれない。(44)「古事談《こじだん》」のお話をした時に、良忍のところに「摩訶止観」の話を聞きに通ったという女の人があると言いましたね。その女の人は後に出家して、そして大原に住んで来迎院の大檀越《だいだんおつ》になった。大檀越というのは非常に勢力のある檀家です。その大檀越になったということが書いてございました。その人であるとはもちろん言いませんけれども、しかし、こういったことがあるんですね。

花の簪を落して如来の御弟子と成り給ふ　是れ則ち宿善の催す所　浄戒の開発《かいほつ》今この時に在り
仍《なほ》心至って潔し　諸仏の摩頂疑はざるに在り　作願〔云々〕(45)

諸仏がやって来てあなたの頂をなでるでしょう、というんです。

次に神分(46)

註――

(40)〈止観〉註(83)を参照されたし。

(41)〈「往生要集」とその時代〉註(42)及び当該本文を参照されたい。

(42)〈「往生要集」とその時代〉註(40)を参照されたし。

(43)三世とは過去・未来と現在のこと。三世の因果とは、過去の生涯で行ったことが残余の過去の生涯と現在・未来とに影響を与え、現在世で行うことが現在の残りの生涯と未来とに影響を与えるという因果関係。

(44)〈止観〉「古事談」の節を参照されたい。

(45)「落テ花ノ簪《カムサシ》ヲ成如来ノ御弟子ト給。是則宿善ノ所催ス、浄戒ノ開発今在此時ニ。仍心至テ潔《イサキヨ》シ。諸仏ノ摩頂在不疑。作願云々」(前掲『出家作法　曼殊院蔵』七頁)

(46)「次神分」(同前)

ここには省略してありますけれども、日本の神がみへの祈願がここに入ってくる。

次に出家者　氏神国王父母等を礼し　後師長を礼す(47)

お父さんやお母さんの許しを得ましたか、と。そういう条項も本当はあるのですがここでは省いてございます。年をとった人を対象にしているせいなのかも知れませんが、普通はその確認がございます。父母の許しなくては出家も本当はしてはいけない。何故父母の許しを得るかというのは、これは古いインドの戒律の書物に書いてあるんですね。

お釈迦さまは出家してカピラヴァストゥを出た。自分の妻も子も親も捨てて、そして出家し修行して、法を説く人になった。ところが、カピラヴァストゥを出て十年近く経って、カピラヴァストゥに戻った。釈迦牟尼となり、人びとの尊崇を受けているゴータマ・シッダールタが、弟子達を連れて帰ってきたといって、みんな噂をする。ところがそのカピラヴァストゥのお城の上で、元の妻のヤショーダラが自分の子供のラーフラに（子供がまだ生まれて間もない時期に、このゴータマ・シッダールタは家を出てしまったわけです）、向こうから来るのがお前のお父さまです、お父さんと言ってごらんなさい、と言った。それでラーフラがつかつかと一人で側へ出ていった。ところが、お父さまと言わないうちに、釈迦はこれがわが子であることが一遍にわかって、その子供の頭を撫でた。ラーフラはいままで人にこれ程柔らかに、これ程やさしく頭を撫でてもらったことがない。そこまではいいんですよ。

ところが釈迦は、自分の息子の手を引いて連れてきて、このラーフラの頭を剃って出家させてしまった。それで釈迦のお父さん、シュッドーダナ（浄飯《じょうぼん》）王が非常に嘆いた。カピラヴァストゥの跡取り息子であるシッダールタが出家した後には、その異母弟であるアーナンダが残っていると思っていた。ところがそのアーナンダも釈尊《しゃくそん》は呼び寄せて出家させて、出家者の僧団の中に入れた。それでお父さんのシュッドーダナ王には孫のラーフラだけが頼みであった。そのラーフラさえも釈尊は連れていく。その時にシュッドーダナは非常に嘆いて、自分の息子ですけれども、「釈尊よ、これからあなたの僧団に人を出家させる場合には必ず父母の許しを得てからにしてもらいたい」。釈迦はその時に黙ってうなずいた、と書いてある。(48)「四分律《しぶんりつ》」という書物に書いてある通りを言っているのでございます。(49)それ以来、仏教では伝統的にどんなところでも、今でも、出家する前には「汝、父母の許しを得たりや否や」と言うんです。

それから次に偈を称えるんですね。

次に一の偈を唱へしむ

流転三界中　恩愛不能断　棄恩入無為　真実報恩者(50)

註

(47)「次出家者、礼氏神国王父母等ヲ後礼師長ヲ」（前掲『出家作法　曼殊院蔵』七頁）

(48)六十巻。『大正』二二、五六七頁以下。

(49)この一段の物語は前掲書の八〇九頁下段―八一〇頁上段に出ている。

(50)「次令唱一ノ偈ヲ　流転三界中　恩愛不能断　棄恩入無為　真実報恩者」（前掲『出家作法　曼殊院蔵』七頁）

「三界中に流転せば、恩愛は断つこと能はず。恩を棄て無為に入るものは真実の報恩者なり」。こういうのはずっと後にも言うのでございまして、いろんなところに出てくることかと思います。

次に、俗服を脱いで、そこで出家の衣を着させるんだと書かれております。(51) しかしこういうのは仏教だけではなくて、カトリックにおける今の儀礼だって同じですよ、わたし見たことがありますが。では、次を見ましょう。

次に出家の功徳を説くべし
その詞に云はく 出家の功徳は経教の説多しと雖も 先づ一両の□を出して信心を□奉るべし 浄く四天下に満てらむ羅漢を百年供養せむよりは 出家受戒の功徳は彼に勝ると〔云ひ〕 或は出家受戒の功徳は八万四千の塔を造るにも勝れたり 或は一日一夜の出家修道の功徳を以ての故に二百万劫悪道に堕ちずと説き給へり(52)

と書いてある。わたし何故この辺りのことを申しますかというと、どうぞ国文学を研究なさっている方は、浮舟に対して横川の僧都が還俗《げんぞく》を勧めたという「源氏物語」の話を思い出して下さい。還俗を勧めたかどうかわかりませんよ、ただ徳川時代の国文学者の註によりまして、還俗を勧めたと言われる。俗に、一般に言われるところに、です。次に出しますが、「源氏物語」に「一日の出家の功徳、はかりなき物なれば」というのはここを言うのでございます。「出家作法」にはこういうふうに書いてある。それと同じことは、恵心僧都源信に(53)「出家受戒作法」というものがありますが、ここにも言っている。[54]特に「源氏物語」のあの辺りに関心のおありの方は、この辺のところを良くご覧くださいませ。

それからずっといろんなことがありますが、次いで灌頂し、十方仏に敬礼させ、そしてとにかく頭を剃るんですね。それから袈裟を授けるんです。そして出家の儀礼をやっているところに、小さく書いてある、

若しくは優婆鉢羅花比丘尼の因縁　堅誓師子の事など委しく之を示すべし〔云々〕[55]

という。これは非常に注目すべきことです。優婆羅花比丘尼《うばらけびくに》の説話、堅誓《けんじょう》師子の説話、こういうものが、女性のための出家作法の、その儀礼の間に説話として詳しく説き聞かされているということをお考え下さいませ。優婆羅花比丘尼の話は[56]「三宝絵詞《さんぼうえことば》」の中にも出て参ります。下巻の十三「法華《ほっけ》時《じ》

註――

(51)「次脱俗服令着出家ノ衣ヲ」（前掲『出家作法　曼殊院蔵』八頁）

(52)「次可説出家ノ功徳ヲ。其詞云ク、出家ノ功徳経教ノ説雖多シト、先出シテ一両ノ□□信心ヲ可奉ル。浄ク満ラム四天下ニ羅漢ヲ百年供養セムヨリハ、出家受戒ノ功徳ハ勝ト彼ニ、或ハ出家受戒ノ功徳勝タリ造ニモ八万四千ノ塔ヲ。或一日一夜ノ出家修道ノ功徳ヲ以テノ故ニ二百万劫不ト堕悪道ニ説給ヘリ」（同前、九―一〇頁）

(53)『恵心僧都全集』第五巻、五四五頁以下。

(54)上記の書物の冒頭で、出家の功徳を様ざまな経典を引いて縷々説明している。

(55)「若ハ優婆鉢羅花比丘尼ノ因縁、堅誓師子事等委示之云々」（前掲『出家作法　曼殊院蔵』一二頁）

華厳会《けごんえ》」の中に入ってきている。それから堅誓師子の話は、上巻の八「堅誓師子」に出てくるのでございます。いずれも仏教の説話でございます。

優婆羅花比丘尼の話というのは、これは「大智度論《だいちどろん》」などによる説話ですが[57]、その話を本当にかいつまんで申しますと、優婆羅花比丘尼という尼さんがいらして、いろんな人に出家の功徳を説いて、出家しなさいと勧める。ところがいろんな女性がいて、出家生活は大変に難しいものであろうと、あるいは出家しても戒も守れないであろうというふうに危惧する。その時に優婆羅花比丘尼は、自分の先の世の物語を聞かせる。自分は先の世に於てはいわゆる妓女[58]であった、と書いてある。いろんな美しい着物を次から次に着たりしていた。ところがある時、比丘尼の僧衣を借りて戯れに着た、というんです。そういう戯れにでも僧の衣を身に纏ったという因縁によって、その後に自分は出家者になった、尼さんになった。ところがその時に戒律を破る生活をしたことがある。しかしなお、そういう衣を着、出家したという功徳によって、今の世に生まれて現在の自分があるのであるという、たいへん有名な説話でございます。

この説話は、中国に慧沼《えしょう》[59]という人がいる。慧沼というのは、これは法相宗《ほっそうしゅう》の学者でして、法宝《ほうぼう》という人と並んで、いわゆる仏性《ぶっしょう》論争でたいへん有名ですが、この人に「勧発菩提心集《かんぽつぼだいしんしゅう》」[60]という書物がありまして、その中にもこれが引かれている[61]。ですから戒律の上では非常に一般的な説話であったらしい。それを何故申しますかというと、「源氏物語」の先ほどの浮舟の問題を考える時にも、横川の僧都は浮舟という人が泣きながら出家させて欲しいと言うので出家させてしまった。ところが、そこにかつての旦那様というか何というか分かりませんが、薫《かおるの》大将が現れた。そうするというと、このような立派な人を山の中に出家させておくのは、仏も咎めることである、と書いてある。

仏が咎めることであるというのは、それは先ほど申しましたように、戒律の上では父母またはその肉親の許しなくして出家させてはならないという掟があるんです、本当は。しかし別に小説ですから、こんな立派な人が、といっている。でも、横川の僧都も人間ですからね、浮舟に対して薫大将が来たものでびっくりして、

けさ、こゝに大将殿のものし給て、御ありさま、尋ね問ひ給ふに、はじめよりありしやうくはしく聞え侍りぬ。御心ざし深かりける御中を背き給ひて、あやしき山がつの中に出家し給へること、かへりては仏の責め添ふべきことなるをなむ、うけたまはりおどろき侍る。いかゞはせむ、もとの、御契り過ち給はで、愛執の罪を晴るかしきこえ給ひて、一日の出家の功徳ははかりなきもの

註――

(56) 〈「法華経」と日本文学〉註(34)を参照されたし。

(57) この説話は「大智度論」十三巻(『大正』二五、一六一頁上段)に出る。「大智度論」については〈止観〉註(105)を参照されたし。

(58) 神社などに所属して舞を奉納する女性。古代インドの話であり、日本語の語感とは若干異なる。

(59) 〈独覚〉註(73)を参照されたし。

(60) 三巻。『続蔵』九八、二二二頁以下。

(61) この説話は中巻の「勧持門」(戒を保つことを勧める章)に現れる。

なれば、なを頼《ほ》ませ給へとなむ。ことごとには、みづからさぶらひて申侍らん。かつ〴〵この小《こ》君聞え給《たまひ》てんと書いたり。(62)

宿世の、先の世からの契りを過たないで、どうぞ薫大将の愛執の罪を晴るかし聞こえたまえ。一日一夜の出家の功徳は限りなきものだから、「なほ頼ませ給へ」と書いてある。その時に薫大将がやってきたからびっくりして、すぐに還俗を勧めたのだ、とこういうふうに書いてある。結果的にはそうなったんでしょう。しかし、還俗ということに限らなくてもいいのかも知れませんが、わたしは何とも申せません。ただこういう問題がある、という呈示だけは申しておきます。仏教の方から言うならば、そんなに簡単に還俗なんか勧めませんよ。還俗も有り得たということです。しかし還俗を勧めたと読むべきかどうか分かりません。ただこの問題は、今学者の論争の的でしょう？　その時にこういうもの、「出家作法」のようなものをご覧下さい、とこういうふうに言うんです。では次に行きます。「次に受戒」と書いてある。

次に受戒

妙楽大師《みょうらくだいし》等の授菩薩戒の儀に任ずるに　これを以て十二の門との分別したまふと雖も　今存略繁を省きて梗概これを授け奉るべし。(63)

さあ、ここからがいわゆる受戒なのでございます。妙楽大師というのは(64)荊渓湛然《けいけいたんねん》のことであります。

中国天台の六祖、この人のことは何度も申しました。法華三大部に対する註釈を書いた。この唐の時代の荊渓湛然の戒律の書物に[65]「授菩薩戒儀《じゅぼさつかいぎ》」というものがある。戒律を授ける作法、受戒の作法というものがございます。これは十二門、すなわち十二のセクションに分かれているのでございます。ですから湛然の「授菩薩戒儀」の十二門によってずっと書いているのでございます。その時の戒律は、これは菩薩戒であります。菩薩戒というのは大乗戒でございます。

戒律にもいろいろございます。先ほどお釈迦様と、その子ラーフラの話をいたしましたが、あれは「四分律」でございますから大乗戒ではございません。この場合の大乗戒とは梵網戒を指すんです。[66]「梵網経」という大乗の戒経がありますが、これが天台にいく。もちろん中国天台におきましては「四分律」によって受戒いたします。これはいわゆる小乗戒。大乗戒でないものは別に「四分律」だけではございません。沢山ございます。[67]「五分律」もあれば、あるいは[68]「十誦律《じゅうじゅりつ》」とか、いろんなも

註——

(62)『新日本古典文学大系』23「源氏物語　五」四〇二頁。

(63)「次に受戒　任スルニ妙楽大師等ノ授菩薩戒ノ儀ニ、以之十二ノ門トノ雖分別下マフト、今存略省《ハフキテ》繁《ハン》ヲ梗概《カウカイ》可奉授之」（前掲『出家作法　曼殊院蔵』一四頁）

(64)〈止観〉註(86)を参照されたし。

(65)一巻。『続蔵』一〇五、一〇頁以下。

(66)鳩摩羅什訳と伝えられるが、五世紀頃成立した偽経とされる。しかし、下巻に述べられるいわゆる大乗戒が中国・日本で重視され、これに基づいて最澄が打ち立てた円頓《えんどん》戒は、その後の日本における戒に関する思想の枠組みに大きな影響を与えた。『大正』二四、九九七頁以下。

のがあるわけですけれども、(69)中国では「四分律」というものが一番盛んになる。

しかし中国の仏教は、「四分律」の他にいわゆる大乗戒、梵網戒というものがあって、この両方をずっと伝えるのでございます。荊渓湛然の「授菩薩戒儀」というのはこれに入るんです。この「授菩薩戒儀」というものは大変によく出来ていまして、この中にいろんな思想がありますが、これが日本に入ります。日本に入りまして、最澄もこれを元にして「授菩薩戒儀」(70)というものを作っておりまして、それはずっと長く用いられます。これはいわゆる大乗戒でございます。

鑑真《がんじん》和上（六八八―七六三）が中国から伝えたのは「四分律」の方でございます。本当は鑑真和上は大乗戒もやってるんですよ。両方やってますけれども、ところがこの最澄に於て、小乗戒を棄捨し、大乗戒を建立した。この時に日本の仏教というものは大きく転換します。日本の仏教というのは、天台だけではないと申しますが、いわゆる鑑真の唐招提寺流の戒律を守るのは極く一部でございます。そして日本仏教というものは大きく転換します。

後の方は皆さんに読んでいただくしかないんですけれども、飛び飛びに項目だけ見ていただきますと、

先づ開導(71)
次に三帰(72)
次に師を請ずべし(73)
次に懺悔《ざんげ》(74)

次に発菩提心　先づ(75)四弘《しぐ》を唱ふべし(76)
次に遮難を問ひ奉るに随って如実に答へ給ふべし(77)

とありまして、続いて、

註――

(67) 詳しくは「弥沙塞部和醯五分律」三十巻。『大正』二二、一頁以下。
(68) 六十一巻。『大正』二三、一頁以下。

(69) 完備した物としては、パーリ語で伝承されている南方上座部の律の他に、漢訳されたものとして、法蔵部の四分律、説一切有部の十誦律、化地部の五分律、大衆部の摩訶僧祇律があり、この四種を中国では四大広律と言う。更にこれに根本説一切有部毘奈耶を加えて五大広律と言うこともある。
(70) 一巻。最澄が撰したものに円珍が註を施している。『大正』七四、六二五頁以下。
(71) 前掲『出家作法　曼殊院蔵』一四頁。
(72) 同前、一六頁。仏と法と僧（サンガ）の三宝に帰依する。
(73) 同前、一八頁。
(74) 同前、二〇頁。
(75) 四弘誓願と言われるもの。「唱ふべし」に続けて「衆生無辺誓願度、煩悩無辺誓願断、法門無尽誓願知、無上菩提誓願證」と記されている。但し、二項目目は「煩悩無数誓願断」の方が一般的。
(76) 前掲『出家作法　曼殊院蔵』二一頁。
(77) 同前、二二頁。

次は正しく戒を授け奉る
先づ三種の戒の相を弁へて信心を起して　次に白四羯磨《びゃくしこんま》[78]して委しく三聚浄戒《さんじゅじょうかい》十重禁を受け持ち給ふべきなり[79]

十[80]の重い戒律と、もちろん「四分律」の重い戒律がこの中には含まれますが、それからさらに「三聚浄戒」。三聚浄戒というのは、普通「瓔珞経《ようらくきょう》」[81]という経典の示すところによって、戒律全体を大きく思想的に三つに分けるんです。[82]そういうものがその次に出て参りますが、いいですか、これは「出家作法」となっております。普通は、誰でも出家したいという時には、本当は戒律を受けなければならない。今だって本来戒律を受けなければならない。これを普通は出家する者は受けるのでございます。

「源氏物語」の浮舟の話に戻りますが、浮舟が戒律を受けたといいますけれども、それは沙弥尼戒《しゃみにかい》[83]であろうと思う。いわゆる十戒ですね。しかし沙弥尼戒ではありますけれども、今までに書いてあったような、頭を剃るとかの諸もろの作法というか、そういう儀礼というものは、ほぼ同じと思わなければならない。そういう意味に於て、平安時代の女性の出家生活のいろんな場合を考える時に、これは実際のものですから、面白い資料なのです。あるいはそういう意味でなくとも、いかなる見地からこれをご覧になるにしても、面白いものが出てきたというので、皆さんがこれを元にしまして、どうぞご自分のご研究を進めていただきたいと思うのでございます。

本当はこの中における戒律の思想というようなものにも問題があるのでございます。いまの文言に

続いてそこに、

註――

(78) 僧団の内部で、様ざまな事項を確認したり、決定したりするときの作法。先ず案件を告知し（一白）、続けて三度確認する（三羯摩）こと。この「出家作法」中、各所に「三説」とあるのはこの作法に基づく。

(79) 「次正奉授戒ヲ　先弁ヘテ三種ノ戒ノ相ヲ起シテ信心ヲ、次白四羯《コン》磨シテ委受ケ持三聚浄戒十重禁ヲ給也」（前掲『出家作法 曼殊院蔵』二二一―二二三頁）

(80) 十重禁戒《こんかい》とも。大乗の菩薩が守るべき重い禁止事項。経典によって出入りがあるが、「梵網経」では、殺・盗・婬・妄語・酤酒《こしゅ》（酒の売買）・説四衆過（出家・在家の男女の罪過を説く）・自讃毀他《きた》（自らを褒め他人を誇る）・慳惜加毀《けんじゃくかき》（財や法を施すことを惜しむ）・瞋心《しんじん》不受悔《け》（怒りに任せて相手を許さない）・謗三宝《ぼうさんぼう》（仏・法・僧の三宝を貶す）の十を挙げる。

(81) 詳しくは「菩薩瓔珞経」十四巻。『大正』一六、一頁以下。

(82) 「華厳経」や「瑜伽師地論」などでも説かれる。摂律儀戒《しょうりつぎかい》（五戒や具足戒など総ての戒律の条項を持《たも》つ）、摂善法戒（総ての善を修する）、摂衆生戒（衆生の利益のために尽くす）の三種。これら総てを「戒」と看做すというもの。

(83) 女性の見習い僧は十項目の戒めを守って生活する。即ち、不殺生戒《ふせつしょう》、不偸盗戒《ふちゅうとう》、非梵行戒《ひぼんぎょう》、不妄語戒《ふもうご》、不飲酒《ふおんじゅ》戒、不塗飾香鬘戒《ふずじきこうまん》（身を飾らないこと）、不歌舞観聴戒《ふかぶかんちょう》（歌舞音曲を楽しまない）、不坐高広大牀《だいしょう》戒（立派なベッドを使わない）、不非時食戒《ふひじじき》（午後は食事をしない）、不蓄金銀宝戒《ふちくこんごんほう》（お金や宝石を貯蓄しない）の十項目。前半の五項目はいわゆる五戒の不邪淫戒《ふじゃいん》を非梵行と厳しくしたもの。後半は八斎戒の一を二に分け、最後の項目を加えたもの。

初め相伝の戒は盧舎那《るしゃな》如来より始め奉り　某に至り　次第相伝たること十九代なり　今某に随って之を受け給ふ　第廿代に相ひ当り　この相伝戒の名文句身に於て未来際を尽して能く持ち給ひつやいなや

答えて云ふ「持つ」と〔三たび説く〕(84)

ほら盧舎那仏から始まるんです、大乗戒は。釈迦から始まるんじゃありません。梵網戒は盧舎那仏から始まる。「某」これは戒を授ける側の人です。この十九代というものを、永久年中の頃にいろいろ推定してみまして、それを粟田口青蓮院の吉水蔵にある文書で調べたところ、これは良忍なんです。いろいろな戒脈の書物の名前を、今ちょっと持っていませんので忘れましたが、青蓮院に伝わる戒律の文献からして、どう考えても永久年中の頃で、そして、一番最初の頃に「二条の阿闍梨の誂えに依って」とあった、この二条の阿闍梨良祐と交流があるようなことからして、これが良忍であるというふうに思うのでございます。

少し先に「次に性得戒《しょうとくかい》」とございます。戒の根本精神です。

次に性得戒　自性清浄の真如の性戒　凡聖悉くに備へたるなり　然れば則ちこの本有常住の性戒に於て　汝清浄比丘尼　能く信ずやいなや

答えて云ふ「信ず」と　〔三たび説く〕(85)

戒律は何々をしてはいけないと他から言われるだけではない、ここでは違います。その戒律の根本、戒律思想の根本は自分の中にそれが本来はあるのだということでございます。先ほど申しましたように、この書物が儀軌の上だけでなく、戒律の思想そのものに関しましても非常に大事だというのは、そういうことでございまして、この「本有常住の性戒」というようなところから、戒律そのものを考えてみる必要があるのではないかというふうに思うのでございます。

註――

(84)「初相伝ノ戒者奉始自盧舎那如来至于某、次第相伝タルコト十九代也。今随某受之給フ。相ヒ当リ第廿代、於此相伝戒名文句身ニ、尽未来際ヲ能持給ツヤ不ヤ。答云持。三説」（前掲『出家作法　曼殊院蔵』二三頁）

(85)「次性得戒　自性清浄ノ真如ノ性戒、凡聖悉クニ備タルナリ。然則於此ノ本有常住ノ性戒、汝清浄比丘尼能信不。答云信。三説」（同前、二四頁）

「往生要集」とその時代

「往生要集」

平安の中期以来、日本の文学作品の中には、心ということが、文字の上にも出てくるし、屢しば話題になります。これは何故かということを申し上げたいのですが、平安の中期以後というのは、「万葉集」のあのおおらかな時代より、日本人が内面に目を向けてきた時代のように思います。何故でしょうね。そんなことを絡めながら今日はお話したいと思います。

「(1)往生要集《おうじょうようしゅう》」と日本文学というのは大問題ですが、わりと短く要点だけ、ほんの触りだけに致します。「往生要集」が(2)恵心僧都《えしんそうず》源信《げんしん》のものであることはどなたもご存知のことであります。この「往生要集」というものは、日本の浄土教の夜明けだという人もありますが、とにかく非常に大きな一つのポイントに立つ書物であります。しかし、日本に於て浄土教は別に源信に始まったわけではありません。浄土教はずっと古く、奈良時代にもございました。奈良時代には、例えば、(3)智光《ちこう》曼荼羅《まんだら》というものがございまして、奈良の元興寺にいらっしゃいますと、転写本ですが見ることが出来ます。これは浄土曼荼羅です。あるいは大和の当麻寺《たいまでら》の(4)当麻曼荼羅、みんな浄土教であります。ですから、浄土教は別に「往生要集」に始まるのではないのですけれども、浄土教の夜明けと人は言います。

そして、恵心僧都源信に最も近く影響を与えたであろうと思う人に(5)空也《くうや》がいます。この人については明瞭には分からないのですが、浄土教によって、当時の人びとに、平安時代中期の身の苦しい庶民に向かって、弥陀に助けられることを説いた。心の安心なんて問題じゃありません。もっと切実に生活に苦しみ、いろんなことに苦しむ人びとに、阿弥陀さんに助けてもらうように、この世は苦しいけれども、来世は弥陀に救いとられていくように、とそういうことを説いた。弥陀によるところの安心立命なんていう非常に高級なものではないんです。もっと生活に密着した切実な問題です。が、この空也という人は、日本のあちらこちらを経めぐって歩きまして、庶民に浄土への信仰を植え付けてい

註――

(1)　源信の著。三巻。念仏を勧めて極楽浄土へ往生すべきことを説く。「厭離穢土《えんりえど》」「欣求《ごんぐ》浄土」「極楽証拠」「正修《しょうしゅ》念仏」「助念《じょねん》方法」「別時念仏」「念仏利益《りやく》」「念仏証拠」「諸行往生《しょぎょうおうじょう》」「問答料簡《りょうけん》」の十章からなる。諸経論中から極楽往生に関する文言を蒐集し編纂したもので、宗教界のみならず、後世の文学・美術に至るまで多大なる影響を与えた重要な書物である。『大正』八四、三三頁以下、『恵心僧都全集』第一巻、一頁以下。

(2)　〈阿弥陀経〉と日本文学〉註(17)を参照されたし。

(3)　〈阿弥陀経〉と日本文学〉註(14)を参照されたし。

(4)　〈阿弥陀経〉と日本文学〉註(13)を参照されたし。

(5)　〈阿弥陀経〉と日本文学〉註(37)、及び当該本文を参照されたし。

った人であります。この空也によりまして、日本で浄土教というものが一般の人に入って行ったことは事実であります。

この空也の後に、恵心僧都源信が出ました。もちろん源信は空也の影響だけではありません。この恵心僧都の少し前には、さらに千観《せんかん》[6]という人があります。千観は「極楽国弥陀和讃」[7]などを作っている。千観の和讃が今のところ一番古いんです。あるいは源信の師匠である良源《りょうげん》[8]。良源にも浄土教に関する著作があります。ですから恵心僧都源信によって日本の浄土教が始まったわけでも何でもないのですけれども、この源信の「往生要集」というものは非常によくまとまっていて、これが大きな影響を与えたことも確かです。

源信という人は、本来は大学者でございます。恵心僧都と言えば「往生要集」だけが作品ではないんですね。この人には多くの仏教の研究書があります。しかしこの人が何故この書物を作ったか。恵心僧都を取りまく慶滋保胤《よししげのやすたね》[9]たち、こういう文化人が浄土教への信仰を持ち、二十五三昧会[10]というような浄土の信仰のグループを作ったりした。そしてその指導者として恵心僧都を据えるのでございます。恵心僧都はそういう中にあって、自分も含めて人びとへの浄土信仰への手引きとして「往生要集」を作っていったのです。

同じ浄土教の信仰と申しましても、空也は書物でも何でもない。人びとに念仏を称えなさいと言う。そうしたらこの世の苦しさも除かれるし、来世はお浄土に、極楽浄土に迎えられるんだから、と言うんです。非常に切実ですよ。空也の念仏はそういうものなのですが、「往生要集」はもっとゆとりがある。ゆとりがあると言うとなんですけれども、この恵心僧都は大学者でございますから、そういう浄土の信仰というものに対して、仏教の典籍の中から、仏教の学問の中から、この浄土の信仰の依って立つところをピックアップして来るわけです。

例えば念仏ということにつきましても、インドの仏教哲学者、ヴァスバンドゥ[11]（Vasubandhu, 世親《せしん》）の書物に「浄土論[12]」というものがあります。このヴァスバンドゥの「浄土論」の示すところを真ん中に据える。また中国の念仏者の説などを入れまして、念仏というものに一つの仏教学的な道筋というものを示している。そういう意味に於て、この書物は「浄土教の夜明け」と言われるのです。浄土教というものに対して、学問的に理論的な道筋というものをつけたのでございます。

さて、それが鎌倉時代になりまして、そこのところを法然房源空《ほうねんぼうげんくう》[13]によってピックアップされた。法然はそこに着目いたします。そして法然はその「往生要集」の源信の示したところをキャッチする。

註——

（6）〈阿弥陀経」と日本文学〉註（79）を参照されたし。

（7）『国文東方仏教叢書』（名著普及会）第一輯第一巻の「和讃二十五題」に収録されている。前註の当該本文に冒頭部分が引かれているので参照されたい。

（8）比叡山中興の祖と言われ、元三《がんざん》大師、角《つの》大師と称される。[生]九一二―[没]九八五。論義で高名であっただけではなく、浄土教にも熱心で、「極楽浄土九品《くほん》往生義」などの著作もある。

（9）〈阿弥陀経」と日本文学〉註（16）を参照されたし。

（10）〈独覚〉註（45）を参照されたし。

（11）〈止観〉註（37）を参照されたし。

（12）詳しくは「無量寿経優波《うば》提舎《だいしゃ》」という。『大正』二六、二三〇頁以下。

（13）〈阿弥陀経」と日本文学〉註（70）を参照されたし。

そして更にそれから出ていく。出るというか、それを進展させる。そしてその法然が進展させたものをさらに親鸞《しんらん》（一一七三―一二六二）が受け継ぐ。親鸞は自分の個性を以て受け継ぐ。これがいわゆる鎌倉の浄土教というものの基になるわけでございます。

ところで、この「往生要集」が文学とか他の芸術とかに影響を及ぼしたということを考える時には、法然がキャッチし、そして親鸞に受け継がれていった正修《しょうしゅ》念仏、この道筋は実はあまり関係がない。いいですか、「往生要集」の「正修念仏」の章は、もちろん非常に理論的なところであります。その理論的なるところを、法然はキャッチいたしまして、更にこれに自分の実存、人間の実存の課題を加えて行く。そういう路線、これは鎌倉の浄土教であります。

純粋なる信仰に於て、この鎌倉浄土教はむしろキリスト教に近くなる。キリスト教が、唯一の神のためにヨーロッパ全土の他の宗教を席巻するように、浄土教が席巻したとは申しません。しかし、弥陀一仏のために、と非常に純粋になってきている。浄土真宗のお寺には阿弥陀さま以外の仏さまは何もないでしょう？　それから門徒《もんと》の家に於ても、神棚も多分無いのだろうと思います。[14]

「往生要集」に於て、文学などと関係するのは、正修念仏のその面ではないのでございます。まずそれが問題です。それはどういうことなのかと申しますと、まず「往生要集」の第一門に「厭離穢《えんりえ》土《ど》」。その次に「欣求《ごんぐ》浄土《じょうど》」、これは第二門ですね。第三門が「極楽証拠」。直接に文学、芸術などと関係するのはこの最初の三つでございます。これは法然上人が切り捨てたところでございます。切り捨てると言うと少しきつい言葉ですが、法然上人は、この前三門については「これは暫く置く」として取っていない。ですから鎌倉浄土教というものは、こういうものを省いたところから出発している。

第四門が「正修念仏」、正しく念仏を修す。世親の説などをもって説明します。その次にはこの念仏を助ける方法として「助念方法」、これが第五門であります。以下、いろいろと続きますが、こちらの方ではなくて、前三門が文学とか一般に関係して来るんです。その中でも、この「厭離穢土」というところが日本人の中に深く入るんですね。ここでは六道《ろくどう》について書いてある。人間が真の仏道を修めるために超えるべき、厭い離れるべき六道が説明される。

六道とはご存知のように、地獄、餓鬼《がき》、畜生、修羅《しゅら》、人《にん》、天《てん》ですね。天はインドの神がみの世界ですけれど、これは仏教ではなお迷いの世界であることになっている。なお欲望のある存在、超えるべきものになっているんです。この第一門「厭離穢土」では、この六道の中でも地獄の描写がものすごく強い。これは凄惨を極めていますよ。この地獄の描写というものは、日本人の中に、一般の日本人の中に深く入るんですね。よく今でも、血の池地獄だの、地獄の釜の蓋だの言いますが、皆、大本はここにあって、そこからイメージをふくらませて言っているのです。

ところがこの地獄というものは、どうして堕ちるかと言うならば、それは諸もろの人間の為せるところの悪業《あくごう》によって堕ちる。では、どんな悪業によって地獄に堕ちるのかを調べてみますと、この「往生要集」の第一門によって言われるところの悪業とは、例えば戒律に背くところ、すなわちいわゆる五逆《ごぎゃく》(15)。母を殺すとか、父を殺すとか、阿羅漢《あらかん》(16)を殺すとか、そういうことですね。あるいは四波羅夷《はらい》(17)

註

(14)　これは、若干実態と齟齬がある。熱心な浄土教信者は、概ね信仰それ自体に熱心なので、例えば、北陸の信仰心厚き門徒の家庭には、立派な仏壇と同時に大きな神棚が据えられているのが普通である。

罪、これも戒律でございます。四波羅夷罪というものは、第一番目は異性に接する婬です。あるいは盗み、人を殺し、口に妄語。婬盗殺妄《いんとうせつもう》と申します。こういう五逆罪とか、四波羅夷罪とか、この中でも最も強いのは、すなわち異性に対する邪《よこしま》な愛執である。愛執の愛は渇愛《かつあい》と申します。これが最も強い。

こういう五逆罪とか四波羅夷罪、その他のこういう悪業によって、悪業の強さによって堕ちる地獄は無間地獄であります。無間地獄というのは、地獄に於ていろんな苦しみを受けるのが遑なく、間断無く続くと言う意味です。コンスタントに苦を受けなければならない。それが一番地獄の底にあるのであると考えられている。(18) これは悪業によって堕ちるのである。ここに罪というものが強く語られていく。悪業、罪業《ざいごう》とも書いてある。

ただし「往生要集」は、恵心僧都が自分の主観を以て、筆を以て感想を書いているのではありません。これはここに「要集」とありますように、諸もろのお経や地獄のことに関するいろいろな論、例えば(19)「倶舎論《くしゃろん》」に依るとか、(20)「正法念処経《しょうぼうねんじょきょう》」に依るとか、そういういろんな経典や論の中から、こういう地獄とか罪業の数かずを記すところを集めて来たのでございます。ですから先ほど、浄土信仰に仏教学的な筋道を与えたと言ったのは、それでございます。そうすると、ここには恵心僧都の思想が何も無いのではないかというと、そうではないんですね。「要集」でございますから、諸もろの経典や論をピックアップして語らせることによって恵心僧都自身の考えをそこに為している。そういうことですね。

今は地獄だけを申しましたが、餓鬼道《がきどう》も修羅《しゅら》道もみんな言うなれば因果応報でございます。因果応報という思想は皆さんもご存知のように、日本に於ては古代に入りました。善い行いをすればそこに

好い報いがあるし、悪い行い、すなわち罪業によっては苦しみの報いがある。この考え方は日本に仏

註——

(15) 五逆罪。一般に、母を殺す、父を殺す、阿羅漢を殺す、出家僧団の和合を破壊する（即ち僧団を分裂させること）、仏身を傷つけて血を流させる、の五種を言う。これを犯すと無間《むけん》地獄へ落ちるとされるので、五無間罪とも言う。

(16) サンスクリット、アルハット（arhat）の写音。略して「羅漢《らかん》」とも言う。「供養を受けるに値する者」と理解されて「応供《おうぐ》」と漢訳され、単に「応」とも略される。仏道修行を完成し、最後に到達する境地。もはやこれ以上学ぶべきことがない者という意味で「無学」とも呼ばれる。ブッダの称号の一つとされ、元はブッダの同義語でもあったが、時代を経るに従ってブッダの神格化が進むとともに両者は区別されるようになり、声聞《しょうもん》の到達する境地とされた。

(17) 四波羅夷罪。波羅夷はサンスクリット、パーラージカ（pārājika）の写音。⑴非梵行《ひぼんぎょう》、情欲を懐いて異性と交接すること。⑵不与取《ふよしゅ》、盗心を持って五マーシャ（古代インドの貨幣単位、少額である）以上を盗むこと。⑶殺、自ら人を殺し、人に殺させ、あるいは自死させること。⑷亡説上人法、実際に到達していない宗教的境地に到達したと偽ること。以上の四種を犯すと僧団を追放され、⑴の非梵行以外は、犯すと二度と出家できない。即ち、これは出家者に対する僧団規定である。在家信者に対する一般的な戒めは五戒と言い、⑴不殺生《せっしょう》、⑵不偸盗《ちゅうとう》、⑶不邪淫《じゃいん》、⑷不妄語《もうご》、⑸不飲酒《おんじゅ》（殺さない、盗まない、不純異性交遊をしない、嘘をつかない、酒を飲まない）の五種である。

……………

(18) 無間地獄は阿鼻《あび》地獄とも言い、教学的には無間の意味を五種挙げる。⑴趣果《しゅか》無間、地獄に堕ちるのに間を隔てず、必ず次の生涯で地獄に堕ちる。⑵受苦《じゅく》無間、本文で言っているように、苦しみを間断なく受ける。⑶時《じ》無間、地獄で過ごす期間が一劫《いっこう》に定まっている。⑷命《みょう》無間、寿命が途切れることがない（途中で死んで終わりに出来ない）。⑸形《ぎょう》無間、隙間無く、全身、身体中で苦を受ける。

教が入ったときに、一般の人びとの間に、学者とは言わない、一般の庶民の間に根強く入った仏教思想の最たるものであります。(21) その他、「無常」がありますよ。しかし無常というのは仏教を借りなくたってあります。それこそ落ちる花を見れば、総《すべ》ては過ぎ去って行くのだなぁ、と思う。自分の愛するものが、親が死んだなら悲しくて、人生は無常であると思う。そうでなくても、「花の色は移りにけりないたづらに」ですよね。(22)

仏教は日本人にそういう無常なるものをまた強く押しつけたかもしれない。しかし、それよりも日本人には、その頃は三世の因果とは言っていませんが、過去世に行った行為が今報いている。今行った行為の報いが来世に来る。こういう三世に亙る因果応報の考え方、これは大変なものであったと思う。ともあれこういう無常観や応報思想が、日本の古代に於て庶民の間に根付いた仏教の考えの最たるものです。

仏教というのは非常に理性的論理的ですから、無常と言っても、単にああ寂しい、悲しいでは終わらせない。仏教は無常なるものを論理的に展開します。無常なるが故に、総てのものは移り変わるが故に、絶対的な固定化したものは存在しない。これが空《くう》の思想にもなるし、これにはいろんな哲学がありますが、無常なるが故に現在の一刹那《せつな》(23)というものを非常に大事にする。そういうふうにインドの仏教ではこれが様ざまに展開して来る。

日本ではそうではないんです。日本ではそうではなくて、「ゆく河の流れは絶えずして、しかも、もとの水にあらず」(24)。詠嘆であります。日本では無常〈感〉である。仏教では本来は無常を〈観〉ずること。〈観〉でございます。無常についていろんな論議が行われる。論理的にこれを解明しようとする。しかし日本人はそうではない。どっちがいいかは別でございますが。しかしそういう無常ということは、仏教を別に借りなくたって人間である限りはあるのですが、ただ仏教はそれをもっと強調して日本人に教えたのかもしれない。

しかしそれよりも、因果応報の考え方は日本人に功罪相半ばしました。この三世に亙る因果応報の考え方から、ここでは罪の考えとして植え付けられていくわけですね。地獄だけではございません。それからその次に「欣求浄土《ごんぐ》」。ここでは浄土を欣求する。それから第三番目には「極楽の証拠」。

註――

(19) 詳しくは「阿毘達磨倶舎論」(三十巻)。世親の書いたアビダルマ綱要書。インド以来大いに研究され、中国・日本の倶舎宗はこの書を研究する学派。『大正』二九、一頁以下。

(20) 十善業道品、生死品、地獄品、餓鬼品、畜生品、観天品(四天王、三十三天、夜摩天)、身念処品の七章から成る。衆生が自らの業によって経めぐる六道世界を詳細に描写し、我が身をいかに観察すべきかを説いている。『大正』一七、一頁以下。

……………

(21) これを「善因楽果・悪因苦果」と言う。しかし、次第に「善因善果・悪因悪果」という言い回しに転訛し、仏教本来の因果応報の思想ではなく、儒教的な色彩を帯びることとなった。

(22) ご存じ、小野小町の和歌「花の色は 移りにけりな いたづらに わが身世にふる ながめせし間に」である。

(23) サンスクリット、クシャナ(kṣaṇa)の写音。古代インドでの時間の最小単位。説一切有部では、精神作用のみならず、森羅万象すべての物事が刹那ごとに消滅を繰り返していると考える。

(24) ご存じ、鴨長明「方丈記」の冒頭。「淀みに浮ぶうたかたは、かつ消えかつ結びて、久しくとどまりたる例《ためし》なし。世中《よのなか》にある人と栖《すみか》と、またかくのごとし」と続く。

この浄土は単なる浄土ではない。今、浄土真宗で言うお浄土とは違って、もっと絢爛とした浄土であります。浄土の先に極楽が付く。絢爛として綺麗な鳥が飛んだり、そういう夢の如きいわゆる極楽の世界、文学に影響を与えているのはこういう面が強いのでございます。特に極楽浄土のさまなどにつきましては、文学では(25)「栄華物語《えいがものがたり》」などがございますね。

「源氏物語」

では「往生要集」と日本文学を考えますときに、まず「源氏物語」を少し見てみましょう。「源氏物語」の場合、この問題は国文学者がいろいろと、男の先生で何とかいう方の『源氏物語の仏教思想』(26)という書物がありますね。女の方では丸山キヨ子氏が書いていたりしますが、(27)私がそれらの先生の言うことと、だぶることがあるかどうか……。

「源氏物語」を見ますならば、「源氏物語」に出てくる浄土教は何もかも全部が「往生要集」の影響というわけにはいかない。「往生要集」を知らなくても、「往生要集」と関係なくても、「源氏物語」の浄土教は読めると思います。ということは、「往生要集」の影響ということは、俄に断じ難い。ちょっとぼんやりした言い方ですが、「往生要集」の影響で「源氏物語」にこうありますよってことをわたしは言わないというか、言えないということです。

いいですか、別に「往生要集」を知らなくてもいいことはいろいろあるのでございます。先ほど空也上人によりまして浄土教は庶民のものになったということを申しましたけれど、「源氏物語」の中に、ある姫君に向かって乳母がお経でも読みなさいということを言うけれど、その時に、「ことに昔はみんなお念仏を称えるというようなことは忌み嫌ったことなんだ、忌み嫌ったことだけれども、この頃の人はするようになった」というような叙述があるのでございます。(28)それをどういうふうに理解するのか。念仏を称えるということを忌み嫌うということは、念仏は縁起の悪いことで、やはり死んだ方が亡くなった時の葬送の儀礼のときに、その時にはたくさんのお坊さんが集まってお念仏を称える。だから念仏を称えるということは縁起の悪い、忌み嫌うこと、と言われる。それがこの頃は皆が念仏を称えるようになったと言う。それは何によるのか。空也によって、京の都に於ても地方に於ても爆発的なほどに人びとの間に念仏が広まった、これは事実でございます。そうするのならば、「源氏物語」のその描写はこういうことを指すのであって、直ちに「往生要集」というわけにはいかない。

註――

(25) 平安時代の歴史物語。四十巻。藤原道長の栄華を、和文編年体で記述している。宮廷貴族の華麗絢爛たる生活を描き、風俗史料としても重要。

(26) 重松信弘『源氏物語の仏教思想：仏教思想とその文芸的意義の研究』(平楽寺書店、一九七八)を指すか。或いは別に岩瀬法雲『源氏物語と仏教思想』(笠間書院、一九七二)もあり。

(27) 「源氏物語における仏教的要素―横川僧都消息の解釈について」(東京女子大学創立五十周年記念論文集刊行会編『東京女子大学創立五十周年記念論文集　日本文学編』東京女子大学学会、一九六八)等の論文がある。

(28) 白土先生が「源氏物語」のどこを指してお話になっているのか、不明を恥じねばならないが、例えば「蓬生」の巻に、「今の、世の人のすめる、経うち読み、行ひなどいふことは、いと、恥づかしくし給ひて、見たてまつる人もなけれど、数珠など、とりよせ給はず、かやうに、うるはしく(ぞ)、物し給ひける」(『新日本古典文学大系』20「源氏物語　二」一四一―一四二頁)などとある。

それでいろんなところを見ましても、別に「源氏物語」の浄土教は「往生要集」によっているとは（もちろんよっていることもあるでしょうが）言えない。ただむしろ影響を与えたかどうかというよりは、「往生要集」と「源氏物語」の仏教思想の中で、最も融通性のあるところ、と申しますと、その最大なるものは、私は罪の問題であろうと思います。

罪にもいろんな考え方がございますけれど、「往生要集」に於ては、諸もろの人間の悪業、罪業によって地獄で、あるいは餓鬼道で、畜生道で泣かなければならない。そういうことが、これでもかこれでもかというほど出てまいります。そこに人間の罪業というものが、厳しく見据えられている。怖いんですよ。ところが「往生要集」の第七門に「念仏利益」という項目がございます。念仏の功徳、念仏の利益というところに、その一番最初に言うことは滅罪《めつざい》なのでございます。

繰り返しますが、第一門の、地獄を始め、六道のさまに於ては、すなわち罪業とその応報、因果応報を言うんです。その因果応報というのが、古代の日本の庶民の間に入った仏教の最たるもの、私はそう思います。それが日本における仏教説話文学の嚆矢であるところの[29]「日本霊異記《にほんりょういき》」に於てはいろんな説話をもって説かれる、全部そうでしょ。ただし三世に亙ってはいない。「日本霊異記」で説かれるのは現報《げんぽう》でございます[30]。

「日本霊異記」は「現報《げんぽう》霊異記」であります。詳しくは「日本国善悪現報霊異記」。「霊異記」とは不思議な物語という意味ですね。不思議な物語を集めた。「現報」とは、私どもが現在何事かを行って、例えば十年後に、この現在の続きの生涯に於て報いを受けるということです[31]。三世に亙ってはいない。本当はこの因果応報の物語というのは、三世に亙るものでございます。これは、インドの人びとの考えでございまして、中国にも無かった。その三世に亙るはずのものが、日本に来ますと、なぜか現報になります。とても日本人らしい。もう既にこの時、日本化しております。

しかし、ひとたびこのように定着した因果応報の思想というものは、日本人の中にずーっと継続します。ただし、その後の文学には余り現れていないようです。文学の中で最も現れるのは「源氏物語」であります。光源氏が苦しまなければならないのも、それは因果応報のこととして「源氏物語」では受け止められています。そして「源氏物語」では更に宿世《すくせ》の罪。先の世からの罪が現れます。この世の中で思わしくないのは、自分がこんな思いをするのは、先の世に自らが為した罪業の報《むくい》である。宿世の罪、これはいわゆる因果応報でも二世に亙る因果応報であります。(32)

註――

(29)〈「法華経」と日本文学〉註(23)及び当該本文を参照されたし。

(30)「霊異記」は原則として、昔このような善悪の業をなしたから、今このような報《むくい》を得ているのだという、この生涯の応報の構造を説いている。つまり、ここで言う「現報」とは、善悪業を為した報を、この現在の生涯で受けるという意。次註を参照されたい。

(31) 因果応報は、インド仏教では輪廻を前提として構想されている。即ち、過去・未来・現在の三世に亙っての因果律である。過去の生涯で為した業が、その生涯だけでなく、生まれかわった先の現在・未来の生涯にも影響を与え、現在のこの生涯に為す業が現在・未来に影響を与える。そこで、業を、順現業《じゅんげんごう》（行為の結果を現世で受けるもの）・順生業《じゅんしょうごう》（次生で受けるもの）・順後業《じゅんごごう》（次次生以降で受けるもの）の三種と、不定業《ふじょうごう》（結果をいつ受けるか決定されていないもの）に分類する。

(32) 過去世と現在世の二世にわたる因果、ということ。この生涯の前の生涯で為したことが現在のこの生涯に影響を与えている、ということ。

「源氏物語」に於ては、因果応報の思想がストーリーを展開するのであります。光源氏が須磨《すま》・明石《あかし》へ流されるのも曾てこういう行いをしたから、今こういうふうにして流されなくてはならない、と。「源氏物語」の底流には、大きくこの因果応報がうねっております。現世におけることと、もう一つ宿世のこと。これが至るところに出てまいります。

この宿世というもの、これは親鸞に於ては宿業《しゅくごう》となる。(33)「源氏物語」と親鸞の思想を結び付ける人は他にいないと思います。こんな乱暴なこと。でも私は、これは文学だから、これは宗教だから、と割り切って考えるのがおかしいのであって、日本人のものの考え方の中にあるものを見て行かなければならないと思う。人間の実存を見つめるという意味に於ては「源氏物語」も親鸞もすごい。

さて、このように罪の観念というものが、「往生要集」で六道のところに描かれて来ている。そしてまた第七章の「念仏利益《りやく》」の冒頭は罪を滅することにある。滅罪消罪《めつざいしょうざい》にある。私はこれを見ますと、そこに罪というものが日本人にとって大きな問題となってきていると思えて仕方がない。そうすると、先ほど、心の問題、平安の中期位から日本の文学作品の中には、心という言葉がしきりに出てくると申しました。何がそうさせるのか分かりませんが、平安の中期頃から日本人は、非常に内面性に、心の内面に進むようになってきたように思えるのでございます。

「源氏物語」と「往生要集」ということで、細かい問題点は幾つもございます。あるのですけれども、ただ今は極く極く大筋だけをお話しております。「源氏物語」と「往生要集」というものを考えるときに最も大きな共通点は、いわゆる罪の観念であろうというふうに思うのです。「往生要集」の罪の問題につきましては、今本当におおざっぱでございますが、申し上げました。次に「源氏物語」のことを言わなければならないわけですが、「源氏物語」の罪について申し上げる前に、もう少し申し上げなければならないことがあります。

「往生要集」が出来ましたのは、西暦に致しまして九八四年から九八五年。九八四年の何月からか半年程の間です。今を去ること一千年です。それに対しまして「源氏物語」はこれはよく分かりませんが、ともかく一〇〇七年にはその一部が現れていたということであります。これは国文学者のいうことであります。市古《いちこ》貞次《ていじ》先生（一九一一―二〇〇四）の『日本文学史年表』(34)か何かをご覧下さい。一〇〇七年の時には一部が出来ていた、ということですね。そうすると、こちらとの差は約二十年ございます。「源氏物語」の作者が「往生要集」を知っていたであろうことは十分推測できる。

ところが「源氏物語」の罪の問題ということを考える時に、この「往生要集」だけを考えるのは少し考えが足りないのではないかとも思う。「往生要集」が出来ますについてはいろいろとその先の浄土教の書物なり信仰があった如くに、「源氏物語」に影響を与えたものがある。それは「宇津保《うつぼ》物語」(35)ですね。これは九八三年の作であろうと言われている。この中にも、私は罪のことだけを取り上げま

註

(33) 親鸞の著作自体には「宿業」の語は出てこない。ただし語録でもある「歎異抄」には「宿業」の語がある。

(34) 市古貞次編『新編日本文学史年表』武蔵野書院（一九五六）のことか。近年『中世文学年表』東京大学出版会（一九九八）が刊行されている。

(35) 「うつほものがたり」とも。平安中期の物語。二十巻。作者不詳。日本最初の長編物語。

すが、従来の文学には無い罪の観念が出てくるのでございます。この「宇津保物語」の中に示される罪の観念よりも「源氏物語」のそれは、はるかに拡大して深くなる。深く広くなるのでございますが、これが何か影響を与えているものなのかどうか。

「宇津保物語」が、仮に国文学者のいうように九八三年であるというならば、これは「往生要集」の影響とは言えない。平安時代の日本人の中には、罪への意識というか、罪の観念への内省というか、先ほど来、心という言葉がしきりに出てくると申しました。世阿弥《ぜあみ》に於ても、心をもって能をつなぐというようなことを言う[36]。心の問題、日本人の、言うなれば内省化、内面化、これは何に由来するのでしょう。そういう、時の熟れるということがあるものなのでしょうか。あるいはもっとちゃんと具体的に社会学的に、あるいは地震があったとか、天変地異が続いたとか、そういうことがあったのか。しかしそれだけで、こういうふうになるものだろうか、不思議だと思う。ちょうど日本の文化はその時に、この罪の観念が非常に深まるのでございます。

この時代は、日本の文化が、中国の文化、唐の文化の影響を受けながらも、なおそれを脱却して国風化していった時であります。国風というものが定着する時であります。その頃に於て、このように内省化し、内面化していく。これは罪という観念一つをとってみた時にも、不思議だなぁ、とこのように思うのでございます。

罪という場合に、仏教のことだけで解決できるわけではありません。日本には日本の罪、穢《けが》れというような、そういういろんな考えがございますから、本当はもっと罪については思慮深く扱わなくてはいけませんが、私が自分で調べた範囲、ぱらぱらとめくった範囲に於て、この「宇津保物語」における罪の観念というものがどういうものかと言うならば、大半は別に仏教的ではありません。いわゆる儒教的な不孝の罪、親に不孝をするという罪の話。それから公の罪、例えばリクルート事件とか、(37)ああいう汚職とかの公の罪。また公の罪の他に単なる過失。それから仏教的なるものとしては修羅道に堕ちるという罪。ここでは罪の内容は分かりません。それから淫欲の罪、異性に対する淫欲の罪。それから執念。これもやはり異性でございましょう。執念の罪。執念を持ったことの罪。それからここに前世の罪が出てくる。これは仏教的です。

いずれに致しましても、この「宇津保物語」の中に初めてこういう罪というものが、意識としてのぼってくる。面白い、と私は思う。片や同じ頃に「往生要集」にはあのようにいろいろと堕地獄の罪のことが言われ、そして、念仏の功徳の第一は滅罪であります。滅罪生善《しょうぜん》の滅罪、そういうふうに語られてくるのです。

「源氏物語」を調べてみますと、やはり仏教とは関係のない「宇津保物語」に書いてあるのと同じような罪が現れます。すなわち公における罪。例えば、光源氏の公における罪がもとになって、と言っても女性問題ですけれど、そして光源氏の流罪があるんだ、と。それから、やはり過失。この辺り

註――

(36) 世阿弥の能楽論「花鏡《かきょう》」に「万能綰一心事」(万能《まんのう》一心を綰《つな》ぐこと)という一節がある。『日本思想大系』24「世阿弥　禅竹」一〇〇頁。

(37) リクルート社が自民党の有力者を中心に政財官界に巨額の贈賄を行った事件。一九八八年に表面化し、竹下内閣の退陣につながった。

のところは、いずれも「宇津保物語」に似てますね。それから人間の欠点。この辺り、かないませんなぁ。人間の欠点も罪だとする。それから親に対する不孝。それから世間の習慣に背くこと。これ、当時の人の考えなんですね。思いやりがない、無責任、そういう道義上のことも罪。

　これは紫式部の考えというよりは、それもあるでしょうけれど、やはり社会情勢の反映ですから背景が見えるんですね。具体的な罪の様相は書くけれども、こういうものがあるのは、この時代の罪の観念の反映でございましょう。文学作品からそういう摘出の仕方がされてもいいと私は思いますけれども、しかし、これ、平安時代の罪なんですよ。

　ところが宗教に関する罪と致しましては、それは仏教だけではなくて、すなわち神や仏の前におけるところの罪障、日本の神の嫌う罪穢れ。そういうことがある。それから仏教に於ては、一番多いのは執心の罪であります。代表的なのが(38)六条　御息所《ろくじょうのみやすどころ》。または愛執の罪。それから宿世の罪。言葉だけで言うと簡単でございますけれども、この内容を読んでまいりますならば、「宇津保物語」の罪の観念というものの枠組を受けながら、しかし遙かに実存的にこれを深化しているのが「源氏物語」の罪の観念でございます。

「源氏物語」を罪という観念で取り扱った学者はおありかと思いますけれども、繰り返しますが、「宇津保物語」は「往生要集」より一、二年早いと学者は言うけれど、同年かも知れませんが、これに先ず出てくる。その「宇津保物語」の影響を「源氏物語」は物語として受けたと皆さん言いますよ。しかし物語として受けただけではない。そういう宗教的な罪の意識。しかもそれを深化している。そして片や仏教の方に「往生要集」がある。こうやって見ます時に「往生要集」の側から言うならば、

「往生要集」という作品はやはり時代精神というものをちゃんとキャッチしているように思えるのでございます。

その罪の観念というものの行方ですけれども、「往生要集」は仏教の書物でございます。すなわち「往生要集」には口称《くしょう》の念仏、南無阿弥陀仏と口で称える念仏も、あるいは弥陀の姿をひたすらに思い浮かべて、そして弥陀に縋るという、そういう観念の念仏も、両方ここに導入されてくる。口で称える念仏は、中国のいわゆる善導《ぜんどう》[39]流の念仏でございます。弥陀の姿を思い浮かべる観念の念仏、これはすなわち世親《せしん》流。いろんなものがこのように導入されてくるのですが、いずれに致しましても、この「往生要集」に於ては、念仏によって、これらの罪が百千万劫《こう》の古《いにし》えよりの累世《るいせい》の罪であっても、いわゆる宿世の罪ですけれど、念仏によってその罪は滅することになる。ひたすらに念仏を称《とな》えることによって滅罪する。それが宗教書である所以であります。

ところが「源氏物語」では罪は滅していない。私は小説はそれでいいと申しました。なぜなら例えば、繰り返しますけど、「源氏物語」における罪の権化《ごんげ》の如きは六条御息所であります。この人は、常識的には賢明である、美貌である、才色兼備でございます。才色兼備で勝ち気である。だから自分より年下の光源氏が、まあ嫌な言葉ですが、光源氏が誘惑をしても撥ねつける。しかし光源氏という

註――

(38) 〈独覚〉(三二八頁以下)を参照されたし。

(39) 中国、唐初の浄土教の僧。[生]六一三―[没]六八一。道綽《どうしゃく》に学んで中国浄土教を大成した。多くの著作をなしたが、「観経疏」を初めとして、日本浄土教の形成に大きな影響を与えた。

あの仕方のないプレイボーイはこの人を誘惑する。そうしておいて、もはや顧みない。その時にこの人はものすごい屈辱感を味わう。賢ければ賢い程、自分がそういう経験をし、そういう目にあったという、その屈辱感を、人にはもちろん自分にも知らせまいとする。それが内向していく。いわゆる執心の罪であります。その人間の有り様、実存を描くのが小説なのです。

可哀そうですよ、本当に。内向した時に、それが生霊《いきすだま》となり、果ては死霊となる。生霊となって自分の気がつかない間に、自分はそうしようとは思わないのに、自分の魂があくがれいでて、ふらふらと出ていって自分が憎いと思う人のことをとり殺してしまう。しかも六条御息所は亡くなった後も、こんどは死霊となって現れて、それが光源氏の側にいる女性の(40)紫上《むらさきのうえ》のような人に取り憑く。そういうことを書いているのでございます。

やがて娘が、光源氏の助けによって秋好中宮《あきこのむちゅうぐう》になっていく。この中宮は、自分のお母さんが死んでなお死霊となって、こうやって人を苦しめるということを聞いて、あの地獄の炎の中で苦しんでいるであろう母親を想って、それで念仏の僧を集めて追善をしてやると書いてある。救われるとも救われないとも書いていない。小説、文学はそれでいいんだと言うんです。人間の実存のすさまじさを描いている。これはたいしたものですよ。

式部自身は、そんなに簡単に念仏によってなど救われないと思ったでしょうか、思わなかったでしょうか、分からない。なぜなら「紫式部日記」を読みますと、三十幾つで未亡人になって、宮中に上がって自分は出家しようと思う。出家しようと思うけれども、しかし果たしてこの出家によって念仏によって、自分はやり遂げていけるかどうか、また念仏によって救われるものかどうかという疑問を、日記ですから非常に正直に書いております。この人は念仏生活に対して懐疑派でございます。「枕草紙《まくらのそうし》」の(41)清少納言《せいしょうなごん》のように、ぱっぱっと決めつけない。清少納言はおきゃんでございますからね。ですが、式部はそうではないんです。式部は念仏によって救われるということに疑念を抱いていた。それは小説にも表われておりますよ。しかし、これは式部の問題でございます。

話をもとに戻しまして、こういう「源氏物語」と「往生要集」の問題というのは、たいへん込み入っておりますけれども、しかし「往生要集」は、念仏によって百千万劫の累世の罪もそこで消されていくんだということを言った。恵心僧都は、人間は救われなければならないと思ったのでしょう。そのために仏教の経典や論を博く渉猟して「往生要集」を書いているわけですから。そこが「源氏物語」と「往生要集」との違いでございます。しかし「往生要集」と「源氏物語」と、あるいは「宇津保物語」との最も共通する地盤は、わたしは罪の観念の深まりということであろうと思います。その他たくさんありますよ。でもこれが最たるものであろうと思います。非常に罪の意識が深まって行っております。

註――

(40)　光源氏の慕う藤壺に面影が似ており、十歳の時に光源氏に見いだされ、理想的な妻になるようにと、引き取って養育される。葵上の死後、光源氏と結婚するが、種種のストレスから病気がちになり、法華経千部供養を営んだ後、光源氏に先立つ。

(41)　平安中期の歌人、随筆家。生没年不詳。中古三十六歌仙の一人。一条天皇の中宮定子《ていし》に仕える。定子が没するまでの八年間の宮仕え中に「枕草子」の大方が完成したと考えられている。

「往生要集」と「源氏物語」の共通点の最大のものをもう一つ申しましょう。厭離穢土《えんりえど》です。この穢土、この穢れた現実の世を厭い離れようという気持ち、世を背くんです。これは「源氏物語」にもたくさん出て参ります。しかし「源氏物語」では、この厭離穢土ということを言う時に「法華経」を引いてくる。「法華経」の経文を例証に出したりしましてね。私はそれを読みますと、どうも厭離穢土の観念も「往生要集」からだけではないのだなぁと思うんです。だって「往生要集」というのは二十年前に出来てるんですから、この博識な女性が「往生要集」を知らないはずはないんです。あるいは「往生要集」の影響を受けながらでもですね、非常に学問がありますから、他の言葉を使って言っているのかも分かりません。

わたし、正直なところを言いますけれども、「源氏物語」に出てくる、この浄土のことなどは果たして「往生要集」だけを経ているのだろうか、と疑問に思う。でもなぜこのように罪の意識というものが深化して行くのか、これは時代精神なのであろうか。しかし、とにかくこういう基盤がある。「源氏物語」の仏教思想は「往生要集」だけではないけれども、しかし「往生要集」におけるそういう罪とか地獄とか、そういうものの影響によって、それが加速度的に深められたという、その程度であろう。ちょっとおぼめかしいですが、今申し上げることが出来るのはその程度でございます。

「源氏物語」の作者は「往生要集」を知っていたであろうということについて付け加えておきます。これは極く常識的なことでございますけれど、「源氏物語」宇治十帖に、ご存知のように(42)浮舟《うきふね》という女性が出てきます。「源氏物語」の最後の方に宇治を舞台にして、もう光源氏も亡くなりまして、息子の薫《かおるのたいしょう》大将(43)の思い人である浮舟という女性が（本当は薫大将の奥さんなのでしょうけれども）、この人が身を投げます。身を投げたところが、死にきれないで横川《よかわ》の僧都に助けられる。比叡山の横川の僧都なる人が助ける。

この横川の僧都のお母さんと妹、両方とも尼であります。この人達が、奈良の大和の長谷《はせ》(44)の観音にお詣りをしての帰り、ずーっと奈良街道を経て宇治川を越え、宇治橋を渡って宇治川のほとりに宿をとる。宿をとりましたが、お母さんが病気になる。急病になったために、困って比叡山の横川にいる僧都に知らせた。横川の僧都は、比叡山を出ないで、比叡山で専ら修行しようと思っていたわけですが、年とった母が急病だというので比叡山を出てくる。その時に小さな一人の若い僧を連れて来ます。そして横川の僧都は、お母さんと妹の側で、ここへ宿るわけですね。この連れの僧が宿所を出て川の方に行ってみたところが、そこにうずくまっているものがある。それが身を投げて死にきれなかった浮舟で、この僧はその浮舟を連れてくる。

連れてきますが、浮舟は決して身分を明かさない。本当は身分の非常に高い女性ですが、この人は何を聞いても身を明かさないで、ひたすら尼にしてくれと言って、よよと泣くばかりです。横川の僧

註――

（42）　薫大将に愛されながら、誤って匂宮《におうのみや》（光源氏の孫）と情を通じてしまい、思い余って入水自殺を図るが救われ、出家する。謡曲の「浮舟」はこれに取材した四番目物、夢幻能である。

（43）　光源氏の息子として育てられるが、実は柏木《かしわぎ》と女三宮《おんなさんのみや》との間に生まれた不義の子。

（44）　長谷寺の本尊、十一面観世音菩薩のこと。平安時代には、貴族、特に女性の信仰を集めていた。

都のお母さんと妹は長谷観音に行ってお詣りしてきたところですから、その帰りにこんな綺麗な、弱よわしい女性が来たのだから、きっとこれは観音さまが自分たちに恵んで下さった人であろうと思って大事にする。妹は亡き娘の身代わりと信じて、その草庵に運びます。宇治川のほとりから、京都の北の方、比叡山の麓ですが、小野という山里へ連れて帰るわけです。

ところが、この人は横川の僧都に向かって尼にしてくれ、とそればかり言う。あんまり言うので僧都はこの人を尼にしてしまう。お母さんと妹は恨むんですね。尼にしちゃったら、浮き世と断絶ですから。ところが、そこにやがて薫大将が、行方不明で捜していた、蒸発した浮舟がそこにいるというので訪ねてくる。

問題は、この薫大将が小野の山里へ訪ねていったその時に、横川の僧都はびっくりして、薫大将というようなこんな偉い人の奥さんであったのか、とびっくりして、こんな立派な人を、あんな偉い人の奥さんをこんな山里で出家させてしまったのは仏のお心にも背くことである、とこう言うんですね。でもその時、浮舟は薫に会わないんです、絶対に。会わないいんですが、この人に言うのに、

もとの御契りあやまちたまはで、愛執の罪を晴るかしきこえ給ひて、一日の出家の功徳ははかりなきものなれば、なを(ほ)頼ませ給へ(45)

「もとの御契《おんちぎ》りあやまちたまはで」、「もとの」は、それこそ宿世、先の世からの、です。この人の奥さんですから。これをめぐりまして、実は国文学者に諤諤たる論戦があるわけでございます(46)。わた

しはどっちでいいとも思いませんけどね。

ともあれ今の問題は、この時の横川の僧都のモデルは誰か、です。これは恵心僧都であるというのが、江戸時代以来の解釈でございまして、これに関しても、恵心僧都ではないとの議論があるのですね。

私は恵心僧都でいいのだろうと思うんです。なぜなら、恵心僧都の伝記を見るならば、お母さんは尼さんになっているんです、姉と妹がありますが、二人とも尼になっている。尼になっていて、すごく賢いんですね。特に妹は願証尼《がんしょうに》という人。「才学道心はその兄に越えたり」(47)と書いてます。そういう妹がある。それから、わたしは年齢を全部推定してみたのですが、「源氏物語」の書かれる頃の年齢が六十歳あまり、みんな合うんですね。それで恵心僧都と見てもいいんだろうと思うんですけれども、ただここでは、この横川の僧都は病を治すために祈禱などしている。護摩を焚いたりして。恵心僧都という人は密教をやっていない人なんです、だのに物語には書いてある。でも、それは小説ですからね。恵心僧都と考えてもいいのであろうと思います。しかもこの妹も、いろんな人の日記、それから往生伝(48)にも出てくる程の人物でございまして、この人物を紫式部が知らないはずがない。

註——

(45)『新日本古典文学大系』23「源氏物語　五」四〇二頁。

(46)この「もとの御契り」をどう解釈するか、ということでの議論。浮舟に還俗を勧めているのか否かということで見解が大きく分かれる。〈「出家作法」に見る日本的なもの〉(四四〇—四四二頁)を参照されたい。

(47)「続本朝往生伝」の記事(『日本思想大系』7「往生伝　法華験記」二五二頁)。〈仏典に現れた女性達〉「日本古典文学に見る女性観・女人成仏　④続本朝往生伝」を参照されたい。

こんなことをわざわざ言いましたのは、恵心僧都は「往生要集」の作者であります。その「往生要集」を紫式部は知らないはずがないし、罪の観念に致しましても、厭離穢土《えんりえど》ということに致しましても、やはり「往生要集」より受けているものが非常に大きい。小説でございまして論文じゃありませんから。こういうことなのであろうと思います。

「栄華物語」

さて、「往生要集」と日本文学のことを考える時に、当然「栄華《えいが》物語」を考えなければならない。これは(49)赤染衛門《あかぞめえもん》の作とされる歴史小説であります。「源氏物語」は創作でございます、フィクションです。人間の実存の生活を描いた、人間の赤裸々な実存を描いた。大きく言えることは、「源氏物語」は「往生要集」の中の罪の観念等、そういうもの、あるいは地獄のことなどを中心に、まぁ念仏のことは別ですが、「往生要集」を内面的に掘り下げて、これを受けているのに対し、「栄華物語」はそうではない。藤原道長《ふじわらのみちなが》（九六六―一〇二七）の栄華というものを中心に書いた歴史小説。全く内面的信仰が無いとは申しませんけれども、「栄華物語」は、それよりもむしろ「往生要集」の「欣求浄土《ごんぐ》」、それから「極楽証拠」、輝くばかりの美しい極楽の描写、これをもろに受けているのでございます。面白いなと思います。片や深く沈潜しているのに対し、これは美しい描写を素直に受けているのでございます。

「栄華物語」は、藤原道長の栄華を中心とした歴史小説でありますけれども、その意味に於て面白いですね。いわゆる平安人の二面を現している。内面的な暗さと、華やかな描写とがあるのです。「栄華物語」というものは、繰り返しますが、歴史小説でありますから、思想というものを表面に出していない。そして、事実を事実として述べようとしている。これが「栄華物語」の特色でございます。例えば「往生要集」との直接の関係を言いますならば、「栄華物語」の巻十八に「玉のうてな」という一章がございます。この辺りの描写、それは藤原道長の造ったお寺、[50]法成寺《ほうじょうじ》の御堂の建立。法成寺に御堂を造ってそこにいたから、御堂関白《みどうかんぱく》といわれるわけですが、中でも、阿弥陀堂の荘厳、美しく輝くばかりの荘厳のさまの描写は、これは「往生要集」そっくりです。

「往生要集」の他に、恵心僧都に[51]「六時讃《ろくじさん》」というものがある。極楽浄土のさまを、弥陀のさまをここに描いております。和讃というのは詩の形です。和讃の研究も面白いでしょうね。和讃には先ほど申しましたように、千観の「極楽国弥陀和讃」が最初です。ともあれ「栄華物語」の描写は、この「六時讃」や「往生要集」の「欣求浄土」の叙述にそっくりそのまま依っているというくらいのもの

註——

(48) 浄土に往生した人の伝記や、臨終の奇瑞を輯録した物。唐の迦才の「浄土論」下巻に二十人の伝記を収載したのがその首。日本でも多くの往生伝が書かれた。

……………

(49) 平安時代の女流歌人。中古三十六歌仙の一人。生没年不詳。ただし、一〇四一年に八十五、六歳で存命の記事がある。「栄華物語」の前半の作者とも目されるが、確証はない。

(50) 一〇二二年に創建。道長自身、同寺の無量寿院（阿弥陀堂）に住んだ。一〇五八年に焼失。

(51) 『恵心僧都全集』第一巻、六〇一頁以下。

なのでございます。

また極楽浄土の楽しみを詠ったものとして、恵心僧都に「十楽和讃」[52]というものがありまして、十の楽しみがあると言うんですね。初めてそこに行けば、蓮華が開くとか、そういう十楽ね。その十楽を和讃にいたしましたもので、本当に華やかな、絢爛たる叙述です。こういうものがそのまま「栄華物語」に描写されているのでございます。あるいは弥陀の様相も、みんな「往生要集」や「六時讃」や「十楽和讃」、そういうところから、そっくり持ってきている。だから、思想的ではないと言うんです。思想を深く掘り下げないんだと、こういうふうに言うのでございますけれども、そういえば、法成寺は焼けてしまいましたけれども、今も残っている[53]藤原頼道《ふじわらのよりみち》の建てた宇治の平等院《びょうどういん》。あの宇治の平等院のさまだって結局そういうものでしょう。今は池と鳳凰堂《ほうおうどう》しか残っておりませんけれども（それだけでも充分美しいですが）、もとはもっともっと極楽浄土を思わせるものであったはずです。たくさんの建物があったわけですから。

恵心僧都は、「往生要集」で華やかな、いわゆる極楽浄土のさまを描き、念仏を称えることによって穢土を厭離して、こういうところへ行けるんだということをいろいろな経論によって示したのです。その華やかなるものはむしろ非常に象徴的なものですね、そうでしょ。音楽が聞こえるだの、[54]迦陵頻《かりょうびん》伽《が》が鳴くだの。そんな鳥いませんよ。だからお浄土が無いって意味じゃないですよ。非常に象徴的に記されているはずでございます。その象徴的に記されたものを、恵心僧都はそのままお経や論から持ってきた。それを「栄華物語」はそのまま借用した、ということ。

しかし「栄華物語」だけではないのでしょう。藤原道長にしても、その息子の頼道にしても、当時の貴族は（当時の貴族だけではないのかもしれませんが）、このような栄華をこのまま、あの世にも伝えたいと思う、後世でも栄華を享受したいと願う。民衆は、この世の中が苦しければ苦しいほど、来世にいいところに生まれたいと思う。いずれにいたしましても、来世に華やかさを求めようとする。平安の人の特色ですね。寂しいようなものですけれど、そういうものがあるんですね。

西行「聞書集」

ところで、随分乱暴ですが、西行《さいぎょう》に「聞書集」(55)というものがございます。西行は、一一一八年から一一九〇年まで、平安の後期から鎌倉(56)初期の人ですね。この西行の「聞書集」の歌を見ますならば、西行は、全く平安から鎌倉への過渡期の人でございます。自分では何も意図していないであろうに、面白いですね。こういう人の書いたものを見るならば、みんなその時代を背負っているんですね。

註――

(52)『恵心僧都全集』第一巻、六四一頁以下。
(53)道長の第一子。[生]九九二―[没]一〇七四。父の跡を継ぎ、後一条、後朱雀、後冷泉の三代にわたって摂政・関白の地位にあった。一〇五二年に、道長の宇治の別荘を仏寺、平等院とした。
(54)サンスクリット kalaviṅka の写音。雪山、または極楽にいるとされる想像上の鳥。人の顔を持ち、美しい声で鳴く、とされる。
(55)『西行全集』第一巻（五月書房）、一五七頁以下。
(56)鎌倉時代の始期については諸説があるが、現在、一一八五年の守護地頭設置の勅許の時、とする説が有力。

この「聞書集」を読みますならば、いわゆる法華三部経に関する歌、あるいは「阿弥陀経」[57]に関する歌が多い。「阿弥陀経」という経典は、たいへん小さな経典ですが、極楽浄土の非常に綺麗なさまが書いてある。迦陵頻伽の鳥は舞い、綺麗な音楽が奏でられ、とにかく美しい「阿弥陀経」です。こういう「阿弥陀経」に関するものを初め、それから仏教関係のものが多いわけでございますけれども、念仏に関わるものとして、まず初めに、これは詞書《ことばがき》ですが、

極重悪人　無他方便　唯称弥陀　得生極楽[58]

(極重悪人には他の方便なし、唯だ弥陀を称するのみにて極楽に生ずることを得ん)

これは「往生要集」の中にある言葉でございます。先ほど申しました比叡山の横川に行きますと、恵心院がございます。今の建物はちょっと場所が変わっていて、元はもうちょっと脇なんですが、この恵心院に行きますと、小さな場所が残っております。ここで「往生要集」は作られたという。その門のところにこの文字が刻まれております。

歌は、

なみわけて　よするおぶねし　なかりせば　いのりかなはぬ　なごろならまし[59]

こういうことに関する言葉が「聞書集」には出てくるのでございます。こういうことは、当然とし

て「栄華物語」には現れていない。「栄華物語」は華やかなところをキャッチする。これは「源氏物語」にも現れてはいない。同じく「往生要集」をキャッチしながら、時代と共に変わるのでございます。

その他、この「聞書集」では、歌の前に詞書が書いてある。

一念弥陀仏　即滅無量罪　現受無比楽　後生清浄世
（一たび弥陀仏を念ぜば、即ち無量の罪を滅して現に無比の楽を受け、後生は清浄世ならん）
いろくづも　あみのひとめに　かかりてぞ　つみもなぎさへ　みちびかるべき(60)

滅罪《めつざい》でございます。「往生要集」の「念仏利益」からこういう歌が出てくる。「往生要集」をこういう点から西行は把握している。それからまた、末法におけるところの弥陀の救い、というようなものですね。

もちろんこの「聞書集」にはそれだけではなくて、「往生要集」におけるところの極楽浄土の十の

註――
（57）〈阿弥陀経〉と日本文学〉を参照されたい。『大正』一二、三四六頁以下。
（58）『西行全集』第一巻、一六一頁。
（59）「なごろ」は「余波《なごり》」から転じた語。風が静まっても後に残っている波のこと。
（60）『西行全集』第一巻、一六一頁。

楽しみ。本当に華やかな楽しみ。楽しみと申しましても、我われが亡くなるときに念仏を称えるならば、聖衆が、すなわち阿弥陀さまや菩薩さま方が、二十五菩薩を従えてお迎えにいらして下さるとか、我われがお浄土に生まれた時には、蓮華の花が我われを乗せて、その花が開くとか、そこでは仏の姿を見て、美しい音楽も聞くことができるとか、こういうことがいわゆる十の楽しみでございます。(61) そういう十楽の歌もあるわけなのでございますけれども、話を簡単に申し上げますならば、「聞書集」に現れるところの往生への接し方は、こういう十楽というような、例えば平安中期の（平安中期よりちょっと下がりますけども）「栄華物語」にあるようなこともあるけれども、こういう「一念弥陀仏　即滅無量罪」とか「極重悪人　無他方便　唯称弥陀」とか、こういうことが表に見えてくるのでございます。

そういたしますと、西行という人はやっぱり平安から鎌倉への過渡期の人でございます。西行はこういう極楽のさまや十楽などのことを言います。法然はこういうことは一切申しません。法然は、「往生要集」におけるところの、この極楽のさまとか、そういうことは何ひとつ言わないのでございます。法然上人の語録、言葉の中では、この「往生要集」におけるところの前三門、今申しました地獄のことも浄土のことも、それから欣求浄土のことも極楽の証拠のこういうことも、「捨て執らず」(62)として、差し置くのでございます。そして念仏とは何か、と、まさしくラディカルに念仏の意味というものを哲学的に追求することが法然から始まります。法然に於て、いろいろなこういうものは払拭されてしまいます。

こういうことをどう思われますか、皆さん。極楽浄土における十の楽しみとか、美しさとか、地獄の恐ろしさとか。それはもちろん方便として、方便は方便なんですが、法然はこれを方便としても取り上げない。法然の書いたものに「往生要集詮要《せんよう》」[63]というものがございます。法然という人には、ご自分の筆のものはあまりないんです。みんな人の筆ですが、「往生要集詮要」は「往生要集」の中の要となるところを取り出した書物でございます。この書物でも、先ほど言ったような地獄だの極楽だののことは触れていない。ただ「往生要集」について、第一門は厭離穢土であり、第二門は欣求浄土で、第三門は極楽の証拠、と名前を書いているだけであります。念仏とは何か。哲学的に論理的に、それが法然にとって一番の要でございます。

でも死んで行く時に、阿弥陀さまに連れられて綺麗なところに行くと思うのも楽しいですね、我われ凡人の思うところでしょうか。淋しいところへ行くとは思いたくない。それはまぁ余計な話ですが、「往生要集」との接し方について、「源氏物語」と「栄華物語」、西行の「聞書集」、これを本当にざっと大筋だけは通したつもりでございます。細かいところは、どうぞご自分でお勉強になって下さいませ。

註——

(61)「欣求浄土」に描かれる十の楽。項目のみ挙げると、聖衆来迎《しょうしゅらいごう》楽、蓮華初開楽、身相神通《しんそうじんづう》楽、五妙《ごみょう》境界楽、快《け》楽《らく》無退楽、引接結縁《いんじょうけちえん》楽、聖衆倶会《くえ》楽、見仏聞法楽、随心供仏《くぶつ》楽、増進仏道楽の十。

(62) 例えば「往生要集釈」には「上の五門の中に厭離・欣求・証拠の三門は要にあらず。故に捨てて執らず」(『日本思想大系』10「法然　一遍」一四頁)とある。

(63)「黒谷上人語燈録」の中に収められている(『大正』八三、一三六頁以下)。

「往生要集」を見ますのには、テクストは本来は漢文で読むべきでございまして、『恵心僧都全集』というものがございますが[64]、最もてっとり早いのは、岩波の『日本思想大系』の中に「源信」という巻がございます[65]。それでもよろしいですね、読まないよりは。しかし源信というと「往生要集」だけ。あれは本当はおかしいんですよ。「往生要集」は恵心僧都が四十三歳から四十四歳の時に書いたものです。これより後に、七十何歳までこの人はたくさんの書物を書いている。その前も後もたくさんの仏教学の書物を書いている。だから、『思想大系』で源信という時に「往生要集」を取り上げるのはいいけれども、それなら「往生要集」の前後の著作、それを本当は考えなくちゃいけない。恵心僧都その人に於て、「往生要集」とは如何なる意味を持つのかということを考えるのが本来だと思います。中途半端で申し訳ないですが、今日はこれで終わらせて下さい。

註――
（64）『恵心僧都全集』第一巻、一頁以下。
（65）石田瑞麿『日本思想大系』6「源信」。

本書が成るについての縁《えにし》

今は昔、昭和の御代に、未だ金沢大学が金沢城址に鎮座していた頃、白土わか先生は金沢大学の仏教学と国文学専攻の学生たちを対象にして五日間にわたって集中講義をなさった。真剣な学究の徒に混じって小生も末席を汚したが、教場の張り詰めた雰囲気は、学問の場とはかくあるべしの感を強く印象づけるものであった。

白土わか先生は、東京女子高等師範学校（現お茶の水女子大学）で国文学を研究なさった後、暫時教鞭を執られたが、学究の志息まず、更に日本文学の基層に流れる仏教思想の研究を目指された。そこで当時近代仏教学の泰斗であった山口益博士の門を叩き、インド仏教学分野で研鑽を積まれた。国文学と仏教学との両分野に精通なさったことが先生の学風を非凡なものとした。日本文学の該博な知識と、インド仏教の精緻な理論とを身につけ、独自の視点から「白土学」と言っても過言ではない仏教学研究を展開なさったのである。

扨、部分的な欠落箇所はあるにせよ、金沢大学での集中講義の録音テープが存在することが判明し、有志によって文字に起こされた。白土先生に手を入れていただき、後学のために書物にすることをお願いしたのである。ところが、完全主義が衣を着ているような先生にとって、過去の講演は不満足な部分ばかりが目につくものであり、添削に手を付けることなく、徒に歳月を閲《けみ》することとなった。しかし却ってその間に、先生が各所で講演なさったテープが数巻発見され、これもそのまま埋もれさせるには惜しい高度な内容であり、その原稿化が再度進められることとなったのは不幸中の幸といえよう。

とはいえ年を追うごとに先生の完璧主義には磨きがかかり、一方で好奇心の塊でもある先生の関心は愈愈広汎なものとなり、溜まった原稿を書物として世に出す話は日毎に遠ざかり、いつしか忘れ去られてしまった。

数年前、大蔵出版の井上さんとお会いした折に、四方山話の中でこの話が出た。本になりませんか、との小生の問いかけに真剣につき合って下さったのが、この書の復活へ向けてのターニングポイントとなった。その後、小生の無理難題を柔らかく受け止めて下さった井上さんの尽力でこの書が世に出ることになったことを衷心より感謝したい。

金沢大学での集中講義を核に、各所での講演を配列したが、何時どこでどういう聴衆に講演なさったものか不明なものばかりなのが惜しまれる。京都光華女子大学主催の光華セミナーでの講演である「仏典に現れた女性達」(平成八年)以外には、唯一「阿弥陀経と日本文学」のみが内容から仏教大学の四条センターで為されたものであることが推測されるだけである。しかし先生はいついかなる場合でも一切手抜きをせず、ある意味聴衆のレヴェルを配慮することなくお話をなさるので、孰れにせよ内容が深く高度であることは言を俟たない。但だ、講義テープのみが発見されたものであり、講義講演当日の配付資料は散佚しており、再現することが極めて困難なものもあったことは付言しておきたい。

ともあれこのような状態から、何とか書物の形にして下さった井上さんの編集者としての力量は讃歎して讃歎しすぎることはないものである。伏して感謝する。

白土先生の浩瀚な教養に裏打ちされたお話は、そのまま読み飛ばすわけには行かないことが多く、僭越ながら浅学菲才の加治が註を附した。先生には看過しがたい、意に添わない箇所が多多あることと忖度するが、今は先生に確認していただくことが困難な状態であり、やむを得ず先生には見逃していただくこととなった。至らぬ点、誤った点はすべて加治の責である。先生には申し訳ないの一言に尽きる。

白土先生の、厳しくかつ雅な独特のお話しのなされ方は、文章にするにはかなりの困難が伴った。しかし先生の口吻を幾分かは再現できたものと自負している。

なお、註を付すべき箇所の選定や浄土真宗に関する小生の知識の欠如をおぎなってくれた佐々木宣祐君、また辟支仏に関して貴重な情報を提供してくれた阿賀谷友宏君にも心より謝意を表したい。しかし、本書の註のなかで、これらの諸点に誤解や理解不足があった場合はすべて加治の責任である。

末筆になったが、テープからの原稿化に際して尽力して下さった、足立幸子君、片桐慧学君、中野素君、橋本明典君のご苦労に甚深の謝意を表したい。妻千絵美にも随分と協力を仰いだ。みなさん方の労苦無くしてはこの書はこの世になかった。記して感謝する。

二〇一二年六月金星太陽面通過の日

釣部の茅屋にて　加治洋一　識

白土わか（しらと　わか）

1919年、福島県に生まれる。東京女子高等師範学校文科卒業。大谷大学文学部仏教学科卒業、研究科修了。元大谷大学教授。著書に『出家作法』『曼殊院古文書聖教目録』などがある。

白土わか講義集　日本の仏教と文学

2012年8月10日　初版第1刷発行

著　者　白土わか
校註者　加治洋一
発行者　青山賢治
発行所　大蔵出版株式会社
〒113-0033　東京都文京区本郷3-24-6-404
TEL. 03(5805)1203　FAX. 03(5805)1204
http://www.daizoshuppan.jp/
装　幀　CRAFT 大友
印刷所　中央印刷株式会社
製本所　株式会社ブロケード

ISBN 978-4-8043-3074-7 C0015